카페 로스탕에서 아침을

Ismaïl Kadaré

Matinées au Café Rostand

카페 로스탕에서 아침을

이스마일 카다레 지음

백선희 옮김

문학동네

차례

카페 로스탕에서 아침을 … 007

카페의 나날 … 091

프레드를 위한 어느 4월 … 147

그루 남작 … 183

알바니아문학의 새싹들 … 203

악몽 … 249

맥베스 … 291

모자이크 … 355

　　잃어버린 한나절
　　공산당 정치국의 나날
　　한밤의 눈물
　　기념비를 세우다
　　알바니아의 붕괴
　　10월 초
　　심문조서
　　에스파냐와 관계된 무엇
　　중세 노래의 여성형 이본
　　카바 다리

옮긴이의 말 … 419

카페 로스탕에서 아침을

모두들 파리에 관해 무언가 쓰는 일이 쉬울 거라고 생각하는 것 같았다. 그게 한 번이라도 파리에 와본 사람에게 더 쉬울지, 아니면 반대로 한 번도 발을 들여놓지 않은 사람에게 더 쉬울지에 대해서는 의견이 갈렸다.

　파리에 대한 욕망은 이런 사람들의 것이었다. 아무 근거도 없이, 특히 "아!" 하는 감탄사를 틈틈이 섞어가며 값싸게 세속적 갈망을 표현하는 사람들. 아, 한 번만이라도 파리에 갈 수 있다면 다른 건 아무래도 좋아! 어떤 이들에게는 이런 욕망에 '꿈'이라는 단어까지 더해져, 그 보편적인 향수에서 파리는 무엇도 얻지 못할 뿐 아니라 오히려 과용이 낳는 일종의 붕괴를, 실체의 상실을 겪는 것 같았다.

마침내 파리에 와서도…… 수천만 통의 편지와 엽서와 이메일 가운데 공항과 택시에 대해, 쏟아지는 화려한 불빛에 대해, 도심으로 들어서면서 느끼는 감격과 호텔에 도착하는 순간에 대해 이야기한 뒤 다른 곳에서도 하던 습관대로 호텔방에 들어서서 샤워를 한다느니 하는 등의 환상이 깨지는 순간을 단 몇 마디라도 언급하는 경우는 거의 없다.

이를테면 누구도 세면대 물이 꾸르륵거리는 소리를, 막 도착한 사람이 파리의 보이지 않는 왕국인 하수도와 맺게 되는 뜻밖의 관계를 자기 약혼녀에게 묘사할 생각은 하지 않을 것이다.

그러나 우리가 이 꿈의 도시에 분명히 와 있다는 사실을 설득력 있게 확인해주는 건 여권이나 힘겹게 쟁취해낸 비자가 아니라 바로 그 꾸르륵 소리다. 이제 이 밀도 높은 대양에 섞여들었으니 남자들, 젖먹이들, 우아한 여자들, 전직 대통령들, 살인자들, 출판인들, 사르트르를 좋아하는 이들 등등이 모조리 뒤섞인 평등주의의 마그마 속에서 허덕이는 당신을 그 무엇도 빼내지 못할 것이다.

누군가 파리와 관계를 맺은 건지 맺지 않은 건지는 아주 간단해 보여도 딱 잘라 말하기 어려웠다. 시간문제는 아니었다.

관계가 이어진 시간이 몇 시간이든 몇 주든, 심지어 반세기여도 그 본질이 달라지는 건 아니었으니까. 그렇다고 딱히 다른 요인에 달려 있지도 않았다. 관계를 낳은 이런저런 이유도, 그곳에 오게 된 방식도, 두 팔 벌려 환대를 받았든 피신처를 청하는 이들이 종종 당하듯 손목에 수갑이 채워진 채 이송되었든 상관없었다. 관계는 이 모든 것 너머에 있었다.

삶의 많은 것이 그렇듯이, 파리는 모습을 드러내기도 전에 제 안에 존재하는 것들에 속했다.

나는 첫 책에서 파리에 시 한 편을 바쳤다. 전에도 언급한 적이 있지만, 당시 출판사 대표의 놀란 눈길이, 그리고 그가 한 질문이 종종 떠오른다. 왜 파리에 관해 쓰셨어요? 그때 나는 열여섯 살짜리 고등학생이라 세상에서 일어나는 일에 거의 무지했다. 나는 어깨를 으쓱하며 대답했다. 모르겠어요.

그러자 그는 두번째 질문을 던졌다. 모스크바에 대해서도 시를 한 편 쓸 수 있나요? 내가 다시 "모르겠다"고 대답하려 고개를 젓자, 그는 '파리'를 출간하려면 그래야 할 것이라고 말했다. 그리고 그렇게 되었다.

그후 때때로 눈에 보이지 않는 끈이 이 두 도시를 내 운명과 잇고 있는 것처럼 보였다. 알바니아의 모든 젊은 작가들처럼 나도 파리에 결코 다가가지 못하리라는 사실을 여전히 의식하면서도 말이다. 우리는 런던, 로마, 뉴욕과 마찬가지로 파리도 박탈당한 채 지내야 했다.

모스크바 외에 우리가 갈 수 있는 곳은 프라하, 부다페스트, 상하이뿐이었다. 그러나 그조차 오래가지 못했다. 금세 이 도시들마저 하나씩 잃었다. 상하이만 빼고. 훗날 상하이의 차례도 닥칠 테고, 그러면 우리는 완전히 고립될 터였다.

이 고립들은 차곡차곡 쌓이면서 눌러앉았다. 첫번째 고립 다음에 두번째 고립이, 이어 또다른 고립이 닥쳤고, 그 고립은 다시 또다른 고립에 덮였다. 매번 똑같았다.

십 년 뒤 모든 희망이 고갈된 상황에서 별안간 내게 파리가 베풀어졌을 때는 도무지 사실 같지가 않았다. 무슨 얘기를 들어도 뭐랄까…… 몽롱하기만 했고, 꿈이라는 단어도 딱히 들어맞지 않았다.

선생님의 책이 파리에서 출간되었다고요? 아마도요…… 처음에 우리는 잘못된 소문이라고 생각했다…… 물론 내 책 한 권이 실제로 외국에서 출간되었다는 건 모두가 아는 사실이었다. 하지만 옛날 일이었다. 게다가 그건 모스크바에서였지 파리가 아니었다.

나의 첫 출판사 대표의 놀란 눈길, 내 미래를 그리려는 듯 파리와 모스크바의 상호의존성을 얘기하던 그 눈길이 계속 나를 따라다니는 것 같았다. 나는 모스크바 없이는 파리를 가질 수 없었다. 모스크바는 훗날 내 삶에서 사라져 다시는 돌아오지 않을 날까지는 내 삶을 좌지우지할 것이다.

그리고 파리와 나의 관계는 길게 이어지게 된다. 사십 년이나.

사실, 두 개의 파리가 있었다. 공산주의 시대의 파리와 시간을 초월한 파리, 이것들이 각각 이십 년의 시간을 차지한다.

어느 파리가 나의 것인지 분간하기가 어려웠다. 대체로 둘 다였고, 때로는 이도 저도 아니었다.

대개 도착이 모든 걸 결정했다. 나는 언제나 비행기를 타고 하늘로 왔지, 육로로 와본 적은 없다. 얼핏 생각하면, 공산주의가 흔적을 남기지 못한 하늘길이 한 세계에서 다른 세계로 훨씬 원활하게 건너가게 해주리라 여길지도 모른다. 사실은 그 반대였다. 기분좋게 들떠 있어도 공항에서는 모든 게 훨씬 침울해 보였다. 보안검색대, 세관원들의 눈길, 의심의 무게.

한 번도 언급한 적은 없지만 세번째 접근로도 존재했다. 지하통로다.

나는 내 친구 C. 뒤랑에게 맡긴 한 원고에서 지하통로를 묘사하려 시도한 적이 있다. 단순히 파리 여행을 넘어, 여권에 표기된 제한기한 동안 지하세계의 문을 열었다가 그 기한이 끝나면 알바니아 지하감옥으로 돌아가야 하는 것에 대한 이야기였다.

어떤 형태였건 도착은 당혹스러웠다. 우리에 갇힌 야생동물도, 미치광이도, 유령도 자기 세계가 될지 아직 모르는 채로 이 세계에 처음 발을 딛는 사회주의리얼리즘 작가보다 오를리공항의 불빛에 더 질겁하지는 않았을 것이다.

1970년대 초에는 모든 게 악몽 같았다. 불가능한 일이라는 느낌에 어디선가 분명 오류가 저질러졌으리라는 느낌이 뒤섞인 인상이랄까…… 이 악몽에 대해서는 이미 여러 차례 얘기한 적 있다. 반복을 피할 길이 없으리라 직감하면서도 나는 매번 악몽이 다시 일어나지 않기를 바랐다.

문제는 초대장이었다. 더 정확히 말해, 내가 받았다고 알려진 파리 초대장이 문제였다. 일 년 전부터 알바니아 곳곳에서 온통 그 얘기뿐이었다. 초대장을 직접 본 사람이 없고 나도 본 적이 없지만, 모두가 그 초대장이 분명히 도착했다고 믿었다. 그 초대장은 눈에 보이지 않았기에 더욱 사실이 되었다. 국가기관의 절반은 다른 절반이 그 초대장을 확보했다고 믿었다.

파리로 갔더니 알바니아 대사가 공항에 나와 초대장에 관해 물었다.

"뭐라고요?" 내가 되물었다.

"초대장 말이네." 그는 말했다. "한 번이라도 그걸 보고 싶어서…… 대체 뭐라고 썼는지……"

나는 한참 뜸을 들이고는 초대장을 갖고 있지 않다고 말했다. 보지 못했으니 읽어본 적도 없다고 말하자 상대는 완전히 아연한 표정이 되었다.

대사는 미친 사람이라도 보듯 곁눈질로 나를 훑었다.

나는 그의 말을 기다렸다. 지금 날 놀리는 건가? 초대장 백 개에 도장을 이백 번 찍어도 올 수 없는 파리에 와놓고 초대장을 보지도 못했다고?

어쩌면 이보다 더 심한 소리를 할 만도 한데 대사는 별다른 말 없이 "그럴 줄 알았어……"라고 중얼거리기만 했다. 잠시 후 조심스러운 말투로 그는 그날 아침 프랑스 출판사 대표와 얘기를 나누며 이상한 낌새를 느꼈다고 내게 털어놓았다. K 씨에게 보낸 초대장요? 대사님, 확실합니까?

나는 멍하니 그의 말을 들었다. 이번에는 내가 그에게 물었다. 내 책이 파리에서 출간된 게 분명한가요?

나는 그 질문을 반쯤 농담처럼 던졌고, 그도 똑같은 어조로 대답했다. 돌아가는 사정을 보아하니 내가 의혹을 품는 것도 놀랍지 않다는 얘기였다.

우리의 대화는 금세 다시 초대장으로 돌아올 수밖에 없었는데, 그는 어떻게 내가 초대장도 보지 않고 파리에 올 수 있었는지, 무슨 일인지 알아보려 하지도 않을 만큼 호기심이 없었는지 물었다.

호기심 같은 건 내 능력 밖의 사치라고 응수하고 싶었다. 내게 여행이 허락된 건 기적이었고, 그것만으로도 나는 넘치도록 충분했다. 불필요한 호기심은 자칫 매혹을 깨뜨릴 위험이 있었다…… 이 여행이 어떻게 결정될 수 있었는지…… 아니면 적어도 내가 뭘 알고 있는지…… 궁금해하는 건 그였다.

어떻게 결정되었냐고요? 나도 전혀 몰라요. 그저 외무부에서 나를 호출해 적들이 이 초대장을 이용하고 있다며, 그들의 입을 다물게 하기 위해 내 출국을 허락하기로 결정했다고 알려주었지요.

나는 그가 그 적이 대체 누구며, 왜 그들의 뜻에 좌우되어야 하느냐고 물으리라 예상했다. 우리는 카라반이 짖어도 개가 지나가는 건지, 아니 개가 짖어도 카라반이 지나가는 건지 알아내는 대가로 보수를 받고 있다……라면서.[*]

차창 너머로 파리의 불빛이 반짝였고, 차례차례 가까워졌다 멀어져갔다.

---

[*] '개가 짖어도 카라반(대상)은 지나간다'는 아랍 속담을 떠올리게 하는 표현.

들어보게, 대사가 정적을 깨뜨리며 다시 입을 열었다. 자네가 여기 어떻게 왔는지는 중요하지 않아. 어쨌든 그 세세한 내용은 아무에게도 말하지 않는 편이 좋겠네.

지치고 머뭇거리는 목소리였다. 나는 마음속으로 그가 마무리짓지 않고 남겨둔 문장들 하나하나를 기계적으로 완성했다. 이 미묘한 일이 앞으로 어떻게 돌아갈지는 알 길이 없었다. 내가 초대장을 받지 않은 거라면, 언젠가 이 혼돈의 책임자를 찾아내려 할지도 모른다. 그러면 저마다 잘못을 옆 사람에게 전가하려 들 테고, 결국은 대사인 그도 해명을 해야 할 것이다. 다른 사람들이야 이 예술의 물결에, 뮤즈며 명성의 트럼펫 소리에 휩쓸려 취할 수 있다 해도, 대사인 당신이 어떻게 그런 함정에 빠진 건가?

그가 말하는 동안 이야기의 밑바닥에서 차츰 뭔가 떠오르는 느낌이 들었다. 그 몽환적인 뒷맛은 괜한 게 아니었다. 여행 내내 그런 느낌이 들었다. 역설적이고 모든 논리를 벗어난, 완전히 초현실적인 느낌. 달리 형용할 말을 찾으려고 줄곧 애써보았지만 소용없었다. 찾은들 내 확신이 달라질 리도 없었을 것이다. 초대장 백 개를 받아도 나를 파리에 오게 하기에 충분하지 않았으리라는 건 맞는 말이었다. 이 세상의 어떤 초대장도 내가 오래전부터 살고 있던 그곳, 지하세계에 도달할 수 없었으니까. 그 초대장이 누군가를 거기서 빼내어 이쪽으로 데려올 힘은 더더욱 없었을 테고. 이 모든 일이 사실 같지 않아 보이는 건 당연했다. 죽은 사람이 누군가 자신을 기다리는 곳, 생제르맹 대로 79번지*로 찾아오는 일은 결코 없었으니까.

이백 개의 도장이 찍힌 백 개의 초대장이 있더라도…… 정확히 그랬다. 초대장 백 개를 모아봤자 단 하나가 이룰 수 있었던 일을 결코 해내지 못했을 것이다. 있을 법하지 않은 소심하고 색다른 초대장. 요컨대, 내가 받은 것 같은 비非초대장 말이다.

파리의 불빛들이 점점 더 무질서하게 춤을 추었다. 이제 나는 아무도 초대장을 보내지 않았다고 거의 확신했다. 나중에 알게 되었지만, 초대장은 그저 신기루에 지나지 않았다. 도무지 해소할 길 없는 갈증이 종종 낳는 그런 신기루.

알바니아에서는 그런 갈증이 잦았지만 신기루가 온 나라를 착각에 빠뜨린 건 드문 일이었다.

자동차는 호텔 입구에 멈춰 섰다.

자네가 묵을 곳이네. 대사가 말했다. 호텔은 거리 이름을 달고 있었다. 뒤플렉스.

그는 떠나면서 문득 마치 처음 보는 양 내 얼굴을 응시했

---

* 아셰트 출판사가 자리한 주소.

다. 그 눈에는 놀라움 말고도 공포가 어린 듯했다. 두 개인이 공유하는 모든 공포가 그렇듯 특별한 공포였다. 제삼자가 보았다면 아마 이렇게 생각했을 것이다. 저 여행객은 누굴까? 그리고 대사에 대해서도 이내 똑같은 의문을 품었으리라.

그날 밤의 감정은 이후에도 되풀이될 터였다. 호텔들이 이어지고, 대사들도 잇달아 나타나고, 초대장들은 이제 시간과 날짜와 기한까지 갖추고 명확해질 것이었다. 하지만 초대장에 그 존재이유, 즉 초대받은 자를 기다리는 곳으로 데려갈 권한은 대개 빠져 있을 것이었다.

첫 초대의 향수에 젖고 싶은 유혹은 컸다. 우회적이고, 사실 같지 않고, 퇴폐적이다 싶을 정도로 거의 반역적인 초대, 하지만 어쨌든 다른 초대들이 걸려 넘어진 곳에서 성공을 이루어낸 초대.

거절 편지들은 외무부에서 직접 작성했다. 내세운 이유는 대개 건강상태와 관련된 것이었다. 레지옹 도뇌르 훈장을 받으러 프랑스로 오라는 초청 같은 몇몇 경우만 예외였지만, 이 초대도 I. K.는 알바니아 군대에서 고작 예비역 장교인데도 이 나라 법은 외국 군대 계급의 겸임을 금지한다는 이유로 거절되었다.

나는 진지한 태도를 견지하려 애쓰면서 레지옹 도뇌르는 훈장일 뿐 프랑스 군대 소속 외인부대의 계급이 아니라고 담당 부장에게 대답했다. 상대는 그게 그거라고 응수했지만, 알바니아가 프랑스와 전적으로 입장을 달리하는 베트남전쟁을 언급하는 문단을 훨씬 더 외교적으로 작성하는 데는 동의했다.

아내도 함께 초대된 경우에는 거절 이유를 훨씬 쉽게 찾았다. 아내가 임신했다는 것. 내 책을 출간하는 프랑스 출판사 대표가 언젠가 조롱조로 말했다. "내가 계산해보니 자네 아내 헬레나는 아이를 적어도 서른 명은 세상에 내놓은 셈이야."

우리는 한참 웃었고, 헬레나가 인도신화의 크리슈나처럼 팔이 예닐곱 개쯤 달리고 다른 기관들도 그 정도 되어야 아이를 그만큼 낳을 수 있으리라 상상했다.

그래도 내가 우리 나라에서 외국을 가장 많이 여행한 작가라고 말하자 대표는 경악했다. 그리고 거듭 말했다. 기가 차네! 이건 있을 수 없는 일이야. 표현할 말이 없군. 적어도 프랑스어로는.

그는 격분해서 목이 메었고, 우리는 알바니아 작가들에게 보내졌을 법한 가상의 초대장들을 구상해보았다. 일종의 반反초대, 역逆초대라고 부를 만한 형태에 가까웠다. 그러다보니 슈코더르에 있는 그란드 카페의 손님이 떠올랐는데, 그 손님은 주문한 차가 한참이 지나도 나오지 않자 종업원에게 이렇게 말했다. 이봐요, 내 차는 절대 내오지 말아요!

우리 초대장은 절대 보내지 말아요…… 발동 걸린 상상이 적절한 문구를 양산했다. "소중한 친구이신 선생님께, 선생님의 책 출간을 기념해 파야르 출판사에서 마련한 리셉션에 선생님을 초대하지 않게 되어 기쁩니다. 선생님의 몰이해에 다시 한번 감사드리며, 깊은 존경심과 더불어, 리셉션뿐만 아니라 다른 어떤 상황에서도 선생님을 보지 않게 되기를 바라는 저의 신심을 받아주시기 바랍니다. 클로드 뒤랑 안 올림."

우리는 웃으려 애썼지만 정말 웃지는 못했다. 그래도 어떤 날에는 이 모든 것이 끝날 테고, 이 모든 '거부'와 '반대'의 함대가 패주하고 긍정의 무언가에 자리를 내주리라 꿈꾸었다.

나는 언젠가 봄을 알리는 새가 평범한 초대장의 형태로 날아오기만 하면 만물의 질서가 바로잡힐 거라고 믿을 준비가 되어 있었다.

최악의 상황이 가장 예상치 못한 형태로 나타나리라고는 결코 상상하지 못했다. 그 최악의 상황이란, 지난번 여행에서 한 일을 세세히 보고하지 않았으니 다시는 외국 여행을 할 수 없다거나, 오늘부터 당신 작품의 번역이 금지된다거나, 뭐 이런 종류는 아니었다. 그런 것과는 완전히, 근본적으로 달랐다. 그저 완벽하게 작성된 일반적인 초대장이었다. "친애하는 친구"라는 말을 머리에 달고, 출판사 대표의 서명까지 갖춘 초대장.

그런데 채 다 읽기도 전에 초대장이 내 손가락에 붙어버리기라도 한 느낌이 들어 어찌해야 할지 몰랐다. 내가 다른 내용을 기대해서였을까. 여백에 수기 메모가 적혀 있었다. "가게 할 것." 그렇게 본 것 같았다. 다시 살펴보았다. 그렇게 적힌 게 분명했다. "가지 못하게 할 것"도 아니고, "가서는 안 됨" "가지 말도록" "가는 일 없도록" "가는 건 결코 안 됨" 혹은 "절대 가서는 안 됨"도 아니었다.

"대체 무슨 일이지?" 나는 스스로에게 묻고 또 물었다. 더 놀라운 건 작가 클럽 입구에서 만난 지인 두 명에게 이 소식을 전했을 때 돌아온 반응이었다. 그들의 얼굴에는 흔히 기대할 법한 유쾌한 충격 대신 권태가 얼핏 어린 듯했다.

내 마음속 공허가 다른 사람들의 눈에 비친 거라고 믿을 뻔했지만, 헬레나의 눈에서도 동일한 무반응을 읽고 보니 어쩌면 훨씬 심오한 다른 문제가 있는지도 모른다는 생각이 들었다.

그녀는 잠시 초대장을 바라보다가 미처 내가 생각할 새도 없이 말했다. 아냐("가게 할 것"을 당신이 "가지 못하게 할 것"으로 이해한 건 아니겠지), 이것이 정확히 그녀가 한 말이었다.

우리는 억지웃음을 지었다.

나는 이 초대장의 즉각적인 효과를 알아차리기 시작했다. '저 아래 세계'로의 여행 소식은 이미 애초의 의미를 상실해, 사람들이 나를 축하하는 대신 "오, 세상에, 무슨 일이 일어난 거죠?"라고 말해도 내가 놀라지 않았을 정도였다.

공산주의가 몰락하고 수년이 지난 지금 다시 생각해보면, 나는 상당히 들떠 있었던 것 같다. 정치적 판결의 특성을 연구하던 한 친구가 곧 단죄당할 인물이 실총 직전에 이런저런 지도자의 후예들에게 초대를 받거나 짧은 기간 외국에 체류하도록 보내진 경우를 적어도 두 건은 발견했다고 얘기해준 날까지는.

다시 보니, 파리에서 보낸 편지들에도 똑같이 일관성 없는 태도와 설명할 길 없는 근심이 담겨 있었다. 평정을 되찾기까지 며칠이 걸렸다. 그리고 여러 차례 여행할 때마다, 오를리 공항의 불빛에 내 머릿속에서 옛날의 탄식과 비명 섞인 울부짖음이 교차할 때마다 이런 현상은 거듭되었다.

첫째 날 밤이 특히 통제하기 어려웠다. 대통령이고 장관들이고 보초들까지 모두 깊이 잠든 시각, 나는 누군가 혹은 무언가가―이를테면 에펠탑이―파리를 떠나고 있는 건 아닌지 확인하기 위해 창가로 달려가고 싶은 충동을 느꼈다.

뒤플렉스호텔 이후 두번째 호텔은 데르비였는데, 첫번째 호텔에서 그리 멀지 않지만 조금 더 쾌활한 분위기였다.

밤은 매번 거의 똑같았고, 야간 당직자들은 물론 비스트로들까지 서로 닮아 있었다. 개중 가장 쾌적한 비스트로는 라테라스였는데, 첫날 아침부터 내 마음을 사로잡았다. 하지만 내 손이 호주머니 속에서 종이와 펜을 찾은 나흘째가 되어서야 이곳이 정말 적합한 비스트로라고 확신하게 되었다.

그리고 파리에서 일어난 사건들, 내가 이곳에서 처음 겪는다고 확신한 일들까지 포함한 대부분의 사건이 하나의 재연이라는 느낌이 들기 시작했다.

아마도 혼돈 속에서만 번성할 수 있는, 꿈과 관계된 어떤 메커니즘 때문이었으리라. 혼돈은 곳곳에서 작동했다. 두 파리, 공산주의 파리와 그 반대의 파리에 대한 인상이 뒤섞였고, 어느 쪽이 더 강한지 나로서는 구분할 수가 없었다.

10월의 어느 오후 라테라스에서 두 파리의 이혼이 이루어졌다. 나는 현행 체제가 무너지지 않는 한 더는 알바니아로 돌아가지 않기로 마음먹었다. 〈르몽드〉 기자 다니엘 슈네데르만이 나의 작별 인터뷰 원고를 가지고 멀어져가는 걸 보면서 나는 이 이별이 모든 면에서 일시적일 수밖에 없으리라는 생각은 하지 못했다.

두 개의 파리…… 공산주의 파리와 포스트공산주의 파리? 말이야 쉽다! 현실은 훨씬 복잡했다. 엇갈리는 건 이미지만이 아니었다. 이를테면 트로카데로광장은 내가 도착하고 바로 다음날 처음 가로지른 광장이었다. 그리고 훨씬 유쾌하거나 덜 유쾌한 다른 광장들이 이어졌다. 기분 상한 여왕 같은 샹젤리제 거리, 참으로 유쾌하게 들썩이던 대로들, 센강에 제멋대로 던져진 듯한 다리들. 사람들도 마찬가지였다. 놀란 사람들이 있었고, 전혀 그렇지 않은 사람들이 있었다. 게다가 두 파리와 관련해서 나는 공산주의 몰락이 가져온 변화가 그곳에서만큼이나 여기에서도 느껴진다고 생각하게 되었다.

그렇지만 가장 이해하기 어려운, 세번째 파리도 있었다. 바로 내 편지들 속의 파리였다. 그 편지들은 헬레나에게 무의식적인 불안을 불러일으킨 모양이었다. 헬레나가 보기에 내 편지 속 파리는 다른 두 파리와 다를 뿐 아니라 어떤 면에서는 사족이었다. 여기서 만난 사람들을 묘사하는 나의 가벼운 방식에 대해 아내는 결코 마음을 놓지 못했다. 이 서신의 수취인이라는 이유만으로 그녀도 제 몫의 책임을 져야 했기에 더더욱 그랬다. 이를테면 그녀는 '악마'라는 단어가 호감을 표현할 수도 있음을, 또 안개가 깔린 가운데 나의 소중한 친구 C. D.가 동료 한 사람과 떠나는 모습을 묘사할 수도 있다는 사실을 받아들이지 못했다.

내 편지들이 엉뚱해 보였다면, 헬레나가 이후 회고록을 집필할 때 참조했던 다양한 일화를 기록한 내 메모는 사실 그보다 훨씬 더 엉뚱했다. 하지만 그것이 곧 문학의 속성 아니겠나.

이를테면 생미셸 대로 63번지로 옮겨온 우리의 이사에 관한 메모는 **네번째** 파리를 환기하기에 적합했다.

나의 오랜 친구 장마리 B.가 뤽상부르공원이 보이는 곳에서 함께 커피를 마시던 중 느닷없이 내게 말했다. 이 동네로 와서 살지 그래?

그런 얘기를 나누다가 그는 문득 프랑스학술원이 그곳에서 몇 발짝 떨어진 곳에 상당한 수의 아파트를 갖춘 건물을 소유하고 있으며, 내가 학술원의 외국인 회원이라는 사실을 떠올렸다.

나는 공산주의 세계에서 거주지를 얻으려면 거쳐야 할 단계들을 생각하며 그에게 이렇게 말했다. 1972년에 내가 방 두 칸짜리 작은 거주지에서 두 배나 넓은 아파트로 옮겨갈 수 있게 해준 건 바로 파리였다고. 다시 말해 파리에서 책이 출간되었다는 사실과 나를 만나러 티라나로 오고 싶어한 프랑스 기자들이었다고.

이미 파리에 와 있는 내게 무엇이 도움이 될 수 있을지를 두고 농담을 주고받다가 장마리 B.는 헌사를 쓴 책을 선물하는 것이 작가들 사이에 여전히 관습으로 남아 있다고 일러주었다.

그런 청탁에 관한 현지 관습을 내가 알지 못한다는 사실을 상기시키면서 그 이상의 무언가를 선물하면 실례가 되는지 그에게 물었다. 그러자 그는 기념품도 나쁘지 않을 거라고, 특히 상징적인 선물이라면 좋을 거라고 대답했다.

훨씬 나중에 쓴 메모에 그때 일어난 일이 이렇게 적혀 있다.

까다로운 일인 건 알았지만 나는 끝까지 가보기로 마음먹었다. 그리고 권총을 가방에 집어넣고 나왔다. 나는 생각했다. 이 권총의 도움을 받는 것 외에 달리 해결책이 없어. 다행히 출입구 검문은 없었다. 나를 기다리던 남자는 내 방문 목적을 듣더니 얼굴이 굳었다. 대화는 늪으로 빠져들었다. 이따금 나는 무기가 든 가방 쪽으로 눈길을 던졌다. 마침내 그걸 꺼내든 순간, 모든 것이 휘청거렸다. 남자의 동요는 말로 표현하기 힘들 정도였다. 오, 안 됩니다, K. 선생님, 제발 이러지 마세요!

메모는 거기까지였다. 누가 이걸 읽으면 프랑스학술원의 아카데미프랑세즈 건물에서 대화로 얻어내지 못한 것을 협박으로 강탈했노라고 뻐기는 갱스터가 쓴 글이라고 생각할지도 모르겠다.

사실, 완전히는 아니어도 거의 비슷하긴 했다.

그러니까 나는 이 일을 포기하지 않기로 마음먹었다. 약속 날에 상대에게 줄 책을 골라 헌사를 썼고, 마비된 듯 느릿한 동작으로 장롱에서 권총을 꺼냈다. 그걸 가방 속에 밀어넣으면서 외부 관찰자가 내 행동과 동작을 염탐했다면 어떤 생각을 할지 상상하지 않을 수 없었다. (저 인간 완전히 미쳤군! 저런 발칸 지역의 야만인을 받아들인 아카데미가 대가를 톡톡히 치르겠어!)

나는 오데옹역에서 내려 걸어갔다. 생각에 잠긴 채 느릿느릿 걸음을 옮기며 혹시 일어날지 모를 일을 상상했다.

이미 말했듯이 운좋게도 출입구 검문은 없었다.

나를 기다리던 남자는 책을 뒤적이며 흡족한 표정으로 눈웃음을 지었다. 그런데 내가 만남을 요청한 이유를 그가 이미 짐작하고 있다는 느낌이 들었다. 그는 내 말을 주의깊게 들었는데, 그러면서도 내 기대를 저버릴 수밖에 없으리라는 걸 감추지 않았다. "K. 선생님, 부디 이해해주시기 바랍니다……"라는 말을 듣고 나면 제아무리 우둔한 발칸 사람이라도 요청이 받아들여지지 않으리라는 사실을 이해할 것이다. 그는 덧붙여 말했다. 자신의 능력으로 해결할 수 있는 일이었다면 즉각

재가했을 것이라고. 아카데미의 모든 회원과 마찬가지로 자신도 나를 지극히 높이 평가하며 나의 멋진 헌사에도 깊이 감동했다고…… 하지만 일은 그렇게 간단하지 않다고. 이미 수많은 이가 해당 건물의 아파트를 요청한 상태라고……

지금이 아니면 끝이다, 나는 속으로 중얼거렸다. 그러곤 아무 생각도 하지 않고, 발칸 사람답게 해야 할 일을 하려 애썼다. 진짜 발칸 사람이건 아니건 그건 중요하지 않았다.

가방에 손을 집어넣자 손가락이 무기의 차가운 총신에 닿았다.

권총을 꺼낼 때 내 머릿속에는 티라나 벼룩시장에서 그 권총을 내게 팔려고 애쓰던 고물장수의 말이 이상하리만치 생생하게 떠올랐다. 이런 선물을 받는 사람은 넋이 빠질 겁니다. 여기서건 다른 어디서건 마찬가지예요…… 파리에서 모든 일이 원활하게 흘러갈지라도 언젠가는 내게 이 총이 필요한 날이 올지 모른다. 하지만 나는 이 사실을 분명히 알아야 했다. 지구상의 어떤 선물도 무기만큼 인간의 존엄을 편들어주지 못한다는 걸. 무기에 대해선 수치심을 품을 수 없고, 이를테면 향수나 넥타이를 받았을 때처럼 난감한 경우가 생길 수도 없는 법이다. 오히려 무기는 고결할 뿐 아니라 군더더기 없이 남성적인 선물이요, 진짜 귀족의 선물이었다!

테이블 반대편의 남자는 제 눈을 믿지 못했다. 오, 안 됩니다! 그가 외쳤다. 있을 수 없는 일이에요, K. 선생님. 이건 너무 지나칩니다. 이러시면 안 됩니다……

이건 상상할 수도 없고 듣도 보도 못했으며 아카데미 내부에서 일어나리라고 추정조차 할 수 없는 일이라고 그는 거듭 말했다.

그가 무기를 보고 나의 모든 예상을 훌쩍 뛰어넘을 정도로 아연실색한 건 사실이었다.

연신 쏟아내는 그의 항변이 내 귀에는 두 가지 다른 음역으로 들렸다.

오, 안 돼요, 안 됩니다, K. 선생님! 이건 도를 넘는 행위입니다! 아카데미 안에서 이런 협박은 용인될 수 없어요. 제발, 무기를 집어넣으세요!

그의 말에 담긴 두번째 의미는 첫번째 의미와 단단히 얽혀 있어 따로 풀어내기가 어려웠다.

오, 안 돼요, K. 선생님!…… 그는 극도로 충격을 받았다. 알바니아 관습 베사*는 전설적이지요…… 그렇지만 이렇게 미묘한 입장에 처한 제 생각도 좀 해주세요. 그 무기 좀 집어넣으시라고요. 이런 일은 정말이지 처음 당하고…… 처음 봅

---

* '신의'를 뜻하는 말로, 손님 맞이에 정중하고 죽음까지 불사하는 알바니아 특유의 관습을 가리킨다.

니다!

그는 눈을 반짝이며 마치 신들린 사람처럼 한편으론 질겁한 채, 다른 한편으론 그런 무기에 맞아 쓰러지고자 하는 억누를 길 없는 욕망이라도 표현하듯 쉬지 않고 말했다.

그와 나 사이의 테이블 위에 무기를 내려놓는 순간, 그 무기가 내게도 놀랍도록 아름다워 보였던 건 사실이다. 은제 부품에 끼워진 몇몇 보석이 빛이 꺼진 듯 보이는 다른 보석들 옆에서 반짝였다. 티라나에서 판매자는 권총을 살짝만 움직여도 잠든 에메랄드들이 깨어나 먼저 깨어나 있던 에메랄드들과 교대하는 모습을 볼 수 있다고, 이 물건이 발휘하는 마력의 원천 중 하나가 바로 거기에 있다고 설명했었다.

우리는 말없이 서로를 바라보았다. 둘 다 감히 인정하지 못하는 유혹이 상대에게서 싹트길 기대하면서.

그러니까 이걸 저한테…… 그가 마침내 꺼져가는 목소리로 말했다.

나는 내 뜻을 곡해하지 말아달라고 설명하지 못했다. 그가 완전히 대경실색한 상태였고, 옛 무기의 사용에 대비해 프랑스 형법이 예견해둔 내용에 대해 우리가 논의할 시간조차 없었기 때문이다……

만남은 한 시간가량 이어졌는데, 그는 감동했다면서도 선물은 사양했다. 내가 무기를 다시 가방 속에 집어넣을 때 그는 마지막으로 그걸 힐끗 쳐다보더니 행여 기분 나쁘게 생각하지 말라고, 일이 해결되고 나면…… 어쩌면 다음번 기회가 올 거라고 말했다.

나도 정말로 기회가 다시 찾아오리라고 믿었다. 그러니까, 권총 대신에 로켓발사기를 사용하는 누군가가 나타나지 않는 한……

헬레나도 결국은 내 '메모 속 파리'에 적응하리라고 생각했는데, 그런 날은 금세 오지 않았다. 오히려 내가 그녀의 질문들에 익숙해졌는지도 모르겠다. 당신이 악마라는 말을 종종 애정의 표시로 사용한 게 티라나대학에서였어? 당신이 약속대로 언젠가 나를 모스크바에 데려간다면 내가 거기서 당신이 묘사한 무언가를 발견할 수 있을까? 당신, 그곳 이름이 로스탕인 줄도 모르고 거기서 커피를 마신 거야? 콜레트 D.는 어떻게 알게 된 거야?

내가 콜레트 D.를 만난 건 파리 체류 초기에 아셰트 문학국장인 피에르 시프리오의 집에 초대받았을 때였다. 그런 만찬에는 종종 늦게 오는 사람이 있고, 공교롭게도 지각한 손님이 가장 아름다운 여성이라는 사실은 나중에 알게 되었다.

그녀에겐 미모의 원인이자 결과로도 보이는, 뭐라 형용할 수 없는 묘한 매력이 있었다. 소녀 같기도 하고 요염한 여인 같기도 한 모습. 출렁이는 밝은색 머리카락은 어느 한쪽 면모가 다른 면모보다 우세한지에 대해 끝없이 질문을 던지는 것 같았다.

훗날 므시외르프랑스 거리 48번지에서 그런 만찬이 끝난 뒤 그녀가 비밀 약혼자에 대해 말해주었을 때 나는 아연해졌다. 나는 다른 모든 곳과 마찬가지로 프랑스에서도 비밀 약혼은 물론이고 약혼이라는 개념 자체가 사라지고 있다고 생각했었다. 내 눈길은 자연스레 시프리오 씨에게 쏠렸지만, 미처 내가 물을 새도 없이 그녀는 유쾌한 웃음을 터뜨리고는 머리카락을 흔들며 말했다. "아녜요, 저 사람이 아니에요!"

그 웃음 속에 소녀 같은 모습이 도드라졌다. 나는 그녀의 억양에 내 억양을 맞추려고 애쓰며 "쉬프리오트 씨"를 처음 만났을 때 그가 아마 나를 미친 사람이라 여겼을 거라는 나의 추정을 얘기하지 않을 수 없었다.

그녀는 계속 "아니에요"라고 했는데, 이번에는 고갯짓으로만, 더 정확히 말하자면 미소도 띠지 않은 채 머리카락으로만 말했다.

나는 그렇다고 원망하는 건 결코 아니라고 덧붙여 말하고 싶었다. 이렇든 저렇든 동유럽에서 온 우리는 그곳의 광기를 조금이나마 가져왔을 테니까. 나의 가짜-초대장 이야기처럼 말이다. 그렇지만 말로 설명하기가 쉽지 않았고 엉망인 내 프랑스어로는 더더욱 그랬다.

전혀 아니에요! 그녀가 또박또박 끊어서 말했다. 우리는 선생님을 이해해요…… 아마도 선생님이 상상하는 것보다 훨씬 더……

그녀의 눈은 매 순간 색을 바꾸는 것처럼 보였다.

우리가 선생님을 보호하고 있어요. 그녀는 묘하게 속눈썹을 깜박거리며 말을 이었다. 제 말 이해하시죠? 우리가 선생님을 보살핀다고요…… 그렇지만 드러나지 않게 하지요.

처음엔 내가 제대로 못 알아들은 줄 알았다. 그녀도 그렇게 생각한 모양이었다. 그녀는 내게서 눈을 떼지 않은 채, 무슨 잘못을 하다가 들킨 사람처럼 속눈썹을 깜빡이며 좀더 명료한 말로 반복했다.

이번에는 귀부인 같은 모습이 교대하듯 나섰다. 내가 그녀의 말을 완벽하게 이해했으며, 모든 것에 고맙다는 말을 해서 그녀를 안심시켜야 할 것만 같았다. 그런데 감사의 말 대신 이렇게 묻고 말았다.

그러니까, 당신이 그 모든 일에 가담하신 겁니까?

대답을 듣기도 전에 나는 돌이키기 어려운 실언을 했음을 깨달았다. 그녀는 생각에 잠긴 얼굴로 잠시 나를 물끄러미 쳐다보았다.

그렇다 하더라도 선생님께는 말하지 않겠어요.

용서하세요, 부인…… 문득 나는 그 눈의 숭고한 빛이 우리가 습관적으로 떠올리는 여성의 신비나 매혹의 효과이기 이전에 다른 무언가와 관계된 것임을 깨달았다.

그 눈빛은 세상의 천박함이 접근할 수 없는 높고 한적한 공간에 당당히 물러나 있는 듯 보였다.

나의 귀부인. 나의 전하. 명함에 적힌 대로 므시외르프랑스 거리 48번지에 거주하는 사랑스러운 주민. 그럴 재간만 있다면 당신의 발아래 몸을 던지고 싶습니다…… (테이블 위에 놓인 컵들을 엎지르지 않고, 혹은 현기증이 나서 새털처럼 가벼운 드레스를 붙들다가 찢어버리는 일 없이 귀부인 앞에 무릎 꿇는 법을 가르쳐주는 수업이 있다면 나는 당장이라도 들을 준비가 되어 있었다.)

당치 않은 천박함에 대해 그녀에게 무릎 꿇고 용서를 구하고 싶었다. 티라나와 모스크바에서 수년간 공부를 하며 잊었다고 생각했지만 러시아와 알바니아 문화가 뒤섞인 잡탕 속에서 이따금 불쑥 떠오르는 그런 천박함에 대해.

바깥 날씨가 어떤지 확인하려고 창가로 다가갈 때마다 내 눈길은 생미셸 대로를 가로지르는 횡단보도에 머물곤 했다.

하루에도 몇 번이나 그곳에서 길을 건너다보니, 나는 거기가 바로 5구의 유일한 출구라고 생각하게 되었다.

그곳이 파리에서 두 구가 같은 대로를 공유하는 유일한 장소는 아니다. 하지만 생미셸 대로에 막 자리잡은 사람이라면 누구라도 대로의 인도 한쪽은 5구에 속하고 다른 쪽은 6구에 속한다는 사실에 흥미를 느낄 수밖에 없을 것이다.

파리에서 가장 유명한 두 구역의 맞대면, 그토록 명백하고 노골적인 맞대면은 필연적으로 경쟁에 대한 생각으로 이어졌다. 얼핏 보면 파리 6구가 어느 정도 우위를 점하는 것 같았다. 수도에서 가장 널리 알려진 뤽상부르공원 하나만으로도 6구에 우위를 부여하기에 충분했다. 바로 그 공원 안에 자리한 상원 의사당, 공원에서 몇 발짝 떨어진 곳에 있는 오데옹 극장, 플로르와 되마고 같은 카페들이 있는 생제르맹 대로는 말할 것도 없고, 출판사 대부분과 아카데미프랑세즈까지 6구에 명백히 무게를 더했다.

조금 더 소박하긴 해도 5구라고 뒤지지 않았다. 노트르담 대성당이 있고, 더없이 매력적인 라탱 지구가 있고, 학생들의 소르본이 있으며, 팡테옹이, 찬사가 필수요건을 넘어 교양의 신호로 작용하는 좁은 무프타르 거리도 있었다.

6구에서 커피를 마시는(나의 가장 고결한 재능을 펼치며, 다시 말해 글을 쓰며) 5구 주민이라는 나의 이중적 조건은 처음엔 우연의 결과였을지라도 언젠가는 보다 심오한 이유가 드러날 터였다.

늘 비슷한 감정이 나를 덮쳐왔다. 특히 반대편으로 가기 위해 대로를 건널 때면. 모든 논리를 거슬러, 나는 언제나 5구가 6구를 향해 돌진하는 경향을 보이며, 그 반대는 결코 아니라고 믿었다.

보행자용 녹색 신호가 켜지기를 기다리는 동안 나는 앙리 4세고등학교에서 가르쳤던 쥘리앵 그라크가 자기 책을 출간하는 조제 코르티 출판사로 가기 위해 수플로 거리를 내려와 바로 그 지점에서 대로를 건너는 모습을 즐겨 상상했다. 조금 더 가서, 목적지에 이르기 전에 아마도 그는 카페 로스탕에서 걸음을 멈추고 오후의 커피를 마셨을 것이다.

파리에서, 나아가 유럽에서 가장 위대한 생존 작가가 같은 카페를 드나들었다는 생각이, 당연하다고까지 할 수는 없으나 내게는 아주 자연스럽게 여겨졌다. 이를 통해 나의 부적절한 오만을, 나아가 속물근성을 운운할 수도 있을 테지만, 그렇다 해도 어쩔 수 없었다. 어쨌든 우리는 같은 출판사 작가였으니 그게 자연스러운 일이 아니라고 주장할 사람은 없을 것이다…… 다만, 물론……

쥘리앵 그라크가 카페 로스탕에서 커피를 마시지 않았다면 모를까.

이 가정은 어느 날 주의보의 형태로 떠올랐다. 여러 의문이 한꺼번에 쏟아졌다.

만약 쥘리앵 그라크가 커피를 마시지 않았다면⋯⋯ 적어도 카페 로스탕이 그 매력을 상당히 잃지 않았을까?

대답은 나중에 얻게 될 것이었다.

다른 많은 날과 비슷한 주중의 어느 날이었다. 메디시스 거리를 따라가던 중 카페 로스탕에서 몇 발짝 떨어진 지점에 이르렀을 때 친근한 얼굴 하나가 조제 코르티 진열창 앞에서 나를 불러세웠다. 나는 거의 소리를 지를 뻔했다. 에릭, 거기서 뭐하는 거요?

나는 바로 에릭 파이를 기억해냈다. 젊은 프랑스 작가로 내 오랜 친구인데, 자기 책을 출간하는 출판사의 진열창 앞에 있었으니 그는 완벽하게 있어야 할 자리에 있었던 셈이다. 놀랄 것 없는 일이었다. 게다가⋯⋯

그저 내가 얼이 빠져 있던 탓이었다. 우리가 함께 쓴 대담집이 바로 코르티 출판사에서 출간되지 않았던가?

카페 로스탕에서 아침커피를 마시기 시작한 지 몇 주 만에 내 책을 내는 출판사 중 하나가 겨우 몇 발짝 떨어진 곳에 있다는 사실을 깨닫다니, 그게 있을 수 있는 일인지.

그 대담집의 출간이 몇 년 전, 내가 파리에 정착한 초기에 이루어졌으며, 특히 그 일에 전념한 사람은 에릭 파이라는 사실을 떠올리고서야 나는 건망증에 대한 두려움을 떨칠 수 있었다.

진열창에는 조제 코르티의 간판 작가인 쥘리앵 그라크의 작품이 여러 권 진열되어 있었다. 그 너머 안쪽에서 두 개의 눈이, 아마도 편집자의 눈이 상당한 호기심을 드러내며 나를 응시했다.

우리는 진열창을 사이에 둔 채 인사를 나누었고, 나는 내 갈 길을 갔다.

그를 알게 된 건 훨씬 나중이었다. 확실치 않은 애매한 인사를 수십 차례 나누고 나서야 이루어진 만남이었다.

무엇이 나를 내모는지 알지 못한 채 나는 어느 날 늘 있던 그 자리에 있는 그를 보고서 문턱을 넘어 들어갔다. 내 소개를 하자 그는 응답했다. "압니다." 그가 내 책을 이미 출간했으니 놀랄 것 없는 일이었다.

그는 내게 앉으라고 권하고 나서 자기소개를 했다. 베르트랑 피요도, 조제 코르티의 편집장이었다. 그가 친구처럼 느껴져 나도 모르게 친근함의 표시로 내가 쥘리앵 그라크와 아는 사이고 그와 편지도 주고받았다고 털어놓게 되었다. 내 말이 채 끝나기도 전에 그가 다시 말했다. "압니다." 나는 그 덤덤

함을 자연스럽게 받아들이는 척하려고 미약하게나마 애썼다. 하지만 이 서신 교환 외에 생플로랑르비에유에 위치한 쥘리앵 그라크의 집에 간 적도 있다는 사실을 덧붙였을 때 피요도는 세번째로 "압니다"라고 대답했고, 그러자 나는 나에 관해 무엇이건 그에게 알려줄 희망을 완전히 잃었다.

한때 근처에 살았던 헨리 밀러와 아나이스 닌과 관련된 평범한 일화들을 얘기하지 않으려고 애서 참던 중 문득 에밀 시오랑도 이 근처에 살았던 것 같다는 기억이 떠올랐다.

네, 맞습니다. 바로 옆이죠. 오데옹 거리 21번지.

대화는 한동안 파리의 그 길모퉁이에 터를 잡았던, 다시 말해 카페 로스탕에 드나들던 인물들 쪽으로 흘렀다. 이를테면 부모가 카페 위층에 아파트를 한 채 소유했던 지드 같은 인물.

나도 그런 사실을 잘 알아서 그저 한 번이라도 "압니다"라고 대꾸하고 싶었지만, 보아하니 그날은 그럴 기회가 주어지지 않을 것 같았다. 그러는 동안 **쥘리앵 그라크**는 카페 로스탕에 드나들지 않았으리라는 불안이 떠올랐고……

그러면 쥘리앵 그라크는요? 나는 휘청거리는 듯한 목소리로 물었다.

그라크요? 그가 되물었다. 왠지 모르지만 나는 그가 맹세코 쥘리앵 그라크는 모든 기대와 달리 설명할 길 없는 이유로 카페 로스탕에 한 번도 발을 들여놓은 적 없다고 말하리라 예상했다.

왜죠? 나는 그가 말을 끝낼 시간도 주지 않고 물었다.

왜라니요? 뭐가요?

제 말은 어떻게 그럴 수 있냐는 거죠.

네?

그 혼란에서 헤어나오기까지 꽤 시간이 걸렸다. 내가 들었다고 생각한 말과 정확히 반대되는 대답을 그가 내놓았다는 사실을 내가 깨닫기까지 말이다. 다시 말해 쥘리앵 그라크는 다른 어디도 아닌 카페 로스탕에서 오후의 커피를 마셨던 것이다.

나는 안도하고서 다시 저명한 인물들에 대해 물었는데, 그는 모든 걸 아는 것 같았다. 이를테면 발자크는 이 동네와 특별한 관계를 맺은 적은 없지만, 아주 가까운 므시외르프랭스 거리 50번지의 유대인 상점에서 원두를 갈아서 사갔다. 별것 아닌 일처럼 보일 수 있어도 좀더 자세히 들여다보면, 그 소중한 커피가 없었더라면 『인간 희극』의 집필을, 적어도 그 작품 절반의 집필을 상상하기 어려울 것이다. 인접한 건물 정면에는 1654년부터 1662년까지 파스칼이 살았다는 팻말이 붙어 있었고, 더 멀리에는……

문득 그가 "압니다"를 덧붙이지 못할 것이 확실한 질문을 던지고 싶다는 지독한 욕망이 나를 사로잡았다.

므시외르프랑스 거리 50번지와 52번지 건물들에 관한 말씀을 주의깊게 들었습니다만, 파리를 통틀어 가장 독특한 눈매의 소유자인 콜레트 D.가 살고 있는 48번지에 대해 얘기 좀 해줄 수 있으신지요?

언젠가 카페 로스탕에 관해 뭔가 써야겠다는 생각이 내게 너무 익숙해져서, 처음 이런 생각을 하게 된 날짜를 특정하거나 어떤 상황에서 생겨났는지 기억해낼 수가 없다. 그곳은 뉘우침과 고마움이 뒤섞인 감정이랄까, 늘 곁에 있지만 우리의 관심을 충분히 누리지 못한, 혹은 그런 것으로 보이는 일생의 동반자를 향해 느끼는 감정을 떠올린다.

나는 이 카페에서 수십 가지 주제에 빠져 수백 쪽의 글을 썼는데, 그러느라 카페 자체는 시야에서 완전히 멀어졌다.

「로스탄둠 벨룸」.*

이는 가상의 사건을 다룬 대여섯 쪽의 글인데, 처음엔 제목을 '로스탕 사건'이라고 붙였다가 나중에 '로스탕 사건의 실상'으로 바꾸었고, '로스탕 수수께끼'를 거쳐 서사시 제목 같은 'R의 전쟁'으로 결정되었다.

---

* '로스탕의 전쟁'이라는 뜻의 라틴어.

자신의 회고록에 포함시킬 생각으로 이 글을 읽은 헬레나는 이 텍스트가 다른 나머지와 근본적으로 다르다고 평가했다.

나는 이 사건이 현실과 어느 정도 관계가 있다고 기꺼이 믿으면서도 그녀의 생각에 동의했다.

오후에 R 앞을 지날 때마다 나는 헬레나가 농담처럼 내게 물으리라 기대했다. 내가 상상한 그 전쟁을 대체 어디서 보았냐고, 그 망가진 의자들이며 공격과 반격을, 패배당하고 쓸쓸히 동네로 흩어지는 피란민 행렬을 대체 어디서 볼 수 있었냐고.

공사 때문에 카페가 임시휴업을 할 때도 있었지만, 공사로 인한 소음과 먼지를 '전쟁'이라는 단어로 표현할 만한 사건과 연결 짓기는 쉽지 않을 것이다. 라틴어로는 더더욱 그렇고.

그러나 헬레나는 아무것도 묻지 않았을 뿐 아니라 어느 날엔 전혀 뜻밖의 방식으로 생각이 바뀌었다며 이 글을 자기 책에 넣고 싶다고 알렸다.

당신이 「로스탄둠 벨룸」을 조금이라도 믿기 시작했다는 뜻이야? (내가 파리로 오라는 초대를 받지 못했다고 정말 믿는 거야?)

이 물음에 대한 놀라운 대답은 나중에 베르트랑 피요도의 입으로도 듣게 되었다. 그는 내 상상에 비일관성이라는 과오는 있지만(그는 '넘치도록'이라는 수식어까지 붙였다) 과장은 그리 심하지 않아서 믿을 수도 있을 것 같더라고 내게 설명했다. 분명히 로스탕에서는 대결이 일어났고, **벨룸(일리리쿰* 또는 로스탄둠)**이라고까지 말하긴 어렵지만, 그것이 내내 일정한 불안감을 불러일으키긴 했다고.

내 글은 이렇게 시작된다.

우리가 훗날 '로스탕의 전쟁'이라고 이름 붙이게 될 사건은 20세기와 21세기, 두 세기의 경계선에서 발발했다……

조금 더 내려가면 두 상대 진영이 소개되어 있다. 한쪽에는 카페의 새 주인들, 즉 **지휘관들**이 있고, 다른 쪽에는 완전 무장한 고대의 **보병**을 생각나게 하는 **먹물들**이 있다.

다른 많은 세부 사실과 마찬가지로, 세심하게 감춰진 대결의 진짜 원인은 몇 년 뒤에 드러날 것이다. **먹물들**(다시 말해 카페에서 일하고 싶어하는 기자, 작가, 학생 들)은 그 장소에 엘리트의 랑데부라는 일정한 아우라를 부여했지만, 동시에 장시간 죽치고 앉아 그곳의 경제적 수익성을 해쳤다. 그렇다고 그런 사실을 드러내놓고 말할 수는 없는 법. 전쟁의 목적

---

* '벨룸 일리리쿰'은 '일리리아의 전쟁'을 뜻하며, 일리리아는 아드리아해 동쪽 해안에 위치한 로마 속주로, 오늘날의 발칸반도 서부에 해당한다.

은 **먹물들**을 내쫓지 않고 제 발로 나가게 하는 것이었다. 달리 말해 그들이 군소리 없이 스스로 자리를 떠나도록 만드는 것이다. 바로 거기에 난점이 있었다. 인류는 온갖 종류의 전쟁을 경험했지만 이처럼 조용한 전쟁은 알지 못했다.

그런 전쟁을 하는 게 불가능했기에 사람들은 잠시 전쟁이라고 생각하지 말까도 고민했다. 그렇지만 그 말을 대체할 단어를 찾는 것이 불가능하다는 사실이 금세 밝혀졌고, 그래서 전쟁 포기는 포기하고 다시 그 생각으로 돌아가 열의를 되살렸다.

은밀할지언정 지독한 전쟁이 될 것이었다. 공격과 반격, 승리와 패배로 이루어진 전쟁이.

전선에서 계속 소식이 들려왔다. **먹물들**이 뤽상부르공원 쪽으로 난 유리문 구역을 공략했는데, 그곳에 함정이 매복해 있으리라고는 아무도 짐작하지 못했다.

그 함정이 무엇이었는지는 어디에도 설명이 없다.
더 아래로 내려가면 글은 이렇게 이어진다.

전쟁은 겨우내 계속되었다…… 중앙 쪽으로 통로를 내기 위해 절망적인 노력을 기울인 끝에 **먹물들**은 역시나 가장 취약한 전선인 북쪽 날개를 향해 방향을 틀었다.

여기서 "공략"이나 "중앙 쪽으로 통로를 내"었다는 표현, 특히 "가장 취약한"이라는 표현은 무엇을 의미할까?

이 표현들의 가면을 벗기려던 나의 노력은 실패로 끝났다. 어쩌면 개를 데리고 다니는 손님들(카페에서 개를 받아들이던 시절이었다)로 **먹물들**의 평화를 흔들어놓는 작전을 암시하는 것일지도 모른다. 근처 정신병원에서 온 환자들을 일시적으로 받아들인 게 아니라면.

텍스트의 이 부분은 울적한 메모로 끝난다.

봄이 한창일 때 **먹물들**의 저항은 완전히 꺾였다. 패배한 전쟁 직후에 언제나 그렇듯이 피란민들이 속출했다.

도망자들은 새로운 카페를 찾아 뿔뿔이 흩어졌다. 대부분은 서쪽인 수플로 거리나 게뤼사크 거리의 카페들을 향해 몰려갔다. 나머지는 운명이 이끄는 곳으로 향했다.

맥도날드에 착륙한 한 늙은 손님이 기억났다. 카페 로스탕에서 그가 '오이디푸스왕의 다섯 가지 상태'라는 제목으로 묶은 데생 여러 장을 내게 준 적이 있었다. 나는 맥도날드 창밖에서 그를 알아보았는데, 평소처럼 그는 한줌의 종이 위로 몸을 숙이고 있었다. 호기심이 동해 가까이 다가갔더니 오이디푸스나 필록테테스 그림 대신에 요란한 색으로 적힌 햄버거 가격표가 보였다.

거의 울 뻔했는데, 다행히 그가 나를 알아보지 못했다.

이 전쟁의 피란민들이 특히 낯설게 느꼈을 장소는 아마 므시외르프랑스 거리일 것이다. 실제로 그곳 가게 이름들은 침울하고 단조롭게 일본어로 바뀌어가는 중이었다. 키오토리 그릴. 야마모토-스쿠스마 스시. 사마스쿠-쿠로사와 그릴. 새로운 쓰나미의 여파, 새로운 지진의 여파로 파리와 도쿄가 놀라운 자매결연을 맺은 모양이었다. **프랑스-일본 벨룸**이 벌어진 게 아니라면.

피란민 다음으로는 관광객들이 체로 걸러질 차례였다. 좀 더 정확히 말하자면 '전쟁 후의 누벨바그'라 이름 붙일 수 있을 관광객들이었다.

그들 가운데는 예전에 이 카페를 드나들었던 저명인사들의 자취를 알아보려고 애쓰는 사람들도 있었다. "헤밍웨이 말입니까? 그는 여기서 걸어서 십 분 거리에 있는 다른 카페, 라 클로즈리 데 릴라의 단골이었는데요……" "오, sorry. 제가 그런 걸 잘 몰라서요!"

마지막으로 피란민들이 돌아왔다. 전쟁은 이미 끝났다. 주인이 다시 바뀌었고, 전 주인이 떠나자 적개심도 종말을 고했다. 새 **지휘관들과 함께 평화가 돌아왔다.**

종업원들이 얼빠진 눈길로 지켜보는 가운데 **먹물들**은 그들 꿈에 숱하게 등장했던 그 카페 안으로 하나둘 들어섰다. 그리고 늘 앉던 자리, 중앙 구역과 서쪽 날개를 나누는 운명적 경계에 놓인 자리, 그들이 결정적으로 패배했던 7번 테이블, 마지막 커피를 마신 자리를 찾아 앉으며 벅차오르는 감정을 겨우 억눌렀다.

마지막에 메모는 관광객들 쪽으로 돌아왔다. 한 관광객과 나눈 가상의 대화—더없이 기괴한 소통—가 서사시 「로스탄둠 벨룸」을 마무리지었다.

"오스트리아인이세요? 빈 출신이세요? Yes? 그러면 아름다운 빈 여인, 구스타프의 아내…… 구스타프 말러의 아내 알마 말러에 관해 좀 아시겠군요?"

"아 네, 물론이죠. 말러, yes……"

그의 어설픈 영어가 그 눈길의 진솔함을 한층 부각한다. 내 영어라고 더 나을 게 없지만 대화는 이어진다.

"말러 부인이 혹시 이 카페에 왔었나요?" 그가 묻는다.

"왔겠죠. 네, 그럴 수 있죠." 내가 대답한다.

"아, 아, 꽤 오래전이겠군요."

"물론. 전쟁 전이겠죠."

"아, 아, yes. 전쟁 전. sure."

"아마도 세계대전 전일 겁니다. the first 말입니다."

"아, 아, 말러는 죽었고(그가 손으로 1911년을 쓴다). 부인은 혼자가 되어 예쁜 관광객으로 왔겠네요."

"Yes, sir."

대화를 계속 이어가기 힘들겠다는 느낌이 든다. 게다가 왜 내가 알마 말러에 관해 알고 싶은지를 그에게 설명하기는 더더욱 힘들다. 한편 상대는 내게 그걸 물어보고 싶어하는 게 분명해 보이지만 동일한 어려움에 봉착하자 포기한다. 우리는 미소를 짓는다. 서로를 이해하게 되어 너무도 행복한 두 바보처럼…… 꾀꼬리들은 입을 다물 줄 안다.

말러가 사망한 직후, 혼자가 된 서른 살의 아름다운 여자가 자신을 숭배하는 남자들 중 한 명과 함께 코르푸해협을 건너는 유람선 갑판에 서 있는 모습을 상상하기란 어렵지 않다. 한편엔 알바니아가 있고, 다른 편에는 코르푸섬이 있다. 다음 기항지에서 알바니아 장관 한 명이, 스스로 자기 회고록에 묘사했듯이, 배에 오른다! (1912년의 알바니아 장관이라니! 근대사에서 알바니아가 한줌의 사람들로 정부 꼴을 갖춘 지 겨우 서너 주 정도밖에 되지 않았던 시기다.

정확히 말해 11월 28일부터였다.) 그런데 그 각료 중 한 사람이 호화 유람선에 나타나서 몇 마디 말로 이 유명한 여인의 관심을 끈다. 그의 말에 따르면 자기 나라의 속담을 말한 모양이다. 모호하고 기이한 속담이다. "죄인은 살인자가 아니라 희생자다!" 아름다운 여인의 마음에 참으로 깊은 울림을 안긴 이 속담은 그녀 스스로 고백하듯이 그녀 삶의 신조가 된다. (사람들은 그녀를 '남자 잡아먹는 여자'라고 불렀고, 앞으로도 그렇게 부를 터였다. 그런데 지구상에서 가장 젊은 정부의 한 장관이 마침내 그녀에게 알리바이를 제공해준 것이다!)

내 호기심을 끄는 건 아름다운 빈 여인이 아니라 장관이다. 그대는 어디서 튀어나온 건가? 무엇이 그대를 이 배에 오르게 했나? 정말 장관이 맞기나 한지, 유령은 아닌지. 그리고 그 속담은 대체 어디서 건진 건지. 알바니아가 국가로서 존재한 지 불과 두세 주밖에 되지 않았는데, 바다 위에서 부…… 불…… 불가사의하고 잔인한 말을 내뱉으며 아름다운 여자 승객들에게 알랑거릴 시간이 대체 어딨었는지.

내가 수플로 거리를 건너는 일은 드물었다. 대개 휴대전화 때문에 오랑주 텔레콤에 가기 위해서나 더 드물게는 동네 의

사를 만나기 위해서였다.

어느 날 보행자용 신호등이 녹색으로 바뀌기를 기다리면서 응시하고 있는데, 내 오른편에 웬 여자가 서 있는 게 느껴졌다. 반대편 인도를 향해 몇 걸음 옮겼을 때 여자가 내게 K 선생님이 맞는지 물었다.

내가 그렇다고 하자, 그녀는 출판인 오딜 자코브라고 자신을 소개했다.

"아, 출판인 오딜 자코브 씨요?"

그녀는 대화 상대가 보이는 이런 놀란 반응에 익숙한 듯했다. 무심코 그녀의 머리카락부터 하이힐까지 훑는 눈길에도 길이 든 것 같았다. 이 우아한 젊은 여자는 누구라도 될 수 있겠지만 그 유명한 파리의 출판사 대표로는 보이지 않았던 것이다.

나는 "출판인"이라는 말을 "대표님이세요?" 혹은 더 정확히 말해 "사장님이세요?"라는 의미로 썼다. 모든 사람 혹은 거의 모든 사람이 '오딜 자코브'의 사장이 바로 오딜 자코브라는 사실을 알았으니까.

미소를 곁들인 소개를 주고받는 동안 신호는 빨간불로 바뀌었고, 우리는 이미 반대편에 다다른 보행자들 뒤에 처져 대열 끄트머리에 남아 있었다. 택시 한 대가 쏜살같이 지나가면서, 더 정확히 말하자면 택시운전사가 내 옆의 여성에게 천박한 욕설을 내뱉으면서 우리에게 그 사실을 난폭하게 알려주었다.

다른 여자 같았으면 격분해서 소리를 꽥 질렀을 텐데. 게다가 유명한 출판인 아니던가. 그런데 오딜 자코브는 어정쩡한 말투로 불만족을 표하고는, 똑같은 장소에서 택시운전사가 저런 욕설을 던진 게 이번주만 벌써 두번째라고 덧붙였다.

우리는 함께 웃었다. 그런데 반대편 인도에 도착하기도 전에, 우아한 여성들이 그런 종류의 욕설을 듣고도 자연스럽게 보이곤 하는 경쾌한 태도 혹은 거리낌 없는 태도로, 그녀는 자기 출판사에서 내 책의 출간을 기대할 수 있겠는지 물었다……

그러곤 좀더 설득력 있는 태도로 자기 말을 마무리지으려는 듯 한 손으로 그곳에서 삼사십 보 떨어진 오딜 자코브 출판사 건물을 가리켰다.

어깨를 으쓱해 당혹감을 표할 새도 없이, 그녀는 진솔한 미소를 머금고 내가 파야르 출판사에서 책을 냈다는 사실을 모르지 않으며, 본보기가 될 만한 나의 의리는 출판계에 아주 잘 알려져 있다고 덧붙였는데, 그래도 혹시 모르니, 내 책이 아니라면 적어도 내 책에 관한 작품이라도 낼 수 있으리라는 걸 알아두면 좋을 것 같다고…… 적어도 나쁠 것은 없으리라고 말했다. 우리가 아주 가까이 있으니 말이죠―그녀는 다시 한번 자기 건물을 가리켰다. 나는 내 발코니에서 그곳 창문을 볼 수 있다는 사실을 알아차렸다.

몇 주가 채 지나지 않아 나는 손에 『K 파일』을 들고 어쩌면 택시운전사가 그 기념비적인 욕설을 쏘아붙여 내게 새 출판사를 갖게 해주었을지도 모를 바로 그 장소에서 길을 건넜다.

꼭 적합한 책이었다. 벌써 몇 년째 국가 기록보관소를 통솔하고 있는 사람이 처음 출간한 국가 기록보관소의 비밀문서들에 관한 책이었으니.

사실, 오딜 자코브는 내 책을 출간한 인근의 두번째 출판사가 아니라 세번째 출판사였다. 조제 코르티 다음으로, 꽤나 우연한 상황에서, 언제나처럼 파야르 출판사의 동의를 얻어, 전혀 뜻밖에도 또 한 권의 책이 '동네'에서 출간된 터였다.

플라마리옹 출판사 본사도 아주 가깝지는 않아도 카페 로스탕의 반경 안에 있었다. 내게는 인접성이 거의 운명적으로 의무감의 근거가 되었다. 요컨대 플라마리옹이 내게 출간 기획서를 제시했을 때 도입부 두세 문장 가운데 이렇게 시작하는 문장이 분명히 실려 있었다. "게다가 이웃이기도 해서……"

"게다가 이웃"으로서 그들이 내가 써주기를 바라는 글의 인물도 알바니아 출신이었다.

안무가로 떠오르는 스타인 앙줄랭 프렐조카주였다. 출판사는 그와 로만 폴란스키의 대담을 출간하면서 내 에세이도 한 편 더한다면 일관성 있는 작업이 될 것이라고 평가했다. 예술 간 교류를 논하는 대담이 되길 바라는 출판사의 입장에서 미국의 유명 영화인과 프랑스의 위대한 안무가의 대화에 알바니아 작가의 글이 동반된다면 득이 되리라 생각했던 것이다. 요컨대 세 예술과, 미국과 프랑스와 알바니아 세 국적의 조합이었다. 폴란스키의 조국인 폴란드까지 더한다면 네 나라가 될 것이다. 프렐조카주의 경우 예술가로서 경력은 프랑스에 빚지고 있지만, 포스터나 프로그램 책자에 부모의 조국인 알바니아를 꼭 언급했다.

어쨌든, 결정하시기 전에 그와 한번 얘기를 나눠보시는 게 좋을 것 같습니다. 편집자는 이렇게 덧붙이며, 춤처럼 내게 익숙지 않은 주제로 글을 쓰겠다고 마음먹기가 쉽지 않으리라는 인상을 얼핏 드러냈다.

앙줄랭 프렐조카주와의 만남은 내가 상상한 것보다 훨씬 유쾌했다. 알바니아어로 소통하지는 않았지만 오래전부터 그를 알고 지낸 느낌이 들었다. 그의 가족의 고향인 베르모슈는 알바니아에서 가장 북쪽 지역으로 우리 알바니아인에게조차 스웨덴보다 더 멀게 느껴지는 곳이긴 했지만. 게다가 앙줄랭은 알바니아 땅에서 지낸 시간이 거의 없어서 '아주 조금'이라고조차 말하기 힘들었다. 태아 상태로 아홉 달을 채우기 전에 알바니아를 떠났으니 '꼬물이' 같은 단어에 추가로 지소접 미사까지 붙여야 할 정도였다. 아직 어머니 뱃속에 있는 상태로 넉 달쯤 지낸 그곳을 알바니아라고 지칭하긴 힘들었다. '알바니아 어머니의 뱃속'이라면 모를까…… 그것도 모자라 이 여성은 혹독한 겨울밤에 남편과 앙줄랭이 될 태아를 동반하고 철조망과 경찰견이 지키는 그 나라의 가장 위험한 국경을 넘었었다.

앙줄랭 프렐조카주는 정교하게 다듬어진 프랑스어로, 자기 이야기와는 동떨어진 곳에서 이 모든 걸 들려주었다.

날이 갈수록 우리는 더 가까워졌는데, 알바니아어에는 거의 모욕으로 여겨질 법한 일이었다. 그 언어의 부재가 전혀 느껴지지 않았으니 말이다.

이 교감에 수긍할 만한 설명이라도 내놓으려는 듯 앙줄랭은 자기 생각을 털어놓았다. 작가와 안무가라는 직업이 얼핏 상당히 멀어 보이지만 실은……

실은, 나도 말했다…… 실은 비슷하다고요, 아니라고요?

두 가지 가능성이 분리되지 않은 채 내 머리를 스쳤다. 유사성은 그로테스크해 보였고, 유사성의 부재는 어쩌면 더 그로테스크해 보였다.

그도 머뭇거렸다. 조금 더 멀리 내다보면, 닮음과 차이라는 두 가지 선택사항 중 가장 그럴싸해 보이는 것을 고르기가 어렵기 때문이었을 것이다.

그런데 문자라고 불리는 한줌의 우스꽝스러운 기호들을 매개로 우리의 생각이 전달될 수 있다고 주장하는 것이야말로 끔찍한 일이 아닐까? 우리는 체념하고 받아들였고, 누구도 이렇게 외칠 생각을 하지 않았다. 기호들이 산재한 이 책들을 좀 보세요, 인간의 생각이 무엇으로 축소되어 있는지 보시라고요! ……아니, 아니고말고. 그렇다면 춤이, 발레라는 예술이 어딘가에…… 기록될 수 있다는 걸 왜 받아들이지 못하겠나? 음악에는 솔페지오가 있는데 춤이라고 왜 안 되겠나? 춤은 알파벳도, 음자리표도, 음표도 없지만, 안무가의 뇌 속에 스케치의 형태로 존재할 게 틀림없는데. 사실 춤은 공통의 상상에 참으로 쉽게 말을 걸어서 가장 일상적인 단어 가운데 하나인 '움직임'으로 아우를 수 있었다. 춤은 더도 덜도 아닌 그저 움직임이었다. 그러나 다른 움직임이다…… 어떻게 보면 인간의 평범한 동작이지만, 고양된 동작이다. 조금은 꿈속에서처럼…… 섬망처럼.

그와 내가 어찌나 격렬하게 서로의 말을 잘랐는지, 만약 제삼자가 우리를 지켜보았더라면 알바니아어로 대화하고 있다고 생각했을 것이다.

말하자면 움직임의 열광…… 이라고 나는 생각했다. 선생의 어머니가 다섯 달도 채 되지 않은 선생을 뱃속에 품고 어둠 속에서 알바니아 국경을 넘었을 때의 발걸음이 바로 그랬을 겁니다.

그 국경을 따라 철조망과 개들이 배치되어 있었다. 그걸 넘으려는, 그 너머로 날아오르려는 어머니의 욕망. 다르게 움직이려는 욕망은 참으로 강렬해서 두려움과 함께 뱃속의 자식에게 전해졌다.

나는 마침내 그에게 할애할 글의 뼈대를 잡은 것 같았다.

이제 한결 편안해진 우리의 대화는 유쾌하게 흘러갔다.

선생께는 알파벳 문자가 있고, 제게는 남녀 무용수들이 있지요. 알바니아어 알파벳은 총 서른여섯 자죠?

물론 이런 비교는 유쾌했다. 그런데……

그런데, 뭐? 왜 이자는 자꾸 '그런데'로 날 난감하게 하는 거지?

그런데, 뭐죠? 내가 응수했다.

그러니까, 이런 겁니다. 그가 대답했다. 갑자기 장애물이 나타나는 거지요. 두 여자 무용수 중 하나가 자리를 비우는 일이 생기는 겁니다. 이를테면 임신을 해서요. 선생의 문자들에는 이런 일이 닥칠 리 없지요.

최악의 상황이군요! 나는 소리를 지를 뻔했다. 문자 두세 개가 가방을 싼다면!

잠깐 웃음이 났지만, 그때부터 도통 마음이 편치 않았다.

대화의 흐름을 좇는 대신 나는 갑자기 나를 떠날지도 모를 문자들을 줄곧 생각했다. 완전히 광적인 생각이었지만, 그런데도 나는 문자들이 임신을 할 수도 있지 않을까 하는 생각이 들었다!

처음에는 a와 f가 가장 그럴 가능성이 있어 보였다. f는 여성femme이라는 단어의 첫 글자이고, 여성의 이름 대개가 a로 끝나기 때문이다.

더는 그 생각을 하지 않으려 애썼다. 프렐조카주와 헤어지고 나서는 그 생각을 떨친 줄 알았다. 이튿날 카페 로스탕에서 나를 기다리던 뜻밖의 일은 상상도 못한 채로.

이날도 변함없이 종이를 앞에 놓고 앉아 있는데, 문득 낯선 불안감이, 한 번도 느껴본 적 없는 더없이 터무니없는 불안감이 엄습해왔다. 나는 혹시 증발된 게 없는지 확인하려고 흥분해서 내 메모를 뒤적였고, 내가 찾는 것이 한 문장도, 사라진 세부 사실도 아니고, 어쩌면 하얗게 변했을지 모를 두세 개의 문자라는 걸 깨달았다…… 임신을 해서…… 자리를 비웠을지 모를 문자들……

이런! 나는 말했다. 이내 앙줄랭의 이름이 튀어나왔다. 더 정확히 말하자면 이렇게. 이봐, 앙줄랭, 당신이 그 천사 같은 이름으로 메타포의 해체라는 강박증을 나한테 떠넘겼잖아…… 오래전에 잊힌 강박증을……

날개가 달리고 다르게 움직이는, 진짜 천사들의 혈족.*

머칠 뒤, 그가 안무를 맡은 〈로미오와 줄리엣〉을 보는데 알바니아 국경의 철조망과 독일–러시아 군모를 쓴 군인과 개들이 무대 위에 등장했을 때 나는 또 그의 어머니를 떠올렸고, 그에 관한 내 글의 핵심이 거기 있다는 생각을 하자 다시 마음이 평온해졌다.

오데옹극장 주변의 네다섯 개 골목길은 모두 17세기에 잊힌 극작가들의 이름을 단 채 언제나 대기하고 있는 것처럼 보인다. 저녁 여덟시경이면 극장 입구에 관객이 줄을 서는데, 어떤 포스터에서도 그 극작가들의 이름이나 작품 제목은 볼 수 없다. 조금 있으면 문이 닫히고 정적이 내린다. 대략 세 시간 뒤 이번에는 관객이 극장을 나가는 소리가 정적을 깨뜨리는데, 여기저기서 작가의 이름이 들려오지만 그 골목들의 이름은 없다.

자정이 지나고 주변에 정적이 깔린 뒤 어쩌다 그곳을 지나는 행인은 종종 잊힌 극작가들의 숨죽인 흐느낌을 들은 듯한 느낌이 들지도 모른다.

---

* 앙줄랭(Angelin)이라는 이름은 천사(ange)를 연상시킨다.

말없고 무정한 오데옹극장은 거만하게 그 극작가들을 째려 보는 것만 같다.

그러나 그들의 오랜 주거지인 수도는 극장보다 동정심이 많다. 그들을 오랫동안 그늘 속에 몰아넣고는 있지만, 흐느끼는 골목길에서 그들의 이름을 단 표지판을 떼지 않음으로써 아직 어느 정도 호의를 보여주고 있으니 말이다. 그 표지판에는 각 극작가의 출생일이, 그리고 당연히 사망일이 적혀 있다. 모두 1600년대 무렵으로, 거의 셰익스피어와 동시대인들이다.

어느 날 헬레나와 나는 밤늦게 동네를 거닐다가 종종 하듯이 포스터 앞에 멈춰 섰다. 헬레나가 손가락으로 포스터 하나를 가리키며 말했다. 어, 여기 당신 이름이 있네.

나는 놀란 눈길을 던졌다. 아주 드문 경우가 아니면 연극과 관계를 맺어본 적이 없었기 때문이다. 더 놀라운 건 내 이름이 다른 두 극작가 옆에 나란히 있어 마치 공동 작품이라고 알리는 것 같았다는 점이었다. 포스터에 적힌 작품은 〈맥베스〉였다. 제목 밑에는 세 명의 작가가 적혀 있었다. 셰익스피어, 뮐러, 카다레.

그 아래 연출가 두 명의 이름이 있었다. 카롤린 기을라, 알렉상드르 플랑크. 그리고 공연 날짜와 시간이 적혀 있었는데, 5월 5일에 시작해 바로 전날인 16일에 끝난 연극 페스티벌에서 상연된 작품이었다.

어떻게 이런 일이 있을 수 있지? 우리는 거듭 외쳤다. 이 극장에서 두 발짝 떨어진 곳에 살면서 어떻게 우리가 아무것도 알지 못했을까? 이와 유사한 뜻밖의 일들이 파리에서는 종종 일어난다. 하지만 나는 작가이니 적어도 이 공연에 대해 알고 있었어야 했다. 저작권은 말할 것도 없고……

헬레나는 파야르 출판사의 저작권 담당 부서가 이 일을 모른다는 건 불가능한 일이라 생각했고, 그러니 아마도 나의 부주의가 원인이라는 쪽이 더 믿을 만하다고 했다.

아마도 그녀의 생각이 맞을 터였다. 그러고 보니 이런 종류의 문제를 의논했던 기억이 희미하게 떠올랐다. 그다지 해가 될 일이 없을 것 같아서 깊이 생각해보지도 않고 요청에 승낙한 경우 중 하나였다. 동일한 주제로 다양한 저자들을 묶는 일이야 현대연극에서 종종 행해졌으니까.

나는 이미 저명한 독일 작가들을 만날 기회가 많았지만, 아직 하이너 뮐러는 만난 적이 없었다. 『아가멤논의 딸』과 그 유명한 『맥베스』는 포스터에 언급되었는데, 연출가들의 『맥베스』에 영감을 준 뮐러의 작품과 관련한 흔적은 찾아볼 수 없었다.

어떻게 이런 일이 일어날 수 있었는지 궁금하면서도, 극장을 떠나오는데 이 일화가 꽤나 짜릿하다는 느낌이 들었다. 헬레나가 자기 회고록(『얼마 남지 않은 시간』)에서 말했듯이, 만약 몇 년 전 누가 언젠가 연극 포스터에 내 이름이 셰익스피어의 『맥베스』 옆에 나란히 자리하는 걸 보게 되리라고 말했다면 나는 꿈속에서나 일어날 기적이라고 생각했을 것이다.

집 쪽으로 걸어가는 동안 이런 일이 어떻게, 왜 일어났을까 하는 의문은 점차 의미를 잃더니 급기야 사라져버렸다. 오데옹극장에서 정확히 무슨 일이 벌어진 건지 나중에 알아보지 않은 진짜 이유는 아마 그래서였을 것이다. 어느 정도는 겉멋 때문이기도 했겠지만 나는 점차 이 일화를 그냥 동네일로 여기게 되었다……

코스타 가브라스*가 카페 유리창 너머로 내게 손짓했을 때 아블리(집에서 만든 파테)라는 오래된 단어가 기억에서 불쑥 떠올랐다. 오래전에 잊혀 요즘 사전에서는 찾아보기 어려운 이 단어는 아마 튀르키예나 그리스 쪽에서 왔을 것이다. 좀더 정확히 말하자면 발칸반도 곳곳에서 통용되면서 출생의 흔적을 잃어버린 단어 가운데 하나였다.

내 테이블에 이제 막 자리잡은 코스타 가브라스도 같은 의

---

* 그리스 영화감독.

견이었다. 심지어 그는 처음 들어도 꼭 알고 있었던 것처럼 생각되는 어휘라고 덧붙였다.

그는 바로 옆 생자크 거리에 산다. 따라서 그를 '아블리' 같은 존재로 간주할 수 있겠지만, 그래서 우리가 잘 통하는 건 아니다. 우리는 공산주의가 몰락하기 이전, 그리스가 나토 회원국이고, 알바니아가 그리스의 주적일 때부터 알고 지냈다. 그렇지만 그런 정세가 우리의 우정을 간섭하는 일은 없었다. 훗날 알바니아도 나토에 가입하고 모든 풋내기가 그러듯이 그리스보다 훨씬 열렬한 회원국이 되었을 때도 우리의 관계는 언제나처럼 여전했다.

어느 날 그가 도룬틴에 관한 내 소설*을 영화로 만들고 싶다고 말했다. 멀리 시집간 누이를 데려오려고 오빠가 갑자기 나서는 이야기였다.

우리는 한동안 이 계획을 구상하면서 교감했지만, 나중에 그는 주제가 자기 영화 세계와 충분히 들어맞지 않는다는 걸 확인했고, 그래도 우리 관계의 조화로움은 조금도 변하지 않았다. 영화를 만들건 못 만들건 우리의 우정은 이번에도 온전하다고 거리낌없이 주장할 수 있었다.

파리의 카페에서 발칸반도 출신 두 사람이 무슨 얘기를 나

---

*『누가 도룬틴을 데려왔나?』.

눌 수 있을까?

호기심은 말로 표현되지 않아도 눈길 속에 드러났다. 쏟아지는 질문도 마찬가지였는데, 대개 상상 속 질문이었다. 물론 그에 대한 대답도 마찬가지였다. 그리스-알바니아, 다음에 이어질 단어는 필연적으로 '전쟁'일 거라고 생각해야 마땅했지? 이것이 대략 내 대답이었을 테고. 코스타 가브라스의 대답도 다르지 않았을 것이다.

그러니까 그리스-알바니아-전쟁…… 이 단어들이 벽보에 적힌 걸 볼 가능성은 희박했지. 국경에서 흔히 볼 수 있는 그런 벽보 말이야.

오, 아니지, 아니고말고! 어디서도 못 보지. 사실 그렇게 쓸 필요조차 없었지. 모두가 알고 있었으니까.

두 나라는 수 세기 전부터 이웃 아닌가? 얼마나 되지? 천 년?

대략 그 정도.

천 년의 이웃이라…… 두 나라 사이에 얼마나 많은 전쟁이 있었는지 신은 알까? 이백 번? 백 번?

아니, 아니! 그랬다간 우리는 벌써 말살되고 말았을걸.

그러면 열 번? 스무 번? 이보다 적다고는 말하지 말게.

흠.

서너 번이라고 말하고 싶은 거야? 설마 그보다 더 적다고?

아니, 딱 한 번이라니!

맞는 말이긴 해…… 정확히 말하자면 그 전쟁도 온전한 하나는 아니었고……

그러니까 천 년 동안, 세계가, 아니 우선 유럽이 거듭되는 전쟁으로 찢기는 동안, 발칸반도의 현자들은 반쪽짜리 전쟁밖에 경험하지 못했던 거네. 마치 호전적이고 평판 나쁜 반도와는 아무 상관 없이, 도덕적이고 정치적인 학문에만 몰두한 것처럼?

좀 거북하긴 해도 한 가지 설명이 필요했다.

우리가 나중에 농담삼아 '반쪽짜리 전쟁'이라고 규정한 전쟁은 애초에 그런 식으로 시작된 게 아니었다. 많은 갈등이 그렇듯 그 전쟁은 적대적인 두 군주가 서명한 포고문과 함께 엄숙하게 시작되었고, 폭격과 국경 침범, 세 가지 언어로 된 아우성이 이어졌으며, 평화협정을 체결함으로써 끝이 났다.

사실 소리 죽인 종결, 다시 말해 뚝 잘리듯 체결된 이 평화는 다른 어떤 형태의 평화와도 닮지 않아서 전쟁 자체에 그 결함을 전달했다.

이쯤에서, 도무지 끝날 것 같지 않아 보이는 설명을 처음부터 다시 시작해야겠다. 두 교전국으로 돌아가서.

'그리스-알바니아-전쟁'이라는 압축된 표현이 오래전부터 사람들의 머릿속을 차지하고 있지만, 제삼국이 역사에 끼어

들었다는 점도 밝혀야 마땅하다. 따라서 정확한 그림은 이러할 것이다. 이탈리아와 알바니아가 그리스를 상대로 합동 공격을 시작한다.

변화의 이유는 단순했다. 벌써 일 년째, 1939년 4월부터 알바니아와 이탈리아는 단일한 국가를 형성하고 있었다. 두 나라는 이제 유일한 왕을 섬겼다. 비토리오 에마누엘레. 수도는 둘이다. 로마와 티라나. 바다는 하나다. 아드리아해. 국민 시인은 단테 알리기에리. 이런 식이다. 의례적인 전쟁만 없었다. 천 년째 미뤄왔고 열정적으로 기다려왔으며 피해갈 길 없는 원조 격의 전쟁, 그리스를 치는 공격이 마침내 선언되었다! 부모가 더는 차마 기대하지 못하던 신생아가 태어난 것처럼 이 전쟁은 열렬한 환대를 받았지만 좋지 않은 때에 일어났다, 딱하게도! 유럽은 대규모 전쟁의 화염을 수도 없이 봐온 터라 작은 전쟁들을 그리 중요하게 여기지 않았다. 이 전쟁은 뒤에 이어진 종전과 평화보다 덜 존중받을 것이다.

이 전쟁이 엉뚱해 보였다면, 평화는 더더욱 그랬다. 지구상에서 유례를 찾아볼 수 없는 평화였다. 전쟁 전체가 아니라 오직 절반에만 미치는 평화랄까. 달리 말해 한쪽의 그리스, 다른 쪽의 알바니아와 이탈리아 사이의 평화로 논리적인 귀결을 이룬 게 아니었다. 그것은, 알바니아는 연루되지 않은 이탈리아만의 평화였다.

이 소식을 들은 사람들은 귀를 의심했다. 꼭 착각처럼, 혹은 새로운 발칸식 광기처럼 들렸던 것이다. 감춰진 의미가 몇몇 사람에게 밝혀지기 전까지는 그랬다. 천 년 동안 기다려온 전쟁에서 벗어나기란 그리 쉽지 않았다.

이렇게 해서 상상하기 힘든 일이 벌어졌다. 2차세계대전은 이미 오래전에 끝났고, 이 세기는 후반기에 한참 접어들어 이제 천 년이 끝나가고 있는데 알바니아-그리스 전쟁은 가라앉을 기미가 없었다. 다만 이름만 거듭 바뀌었다. 옛날 그림은 새로운 그림으로 대체되었다. 그리스-알바니아-전쟁 상태…… 놀랍지 않은가? 호메로스부터 히타이트인이나 아시리아인을 거쳐…… 인류 역사상 유일하다. 아마도 이 두 나라 출신 예술가로서 이곳 파리 한가운데에서 다시 만난 두 사람은 무의미에 관해, 그리스-알바니아의 광기에 관해 말하지 않기 위해 머리를 쥐어짰을 것이다.

뭐라고 말해야 할까? 우리도 다른 누구도 이 모든 것에 대해 더는 생각하지 않는다고? 우리는 천 년 동안 이런 상태에 익숙해졌다고? 그러니 지금은 전혀 다른 걸 생각한다고……? 더 정확히 말하자면 어느 오빠가 먼 곳으로 시집간 누이를 데려오려고 감행한 먼 여행을 생각한다고……

그리스인도 알바니아인도 이 민요를 노래했다. 각자 자기나라 언어로. 신부의 이름만 달랐다. 알바니아인에게 신부는 도룬틴이었고, 그리스인에게는 아레티였다.

코스타 가브라스는 어머니가 그를 재우려고 자장가로 이 노래를 불러주던 걸 기억했다. 아마도 그 기억이 이 노래를 장편영화로 만들려 한 첫번째 동기가 되었을 것이다.

이 민요는 전율을 안기지만 세상이 으레 우리에게 주는 것과는 다른 전율이다. 어쩌면 불가능한 무언가가 그 핵심에 남아 있기 때문인지도 모른다. 우리는 그것을 밝히려고 애썼지만 실패했다. 전하는 바로는 카라지치*가 들려주는 이 민요 얘기를 듣고서 괴테는 밤새 한숨도 자지 못했다고 한다.

이 민요는 먼 곳에 머무는 누군가 또는 무언가를 환기한다. 이를테면 시집간 딸을. 그러나 접근할 수 없는 도시를 가리킬 수도 있을 것이다. 모스크바나 파리 같은. 이 도시들에서는 서약이 지켜져야만 한다. 그러나 장애물이, 불가능이 맞선다. 길이 갑자기 끊기고, 말이나 비행기가 멈춰 서고, 서약 당사자인 여행객에게도 무슨 일이건 닥칠 수 있다. 민요는 말 탄 기사건 혹은 여행객이건 장애물은 바로 그 자신에게 있다는 사실을 강조한다. 그가 죽은 사람인 것이다.

코스타 가브라스는 생각에 잠긴 채 귀를 기울였다. 괴테가 도룬틴 이야기 때문에 밤을 하얗게 지새웠다 한들 그에게는

---

* 세르비아 언어학자, 민속학자.

백날 밤을 새워도 이 이야기를 영화로 만들기에 충분하지 않을 것이다.

나는 언젠가 나의 첫번째 파리 여행을 그에게 얘기해주겠다고 약속했다. 존재하지 않는 초대장으로 이루어진 여행 말이다. 두 이야기를 나란히 놓으면 나를 파리로 데려다줄 말馬을 떠올릴 수밖에 없으리라. 그 민요에 따르면 말 탄 사람이건 말이건 적어도 둘 중 하나는, 다시 말해 나나 초대장 중 하나는 이 세상의 존재가 아니어야만 했다. 나는 생제르맹 대로 79번지에 분명히 산 채로 도착했으므로, 따라서 무덤 저편에서 온 건 초대장이었다.

내 생각과 달리, 정작 이웃이 되고 나니 콜레트 D.가 카페 로스탕으로 나를 보러 오는 일이 드물어졌다. 그녀는 나를 방해하고 싶지 않다고 주장했는데, 아마 사실이었을 것이다. 예쁜 여자가 자기 집에서 두 발짝 떨어진 카페를 들락거리지 않을 이유야 수도 없이 많을 테지만.

방해 안 되나요? 그녀는 앉기 전에 습관처럼 말했다.

언제나처럼 눈을 반짝였는데, 그 반짝임을 해석할 줄 아는 사람이라면 누구라도 이를 '수준 높은 아름다움'으로, 손에 만져질 듯 구체적이고 밀도 높은 아름다움으로 여겼을 것이다.

두세 차례 나는 그녀에게 조금도 방해가 되지 않는다고 말했고, 그건 사실이었다. 내가 일을 멈추는 시간인 정오가 거의 되었기 때문이다. 그런데도 그녀는 그 질문을 거듭했고, 나는 네번째가 되자 대답하며 짜증을 살짝 드러내지 않을 수 없었다.

보아하니 그녀는 그제야 마음을 놓는 것 같았다. 그러곤 평소와 달리 잠시 침묵하더니 무람없이 이렇게 물었다. 당신 식은 언제예요?

나는 무슨 말인지 모르겠다는 뜻으로 어깨를 으쓱하며 덧붙였다. "당신 식"이라뇨? 내 것이기 전에 프랑스의 것이니, 당신네 식이지요.

사실은 결코 이런 식으로 표현되지 않았다. 좀더 정확히 말하자면,

내가 네번째로 방해가 "안 된다"고 말하자, 그녀는 붕대를 푸는 간호사처럼 조심스레 나의 아카데미프랑세즈 입회식 소식을 물었다.

나는 사실이 그렇듯 아무것도 알지 못한다는 뜻으로 어깨를 으쓱하고는 화제를 바꿨다.

이내 잊게 될 하찮은 얘기를 주고받은 뒤 그녀가 우회해서 입회식에 관한 대화로 돌아와 나는 전혀 모른다는 말을 반복

해야 했는데, 이번에는 어쩌면 그녀가 더 많은 걸 알고 있으리라는 느낌이 들었다.

이어지는 질문은 예상했던 것보다 훨씬 당혹스러웠다. 당신 나라와 당신의 관계는 어떤 상태예요?

우리의 눈길이 마주쳤다.

모르겠어요. 내가 대답했다. 정말이지 나는 알지 못하니까. 그러곤 덧붙였다. 알고 싶지도 않아요.

그러니까, 나쁘다는 얘기죠? 그녀가 내뱉듯 말했다. (간호사님, 붕대를 풀 땐 마지막이 가장 고통스럽군요.) 예전과 마찬가지라는 거죠?

아마도 그럴 겁니다.

예전과 마찬가지라…… 알바니아 공산주의가 몰락하기 한참 전, 내가 이것저것 많은 걸 설명해준 뒤로 콜레트 D.는 많은 걸 알고 있었다.

나는 그녀가 스스로 말할 거라고 믿었기에 왜 그런 걸 궁금해하느냐고 묻지 않았다. 사실 그랬다. 입회식은 미뤄졌어요. 알바니아 쪽에서 미뤘어요. 반대한다는 말은 없었지만……

다시 침묵이 흘렀다. 얼마 후 그녀가 덧붙였다. 내가 이 사실을 어디서 알았는지 묻지 않아요?

그 말이 맞았다. 나는 그녀가 그걸 어떻게 알았는지 물어야만 했다. 그러지 않으면 그녀는 내가 동유럽 국가 출신 망상

증 환자처럼 사방에서 첩자를 본다고 생각했을 것이다.

　내가 질문하자 그녀는 우리가 이미 말한 적 있는 것들을 다시 환기하며 상당히 모호한 독백을 늘어놓았다. 지금은 예전과 전혀 다르다고, 알바니아는 이제 민주주의국가로 간주되고 있으니 이 모든 일이 이해 불가능해졌다고…… 아카데미 프랑세즈에는 세계 곳곳 출신의 외국인 회원이 열두 명밖에 없었는데, 그중 한 명은 에스파냐 왕이었고, 나는 최근에 사망한 칼 포퍼의 뒤를 잇는 것이었다. 알바니아가 독일의 뒤를 잇는 셈이니 이건 작은 영예가 아니었다…… 그런데도 알바니아 대통령이 초대에 응하지 않은 이유는 무엇일까? 옛날부터 지금까지 지켜지는 외교 의전대로라면 아카데미에 새로 입성한 나라의 군주나 대통령은 그 소속민의 입회식에 참석해야 한다…… 당신 나라의 대통령은 자신이 참석하지 않으면 당신의 지명이 취소될 거라고 예상했을까요? 아니면 식이 개최되지 않도록 프랑스 정부에 개입할 생각일까요? 당신네 대통령은 이런 경우에 아카데미가 프랑스 정부보다 훨씬 힘이 세다는 걸 알기나 할까요?

　그녀가 마지막에 질책 섞인 말투로 다시 물었다. 이 모든 걸 누굴 통해 알았는지 왜 묻지 않느냐고……

　이 불시의 질문을 예상했기에 나는 스스로도 모르는 사이 상냥하고 능수능란한 임기응변의 대답을 준비하고 있었다.

여자들은 남자들보다 언제나 더 많은 것을 알고 있는데, 프랑스에서는 다른 어느 곳보다 더 그러하며, 이곳은 그녀의 영역이니 그 비밀 정원에 끼어들 생각이 없다고.

그녀는 놀란 기색을 감추지 않고 같은 어조로 말했다. 내가 아주 조심스러워진 것 같다며, 이번에는 내가 바로 맞혔다고. 바로 그녀가 여자이기 때문에 모두가 아직 알지 못하는 사실들을 알고 있다는 것이었다.

나중에 진상을 알고서 나는 아연했다. 그녀가 종종 언급하던 비밀 약혼자가(앙리가 내 생일에 꽃을 보냈어요. 앙리와 둘이 브르타뉴를 한 바퀴 돌아보고 왔어요 등등) 다름 아닌 아카데미프랑세즈의 고위직 인물이었던 것이다!

내가 아는 아카데미 부회장의 이름과 같다는 생각을 하긴 했지만, 너무도 진부한 우연의 일치로 보여 진지하게 받아들이지 않았었다.

대화는 다시 알바니아의 일관성 없는 언행 쪽으로 흘러, 그녀가 이런 질문을 던졌다. 그 사람들은 왜 당신을 안 좋아하죠? 나는 대답했다. 모르겠어요. 어느 정치 진영이 나를 더 적대시하느냐고, 좌파냐고 우파냐고 묻는 다음 질문에는 "모르겠어요"(그토록 짧은 시간 동안 이 빌어먹을 말 쪼가리를 이렇게 많이 반복한 적이 없었던 것 같았다) 말고 마침내 다른 말을 조음할 수 있게 된 것이 기뻤고, 그래서 얼른 대답했다.

양쪽 다요!

이상하군요, 그녀가 말했다. 그러더니 입회식은 어쨌든 열릴 것이며, 그만큼 솔깃한 의식이 될 거라고 덧붙였다.

"솔깃"하다니, 무슨 뜻이죠?

솔깃하다는 건, 당신에 관해 더 알고 싶다는 호기심을 불러일으킨다는 뜻이죠. 자기 나라의 사랑을 받지 못하는 작가, 혹은 조국과 골치 아픈 관계를 맺고 있는 작가라면 언제나 훨씬 매력적이니까…… 적어도 최근까지는 그렇지 않았나요?

나는 다시 뭐라고 대답해야 할지 모르겠다고 말한 뒤 그럴 경우 알바니아와의 관계가 싸늘해진 것처럼 보이지 않겠느냐고 물었다.

그녀는 입을 다물었고, 나는 문득 그녀의 독특한 눈 색깔이 바로 지금 같은 순간을 위해 창조되었음을 깨달았다.

물론 그런 식으로 해석될 수 있겠지요. 그건 어쩔 수 없어요…… 이 일이 당신 마음에 들지 않는다는 건 잘 알겠네요.

나는 알바니아가 아직은 너무 허약하며 충분히 넓은 어깨를 갖추지 못했다는 점을 설명하느라 애를 먹었다. 적어도 내가 이 나라를 더 약하게 만들고 싶지는 않다고.

이해해요, 그녀가 말했다. 당신을 전적으로 이해해요. 앙리와 직접 얘기해보세요. 그 사람이 이 모든 일을 맡고 있으니.

앙리…… 부회장 말이에요? 그러면……

맞아요. 그 사람이에요. 그녀는 죄지은 듯한 미소를 지으며 말을 잘랐다. 처음부터 털어놓지 않은 걸 용서하세요. 나의 앙리가 바로 그 사람이에요.

나는 아연해서 평정을 되찾기가 힘들었다. 그렇지만 차마 질문을 더 던지진 못했다.

그 사람이 '약혼자' 역할을 하기엔 충분히 젊지 않아 보이나요?

내가 마지막으로 "모르겠어요"라는 말을 삼키는 동안 그녀는 설명을 시작했다. 기자인 그를 만났을 때 자신은 열일곱 살이었으며, 그때부터 쭉…… 『예브게니 오네긴』풍의 러시아 이야기처럼 흘러갔다고.

이틀 뒤 나는 앙리(더 정확히 말하자면 두 앙리, 그러니까 아카데미의 앙리와 그녀의 앙리)와 이 일을 의논했고, 우리는 중재적인 해결책으로 뜻을 맞췄다. 프랑스는 알바니아의 일탈을, 아니 변덕을 모른 척하고 아무 일도 없는 것처럼 일을 진행하기로 한 것이다.

아무 일도 없는 것처럼, 앙리가 거듭 말했다. 다만 한 가지 세부사항만 달라졌다. 알바니아 국가는 연주되지 않을 것이다. 아쉽지만 말이죠, 그가 덧붙였다. 그 말을 들으니 그가 아주 멋져 보였다.

카트 J.는 종종 유리창 너머에 독특한 걸음걸이와 웃는 얼굴로 나타나 마치 이렇게 말하는 듯한 손짓을 했다. 일하시는군요. 알아요. 나중에 다시 들를게요.

카트는 내가 우정을 맺게 된 첫 파리지앵이었다. 그녀를 만난 건 『죽은 군대의 장군』의 영화 촬영을 준비하느라 들떠 있던 때였다. 카페 마크마옹에서 그녀를 내게 소개해준 이는 마르코 벨로치오였다. 우리는 그 카페 맞은편에 있는 미셸 피콜리의 집에서 그녀를 기다렸다. 카트는 스물세 살이었고, 이 영화에서 조연을 맡고 싶어했다. 이미 텔레비전영화 두세 편에 출연한 적이 있었지만, 그녀 스스로 털어놓았듯 일이 그리 잘 풀리지 않았다. 그녀는 러시아문학을 좋아한다고, 내가 모스크바에서 공부한 사실을 알고 있다고 말했다. 그녀의 이야기를 들으면서 나는 그녀가 이 영화 배역을 못 따내겠다는 느낌이 들었다. 이렇게 엄숙한 영화에 출연하기에는 너무 상큼했기 때문이다.

그렇다고 내가 다시 파리에 왔을 때 우리가 또 만나지 못할 이유는 없었다. 촬영이 막 시작되려는 참이었지만 카트의 인상에 달라진 건 없었다. 활력 넘치는 그녀는 카르디날르무안 거리의 자기 집으로 나를 초대했다. 토요일이면 늘 그렇듯 그녀의 친구 몇몇이 모이기로 되어 있었다. 모스크바에서의 경험에 따르면 그런 경우 두 가지 상황이 생길 수 있었다. 이방인으로 동떨어진 듯한 거북함을 느끼거나, 아니면 초대한 자의 극진한 대접을 받는 거북함, 즉 주변의 공허를 메워야 마땅할 대접을 받는 거북함을 느끼거나. 보통은 후자가 우세했다.

카트는 그런 대접을 베풀기 위해 태어난 것처럼 보였다. 나를 조금 더 잘 알게 되면서 그녀는 내가 떠나온 낯선 세계에 관해서도 조금 더 알게 되었을 것이다. 누이 같은 그녀의 세심한 호의는 첫날 저녁부터 드러났다.

파리 체류 때마다 그런 식이었다. 나 혼자건 아니면 헬레나를 데려가 소개하건 마찬가지였다. 이런 일은 공산주의가 몰락하고 내가 파리에 정착하고 나서도 계속되었다. 그녀는 생미셸 대로 63번지에서 종종 우리 딸들과 함께하는 일요일 점심식사에 동석하곤 했다.

듣도 보도 못한 일이 그녀의 삶에는 언제나 받아들여졌다. 두세 편의 새 영화와 연극에서의 역할들. 그녀의 세계에선 불확실성이 항구성과 뒤섞인다는 사실을 나는 깨달았다. 꼭 어린 누이 같은 모습이었다. 그녀는 결코 동일하지 않되 같은 사람으로 남았다. 훗날, 그녀가 그림을 그리기 시작했다는 사실을 알렸을 때도 깜짝 놀랐지만, 파리지앵으로서 들고 다니던 가방을 열어 향수와 립스틱, 그 밖의 잡동사니 틈에서 내 눈에는 중대한 결함처럼 보이는 무언가를 꺼내는 걸 본 날엔 더더욱 깜짝 놀랐다. 나머지 물건과는 완전히 동떨어진 그것은 바로 그녀의 첫 소설이었다······

당신이 나를 진지하게 여기지 않는다는 거 알아요. 이것이 그녀가 세번째 작품을 내게 건네면서 한 말이었다. 그사이 그녀는 분명히 작가가 되었고, 그녀의 이력서에는 배우보다 앞에 '소설가'라고 적혔다.

내 눈에는 그녀가 소설가가 된 것을 의식하고 연기를 하는 것처럼 보여 염려가 되었다. 커가는 걸 쭉 지켜본 이웃 여자아이가 갑자기 미인대회에서 상을 받아도 우리에게는 여전히 전에 알던 그 아이일 뿐이니까. 하지만 그녀는 그런 나의 태도를 원망하지 않는 것 같았다.

모든 논리를 뛰어넘어, 그녀의 모든 면면—배우, 작가, 화가—가운데 영원히 제대로 규명되지 못한 채 내 마음속에 남게 될 모습은 바로 누이다.

내가 헬레나에게 보낸 편지, 이후 그녀의 회고록에도 실린 한 편지에 카트 J.의 이러한 성격적 특징이 잘 드러나 있다. 1989년에 쓴 그 편지의 왼쪽 상단에는 "파리에서 보내는 마지막 편지"라고 적혀 있다. 편지는 이런 내용이었다.

파리는 날씨가 연일 화창해. 친구들도 모두 여전하고.

여전히 충직하고, 늘 그렇듯이 사랑스럽고 괴상해. 보스케는 그 스캔들 이후 프라하로 떠났어. 미셸도 여기 있고. 어리석고 바보 같은 짓들이 사방에서 터져나오고 입씨름이 난무하지. 키가 밤톨만한 젊은 여자 D. 드 파야르는 내 비자 문제로 전화통을 붙들고 룩셈부르크 총리와 논쟁까지 벌였지.

텔레비전에서는 이슬람교도 여학생들에게 히잡을 쓰고 등교하는 걸 허용해야 하는지를 두고 바보 같은 논쟁이 이어지고 있어! 카트는 자기 약혼자가 자기를 죽일까봐 겁난다고 내게 털어놓았고. (이게 요즘 파리에서 유행하는 전염병인가봐. 이미 서너 명이 이런저런 이유로 남자친구나 여자친구에게 살해당할까 겁난다고 내게 털어놓았으니.)

당신에게 또 무슨 얘기를 할까? 한 시간 후면 나는 룩셈부르크로 떠나는데, 그곳에선 나를 성대하게 맞아줄 건가봐. (책을 판매하고 저자 사인회를 열 서점의 주인이 부총리인 모양이야. 대공은 그리 호감이 가지 않는 인물이지만, 그 사람은 이 방문을 계기로 지성인들이 자신에게 호감을 품고 있다는 걸 보여주고 싶은 듯해.)

헬레나가 자기 회고록을 풍성하게 채우기 위해 이 오래된 편지들과 메모들을 들여다볼 때 나도 다소 괴상하고 횡설수

설하는 듯한 인상 너머에 감춰져 있을지 모를 무언가를 기억해내려 애쓰며 그 글들을 대충 훑어보곤 했다. 이상하게도, 분명 내가 쓴 편지들인데 머리에 정확히 떠오르는 게 아무것도 없었다. 설명할 길은 없지만, 그 시절엔 글만 쓰기 시작하면 모든 것과 모두에 대해 냉소적이라거나 불손하다거나 혹은 그저 조리 없다고 규정할 수 있을 것 같은 묘한 기분이 들었던 것 같다. 그것은 말하자면 음험한 격노였다. 이유 없이 '될 대로 되라지' 하는 태도. 심지어 분열하듯 번지는 방어막 같은 것.

아마도 분열이라는 말로 그걸 설명할 수 있을 것이다. 적어도 이 이상한 시기 동안 내 안에서 서로 맞서던 두 삶이(흔히들 말하듯 두 개의 현실이) 그리 자연스럽지 못하게 뒤얽힌 결과임이 분명했다.

카트르는 우연히 이런 혼란이 한창일 때 불쑥 등장했다. 어쩌면 바깥에서는 모든 게 훨씬 명료해 보였을 것이다. 그녀의 말에 따르면 나는 "공포에서 온 사람"(디즈니랜드 얘기라도 하듯 그녀가 유쾌하게 쓰던 표현)이어서 모호성을 걷어내기도 힘들고 피할 길도 없었다.

내 경우 부적응은 당연한 것이었다. 파리의 어떤 면모를 송두리째 감추는 이 환상들엔 어쩌면 한 가지 의미가 있었다. 참으로 양립할 수 없는 두 세계가 충돌할 때면 각 세계의 면면이 소멸했다. 달리 말해, 내 안에서 존재하길 그만두었다. 카트도 그 일부였다. 카페 창문 너머 갑자기 그녀의 옆모습이 나타나는 걸 보고 내가 놀란 건 바로 그래서였다. 유령이 출현할 때 느끼는 감정과 비슷했다.

확신하건대, 뤽상부르 '공원 주민'(이 말을 나는 그를 위해 만들었다) 중 한 사람인 파트릭 모디아노가 그곳 철책을 넘어 반대편 인도로 넘어가는 일은 한 번도 없었을 것이다.

그는 공원 반대편 끝, 아마도 플뢰뤼스 거리에 사는 것 같았다. 옛날에 거트루드 스타인이 젊은 미국 작가들을 불러모았고, 어느 날에는 청년 작가들에게 그 유명한 선언을 했던 곳 말이다. "당신들은 길 잃은 세대입니다!"

모디아노는 거의 매일 오후가 시작될 무렵, 거의 나와 같은 시간에 산책했다. 우리가 아는 그 모든 걸 후광처럼 두른 그는 멀리서도 쉽게 알아볼 수 있었다. 쥘리앵 그라크와 클로드 시몽이 무대에서 물러난 이후 아주 익숙한 전통인 양 모디아노와 르 클레지오가 그 단짝을 대체했다. 그들은 선배들과 거의 비슷했다. 앙드레 모루아-프랑수아 모리아크, 소비에트 세계에는 옙투셴코-보즈네센스키, 수도로는 부다페스트와 부카레스트가 대서양 건너편(미국) 사람들에게는 종종 하나로 여겨지는 짝이었다.

짝을 짓는 이 경향은 쉽게 포착되지만 그 원인을 알아내기란 그리 쉽지 않았다. 대적하려고 창조된 작가들이 있는가 하면, 상호보완을 위해 창조된 것처럼 보이는 작가들도 있었다. 이를테면 사르트르-카뮈는 적대적인 짝 중 하나였다. 일상에서 가장 자주 만나는 남녀 단짝이 서로 적대적인 보다 드문 경우(사르트르-보부아르)도 있었다. 보부아르의 동료 여성 문인들은, 어쩌면 안나 아흐마토바와 마리나 츠베타예바만 예외이고, 대개 짝을 짓기가 불가능해 보였다.

모디아노-르 클레지오 단짝은 더없이 조화로워 보였는데, 르 클레지오가 노벨문학상을 받던 날 그 균형이 흐트러졌다. 그 일로 모디아노의 공원 산책이 더 잦아졌는지 아니면 뜸해졌는지는 기억나지 않는다.

우리는 자주 마주쳤다. 서로를 알아보지 못하는 척하지는 않았지만, 그가 소통의 어려움을 겪는 것으로 알려져 있었고, 그 점에서는 나도 뒤지지 않았던지라 서로 인사를 하려고 다가가지는 않았다. (그새 티라나에서는 공산주의 몰락 이후 새로운 습관들이 생겨났는데, 눈길을 던지면 격분해서 이렇게 쏘아붙이는 습관도 있었다. "왜 그렇게 힐끔힐끔 쳐다보는 거야?" 그리고 신문 사회면에는 언쟁으로 시작해 살인으로 변질된 이야기를 전하는 기사들이 실렸다.) 티라나의 관례와 풍습을 따르자면 모디아노와 나는 "뭘 그렇게 힐끔힐끔 쳐다보는 거야?"에 이어 여러 차례 주먹다짐을 주고받았어야 마땅했을 것이다. 그러던 어느 날, 우리는 거의 동시에 멈춰 섰고, 서로의 이름을 불렀고, 그렇게 장애물을 넘어서면서 느낀 뜻밖의 기쁨을 감추지 않았다.

내가 매일 카페 로스탕에서 커피를 마신다고 말하자, 그저 호의로 한 대답인지 아니면 정말 이미 들었던 건지 모르겠지만 그는 이렇게 말했다. "압니다."

그래서 우리는 카페 로스탕에서 다시 보기로 했다. 하지만 이후 이 년이 흐르는 동안 여러 차례 만나며 교류를 이어가면서도 여전히 커피는 마시지 못했다. 내가 기억하기로 하나의 숙명적인 경계를 넘어서기 전까지는. 그러니까 그가 결코 건너는 법이 없던 철책 너머 인도 말이다.

아내와 함께 공원을 거닐던 그와 마주친 날, 그의 아내는 남편이 들려준 카페 이야기를 내게 말해주었고, 그는 재밌다는 듯이 듣고 있었다. 이때 헬레나가 끼어들면서 앞으로 있을 만남은 전혀 달라지게 되었다. 전화번호를 교환한 뒤 나는 손가락으로 63번지를 가리키며 그곳에서 두 사람을 맞이하게 된다면 아주 기쁘겠다고 말했다.

한 해가 또 흐르고 나서야, 대개의 발견에 동반되는 눈부신 미소를 띤 채 그가 내게 우리집 현관 앞에 신문 가판대가 있더라고 말했다. 그 말은 매우 조심스럽긴 해도 다음 방문을 위한 과정이 제대로 진행되고 있음을 암시했다. 이제 현관 비밀번호를 전하는 일만 남았는데, 그것 역시 그로부터 일 년이 지나서야 이루어졌다.

아마 이번만큼은 만남이 제대로 이루어졌을 것이다. 예측하지 못한 사건이 발생하지 않았다면 말이다. 노벨상 후보에 갑자기 그의 이름이 등장한 것이다. 신문에서 이를 보고 내가 느낀 첫 충동은 일어나서 그를 만나기 위해 공원으로 가는 것이었다. 갈망 이전에 거의 책무 같은 느낌이었다. 우리 둘 다 후보 목록에 올라 있었는데, 뤽상부르 '공원 주민' 두 명이 동시에 후보에 속하는 건 흔한 일이 아니었다. 게다가 나는 그런 상황을 서른번째 겪지만 그는 처음이니, 선배로서 내가 그에게 한마디 조언이라도 해주어야 마땅할 것 같았다. 행여…… 안 될 경우…… 비극적으로 받아들이지 말아야 한다고……

그를 만나지 못한 채 공원을 두 바퀴째 돌며 나는 그런 생각을 하고 있었다. 그리고 다음번 산책을 하던 중 이 소식과 그가 사라진 사실이 머릿속에서 하나로 이어졌다. 그가 소식을 들은 뒤 그런 식으로 사라져버린 것이다. 파리 사람들은 사뮈엘 베케트가 노벨상 수상 소식을 전화로 들은 순간 내뱉은 말, "웬 재앙이람!"을 아직도 기억하고 있었다. 모디아노

에게서도 그와 유사한 반응을 상상해볼 수 있었다.[*]

실제로 일어난 일도 어느 정도 비슷했다. 자기 이름이 후보 목록에 오르자 그는 노벨상 발표일인 목요일까지가 아니라 그후 두 달 동안이나 공원에 나타나지 않았다. 그가 피하고 싶어하는 성가신 증인들이 마지막 잎사귀까지 몽땅 떨어져 사라지기를 기다리는 듯이.

이제 그가 다시 우리를 만나러 오기까지 이 년은 족히 필요할 거라고 이성적으로 가정해볼 수 있었다. 그사이 일어날지도 모를 모든 일을 고려하지 않는다면.

조금 물러나서 상황과 가능한 변수들을, 다양한 단계의 느리지만 확실한 진행을, 새 현관 비밀번호 전달 및 그 밖의 세세한 사실들을 고려해볼 때 2016년 전까지는 우리의 만남이 성사되리라 상상하기 어려웠다. 확실한 사실에 기대를 걸고 실망을 수십 년 후로 미루려면, 내가 아흔 살이 되고 그는 나보다 몇 살 젊을 2026년을 기대하는 편이 좋을 것이다.

그리고 절대적 확신을 가지려면 2036년에나 기대를 걸어야 한다는 건 의심의 여지가 없다! 하지만 그때는 카페 로스탕도, 생미셸 대로 63번지도 아니고, 몇 년 후건 몇 세기 후건

---

[*] 2014년 10월, 파트릭 모디아노가 노벨상을 수상했을 때 이 책의 알바니아어 판본은 아직 인쇄중이었다. (원주)

그다지 문제가 되지 않을 장소에서 만나게 될 것이다.

　그때는 우리가 약속한 커피를 마시지 못한 그 비스트로를 유쾌하게 회상할 순간이 될 것이다. 화려하면서도 시골 마을 같은, 이제는 틀림없이 다른 이름으로 바뀌었을 대로를 따라 이어진 화려한 마을 같은, 도무지 믿기지 않는 이름을 가진 공원 맞은편에 자리한 그 비스트로, 그리고 그 목록, 기억나나? 우리 둘 다 이름이 올랐던 목록 말이네, 일종의 경주 목록인데, 말 경주가 아니라 전혀 다른 장르였잖나. 한번은 그 목록에 벨라 아마둘리나라는 러시아 여자가 올랐지. 그 여자에 대해 한 가지 일화를 들려주고 싶은데, 할 수가 없네. 그 땅에는 알바니아어로 turp*—프랑스어로는 어떻게 쓰는지 기억하나?—라고 불리는 무언가가 있거든. 시도조차 하지 말게. 기억 못할 거야. 이제 와서 떠올리려니 너무 이상하군. 이곳에선 누구도 그걸 알지 못하니…… 어쨌든 목록에 적힌 그 벨라 아마둘리나는 예전에 고리키문학연구소에 등록했었어. 나도 그곳에서 공부했는데, 다른 여학생들과 마찬가지로 그녀도 3층에 머물렀네. 그곳 지하에 공동 샤워장이 있었는데, 남학생들이 여학생 샤워장과 남학생 샤워장을 가르는 벽에 구멍을 뚫었지 뭔가. 왜 그랬는지야 자네도 상상할 수 있을 테

---

* '수치심, 부끄러움'이라는 뜻.

고. 벨라는 아름다운데다 시인으로서 좋은 평판까지 얻기 시작했어. 그래서 그녀를 향한 호기심은 날로 커져갔지……그러니 그녀의 이름을 목록에서 보았을 때는 거의 이렇게 외칠 뻔했네. 아, 그 유명한 벨라잖아! 그 나라에서라면 더없이 무례하다고 여겨질 몇 마디도 덧붙였지…… 그나저나…… 그 도시는 지금도 파리라고 불리나?

카페라는 이름을 단 모든 곳이 그렇듯이 카페 로스탕에도 고유의 전통이 있었다. 영업시간부터 그렇다. 카페 로스탕은 일 년 내내 예외 없이 열려 있었다. 이십 년 된 단골이라도 이 카페가 문을 여는 시간을 알기란 불가능했다. 문이 닫힌 걸 본 적이 없었기 때문이다.

다른 카페들과 달리 카페 로스탕을 자유주의자들의 진영이나 보수주의자들의 진영으로 분류하기란 어려울 것이다. 이를테면, 카페 플로르에서는 극장처럼 휴대폰 사용이 금지되어 있던 반면, 카페 로스탕에서는 아무 문제가 되지 않았을 뿐 아니라 반려견 출입까지 허용되었다. (개가 **먹물들**을 겨냥한 박해를 은폐하는 데 어떤 역할을 할 수 있었던 시대에 벌어진 '마지막 전쟁'의 잔재일 거라는 가설을 배제할 수 없었다.)

다른 동물들에 관해서는 떠도는 소문이 아주 명확하지는 않았다. 창살이 쳐진 우리처럼 보이는 두 가지 물건이 희미하게 기억난다. 그 물건은 주인들이 아무리 고집을 부려도 그곳에 받아들여지지 않았는데, 하나는 손님들의 말을 슬며시 흉내낼지 모를 앵무새가 들어 있었고, 다른 하나는 뱀이 들어 있으리라 의심되었기 때문이다.

다른 카페들처럼 카페 로스탕에도 어둠의 영역이 있었을 것이다. 드러낼 수 없을 손님들의 비밀 관계로 이루어진 그런 어둠의 영역. 많은 사람이 참으로 다양한 생각을 품고 그곳을 거쳐갔다. 그렇게 제한된 공간 속에서 그들은 어떤 방식으로든 교류를 피할 길이 없었다. 카페가 그들로부터 얻은 걸 전부 헤아리기도 불가능하고, 역으로 카페가 그들에게 제공한 것을 헤아리기는 더더욱 불가능하다.

조금 더 너머에서는 한층 더 비밀스러운 영역이 시작되었다. 이는 언어의 신비와 유사한 영역이었는데, 언어가 보석 같은 시어들을 잉태하는 동안 겪는, 특히 그 시어들을 세상에 내보내고 난 뒤에 겪는, 그 변형을 명확하게 파악하기 어려운 신비 말이다. 더는 참지 못해 눈에 맺혀 반짝이던 감동의 눈물은 그 언어들 덕에 더 아름다워졌을까?

어렴풋한 옛 기억이 떠오르는 일은 점점 드물어졌고, 비非초대장의 기억 같은 더 오랜 기억들은 더더욱 그랬다. 비非초대장의 기억은 어쩌다 슬픈 미소와 더불어 다시 나타나곤 했다. 그 옛날 사랑의 몸짓을 가르쳐준 매춘부들처럼. 이제 넌 내가 필요 없지. 아마도 내가 부끄럽겠지. 하지만 잊지 말아줘. 아무도 너를 알지 못했을 때 내가 너를 발견했다는 걸.

그리고, 이제 빛의 도시 파리가, 조금 멀찍이 떨어져, 말하자면 프랑스 몰래, 약혼녀처럼 내 앞에 나타날 차례였다……

카페의 나날

카페에서 글을 쓰는 것이 파리에서는 그리 주의를 끌지 않는 일인데, 시간이 흐르면서 내가 종종 다녀오는 티라나에서도 점점 흔한 일이 되고 있다는 사실을 알게 되었다.

　그동안 티라나에서는, 아주 드문 경우를 제외하고는 누구도 카페에서 노트를 펼칠 생각은 하지 못했다. 언뜻 이러쿵저러쿵 말을 들을까 두렵기 때문이라고 결론 내릴 수 있을 것이다. 허, 저 사람은 자기가 뭐라도 되는 줄 아나봐. 프랑스 사람처럼 보이고 싶은가보지? 아니면 더 심한 경우도 있다. 내 친구 Dh. Xh.는 옆 테이블에 앉은 손님 둘이 쏘아보는 눈길을 무겁게 느끼며 자신이 쓴 글의 단어 하나를 지울 때마다 이렇게 속닥거리는 소리를 들었다. 저것 봐, 내가 말했잖아.

저 사람 글 쓸 줄 모른다고.

그러나 어쩌면 진실은 다른 곳에 있었는지 모른다. 공산주의가 몰락한 뒤, 수도 주민들이 카페와 맺는 관계는 뿌리깊이 변했다. 카페의 수가 폭발적으로 늘어났을 뿐 아니라, 이제 사람들이 볼일을 보고 서로 노려보고 논쟁하는 곳도 카페였다. 그리고 그 시절의 언론을 믿어보자면, 더없이 눈길을 끄는 살인극도 카페에서 벌어졌다.

이렇다보니 카페에서 글을 쓰는 일도 엉뚱해 보이기보다 아주 평범한 행동이 되었다.

이 모든 걸 알면서도 나는 더 깊은 무언가, 가능하다면 더 높은 무언가가 나를 이 역설과 묶고 있다는 느낌이 들었다. 아니, 그렇게 믿고 싶었다.

멀리서 우편으로 날아온 책 한 권이 이 느낌의 타당성을 확인해주는 듯 보였다.

이국의 출판물이 담긴 소포는 언제나 상당한 호기심을 불러일으켰다. 어느 책일까? 어디서 보낸 걸까? 제목을 어떻게 번역했을까? 이날 아침 받은 소포는 작지만 꽤 무거웠다. 우체부가 내게 그걸 내밀면서 이렇게 말할 정도였다. 조심하세요, 무거워요!

그랬다. 꼭 쇠로 된 책—소포에 책book이라고 적혀 있었으니까—같았다.

소포를 열어보니 그보다 더해서, 숫제 납으로 된 책이었다.

영어 제목인 『커피하우스의 나날Coffeehouse Days』과 함께 '납처럼 무거운'이라는 표현이 머리에 떠올랐다.

언젠가 어느 미국 출판사에서 수집가들을 거냥한 소장용으로 『술의 나날』 특별판을 준비중이라고 알려왔었다. 극도로 비싸게, 거의 천 달러 가까이 책정한 책값이 비싸게 여겨지지 않도록 고급 용지에 인쇄하고 표지에는 화려하게 박을 입히고 각 권마다 저자의 사인을 넣기로 했다.

나는 그런 출판에 구태여 그 글을 선택한 이유를 정말이지 이해하지 못했다. 어쩌면 2004년 당시 아직 한 번도 번역되지 않은 유일한 책이었기 때문이었을까. 레인메이커 출판사 대표가 직접 알바니아어 번역가를 물색했고, 복잡한 저작권 문제까지 단번에 해결했다. 나는 습관대로 서명하는 일 외에 다른 문제에는 신경쓰지 않았다. 마지막 권에 사인하면서 느낀 안도감만 기억에 남아 있었다.

그리고 오랜 시간이 지나 그 겨울날 아침 파리에서, 마치 어떤 높은 힘이 안도의 한숨을 내쉰 나를 질책이라도 하듯, 이 이야기가 떠오르며 사십 년 동안 나를 짓눌러온 무게가 돌연 무겁게 느껴졌다.

사건은 1963년에 일어났다. '술의 나날'이라는 엉뚱한 제목을 단 사십 쪽 가까이 되는 텍스트가 일간지 〈청춘의 목소리〉 토요일 판에 두 주에 걸쳐 게재되다가 갑자기 출판 금지 조치가 내려졌다.

늘 만나던 카페 티라나에서 그 신문 담당자인 청년 서기장 토디 루보냐를 만났는데, 얼굴이 침울했다.

금-지-됐-어. 그는 귀가 어두운 상대를 이해시키려는 듯 음절을 또박또박 끊으며 거듭 말했다.

금지됐다고요, 그의 보좌관이 같은 말을 반복했다. 그리고 두 사람은 알 만하다는 표정으로 나를 뚫어져라 응시했다. 아직 그 여파를 가늠하지 못하는 천진한 작자에게 큰 과오를 깨닫게 해주려는 듯한 표정이었다.

내가 출판 금지를 당한 건 이때가 처음이었지만, 그렇다고 그 무시무시한 영향력을 가늠하지 못한 건 아니었다. 심지어 그걸 기다렸다는 느낌마저 들었다. 그들 두 사람이 제아무리 출판 금지와 관련한 비밀로 가득한 부서에서 일한다 한들, 내가 그들보다 한발 앞서 있었다. 모스크바에서는 출판 금지에 관해, 특히 첫번째 금지와 해제, 그리고 재금지, 그런 식으로 무한히 이어지는 일에 관해 대화를 나누는 게 밤낮의 일상이었으니까. 언젠가 그런 불행한 일이 내게 닥친다 해도 자연스러울 것 같았는데, 실제로 그 일이 일어난 것이다.

허, 토디가 침묵을 깨고 말했다. 그의 보좌관도 똑같은 "허"를 조금 더 힘주어 반복했다. 신문이 저지른 과오에 그들이 대응해야 했으니, 그 "허"는 이런 의미가 될 수 있었다. 너, 우리한테 무슨 짓을 한 거야? 아니면 그저 이런 뜻이거나. 네가 어떤 똥통에 빠졌는지 모르니 참 다행이군!

금지라니, 이런 풋내기가…… 저렇게 젊은데 벌써 금지를 당하다니, 그들의 눈길이 그런 말을 하는 듯 보였다.

그들이 그렇게 음산한 표정을 짓지 않았다면 나는 웃음을 터뜨렸을 것이다.

천진한 건 그들이었다. 그들이 글쓰기의 비밀을 알았더라면…… 이 작은 괴물이 어디에서 나왔는지 알았다면…… 그건 겨우 몇 쪽짜리 글일 뿐이었다. 백사십 조각이나 되는 공룡의 한 조각일 뿐이었는데, 그 부서를 발칵 뒤집어놓기에 충분했던 것이다. 만일 그들이 전체를 보았더라면 무슨 일이 일어났을까?

그 빌어먹을 제목만 아니었어도! 토디가 내뱉었다.

그는 그 텍스트를 두 번이나 읽고도 여전히 그 제목에 적응하지 못했다. 그의 보좌관은 그새 네 번을 읽고는 똑같은 반응을 보였다.

내가 이해한 바로는 누군가 그들에게 전화로 호된 질책을 퍼부으며 출판 금지를 알린 모양이었다. 이튿날에는 '심각한 이데올로기적 오류'에 대한 분석이 이어졌다. 두 사람이 나를 만난 건 자신들의 무죄를 밝혀줄 논거를 찾기 위해서인 것 같았다.

'술의 나날'은, 이번에는 생각에 잠긴 듯한 말투로 토디가 말했다. 통사론적으로도 좀 이상하긴 해.

제가 똑바로 이해한 건지 모르겠지만, 선생님이 말하고 싶었던 건 우리의 생활양식에 속하지 않는 날들에 관한 이야기였죠. 보좌관이 끼어들었다. 어떤 영감에 젖은 날들, 말하자면…… 퇴폐적인 영감 말입니다. 저자는 그런 날들에 비판적인 시선을 던지는 거죠, 맞습니까?

내가 고갯짓으로 '긍정'을 표하자, 그는 이런 관점으로 한번 더 텍스트를 읽어봐야겠다고 덧붙였다.

자네, 그걸 모스크바에서 썼지? 토디가 말했다.

대답하기도 전에 목이 죄어오는 게 느껴졌다. 저자들은 어디서 저런 정보를 얻는 걸까…… 전적으로 사실은 아니지만……

어느 정도는 그렇지, 나는 대답했다. 다행이야, 토디가 이어 말했다. 모스크바에 흐루쇼프라는 카페가 얼마나 많이 있는지 누가 알겠어! 수정주의는 그런 식으로 마각을 드러냈지. 여기에 카페 하나, 저기에 누드 그림 하나……

이상하게도 카페는 없었어, 나는 대답했다.

아!

시간이 흐르면서 나는 차츰 속마음을 감췄다. 당신들은 절대 진실을 알지 못할 거야. 나는 생각했다. 그들이 나를 좋아하며, 이 작은 심문은 나를 더 잘 지켜주기 위해서라는 사실은 잘 알고 있었다. 그래도 그들은 차가운 사무국 사람들이었다. 그곳 사람들이 1959년에 모스크바에서 쓴 소설에 관한 진실을 알아서는 안 되었다. 바로 내가 그 글을 발췌한 소설 말이다.

오랫동안 그 소설은 누구도 그 존재를 모른 채 남아 있었다. 독자 없는 작품이었다. 오랫동안 그랬다. 내가 알바니아로 돌아간 뒤 그 작품을 가장 친한 친구 D. 실리치에게 맡긴 날까지는.

오래지 않아 친구가 비행기 사고로 죽고 난 뒤 소설은 다시 홀로 남았다. 그것은 내 의식 속에 그렇게 누워 있었다. 독자 없는 텍스트, 혹은 더 정확히 말하자면 죽은 독자의 소설로.

몇 년 뒤, 어떤 불가사의한 충동에 사로잡혀 나는 그것을 백일하에 꺼내고 싶었다. 전체가 아니라면 적어도 일부라도. 작은 흔적이라도 남겨야 한다고 나는 생각했다. 그래야 그 흔적으로 언젠가 작품을 되찾을 수 있을지도 몰랐다. 실종자들의 시신을 찾듯이.

처벌은 전격적이었다. 죽을죄라도 벌하려는 것 같았다. 나는 속으로 말했다. 괴물이여, 다시 잠들라! 내가 널 너무 일찍 깨웠구나. 아직 네 시간이 아니었어.

카페 티라나에서 두 사람은 계속 금지에 대해 얘기했다. 때로는 조금 더 당당하게, 때로는 그렇지 못한 태도로. 모든 진실을 털어놓을 상대가 이젠 아무도 없다는 생각이 들자 저절로 잃어버린 친구가 떠올랐다.

그 친구는 나를 이 궁지 속에 홀로 남겨두고 떠났다. 그래서 나는 모스크바의 친구들을 생각했다. 스툴판즈. 안테오스. 우리가 그곳에서 참으로 자주 얘기 나눴던 이 금지라는 게 어떻게 작동하는지 그들은 누구보다 잘 알았다. 그들도 이젠 없었다.

그 일이 결국 너한테 닥친 거야? 저런, 저런! 하지만 조만간 닥칠 거라는 거 알고 있었잖아! 카우프만, 또는 사모일로프라 불리는 그자도 서문에서 명료하게 썼잖나.

우리가 얘기 나눴던 그런 종류의 금지가 아니라는 걸 그들에게 어떻게 말할까? 나를 후려치는 금지가 다른 사람들을 후려치는 금지보다 언제나 더 나빠 보인다는 사실을(이웃집 잔디가 더 파릇파릇해 보이듯이) 보여주기 위해 나는 말을 잠시 중단했다가 내가 당한 금지는 정말이지 무시무시했다고 설명했겠지…… 왜냐하면 그건 단지 사무국에서 나온 게 아니라 다른 기관에서, 금지의 정수 그 자체에서 나온 것이니까. 달리 말해 그 소설은 이미…… 나 자신에 의해…… 금지되었었단 말이지…… 이제 이 재앙의 규모를 상상할 수 있겠어? 내가 나 자신의 검열관이었다고…… 그런데도 구원받지 못했으니.

'술의 나날'…… 토디가 혼잣말하듯 중얼거렸다. 근데 이런 제목은 대체 어디서 찾은 거야? 그가 뚫어져라 나를 응시하며 말을 이었다. 그 눈길에서 감탄의 기색이 질책을 꿰뚫고 나왔다. 그가 온갖 종류의 나날이, 새롭고 희망을 품은 참신한 봄날이 우리 앞에 있다고 말하려던 참이었는데, 이런 말이 불쑥 튀어나온 것이다. 술의 나날은 이제 그만! 이런 느낌이 들지 않았나? 그가 자기 보좌관에게 말했다.

그보다 더하면 더했죠, 보좌관이 동의했다.

토디는 아침에 잠에서 깨어나 창문 커튼을 열면서, 자신이 방금 말한 표현들을 하나도 상상조차 못했을 때 이런 생각이 들었다고 했다. 술의 나날이라니…… 그 모든 비난을 떠올려 보면…… 솔직히, 아무리 최악의 비난을 이미 보았더라도 비난을 들으니 화가 치밀었지. 내일, 내 자아비판까지 하게 되면 얼마나 고역일까.

저도요. 보좌관이 말했다.

그들이 은밀히 줄곧 나를 응시한다는 느낌이 들었다.

나는 이때보다 더 씁쓸한 커피를 마셔본 기억이 없다.

사십여 년이 흐른 뒤 어떻게 『커피하우스의 나날』이 내게 이 사건을 상기시켰는지, 어떻게 이 오래된 질문을 다시 솟아오르게 했는지 이해하기 힘들었다. 카페에 대한 나의 끌림은 애초에 존재했을까 아니면 이 일 이후로 굳어졌을까?

나는 늘 그런 끌림을 느껴왔다고, 달리 말해 본능적으로 느껴왔다고 믿고 싶었다. 게다가 인간 삶의 한 부분은 그렇게 모든 것 바깥에서, 생각이 윤곽을 그려줄 세월을 기다리며 잠재적 상태로 남아 있지 않은가.

내가 처음 카페에 들어선 것은 고등학교 3학년 때였다. 출간될 시집에 대한 원고료의 절반을 막 받은 참이라 친구들과 축하하러 갔다. 그때껏 그런 장소에 한 번도 발을 들여놓은 적이 없었지만, 우리 가운데 누구도 그 도시의 가장 유명한 카페가 체르치즈광장에 있다는 사실을 모르지 않았다. 우리는 무엇이 우리를 기다릴지 한순간도 생각지 못한 채 그곳으로 갔다. 늘 그랬듯, 나의 아버지를 포함해 우리 일행 절반의 아버지들이 바로 그곳에 있었다. 당연히 아버지들은 우리를 보고 눈을 의심했는데, 우리가 코냑을 주문했을 때는 더더욱 그랬다.

부자지간의 미니드라마를 피할 수 있었던 건, 아버지들이 처음에 오해한 것처럼 그 자리가 바로 시 구역에 사는 웬 여자 아이와 나의 약혼을 축하하는 자리가 아니었으며, 만사를 꼬아버리는 오스트리아인, 어떤 사람들은 프레드라고 부르고 또다른 사람들은 페흐리드라고도 하는 프로이트라는 작자의 말마따나 우리를 저멀리, 아버지와 대적하는 지경까지 내모는 일종의 코냑 대 커피 같은 종류의 도전에 내가 나선 게 아니라는 게 밝혀졌기 때문이다.

코냑이 소화하기 힘들었던 건 사실이다. 우리에게 익숙하지 않아서이기도 했고, 손님들의 엄하고 미심쩍은 눈길 때문이기도 했다.

하지만 그건 시작에 불과했다. 이튿날 우리는 학교 교장실로 불려갔다. 불미스러운 행동으로 학교의 평판을 더럽혔다는 것이다. 엄격하기가 가히 전설적인 교감 선생은 한술 더 떠서 우리가 낯설고 퇴폐적인 음료를, 다시 말해 코냑을 주문하는 데 쓴 "더러운 돈"을 환기했다.

바로 이 표현에 아버지는 평소 내 활동들에 보이던 무관심을 벗어던지고 격분해서 나를 깜짝 놀라게 했다.

그자가 뭐라고 했다고? 아버지가 물었다. 내가 "더러운 돈"이라고 다시 말하자 아버지의 안색이 어두워졌다. 그 광대 같은 작자가 어떻게 감히 그런 말을! 아버지는 투덜거렸다. 그 분노의 이유를 파악하는 데 오래 걸리진 않았다. 늘 그랬 듯이 아버지는 교감이 "더러운 돈"이라고 규정한 내 원고료 절반을 빌려 썼으니까. 따라서 아버지도 더러운 돈을 사용한 셈이었다……

나는 아버지의 분노에서 힘을 얻은 느낌이 들었고, 일이 여 기서 끝나지 않으리라 생각했다. 오히려 일은 이제 막 시작된 것에 불과했다. 평생 법원의 영장과 소환장을 집집으로 배달 해온 아버지에게 법을 어겼다는 혐의를 씌우는 건 용납할 수 없는 일이었다.

다음다음 날, 아버지는 도시에서 가장 이름난 변호사 힐미 다클리와 집으로 왔다. 나는 그 변호사를 오래된 일화를 통해 이미 알고 있었다.

그가 내게 이것저것 물었고, 나는 상세히 대답해주었다. 친 구들을 초대하고 싶었던 갑작스러운 욕구와 아버지들을 만나 리라고는 생각지도 못한 채 선택한 카페, 그리고 거기서 일어 난 모든 일을. 변호사는 여러 차례 "더러운 돈"이라는 표현으 로 돌아와 내가 비스트로에서 코냑과 초콜릿 값을 지불한 돈 이 티라나 출판사에서 받은 게 확실한지, 어떤 경우에도 다른 출처가 없는 게 맞는지 물었다. 나의 확인 외에도 다행히 아버지가 우편환 전표를 간직하고 있었는데, 이 점을 변호사는 특히 높이 평가했다.

비밀스럽게 시작된 이 이야기를 곧 도시 사람들 대부분이 알게 되었다. 힐미 다클리가 "더러운 돈"이라는 표현에 항의하며 내 아버지의 이름으로 쓴 편지는 교감의 말과는 전혀 상관이 없는, "사례금"이라는 단어의 라틴어 어원으로 시작되었다. 교감이라는 직책에 오르기 전에도 이미 알 수 없는 방식으로 존재감을 과시해오던 그는 즉각 찬성과 반대, 두 진영을 맞세웠다. 나아가 그는 갑자기 도시 청년위원회에 도움을 요청했는데, 위원회는 이 카페 사건을 젊은이들 사이에서 확인되는 외국 영향의 징후와 결부시켰다. 그리고 당 위원회가 입장을 표명하기를 기다리던 중 우체국과 전신국 집행부가 사회주의 알바니아의 체신부에서는 결코 수정주의의 더러운 돈을 유통하지 않으며, 오직 알바니아 민중의 순결한 돈만 소중히 다루고 있다고 엄중하게 공식성명을 내면서 우리 진영에 합류했다. 그러자 체신부에 대항하여, 결코 알 수 없는 이유로 퇴역군인회가 나섰지만, 상대 진영의 승리는 아주 짧았다. 왜냐하면 이번에는 소수민족 옹호위원회가 사건이 일어났을 때 그 카페에 있던 손님 중 한 명이 그리스 소수민족 출신이라는 이유로 학교를 공격하고 나섰기 때문이다.

혼돈은 학교가 확실히 패배할 때까지 한동안 계속되었다.

이상하게도 이 승리의 소식은 우리에게 기대했던 기쁨을 안기지 못했다. 사람들은 승리를 계기로 우리가 개선장군처럼 카페로 달려가 코냑을 한두 잔이 아니라 실컷 퍼마시리라 상상했다. 하지만 그런 일은 일어나지 않았다. 오히려 전혀 뜻밖의 일이 벌어졌다. 그곳에 다시 발을 들여놓을 마음이 우리를 완전히 떠난 것이다.

카페의 꿈은 그후 티라나로 옮겨갔다. 수도의 불빛, 여자들, 호기심을 끄는 다른 많은 것을 품은 티라나로. 우리는 그곳에 가고 싶어 안달했다. 호기심을 끄는 것 가운데 으뜸 자리엔 작가가 있었다. 정기적으로 모임과 세미나에 초대받는 저명한 문인과 시인이 아니라 진정한 의미의 작가 말이다. 그때까지 우리의 상상 속에서 작가란 죽은 사람이거나 혹은 소련 사람이었다. 시간이 흐르면서 우리는 몇몇 예외가 허용되며, 우리가 죽었다고 생각했던 이들 중 둘은, 그러니까 라스구시 포라데치와 디미터르 파스코는 삶에서 멀리 비켜나 있긴 해도 아직 살아 있다는 사실을 알게 되었다. 백 퍼센트 살아 있는 이들 가운데는 디미터르 슈테리치와 스테리오 스파스를 꼽을 수 있었는데, 전자는 프랑스인처럼 파이프 담배를 피웠고, 후자는 프랑스인과 에스파냐인을 합쳐놓은 것처럼 덥수룩한 사자머리를 보란듯이 과시하고 다녔다.

만약 내가 누군가에게 티라나가 내 눈에는 어떤 몽환적인 면모를 감추고 있다고 털어놓는다면, 상대는 아마 내가 그저 여기저기서 들은 소리를 되풀이한다며 못마땅해할 것이다. 그러나 그 표현이 내게서 나왔건 나오지 않았건, 내게는 정확한 표현처럼 보였다. 티라나는 마치 악몽처럼, 때로는 전속력으로 가까워지고 때로는 멀리 떨어져 머무는 그런 이미지들로 이루어져 있었다.

마침내 우리 삶에서 가장 중요한 가을이 닥쳤고, 다른 학생들처럼 나는 수도에 정착했다. 여자와 카페, 이것이 두 가지 갈망의 대상이었고, 세번째 대상은 다름 아니라 그 둘의 융합이었다. 여자들이 드나드는 카페 말이다. 그런 카페는 참으로 드물어서, 나는 아직 그것들에 '여자-카페' 같은 특별한 이름을 붙이지 못한 터였다(이는 말하자면 크림-카페에서 크림을 여자로 바꾼 것, 혹은 내가 나중에 쓰게 될 '걸스-커피' 같은 이름이라 할 수 있다).

나는 어떤 카페들이 종종 '볼가'처럼 소련의 강 이름을 달고 있는 걸 여러 차례 눈여겨보았다. 그리고 적어도 두세 개의 카페가 같은 이름을 달고 있다는 사실을 알고 놀랐는데, 티라나에서 수업을 같이 듣는 친구 하나가 설명해주길 대개 예전에 '플로랑스'니 '룰루' 같은 이름을 달고 있던 카페들이 쉽게 상상할 수 있는 이유로 이름을 바꾼 거라고 했다.

어느 날은 내가 소련의 강 이름들은 종종 소설 제목으로 사용된다고─이를테면『고요한 돈강』*처럼─반면에 우리 나라에선 그런 제목을 찾는 게 영 어렵더라고 그에게 알려주었다. 그는 우리 나라 강은 거센데다 수시로 산을 타고 흘러내려 지나는 길마다 모든 걸 물에 잠기게 하고는 그다음 범람 때까지 완전히 말라버리기 때문이라고 응수했다. 그는 이런 변덕스러운 점 때문에 우리의 강이 소설 제목으로 적절하지 않다고 믿었는데, 아마 그의 말이 옳았을 것이다. 나는 그 말에 동의했고, 심지어 알바니아의 강 이름을 제목으로 가진 알바니아 소설 두 권 중 그나마 나은 것이『죽은 강』이고, 반면에『강은 잠들어도 적은 잠들지 않는다』는 아무 흥미도 불러일으키지 못하는 게 우연은 아니라고 덧붙였다.

그가 놀란 눈길로 나를 쏘아보았고, 우리는 기이하게 변하며 점차 위험해져가던 그 대화를 그만두었다.

티라나에는 다른 놀라운 일들이 많이 마련되어 있었지만 그래도 카페를 향한 끌림은 예전처럼 불쑥불쑥 나를 엄습했

---

* 러시아 작가 미하일 숄로호프의 소설.

다. 상상할 수 있듯이 '로마' '베를린' 심지어 '히틀러' 같은 이름을 단 일부 카페들은 문을 닫았지만, 신비를 가득 품은 것처럼 보이는 옛날 카페들은 남아 있었다. 가장 유명한 건 대로에 있는 다이티호텔 카페였다.

어느 날 나는 같은 반 친구와 함께 호텔 수위들의 마뜩잖은 눈길에도 아랑곳없이 용기 내어 그곳에 들어섰다. 우리가 나지막한 테이블 양쪽에 자리를 잡자 종업원도 불신을 감추지 않았다. 그는 낯선 언어로 우리에게 말을 걸더니 질책하는 어조로 말했다. 그러니까 알바니아 사람인 거죠? 이봐요, 여긴 손님들이 올 장소가 아닙니다.

우리는 주섬주섬 짐을 챙기고는 그렇게 명백한 사실을 알지 못했다는 데 부끄러워하며 고개를 푹 숙인 채 밖으로 나왔다.

일주일 뒤, 내 친구가 깜짝 놀란 얼굴로 와서 '강은 잠들어도 적은 잠들지 않는다'가 다이티 카페에 들어가는 걸 보았는데 누구도 그를 쫓아내지 않더라고 말했을 때 우리는 이 수도의 많은 것이 그렇듯 다이티 문제도 보이는 것보다 훨씬 복잡하다는 걸 깨달았다. 같은 이름의 호텔과 마찬가지로 그곳은 원칙적으로 이방인을 위한 카페였지만, 그렇다고 일부 알바니아인이 자주 그곳을 들락거리지 않는다는 의미는 아니었으며, 어떤 이들은 그곳에서 아침커피를 마시기까지 했다.

우리가 내린 첫번째 결론은 유명한 작가들 외에도, 이를테면 아직 가명을 가진 이들이 그런 알바니아인에 속한다는 것이었다.

그중 둘은 우리도 가명을 알았다. 군주제 시절부터 논다 불카의 가명이었던 츠리츠리, 같은 세대에 속하는 디미터르 파스코의 가명인 Dr 스파스. 하지만 후자는 '강은 잠들어도 적은 잠들지 않는다'와 아무런 공통점이 없었다. 심지어 그는 불과 얼마 전에 일 년간 옥살이까지 했다. 반면에 '강'은 열혈 공산주의자여서 모스크바의 고리키문학연구소에서 공부를 마친 뒤 작가연맹에 임명되었다가, 그후엔 당 중앙위원회로 옮겨갔다.

정말이지 의혹을 품을 수 없는 사람들뿐만 아니라 모든 의혹이 쏠리는 사람들도 다이티에 간다는 생각이 얼핏 스쳤다.

말하긴 쉽지만 믿기는 어려웠다. 이를테면, 우아한 옷차림 얘기가 나올 때마다 언급되는 츠리츠리에 대해 사람들은 "파리지앵식으로" 다리를 꼬는 그의 자세만큼은 능가할 사람이 없다고 말하곤 했다. 그런데 이는 다이티처럼 적절한 카페에서만 발휘할 수 있는 재능이었으니, 아마 그것이 그가 그곳을 끈질기게 찾는 이유였을 것이다.

흘러간 시간의 매력에 끌리는 내게 동조하는 또다른 친구가 생겼는데, 문학적 이유에서가 아니라 그저 우리가 같은 여자에게 연정을 품었기 때문이었다. 그 친구는 열의를 보이며 작가연맹까지 나를 따라와주었다. 우리에게 영감을 주는 여자의 집이 옛 조그 왕실 왕녀의 왕궁 뜰 쪽으로 나 있었기 때문이다. 이 '왕궁 방문' 이후 모든 것이 자연스레 우리를 두러스 거리의 카페 플로라로 이끄는 듯 보였다. 그곳에서는 그 환경에 이끌리는 듯 '우리 뜰의 왕녀'에 관한 대화가 자연스럽게 이어졌다.

우리는 약간의 사치를 바라는 우리의 갈증을, 다시 말해 지로카스트라 청년위원회가 초기에 규정한 의미가 아니라 좋은 의미의 '퇴폐주의'를 숨기지 않았다. 우리는 우리와 가장 어울리지 않는 그곳에서 그 징후들을 찾아냈다. 이를테면 눈에 띄는 몇몇 작가의 헝클어진 갈기가 그랬다. 이런 배경에서 가장 눈에 띄는 사람은 페트로 마르코와 스테리오 스파스였다. 전자는 에스파냐 전쟁 자원병으로 '국제적'이라는 표현에 부합해 보였다. 에스파냐어로 '잘 가Hasta la vista'라는 제목을 단 그의 소설은 아직 잉태중이었지만 티라나에서는 이미 모두가 그를 알고 있었다. 후자인 스파스는 우리가 수업에서 배운 바 공식적인 최초의 퇴폐주의 소설인 『왜?』의 저자로, 그것이 다른 모든 작가와 그를 구별 짓는 강점이 되었다. 그의 집에서는 톨스토이 소설에 등장하는 러시아 귀족의 저택에서 그러듯 다른 언어, 이국의 언어만을 사용했다. 우리, 나와 내 친구는 그러한 점에 현혹되었다. 누군가 스파스의 집에서 사용하는 언어가 무엇인지 밝혀주었을 때까지는. 그들이 사용하는 언어는 마케도니아의 국경지대에서 사용하던 언어였는데, 그곳에서는 국경 이쪽과 저쪽의 방언들이 뒤섞여, 알바니아에서 마케도니아어를, 마케도니아에서 알바니아어를 듣는 일이 드물지 않았다. 그러니 톨스토이 작품 속 볼콘스키 가문의 프랑스어와는 거리가 멀었던 것이다.

카페 플로라는 티라나에서 가장 최근에 생긴 카페로 복잡한 사건에 연루되지 않고 그야말로 카페, '결코'나 '항상'이라는 단어를 내뱉기가 한결 쉬운 보통 카페의 범주에 들었다.

우리는 속마음을 털어놓지 않은 채 우리의 금발 왕녀와 동석한 자리에서 그 단어들이 발음되기를 꿈꿨다. 발음만 된다면 누가 누구를 위해 발음하는지는 중요하지 않았다. 우리 둘 다 그녀에게 빠져 있었고, 그녀가 자기 취향에 더 맞는 사람이 누구라고 생각할지 상상조차 할 수 없었다.

차례차례 우리는 한쪽이라고 생각했다가 이내 다른 쪽이라 생각했고, 그러다 그녀가 둘 모두에게 반했다고 여겼고, 얼마 후엔 다시 아무에게도 반하지 않았다고 느끼곤 했다.

마르크스주의 수업 때 교수가 독일 사상사를 얘기하는 동안 그녀는 수업이 난해하게 여겨질 때마다 자기도 모르게 새어나오는 친근한 "휴" 소리를 내뱉은 뒤 연필을 내려놓고 종종 그러듯 이 대목은 나중에 내 노트를 베끼겠다고 손짓을 보냈다.

이는 내가 최대한 읽기 좋게 필기를 해야 한다는 의미였고, 나는 기꺼이 그렇게 했다. 곁눈질로 그녀를 느끼며 문장들을 따라갔다…… 독일 사상은 러시아 사상과 달리…… 이 사상과 반대로…… 저 사상은……

갑자기 그녀가 내 관자놀이에 머리카락이 스칠 정도로 가까이 다가오더니 나지막한 소리로 물었다. 너, 내 생각 해?

나는 불시에 기습당한 느낌이, 거의 죄지은 느낌이 들었다. 그렇게 얼빠진 상태로 겨우 조음했다. "응."

왕녀(얼마 전부터 다른 애들은 모르게 우리끼리만 그녀를 이런 별명으로 부르는 습관이 생겼다)는 아무 말도 덧붙이지 않았다. 그저 내 볼펜만 계속 보았다…… 독일 사상은…… 어떤 면에서 알바니아나…… 러시아…… 사상과 달리…… 마치 아무 일도 없었다는 듯이.

하지만 나는 무언가가 확실히 달라졌다고 생각했다.

얼음장 같은 냉기가 상상 속 겨울보다 훨씬 아름다운 그녀의 수정 같은 매력을 붙들고 있었다.

수업이 끝나고 나는 교실을 나서는 무리 속에서 눈으로 친구를 찾았지만 보이지 않았다.

나중에 카페 플로라에서 만나겠지, 나는 생각했다.

카페를 향해 걸어가던 중 문득 이 일이 생각만큼 이상하지 않다는 느낌이 들었다. 철학 수업에서 교수가 독일인의 생각에 대해, 그리고 러시아인의 생각에 대해 말할 때, 요컨대 세계인의 생각에 대해 말할 때 그녀는 내가 자기 생각을 하는지 물은 것이다⋯⋯

그래, 그냥 대수롭지 않은 일이야⋯⋯

그렇지만 대수롭건 대수롭지 않건 나는 무슨 얘기라도 해야 했다.

이미 얼마 전부터 왕녀와 관련해 우리 사이엔 일종의 암묵적 조약이 체결되어 있었다. 상대에게 아무것도 감추지 말아야 한다는, 일종의 기사도 협정이었다. 나는 그걸 준수해왔다.

그래서 카페에 채 자리를 잡기도 전에 나는 마치 끔찍한 소식을 알리러 온 사람처럼 어쩔 줄 모르는 얼굴로 말했다. 있잖아, 수업시간에⋯⋯

내 말은 상상했던 것보다 훨씬 이상하게 들렸다. 친구가 내 말을 듣는 동안 묵묵히 침묵을 지킨 것도 경멸의 표시처럼 보였다. 그가 내게 이렇게 물은 것마저 그래 보였다. 그래서 넌, 뭐라고 대답했어?

그렇다고 했지⋯⋯ 내가 잘못 대답한 건지도 모르겠어.

무슨 잘못? 그가 물었다.

한참 동안 우리는 그 끔찍한 "응"에 대해 얘기했다. 그것을 온갖 각도에서 검토했다. 이를테면 그 대답이 조금 더 따뜻할 수 있었을지(더 차가운 쪽은 고려조차 하지 않았다), 망설임의 기미를 보였을지(그랬다면 지나치게 여성적이었을 테니 최악이다), 덜 직선적일 수 있었을지, 흠, 아니 오히려 더 강렬했어야 할지, 말하자면 더 열정적이었어야 할지를. 결국 우리는 이런 합의점에 이르렀다. 그녀를 생각하는 사람이 혼자가 아니라 우리 둘인 만큼 마지막으로 고려한 '열정적인 응'이 적절한 "응"이었을 거라고.

나는 안도감을 느끼며 친구와 헤어졌다. 어서 빨리 혼자 있고 싶었다.

보아하니, 생각이란 독일 것이건 러시아 것이건, 아니면 일리리아-알바니아 것이건 그 대상이 여자라면 고독이 필요한 듯했다.

"너, 내 생각 해?"

이 마법의 문장을 다시 떠올리자마자 기적이 일어났다. 이런 기적은 오직 한 번만 일어날 수 있다는 느낌과 함께.

한 여자가 알고 싶어했다…… 플라톤이나 헤겔도 아랑곳하지 않고…… 내가 자기 생각을 하는지 한 여자가 알고 싶어했다.

밤이 지나갔고, 날이 밝았고, 수업시간이, 이번에는 라틴어 수업시간이 왔고, 다시 그녀가 거기 있었다.

그녀를 생각한다. 너를. 왕녀를.

왕의 피라미드보다 드높은.[*]

낮의 시간이 흘러가고 밤의 시간이 왔다. 여름을 보내면서 우리가 한겨울의 나라들을 상상하듯이 계절들도 포개졌다.

그녀를 상상한 건 말할 것도 없다. 자기 생각을 하고 있는 그녀를 상상했다. 그것은 의심할 바 없이 절대적 신격화였다. 베개 위에 흩어진 그녀의 머리카락. 졸음이 살며시 다가오지만 그녀를 사로잡지는 못한다. 내가 가로막았기 때문이다. 이건 틀림없이 세계 7대 불가사의 중 하나였다. 호라티우스가 묘사한 피라미드들이나 중국의 끝없는 만리장성보다 무한히 더 높은 불가사의.

매일매일이 이어졌고, 우리는 함께 있고 싶다는 욕망을 더는 감추지 않았다. 교수가 부족해 공동 강의실에서 자율학습으로 진행되는 마르크스주의와 라틴어 수업 때는 그럴 수 있

---

[*] Regalique situ pyramidum altius. 호라티우스의 시 「청동보다 오래갈 기념비」의 한 구절.

었다. 학생들이 자유롭게 자리를 고를 수 있는 이런 수업이 없었더라면 대학의 연애담들은 빛을 보기 어려웠을 것이다.

수업에 들어서는 무리 속에서 우리는 상대가 따라오는지 확인하기 위해 줄곧 눈으로 서로를 찾았다.

나란히 앉는 순간은 더없이 경이로웠다. 그녀가 그 질문을 던진 이후로 내게는 시간이 날아오르길 멈췄다는 사실을 알려주고 싶어 어느 날 이런 말을 쓴 쪽지를 그녀에게 건넸다. "난 너를 생각해." 이번엔 그녀도 글로 내게 대답했다. "나도."

말이 백지 위에 검게 누웠을 때 그 충격이 얼마나 커지는지 그전까지 나는 알지 못했다.

평소처럼 카페 플로라에서의 장면은 이어졌다. 나는 영문을 알 수 없는 가벼운 태도로 친구에게 알바니아문학 시험이 드디어 구술에서 필기로 넘어갔다고 알렸다.

그는 쪽지를 곁눈질했고, 나중에 내게 털어놓았듯이, 알바니아 언어에서 가장 단순한 말들이 그렇게 소중해 보일 수 있다는 걸 믿지 못했다. 그는 말했다. 모르는 척해봤자 소용없어, 이건 분명히 사랑이야. 그는 이미 며칠 전부터 이 사실을 알았으며, 지금 자신이 포기하지 않는다면, 혹은 우리가 좋아하는 표현대로 물러나지 않는다면 몹쓸 바보가 될 거라고 분명하게 밝혔다.

미묘한 교류였다. 만약 내가 고결한 태도를 보이려고 그 휴전을 존중한다고 말했더라면 더욱 미묘한 교류가 되었을 것이다…… (휴전이라니, 대체 무슨 소리야? 세상에, 정말 꼴불견이네!)

그러는 동안 왕녀의 눈길은 점점 더 그윽해졌다. 그녀의 광대뼈도 그랬다. 매일 달라지는 머리 모양은 그녀가 보내는 쪽지들보다 그녀 내면에서 일어나는 일에 대해 훨씬 명료한 성찰의 근거를 제공해주었다.

무언가 뜻밖의 일이 내 친구와 나 사이에 벌어지고 있었다. 왕녀에 관한 대화는 점차 뜸해지다가 곧 완전히 중단되었다.

그 모든 걸 이해하기란 쉽지 않았다. 머리 모양과 쪽지, 라틴어, 그것들은 사람들을 가까워지게 할 수 있는 만큼 멀어지게도 할 수 있었다. 왕녀와 나 사이의 첫 불화도 바로 그런 것 때문이었다. 다시 라틴어 시간이었다. 교수가 오비디우스에 대해 말했다. 자신이 중요하게 생각하는 주제에 대해 말할 때면 으레 교수의 목소리는 달짝지근해졌다. 아우구스투스가 분노한 이유가 밝혀지지 않은 채 이천 년이 흘렀다.

내가 어쩌다 이 주제에 관해 그녀에게 무언가 쓸 생각을 했는지, 어떻게 얘기가 꼬여서 이런 말로 끝나게 되었는지 모르겠다. "그렇다면 이젠 내게 편지 쓰지 마." 그 대답은 이랬다.

"그럴 일은 없을 거야. 다시는 절대로!"

나는 화해하려 시도했지만 소용없었다. 오비디우스는 로마에서 쫓겨나 밀회 장소인 북해 바닷가에 자리한 관저로 가려던 참이었다. 그렇게 수업은 끝나갔고, 우리는 여전히 성난 상태였다.

최근에는 그런 일이 거의 없었지만, 나는 어서 카페 플로라에 가 친구에게 이 사실을 알리고 싶었다.

친구는 왕녀에 관한 속내를 털어놓으려는 나를 보고 놀란 표정을 감추지 않았다. 나는 우리의 오해를 세세히 얘기했다. 특히 "다시는 절대로"라는 무시무시한 말이 적힌 쪽지까지.

그는 내 말을 듣고 흡족해하는 것 같았다. 우리의 불화 때문이 아니라 모든 게 원래의 질서를 되찾고 있다는 사실에 흡족해하는 듯했다. 우리는 다시 셋, 아니 둘이 될 것이었다. 나, 그리고 그와 왕녀. 아니, 더 정확히 말하자면, 나와 왕녀, 그리고 그, 제삼자, 떨어질 수 없는 친구.

실제로 한동안은 그랬다. 나는 일기예보가 뒤따르는 저녁 뉴스처럼 최근의 소식들을 전했다. 머리 모양과 반짝이는 모자, 그리고 폭우 내리는 하늘에 번쩍 비치는 번개에 대해 얘기했고, 그는 흥미롭게 귀를 기울였다.

그러나 화합은 오래가지 못했다. 내가 왕녀와 화해하자 카페 플로라에서는 나의 침묵이 다시 우세해졌고, 친구는 원망을 감추지 않았다. 어느 날 그가 질책하는 투로 내게 말했다. 반 전체가 다 알아.

그래서 뭐? 이따금 나를 사로잡는 눈먼 분노에 휩싸여 나는 응수했다. 말이 나왔으니 묻겠는데, 정확히 뭘 안다는 거지?

그가 더는 말하려 들지 않자 나는 투덜거리며 대답을 촉구했다.

곧 나는 이죽거렸는데, 다른 사람들에게서 보고 내가 기겁했던 그런 이죽거림이었다. 아무렴 어때! 우리가 입맞추는 건 맞아. 그게 뭐 놀라 자빠질 일이야? 넌 알았잖아, 내가 처음부터 오직 너한테만 얘기했으니까.

관둬, 다른 얘기나 하자고. 그가 말했다.

갑자기 까닭 모르게 심장이 죄어왔다. 그의 패배 선언, 휴전, 협정, 포기가 뒤죽박죽 기억에 떠올랐고, 그러자 나의 허세가 별안간 더없는 악취미처럼 여겨졌다. 아직 용서를 구하는 법을 배우지 못한 나는 에둘러 화해를 시도했다.

나의 갑작스러운 어조 변화에 그는 아마도 놀란 모양이었다. 특히 내가 막 머리에 떠오른 생각을 그에게 말하자 더욱 놀란 듯했다. 왕녀를 초대해 카페 플로라에서 셋이 함께 커피를 마시자는 생각이었다.

오, 멋지겠는데! 그가 탄성을 내질렀다. 아마도 그는 여러 차례 속으로 생각했을 것이다. 예전처럼 우리 셋이…… 늘 그러던 대로……

왕녀를 카페 플로라로 초대한 일이 다른 어떤 오해보다 심각한 오해의 원천이 되리라고는 짐작조차 하지 못했다.

내가 친구에게 이런 대답이 적힌 쪽지를 보여준 날 일이 벌어졌다. "네가 원하는 데라면 어디든 가겠지만 그 카페는 안 돼."

그의 얼굴이 어두워졌고, 나는 왕녀가 일 년 전 어느 카페에 갔던 것이 집안에 말다툼을 일으키는 원인이 되었다는 이야기를 들었다고 설명했다(하필 그때 오빠 친구가 그곳에서 그녀를 보는 바람에 다시는 카페에 발을 들여놓지 않겠다는 약속을 해야만 했다).

그는 한동안 쪽지를 손에 쥔 채 감탄을 감추지 않았다. "네가 원하는 데라면 어디든 가겠지만……" 그가 나지막이 읽었다. 여자애가 너한테 이런 걸 쓰다니, 정말 아름답다!

그는 쪽지를 내게 돌려주면서 중얼거렸다. 너희 둘의 관계가 멀리까지 나아갔다는 걸 알겠어.

그는 생각에 잠긴 투로 이 말을 내뱉었고, 나는 이내 그 의미를 알아들었다. 우리의 관계는 멀리까지 나아갔고, 함께 한숨짓던 옛친구인 그는 패배자이자 추방당한 자이며, 내가 모든 걸 공유해주었음에도 자신은 아무것도 알지 못했다는 의미였다.

그가 생각하는 소리가 거의 들리는 듯해서 나는 이렇게 외칠 뻔했다. 아니 알아야 할 게 뭐가 있다고? 우리는 상대의 머릿속 생각을 모르지 않았다. 적어도 나는 그가 무슨 생각을 하는지 거의 확실히 알 것 같았다. 물론 호들갑 떨 일은 아니었다. 따지고 보면 굳이 입 밖에 내지 않아도 이해할 수 있는 것들, 남자애들이 자기들끼리 떠들어대는 얘기들일 뿐이었다. 예컨대 금발 여자들은 몸 구석구석이 금발인지 뭐 그런 것들……

그래도 나는 기억 속에서 예의바른 남자들에 관한 어떤 격언을 찾았다. 발칸 지역의 비열한 청년들과 달리 이럴 때 입을 다물 줄 아는 남자들 말이다.

마침내 그에게 해줄 말을 찾았는데, 그가 내 말에 귀를 기울이며 보여준 찜찜한 침묵은 나의 추측이 틀리지 않았음을 확인해주었다.

"소설이 무대에 들어선다." 몇몇 노트에 나는 이 문장을 적어두었는데, 한번은 죽음을 무대 위로 초대한다는 셰익스피어의 유명한 말까지 덧붙였다.

얼핏 보면, 이 주제는 낡고 닳았다. 나는 누구보다 많은 소설을 시작했고, 포기했다. 유령, 해적, "승리!"를 외치는 상처투성이 레지스탕스 요원들에 관해, 세상을 떠났으나 우리 안에 되살아나서 모두에게 새파란 공포를 안기는 할머니에 관해. 내가 나에 관해 글을 쓰는 건 처음이었다. 더 정확히 말하자면 왕녀와 나에 관해.

불면의 밤을 보내고 나서 나는 친구에게 마음을 열었다. 적어도 그는 그동안 내가 밝히지 않았던 비밀(금발의 비밀)을 듣고는 기뻐했다.

나는 기분이 묘했다. 사랑의 감정인 듯하면서도 완전히 그런 감정은 아니었다. 어떤 순간에는 사랑보다 더한 느낌이 들었고, 또다른 순간들에는 덜한 느낌이었다. 언어로는 도무지 형용할 수가 없었다. 사랑에 빠졌다고 말할 때처럼 **소설에 빠졌다**고 말할 수는 없었다. 공포와 유령들이 가득한 소설들을 쓸 때 나는 거기에 완전히 마음을 빼앗겨, 지구상에 달콤하고 젊은 여자들이 있다는 사실조차 그리 중요하게 여겨지지 않았다. 그런데 이번에는 한 여자가 내 소설의 중심에 포로처럼 자리하고 있었다.

따라서 나는 무아지경이었다. 달리 말해 나는 **로망** 속에 있었다. 조금 더 뉘앙스를 생각해보자면. 이 단어가 뉘앙스에 따라 두 가지 의미로 받아들여지는 건 우연이 아니다. 로망-소설, 그리고 로맨스-연애 이야기. 이 년 또는 십이 년 동안 이어진 X와 Y의 로맨스. 이를테면 발자크와 한스카 백작부인의 로맨스. 혹은 만년 동안 이어지고 있는 단테 알리기에리와 베아트리체의 로맨스.

이런 것들이 항상 나를 사로잡아, 나는 다른 사람도 모두 같은 생각을 공유하고 있다고 착각하곤 했다. 어느 날 소설이 어떻게 되고 있냐는 친구의 질문에 나는 무척이나 당황했다. 어느 소설 혹은 어느 로맨스에 대해 묻는 건지 이해하는 데 꽤 시간이 걸렸다. 결국 나는 양쪽이 동떨어져 있다고 대답했다.

우리는 어리벙벙한 표정으로 서로의 얼굴을 쳐다보았고, 나는 곧 그 둘이 결코 같지 않다고, 이쪽과 저쪽 사이의 간극이 상당하다고 덧붙였다. 달리 말해, 왕녀와 내 소설은 서로를 전혀 좋아하지 않았다.

엄청나게 커다래진 그의 눈을 안과의사가 보았더라면 걱정깨나 했을 것이다.

소설의 주인공이 되는 걸 싫어하는 여자가 있단 말야? 험담과 평판을 걱정하거나, 카페 이야기처럼 오빠를 피해야 한다면 몰라도.

그건 상관없는 일이야! 나는 소리치다시피 대답했다. 부조화는 다른 데 있다고.

나는 흥분을 어렵사리 억누르며 그에게 설명했다. 왕녀와의 일이 잘못되었을 때 나는 글을 쓰고 싶은 욕구에 사로잡혔고,

우리가 다시 화해하자마자 그 욕망은 날아가버렸다고……

그는 이해할 수 없다고 단언했다. 그가 보기엔 내가 상황이 좋지 않을 때는 기껏해야 소설이 필요했고, 반면에 일이 잘 풀리면 바로…… 말하자면 배가 좀 부르니 수프에 침을 뱉는 격이었으리라.

나는 우리가 결코 서로를 이해하지 못할 거라는 뜻으로 고개를 저었다. 혹은 그가 사랑에 빠져 나와 똑같이 광기 상태에 놓이면 그제야 서로를 이해하게 될 것이었다.

그러면 왕녀는? 그가 물었다. 뭐래?

그녀는 전혀 몰라.

너랑은 어째야 할지 모르겠어. 그가 이내 내뱉듯 말했다. 네 소설이 진척되는 걸 내가 좋아한다면 그건 네가 왕녀와 잘 안 되는 걸 좋아하는 것이니…… 아니면 그 반대거나…… 너 정말이지 꼬였다!

꼬인 건 무엇보다 문학이라고 응수하려다가 너무 상스러운 대답 같아서 나는 아무 말도 하지 않았다.

그렇지만 말은 허약했다. 그 시절 메트 M.을 통해 전해들은 작가연맹의 소식도 그 사실을 확인해줄 뿐이었다. 그는 그곳에서 몇 년 동안 일했고, 〈문청〉이라는 잡지를 통해 발표하기로 예정된 내 시들을 보내면서 그를 알게 되었다. 그는 연맹 안에서 온갖 전투에 가담하더니 결국 투옥되었다. 이 년 뒤, 그가 2학년으로 입학해 별안간 우리 수업에 나타났다. 그의 말대로라면 그가 유죄판결을 받은 건 착오였다.

어쨌든 다시 학생이 되고서도 그는 연맹 안에서 벌어지는 일을 계속 좇았고, 상당히 유별난 시각으로 그 일들을 바라보았다.

그의 말에 따르면 작가연맹의 역사는 불가사의로 가득했다. 전쟁 직후인 창립 초기에 작가위원회의 절반은 부르주아 계층 출신이었고, 나머지 절반은 옛 항독대원이었다. 전자는 자취를 감추려는 경향이 있는데, 후자는 전자의 수상한 짓거리를 이해하지 못했다. 그러자 정부는 서둘러 항독대원 중 두 회원을 모스크바의 공산주의자들 곁으로 파견했다.

그들이 돌아오기를 기다리는 동안 사태는 점점 더 나빠졌다. 부르주아 혹은 프랑스 진영—이들 중 한 사람이 프랑스에서 유학했다는 이유로 이렇게 불렀는데, 그가 '프랑스식으로' 파이프 담배를 피우는 걸 보니 확실히 그런 모양이었다—의 세력을 약화시킬 목적으로 내무부 진영 사람들이 은밀히 투입되었다. 이 사람들이 모든 걸 장악하기 시작할 즈음, 갑자기 '모스크바 사람들'이 다시 나타났다. 예상과 달리 그들은 원래 진영에 합류하지 않고 '프랑스인'들과 동맹을 맺었다.

이어지는 혼란은 듣도 보도 못한 것이었다. 상부의 개입이 예견되었지만 계속 지체되었다. 여기저기서 감지되는 신호들은 불분명했다. 메트 M.도 이 시기를 어림짐작으로 헤쳐나왔다고 인정했다. 그 신호 중 하나로, 부르주아 한 명이 다시 파이프 담배를 피워 새로운 소란을 일으켰다. 그가 강박증에서 벗어나 갑자기 어처구니없을 정도로 경쾌하게 파이프를 빨아대는 동안 다른 사람들은 그의 머리 위로 피어오르는 연기 소용돌이에서 암호화된 메시지를 해독하려고 애썼다.

결국, 아연실색할 소식과 함께 태풍이 제대로 불어닥쳤다. 내무부 진영이 아니라 다시 프랑스 진영이 승기를 잡은 것이다. 배후의 수수께끼는 한동안 불투명하게 남았다. 정신병원의 어느 환자가 진상을 밝혀줄 때까지는. '상부'의 비밀회의 때 누군가 감히 최고 지도자를 '프랑스인'으로 취급하며 조롱했다는 얘기였다. 부르주아 진영에 붙여진 별명과 마찬가지로, 지도자가 프랑스에서 유학했다는 것이 그 이유였다.

상황은 투명해질 기미가 보이지 않았다. 모든 게 뒤죽박죽 난장판이어서 면죄부를 받았다고 믿던 사람들조차 종종 처벌받았고, 때로는 복권되기도 하고, 때로는 이 일에서 벗어났다고 생각했던 다른 사람들이 다시 처벌받기도 했다. 그렇게 일부는 당에서 축출되었고, 3분의 2는 수감되었고, 또 그만큼의 사람들이 공공근로를 하며 속죄했다. 사면 없는 징역형을 받은 유일한 사람은 마르크 은도야였는데, 아마도 세 진영의 공격이 한꺼번에 그에게 쏠렸기 때문인 듯했다.

세 진영과 친분을 맺어온 메트 M.도 이유를 알지 못한 채 동일한 혼란 속에서 착오로 수감되었고, 그후 아마도 역시나 착오로 우리 수업에 들어온 것이다.

학기말이 가까워졌다. 나는 졸업장을 따기 위해 공부하는 대신 줄곧 소설만 생각했다. 글을 쓰고 싶은 욕망을 억누르기 힘들 정도로 이토록 강렬하게 느낀 적이 없었다. 다시 말해 나와 왕녀의 관계가 맑지 못하다는 뜻이었다. 관계가 나쁘다고 말하는 것도 부족했다. 우리 관계가 이처럼 재난을 많이 겪은 적이 없었다. 소설은 오직 그런 시기만 기다리는 듯 보였다. 몇 주 사이 나는 반년 동안 쓴 것보다 많이 썼다. 왕녀는 책과의 전투에서 패배하고 있었다. 끝이 가까워지면서 나는 더욱 박차를 가했다. 안개 속을 살피는 늑대의 눈으로 이제 에필로그를 노려보고 있었다.

이 혼돈으로도 충분하지 않다는 듯 모스크바 문제가 발생했다. 나는 오래전부터 고리키문학연구소에 받아들여지길 기다려왔는데, 이제 어느 때보다 목표에 가까워진 것이다.

모스크바와 왕녀…… 소문은 삽시간에 퍼졌다. 너 이런 말을 했어? 나와 모스크바 둘 중에 뭘 선택해야 할지 모르겠다고? 어느 날 그녀가 와서 씁쓸한 표정으로 내게 물었다.

나는 그런 적 없다고 맹세했지만 왕녀는 끈질기게 물고 늘어졌다. 그녀 말에 따르면 "사랑을 위해 내 목숨도 내놓겠지만 조국을 위해서라면 사랑마저 바칠 것이다"라는 헝가리 시인 페퇴피의 시구를 내가 상황에 맞게 각색까지 했다는 것이다. 왕녀를 위해 내 목숨도 내놓겠지만, 모스크바를 위해서라면 왕녀마저 바칠 것이다……

나는 사람들이 지어낸 허튼소리라고 거듭 맹세했지만, 그녀는 들으려 하지 않았다. 그때 내 머릿속에 무언가 떠올랐다. 바로 너였잖아! 나는 큰 발견이라도 한 것처럼 외쳤다. 사랑하는 아가씨, 나한테 적어도 열 번은 거듭 이렇게 말한 사람이 바로 너잖아. 문학이나 모스크바와 결부된 일이라면 어떤 경우라도 가로막고 싶지 않다고 말이야…… 사실이 아니라면 어디 한번 말해봐!

그녀는 눈을 내리깔더니 잠시 침묵을 지키다가 말했다. "맞아." 사실이었다. 그녀는 여전히 그렇게 생각하고 있었다. 그건 성역이라고……

맞지? 내가 응수했다.

그녀는 그렇긴 해도 다른 사람 입에서 그런 소리를 듣고 싶지는 않았다고 거듭 말했다.

나는 왕녀의 머리카락을 쓰다듬으며 귀에 대고 속삭였다. 네가 처음 그런 말을 했을 때 감탄했었다고. 그러면서 내게 그 말을 했던 그 잊을 수 없는 오후를 상기시켰다. 그때 나는 대답했다. 보통 여자들은 약혼이나 결혼에 대해 절대로 가볍게 말하지 않는데 여신들은 정말 다르다고…… 그것이 바로 식별 표지라고.

안타깝게도 그사이 두 진영이 형성되어 우리의 불화는 더욱 깊어졌다. 한쪽 진영은 한 사람 편, 다른 진영은 다른 사람 편이었다. 문제는 둘 중 어느 쪽이 추정되는 결별의 주도자가 될 것인가였다. 누구도 주도자를 찾지 못했고, 앞서 말한 결별이 실제로 일어났는지도 확실히 알지 못했다. 심지어 우리 자신조차도……

부조리는 손에 잡힐 듯 명백했다. 내가 밑도 끝도 없는 행동을 연이어 하고 있다는 느낌이 그렇게 크게 든 적이 없었다. 그녀도 마찬가지였다.

그러더니 겁에 질린 듯 소설이 나를 내팽개쳤다. 글을 쓰고 싶은 욕구가 깡그리 사라졌다. 쓰고 싶어 안달했던 에필로그도 별안간 전혀 끌리지 않았다. 그동안 한 번도 서로 사랑한 적 없던 소설과 왕녀가 나에게 맞서 동맹을 맺었다고 믿을 정도였다.

광기가 우리 눈앞에서 고조되었다. 그녀 또한 전염이라도 된 듯 광기에 사로잡힌 것 같았다. 때때로 우리가 연극무대에 서 있고, 모두가 지켜보는 가운데 연극을 하고 있다는 느낌이 들었다.

내 친구는 망치로 두드리듯 줄곧 내게 말했다. 이 일도 지나갈 것이고, 모든 것이 질서를 되찾을 것이며, 그녀는 결국 변덕을 버리고 우리가 늘 알았던 왕녀로 돌아올 것이라고.

전혀 그렇지 않았다. 오히려 왕녀는 그해 봄 오랫동안 전례가 없을 일을 저질렀다. 그녀는 약혼을 했는데, 심지어 4월에 두 번이나 약혼했다!

나는 영문을 몰랐다. 나도, 그 누구도. 그녀 자신은 뭘 이해했는지 모르겠다. 그녀는 너무도 차가워 보였는데, 아마 머리카락 때문인 듯했다.

아연해서 나는 그녀의 머리카락을 유심히 살펴보았다. 마치 머리카락만으로 한층 더 잔인한 여성 모델을 고안해낼 수 있을 것처럼.

수수께끼가 부상하던 시절에 왕녀는 다시 사라졌다. 이번에는 부재가 더 길어졌다. 또다른 사람과 약혼한 모양이었다.

나는 지로카스트라 개척자들의 복싱 클럽에서 흔히들 말하듯 케이오되었다. 턱에 훅을 두 방 맞았는데, 예고 없이 세번째 훅이 날아왔다. 〈청춘의 목소리〉에 실린 기사 하나가 내

시 몇 편을 "부도덕한 시"로 칭하면서 나를 혹독하게 비판한 것이다. 결론에서 기자는 나 같은 부류의 글쟁이들은 소문대로 모스크바로 보내야 마땅한 것 아니냐고 자문했다.

이 기사와 더불어 한 가지 특이한 사건도 있었다. 내 친구가 전해준 바로는, 우리가 쉬는 시간에 교실을 나섰을 때 누군가 왕녀의 의자 위에 해당 기사 페이지를 펼친 신문을 갖다 두었다고 했다. 왕녀는 무심함을 가장하지도 도발로 여기지도 않고 선 채로 신문을 훑었다. 그 순간 그녀를 본 모든 사람이 그녀의 눈길에서 낙담을 읽었다.

여신의 후광이 다시 나타났다…… 혼란스러웠던 몇 주 동안 나는 스스로도 의식하지 못한 채 아마도 이 신호만을 기다린 것 같았다.

예기치 않은 평화가 나를 감쌌다. 쉬는 시간이 끝나고 자리로 돌아왔을 때 나는 신문이 아직 그녀의 자리에 있는 걸 보았다.

그 괴로웠던 몇 주를 보낸 뒤 처음으로 나는 그녀에게 키스하고픈 욕구를 느꼈다.

내가 모스크바로 가게 되었다는 소식은 주말이 되기 전에 들려왔다. 너무 흥분해서 처음엔 나와 함께 가게 된 다른 학생의 이름도 듣지 못했다.

그 이름을 알게 되자 나는 경악했다. 스테리오 스파스? 너랑 스테리오 스파스라고? 그래, 그렇대……

우리가 고등학교에서 배운 『왜?』를 쓴 그 사람?

그 사람…… 죽은 것 아냐? 하고 말할 뻔했는데, 친구도 거의 같은 말을 내뱉었다. 그는 내가 나임 프라셔리*와 함께 모스크바로 떠난다는 말을 듣기라도 한 것처럼 입을 헤벌리고 있었다.

한시에 학장실로 오라는 호출을 받고 가보니 그길로 중앙위원회의 F. G. J.를 찾아가야 한다고 알려주었다.

우리가 '강은 잠들어도 적은 잠들지 않는다'라고 부르는 그가 자기 집무실에서 활짝 웃는 얼굴로 나를 맞아주었다. 왜 내가 자네를 오라 했는지 아마 알겠지, 그는 유쾌한 어조로 말했다.

물론 나는 알고 있었다. 자넨 운이 좋아. 나도 한때 고리키 문학연구소에서 공부했었지. 다시 말하지만 자넨 정말 운이 좋아.

그는 모스크바와 그곳의 경이에 대해 잠시 얘기하더니 그 최고의 기관으로 공부하러 가게 된 나의 행운 얘기로 돌아왔

---

* 19세기에 활동한 알바니아의 역사가, 저널리스트, 시인.

다. 사회주의진영에서 이런 유형으로는 유일무이한 최첨단 기관인 고리키문학연구소!

우리 진영의 청년 작가들 모두가 그곳에 가기를 꿈꾼다는 사실을 군이 이야기할 필요는 없겠지. 그건 결코 사소한 일이 아니야. 이 학교는 공산주의 적들을 공포에 질리게 하는 예술인 사회주의리얼리즘의 최전방 요새니까. 그렇기에 적들은 할 수만 있으면 이 예술을 야만적으로 공격하지. 우리 예술의 반격도 무자비할 것이고…… 모스크바에서는, 자네가 들어갈 학교에서는 우리 공격의 최전선에 설 작가들을 육성하고 있네…… 내 말 알아듣는 거지? 세계의 퇴폐주의를 무릎 꿇릴 사람들이 바로 자네들이란 말이야!

나도 모르게 마음을 터놓게 되는군. 내가 그곳에 갔던 때가 떠올라서 말이야. 아, 얼마나 좋았던지! 이제 자네한테 몇 가지 지침을 주겠네.

지침을 내린 뒤 '강은 잠들어도'는 나를 문까지 배웅했고, 격하게 감격해 나를 포옹했다.

당시 지내던 고모집으로 돌아오면서 나는 세계적 퇴폐주의의 소멸이라는 말에 사로잡힌 채 겁먹은 새처럼 내 소설 원고를 생각했다.

집에 들어서자마자 나는 서랍으로 달려가 원고를 꺼냈다. 그러곤 무심코 표지를 바라보다가 갑자기 비명을 지를 뻔했다. 대체 이 제목이 뭐야? 내 손이 아니라 다른 손이 그 타락한 제목을 거기에 썼다고 믿고 싶었다. '사랑 2호, 소설'.

내가 가장 마지막으로 붙인 제목은, 이미 친구에게 말했듯이 '티라나의 안개'였는데, 그렇게 바꿔놓고는 깜빡 잊고 원고에 옮겨 적지 않은 거라고 믿고서 나는 그것을 왕녀의 편지들과 함께 그녀의 파일 속에 정리했다.

이날 오후 카페 플로라에서 친구에게 '강은 잠들어도'와의 면담을 짧게 이야기한 뒤 나는 혹시 내 소설에 대해 누군가에게 말한 적이 있는지 물었다. 왜? 그가 묻더니 덧붙였다. 안 했어, 근데 왜? 나는 대답했다. 왜냐하면…… 그 소설이 존재했다는 걸 잊어줘. 내가 그걸 태워버렸다고 생각해. 알아들었어? 태웠다고! 이젠 아무 흔적도 남아 있지 않다고!

카페 플로라에서 나왔을 때는 어둠이 깔려 있었다. 우리가 그곳에서 왕녀 얘기를 하지 않은 건 처음이었다. 집을 향해 발걸음을 옮기던 중, 갑자기 스파스의 집으로 방향을 틀면 어떨까 하는 생각이 들었다. 누군가의 생일 때 한 번 가본 적이 있었는데, 힘 콜리 거리에 있는 그 건물이 기억났다.

가는 길에 나는 지금 일어나고 있는 일의 의미를 이해해보려 애썼지만 소용없었다. 스파스가 끼어들어 학생이 된 것이 내게는 어떤 의미일까?

그의 집에서 나는 여러 사람을 보았다. 그가 떠난다는 소식을 듣고 찾아온 사람들이었다. 내가 그 집에 나타나자마자 "아" 소리가 들려왔다. 마침 얘기하고 있던 사람이 나타날 때 그러듯이.

예상했던 깜짝 반응이지만 그 효과를 외부에서 지각하는 느낌이었다. 그들 또한 모스크바로 가게 된 이 기이한 작가 듀오가 의미하는 바를 파악하지 못하고 있는 게 분명했다.

원래 알던 츠리츠리 말고는 처음 보는 베다트 코코나와 무스타파 그레블레시가 그 자리에 있었다. 츠리츠리는 여전히 티라나에서 가장 뛰어나고 매력적인 작가로 여겨졌는데, 그를 바라보면서 나는 『왜?』와 같은 해에 출간된 『티라나에서 스톡홀름으로』라는 책은 그가 아니라 다른 사람이 쓴 것일지도 모른다고 생각했다. 그레블레시라는 이름은 고등학교 때 반 여자아이들 때문에 알게 되었다. 여자애들이 북쪽 방언으로 쓰인 퇴폐적인 그의 소설 『사랑의 심연』을 외투 속에 숨겨와 서로 건네곤 했던 것이다. 그는 Dr 스파스 곁에서 움츠린 채 감옥을 겪은 사람 특유의 두려움 섞인 조심성을 드러내고 있었다. 나는 Dr 스파스라는 이름이 미트루시 쿠텔리의 가명이라는 걸 알고 있었는데, 미트루시 쿠텔리도 다른 이름, 즉 디미터르 파스코의 가명이라는 사실은 나중에 알게 되었다.

파스코를 본 것은 그때가 처음이었다. 그는 라스구시 포라데치 다음으로 가장 호기심을 불러일으킨 작가임이 틀림없었다. 그는 말없이 앉아 있었는데, 그 역시 한두 해 옥고를 치렀지만, 그레블레시와는 달리 감옥으로 돌아갈 위험에도 아랑곳하지 않고 용케 속내를 감추었다. 확인할 길 없는 소문에 따르면, 파스코는 독일군 편에서 스탈린그라드 전투에 참가하고 무사히 집으로 돌아온 유일한 작가, 알바니아에서만이 아니라 전 세계는 아닐지 몰라도 전체 사회주의진영에서 유일한 작가였는데 말이다!

스파스 집안의 분위기는 점점 더 활기를 띠었다. 작은 코냑잔에 술을 따르던 가족들은 그들끼리의 관습에 따라 있을 법하지 않은 언어로 얘기를 주고받았는데, 그 지역에서 사용하는 언어도 아니었고, 그렇다고 톨스토이 소설 속 프랑스어도 아니었다. 스테리오도 감격한 듯 보였다.

'티라나에서 모스크바로.' 나는 속으로 말했다. 이건 언젠가 내가 꼭 쓰게 될 책의 제목이 될 거야……

내 옆에 서 있던 츠리츠리가 묘한 표정으로 내 얼굴을 뜯어보며 건배를 청했다.

"왜?"* 그가 내게서 눈을 떼지 않은 채 말했다.

그는 여전히 명랑한 말투로 이 질문을 반복하고는 스스로 발견한 사실에 폭소를 터뜨리더니 내가 분명히 이 소설의 제목을 알 거라고 덧붙였다. 그렇지?

아…… 그 소설…… 나는 집주인 쪽을 바라보았다. 물론
나는 알고 있었다!

츠리츠리는 여전히 유쾌한 표정으로 내게 생년월일을 묻더
니. 내가 아직 태어나지도 않았을 때 스파스가 이 책을 써서
출간했다고 말했다.

어쨌든 두 사람이 함께 모스크바에 가는 건 좋은 일이야.
그가 말을 이었다. 작가들이 서로 높이 평가하는 건 좋은 일
이지. 편 가르지 않고, 안 그런가?

그는 다른 걸 물으려는 듯 계속 나를 응시했다.

나는 그가 의자에서 몸을 일으킬 때 파리지앵처럼 다리를
꼬는 방식을 힐끗 보았다. 마치 곧 던질 질문의 우아함을 알
리는 서곡 같았다.

간간이 술을 따르던 스파스가 우리 잔을 두번째로 채웠다.

츠리츠리는 마치 혼잣말을 하듯 나지막한 소리로 몇 마디
덧붙였다. 모든 점에서 그렇지만 무엇보다 화합의 상징으로
서 좋은 일이야. 그는 젊은 사람들에게도 그것이 해빙의 신호
로 지각되길 바랐다. 그렇지? 그가 이 말을 사용한 건 처음이

---

* 왕정기에 출간되었고(1936), 공산주의 시설 알바니아 되패주의의 본보기
로 꼽혔던 스파스의 소설 제목이다. (원주)

아니었다. 이내 그가 이 모스크바 여행이 방향전환으로 해석될 수 있을지…… 달리 말해 새로운 지침이라고 할 수 있을지 다시 물었고, 나는 이 마지막 말에 중앙위원회에서의 만남을 떠올렸다.

지침이라고? 나는 생각했다. 당신이 그걸 알기나 하면 좋겠네!

'강은 잠들어도'의 말이 불길한 발현처럼 뒤죽박죽 머리에 맴돌았다. 우리는 그곳으로, 성소 중의 성소로 갈 것이고, 거기서 엘리트 그룹으로 훈련받아 훗날 전선으로 보내질 것이다. 우리는 연민에 절대 굴하지 않고 모든 것을 견디도록 훈련받고 사회주의리얼리즘의 일선에 설 것이다. 그 원칙들이 마침내 전 세계 곳곳에서 존중받는 날까지.

두 잔째 마신 코냑이 머리까지 차오르는 느낌이었다. 원산지를 확인할 수 없는 나쁜 술이 몸안에서 퍼져갔다. 생각이 이어졌다. 우리가 원하든 원하지 않든. 지침에 따라. 퇴폐주의만이 아니라 전 세계의 모든 예술을 무릎 꿇릴 때까지.

츠리츠리의 눈이 빛을 잃은 채 나를 응시했다.

그의 눈은 긴장 완화를 기다렸는데, 지침은 우리에게 전혀 다른 것을 요구했다. 당신들 아니면 우리가 될 거라고!

갑자기 이 독주가 어디서 왔는지 알 것 같았다. 다른 사람들은 하나의 사건을 축하하러 모였지만 나는 나의 첫 소설을 목 조르기 위해 온 것이었다.

Dr 스파스는 애통한 눈길로 우리를 바라보았고, 츠리츠리의 얼빠진 눈에서 나는 공포의 첫 번득임을 보았다.

9월 첫째 주에 우리는 모스크바행 비행기를 탔다. 나는 스물두 살이었다. 스파스는 그 갑절의 나이였다.

어느 순간, 반쯤 비행했을 때 어둠이 내렸다. 나는 어리벙벙했다. 두 미치광이가 함께 비행하고 있다니, 나는 생각했다. 하나는 군주제 시절에 태어났고, 다른 하나는 사회주의 시절에 태어났다. 내가 저 아래, 땅에서 제기했던 모든 문제가 여기 하늘에서는 다르게 울렸다. 나는 묻고 싶었다. 스파스, 당신에겐 이 모든 게 정상처럼 보여요?

비행기가 흔들리기 시작했다. 나는 다시 왕녀를 생각했다. 그리고 더는 아무것도 생각하지 않았다.

모스크바의 빛이 마침내 저멀리 나타났다. 우리가 그곳에서 기대할 수 있는 온갖 신비를 품은 무한한 빛이.

땅에 내리고 나니 모든 게 더 이해하기 어려워 보였다.

그 혼란스러웠던 밤을 보낸 뒤 우리는 지시받은 대로 연구소가 있는 모스크바 도심으로 가기 위해 3번 노선 트롤리 버스를 탔다. 우편엽서에서 수없이 보았던 푸시킨 동상을 보니 마음이 놓였다. 연구소는 겨우 몇 발짝 떨어진 거리에 있었다.

신입생들은 서로 통성명했다. 적어도 열 개의 국적과 그만큼의 언어가 뒤섞여 있었다. 모든 게 놀랄 이유가 되었지만 대개는 속마음을 감추고 자신만만해 보이려고 애썼다.

처음 며칠 동안은 스파스와 나의 나이 차가 놀라움의 주된 원천이었다. 상급반에서 내가 가장 어리고 스파스가 가장 나이가 많다는 사실은 금세 모두에게 알려졌다. "알바니아인들은 무시무시한 사람들"이라는 마케비치우스의 표현이 떠돌았지만, 누구도 그 말의 정확한 의미를 설명해주지 않았다.

발트해 출신인 다른 학생 예로님 스툴판즈를 통해 나는 그 의미를 알게 되었다. 우리 나라 시인 미겐니의 작품이 라트비아어로 번역 출간된 덕에 그만이 알바니아어를 조금 알았다. 그의 말에 따르면, 모든 것 뒤에 숨겨진 의도를 찾는 마케비치우스는 이틀 동안 머릿속을 뒤지고 나서 결론에 이르렀다고 한다. 극단의 두 나이를 같은 반에 배치한 걸 보니 우리 알바니아 사람들이 수업을 완전히 통제하고 있다는 결론이었다.

그렇게 얼토당토않은 견해는 들어본 적이 없었다. 스툴판즈도 나와 같은 생각이었지만 놀라진 않았는데, 마케비치우스의 말은 거의 대부분이 의미 없는 말이라는 것이었다.

티라나에 남아 있는 친구에게 쓴 첫번째 편지에서 나는 경이로운 여자들부터 시작해 모스크바의 진귀한 점들을 늘어놓은 뒤, 기대와 달리 카페가 너무도 보기 드물어서 거의 없다고 말해도 될 정도라고 썼다. 그리스어 수업을 같이 듣는 한 친구가 아르바트 거리에서 카페 하나를 발견했고, 우리가 있는 곳에서 멀지 않은 고리키 대로에 예술카페라는 이름의 또다른 카페가 있었지만, 그곳에서는 오직 차만 팔아서 이름만 카페인 셈이었다.

'd' 작가들(우리끼리는 퇴폐주의décadents 작가들을 이렇게 불렀다)은 카페보다 더 보기 드물었으니, 나는 아직 그들을 보지도 못했고 그들에 대한 이야기조차 들어보지 못했다.

반면에 맥줏집과 웃는 얼굴의 작가들은 많았다. 시 세미나의 책임자는 심지어 이런 이름을 달고 있었다. 스멜랴코프, '웃는 사람'이라고 번역할 수 있을 이름이었다. 결국 나는 이 마지막 문장을 쓰지 않고 포기했다. 외국에서 알바니아로 들어갈 나의 첫번째 편지라는 사실이 떠올랐고, 그곳으로 보내는 편지들이 어떤 내용이어야 하는지 아직 알지 못했기 때문이다. 그곳에서 받을 편지들도 마찬가지고.

사실, 퇴폐주의 작가들에 관한 토론은 이미 은밀히 시작되었다. 아마도 우리가 문학에서 퇴폐주의 경향에 관한 수업을 듣게 되리라는 사실을 알고 나서부터였을 것이다.

일부 학생은 그 사실을 믿지 않았고, 다른 학생들은 그런 수업의 유용성을 강조했다. 흐루쇼프가 우리 문학인들(우리 젊은이들 наши ребята)이 퇴폐주의의 독을 연구해서 사회주의 해독제로 맞서야 한다고 선언했기 때문이다.

그러고 나서 마치 악의 도래를 예감이라도 한 것처럼 10월 초에 파스테르나크 사건이 터졌다. 퇴폐주의를 원했나? 여기 있어. 바로 당신들 안에 숨어 있었잖아!

거의 모두가 'd와의' 수업이 중단되리라고, 아니면 적어도 나중으로 연기되리라고 생각했다.

창조심리학 수업시간에 나는 스파스의 옆얼굴을 관찰했다. 그가 감추고 있는 비밀 때문인지 그 얼굴이 한층 더 고결해 보이는 것 같았다.

어느 날 노벨상 소식을 듣고 흥분해서 예로님 스툴판즈가 평소와 다른 눈길로 나를 응시하며 물었다. 스파스가 1930년대에 출간된 소설 『왜?』의 저자가 맞아?

불시에 허를 찔린 나는 그 정보를 어디서 얻었는지 물었고, 그는 빈정거리는 어조로 비밀이란 없다고, 바람결에 다 들려오는 법이라고 말했다. 나는 응수했다. 비밀은 아니야, 그렇다고 사방에 떠들어댈 얘기도 아니지만…… 누가 떠들어댄다는 거야? 그가 되물었다. 알바니아에서 첫 퇴폐 소설을 출간한 작가 이름이 스파스라는 걸 자기 메모장에서 발견했고, 같은 사람이 맞는지 확인하고 싶었을 뿐이라는 것이었다.

나는 목소리를 조금 낮춰 자세한 사실을 털어놓았다. 스파스는 1935년에 소설을 출간했는데, 그때 나이가 스물한 살이었다. 작품은 큰 반향을 일으켰다. 십 년 뒤, 공산주의자들이 권력을 잡으면서 이 작품은 금지되었다. 학교에서 해로운 작품의 본보기로 인용되었다. 그래도 대중적으로 여전히 인기가 있었다. 그 작품이 인용되는 일이 드물지 않았다. 이를테면 두 술꾼이 이런저런 일에 왜를 물어봤자 소용없는 짓이라고, 왜냐하면 스테리오 스파스조차 이유를 못 찾지 않았냐고 외치는 걸 내 귀로 직접 들었다.

내가 새로운 사실을 얘기할 때마다 스툴판즈는 놀란 듯 탄성을 내질렀고, 그 반응에 자극받은 나는 또다른 사실들을 털어놓았다. 그렇게 우리는 소련의 수도에서 제기되기 이전에 티라나에서 제기되었던 의문에까지 이르렀다. 우리 두 사람이 동시에 모스크바로 보내지는 일이 어떻게 가능했을까? 그리고 스파스의 집에서 열린 저녁 모임에서 츠리츠리가 제기했던 의문들을 포함해 다른 온갖 의문에까지 이어졌다.

스툴판즈는 쉬지 않고 감탄했지만 나는 방금 얘기한 모든 건 혼자만 알고 있으라고 부탁했다. 그러지 않을 경우 생겨날 결과를 상상하기란 어렵지 않았다. 파스테르나크가 집요한 비판의 대상이었는데, 실은 우리 반에 더 최악의 경우가 있었으니 말이다.

파스테르나크 때문에 퇴폐주의 비판 수업이 미뤄질 거라 믿었는데 오히려 앞당겨졌다.

한동안 우리는 저주받은 삼인방만 생각했다. 카프카-조이스-프루스트.

코코나의 책 제목이 종종 머리에 떠올랐다. 노벨상 때문에 이제는 제목이 '모스크바에서 스톡홀름으로'로 바뀌어 있었다.

그사이, 스툴판즈가 아무에게도 말하지 않겠다고 약속했음에도 스파스에 관한 소문은 점점 더 끈질기게 떠돌았다. 악영향이니 퇴폐적 성향이니 하는 단순한 해석의 문제가 아니었다. 그의 경우는 분명했고, 공식적이었고, 흔히들 말하듯 공인된 사실이었다. 알바니아의 최초 퇴폐 작가가 모스크바에서 공부하고 있다!

수업중에 스툴판즈가 내 눈길을 좇다가 스파스를 가리키며 내게 눈을 찡끗하는 일도 있었다. 우리의 할배가 창창한데, 안 그래?

스파스는 아무것도 눈치채지 못한 듯 보였다. 아니면 모르는 척한 건지도 모른다.

다른 반 학생들도 와서 그를 관찰했다. 놀라거나, 감격하거나, 때로는 겁에 질린 표정을 지었다. 드러내놓고 감탄을 표하는 학생들도 있었다. 오 년 과정의 첫해에만 남학생 둘이 그의 머리 모양을 따라 했다. 다시금 마케비치우스의 시의적절한 말이 필요했다. 이를테면, 저 둘이 뭔가 이상하다는 걸 나는 바로 알아차렸지, 라거나 내가 할 수 있는 일이었다면 첫날 바로 저들을 돌려보냈을 거야, 같은 말.

그러는 동안 모든 '왜'가 쏟아졌고, 마찬가지로 모든 '왜냐하면'도, 그리고 흐루쇼프가 보기엔 온 세상을 상대로 허풍을 치는 자들의 자유분방한 방향전환의 가설까지도 쏟아져 나왔다.

첫서리가 내린 뒤에야 이 일의 핵심이 드러났다. 옛 퇴폐주의자 스파스가 모스크바로 보내진 건 그곳에서 재교육을 받으라는 뜻이었다. 그리고 스툴판즈의 말처럼, 만약 그게 사실이라면 스파스를 저버렸던 퇴폐주의가 우리를 물들이고 있는 게 분명했다.

파리, 2000~2002년

프레드를 위한 어느 4월

1

알바니아 시인 프레데리크 레슈피아의 삶에는 모든 것이 너무 늦게 닥쳤다.

20세기에 태어난 그가 알바니아 문단에 들어선 것도 늦었고, 그의 복귀도, 더 정확히 말하자면 그가 공산주의 참화를 겪고 나서 두번째로 문단에 들어선 것도 늦었다. 늘 그런 식이었다. 그의 명성은 늘 부재중이었고, 그와 더불어 시인에게 필요한 모든 것이, 추도사로 간주될 수도 있을 성찰 같은 것이 그에겐 없었다.

문학에서 버림받는다는 건 명백한 불행이다. 그걸 알고, 그걸 잊지 못하는 건 더 큰 불행이다.

"내가 언제나 버림받았다는 사실을 받아들여야만 한다"라고 그는 1998년에 털어놓았다. 그러고는 이렇게 덧붙였다. "나는 이 버려짐에서 저 버려짐으로 건너갔다."

이런 경우 우리를 엄습하는 첫번째 생각은 잘못이다. 희생자가 태어난 나라의 잘못이고, 시대의 잘못이고, 그 시대 한 자락의 잘못이라는 생각. 그러고 나서 조금 더 깊이 성찰해보면 씁쓸한 결론에 이르게 된다. 사실상 나라와 시대와 문학이 무엇보다 저들도 모르게 그 잘못을 저질렀다는 결론이다.

시대는 프레데리크 레슈피아에게 다정하지 않았다. 한번 그에게 문을 닫더니 나중에 상황이 완전히 달라졌는데도 다시 그를 버렸다. 그의 시 속에서 시대는 되풀이되는 자리를 차지한다. 그는 시대의 환심을 사려 하지도, 불평을 늘어놓지도 않는다. 왜 너는 나를 원치 않지? 그저 한 가지 상황을 환기할 뿐이다. 시대와 그의 관계를.

참으로 겨울 같은 이름을 지닌 시인 프레드가 이런 말로 겨울에 호소하는 건 당연했다.

오 삭풍에 일어서는 숲속 사슴들의 겨울이여.

그러나 평온의 시간은 자주 찾아오지 않는다. 그런 시간을 갈구하지만 언제나 방해물이 나타난다.

9월이 되고 싶어라

숲 위로 가을을 뿌리고 싶어라,

하지만 눈이……

이번에는 눈이 그를 방해한다. 눈이 없으면 다른 무언가가 조화를 가로막는다. 방해물을 마주한 우리의 시인은 실패를 재빨리 인정한다. 비관주의자나 낙담한 존재로 여겨질까 크게 걱정하지 않고, 그는 자기 운명은 언제나 침울과 냉기를 가득 품은 채 굴러왔노라고 아마도 선언할 것이다. 달리 말해 그의 삶에는 12월이 너무 많았다.

알바니아의 혹독한 삶이 시인들에게 문을 닫은 건 처음이 아니었다. 몇 년 동안, 때로는 수십 년 동안 시인들은 다시 문이 열리길 기다리며 문밖에 머물렀다.

복귀의 순간이란 본질상 갑작스러운 변화처럼 이루어져야 한다고 우리는 쉽게 상상한다. 버려짐과 극한의 기후로 지독히도 고통받은 시인 레슈피아의 경우엔 복귀가 신중하게 실행되어야만 했다. 적절한 시기를 찾으며 우리는 온화한 4월이 아마도 가장 적합한 시기이리라 결론 내릴 수 있었다.

그 과정을 통틀어 이렇게 명명할 수 있을 것이다…… **프레드를 위한 어느 4월.**

2

1972년 말경, 나는 프레데리크 레슈피아와 마지막 커피를
마셨다. 수도의 지성들이 드나들던 카페 티라나에서였다. 토
디 루보냐도 우리와 함께 있었는데, 나는 그에게 레슈피아를
소개해주고 싶었다. 열린 마음을 지닌 알바니아 텔레비전 사
장으로서 그가 다른 청년 작가들을 돕고 있었기 때문이다.

그 시절 프레데리크는 어느 정도 명성을 누리고 있었는데,
흔히들 말하듯 떠오르는 스타였다. 하지만 산만한 그의 성격
과 특히 재능 때문에 그 명성의 조건은 대단히 불안정해 보
였다.

카페 티라나에 관해 떠도는 이야기 가운데 그곳을 "절반
세 개의 카페"라고 표현한 어느 미치광이의 말이 종종 들리곤
했다. 그 광인의 말에 따르면 카페 손님의 절반은 정신병자이
고, 나머지의 절반은 감방을 거친 자들이며, 마지막 절반은
감방에 들어갈 사람들이었다.

그후 믿기 어렵지만 이 시인의 멘토인 토디 루보냐가 불행
히도 투옥되고 뒤이어 시인까지 투옥되면서, 불행이라는 말
이 자주 거론되게 된다. 두 사람 모두 정치범이 되었는데, 전
자의 감금은 "당의 지침을 어긴"데 대한 관례적인 판결에 따
라 중단되는 일이 없을 터였다면, 프레데리크는 여러 차례 감

금을 겪게 되리라는 것만 달랐다.

　많은 일이 그렇듯이, 시인에 대한 단죄는 부조리극과 가까운 장르였다. 모든 독재 정권이 그렇듯, 알바니아의 독재 정권도 시 때문에 제 나라 시인을 감금한다는 인상을 풍기지 않으려고 고심해서 다른 혐의를 내세웠다. 노름, 부도덕, 동성애가 가장 흔한 기소 이유였고, 협동조합의 건촛더미에 불을 질렀다는 방화도 빠지지 않았다.

　그 시대 알바니아에서 저무는 별의 추락이 얼마나 빠르고 냉혹했는지 모르는 사람이 없었다. 그렇게, 프레드의 시는 서점과 도서관에서 이내 사라졌다. 그러면서 고독하고 우울한 그의 천성은 더 견고해졌다. 스스로 글에서 털어놓았듯이, 그는 다른 사람들이 그를 채 피하기도 전에 먼저 멀어짐으로써 난처한 일을 면했다. 그렇다고 그의 고통이 가벼워지는 건 아니었다. 그의 시가 그 사실을 무엇보다 잘 확인해주었다. 그의 모든 삶은 희박해지고 시들어가고 누더기가 되었지만, 그의 시는 훨씬 더 아름다워졌다. 시는 새로운 지형 위에 세워진 새로운 조화를 보여주는 증거였다.

　헛된 봄에 상처 입고
　온 세상에 버림받고.

그는 그렇게 그를 위한 것이 아닌 계절들의 주변을, 언제나 더 고독하게, 그리고 의식하지 못한 채 점점 더 위협적인 존재가 되어 방황했다.

길에서 그와 마주치지 않기를 바라는 사람들이 많았다. 특히 판사들, 교도관들, 거짓 증인들이 그랬고, 그의 체포에 박수갈채를 보낸 문인들은 더더욱 그랬다. 모든 사회주의 국가에 그런 사람들이 존재했지만, 알바니아에는 다른 어느 곳보다 그 수가 많았다.

프레드는 자기 불운의 원인이 문학에서 비롯했음을 이해하면서 불운에 길이 들었다. 자신이 무엇보다 애착하는 것을 부인하는 사람들처럼 그도 그 저주받은 사랑을 조롱하기에 이르렀다. 그가 생애 마지막 시기에 남긴 글 가운데 이런 문장이 있다. "나는 F. 레슈피아가 출간한 글을 단 한 줄도 읽지 않은 알바니아인에 속한다."

매 하루가 충족한 제 몫의 12월을 감추네,

그는 사라지기 직전에 이렇게 쓸 것이었다.

3

공산주의의 몰락은 프레데리크 레슈피아가 고령에 접어들었을 때 일어났다. 그런데 그 짧은 사이 그가 얼마나 뿌리깊은 변화를 보였는지 알아보기 힘들 정도였다. 그와 동시대인인 E. 쿠시가 묘사한 그의 초상은 이러했다. "1993년. 고급 양복, 중절모, 최신 유행의 신발로 매끈하게 차려입은 프레데리크 레슈피아는 집무실에서 나와 살롱과 출입구에 잠시 머물렀다가 자신감 넘치는 목소리로 직원들에게 몇 가지 지시를 내린다. 그의 회사 유로파의 관리인 청년이 달려와 대도시 특유의 건물 대문을 연다. 다른 청년 하나가 현금이 가득 든 가방을 들고 그를 앞질러 가서(프레드의 경호원이다) 차 앞에서 주인을 기다리고, 운전사는 프레드가 '갑시다'라고 말하기를 기다리며 차렷 자세로 대기한다."

다른 증언들도 얼추 비슷한 초상을 그리고 있다. 터질 듯한 가방 속 지폐가 계약서로 대체되거나, 목적지가 술집이 아니라 공항이라거나, 둘 이상의 경호원이 중국인으로 바뀌는 정도의 가벼운 변형만 있을 뿐!

그 장면을 상상하다보면 경악의 비명을 억누르기가 어렵다. 프레드 레슈피아, 당신한테 대체 무슨 일이 일어난 거죠? 예전에 버림받았던 시인이 사업가로 변신했다는 게 가장 단순한 답변일 테고, 아니면 그 시대 사람으로 변했다는 게 더 단순한 답변일 것이다.

구 년 뒤, 그가 죽기 나흘 전인 2006년 2월 13일에 그의 출판사 대표이자 친구인 자나 씨는 카바야 거리에 있는 작가연맹 입구 계단에서 그를 마지막으로 만난 모양이었다. 새로운 시대를 이끌 팔팔한 주도자 대신에 그의 앞에는 도무지 이해할 수 없을 만큼 쇠약한 상태의 인간이 서 있었다고 한다.

"'난 눈이 보이지 않아…… 완전히 맹인이 되었어.' 그가 말했지. '내가 비틀거리지 않도록 자네 팔에 기대게 해주게……' 그의 눈에서 눈물이 흐르더라고…… 한 손에는 심근경색을 대비해 앰풀을 꼭 쥐고 있었어. 심장 발작이 일어나면 언제라도 쓸 수 있도록…… '호텔방을 하나 잡아뒀는데, 지불할 돈이 없어…… 난 어떻게 될까? 이젠 아무도 나를 원치 않아. 어머니는 얼마 전에 돌아가셨고…… 잘 데도 없어. 이제 얼마 남지 않은 날을 보낼 숙소조차 내게 내주는 사람이 없어. 거리에서 죽는 건 부끄러워…… 차라리 감옥에서 죽는 게 낫지…… 자네, 나랑 같이 슈코더르로 가주겠나? 자네 자동차로 나를 좀 태워다 줘. 그러면 내가 최근에 쓴 시 원고를 자네한테 넘겨주지. 그걸 가지고 자네 하고 싶은 대로 하게…… 벌써 사흘째 아무것도 먹지 못했어.'"

나흘 뒤인 2006년 2월 17일, 그는 슈코더르의 병원에서 사망했고, 이런 글을 남겼다.

> 기진한 백마를 세월이 이겼구나
> 말은 죽음을 품고 비 내리는 들판에 쓰러지네.

의문이 든다. 프레드 레슈피아에게 무슨 일이 일어났던 걸까? 다른 많은 의문도 제기될 것이다. 그는 왜 운명이 그에게 미소를 짓는 듯 보이던 순간에 운명에 얻어맞고 쓰러졌을까? 이 붕괴는 어떻게, 그리고 어디서 결정되었을까? 가장 중요한 의문은 이것이다. 세상과 그 시대의 광대함 속에서, 다섯 세기나 된 알바니아 시를 통틀어 가장 놀라운 시구를 포함해 숱한 보석 같은 시를 창조한 이에게 어떻게 그 방대한 시대의 작은 한 조각마저 허락하지 않을 수 있었을까?

> 말은 죽음을 품고 비 내리는 들판에 쓰러지네.

틀림없이, 마지막까지 충직하게 남은 그의 유일한 동반자인 슬픔은, 시 세계의 수많은 장식이 그렇듯 정치적 진전이니 개헌이니 세상의 관습과는 무관한 개별적인 특성을 띠고 있었다.

예술이라는 다른 규칙의 지배를 받는 프레데리크 레슈피아의 삶은 도피처의 형태를, 동시에 아르버레시* 사람 예로님 데 라다와 프랑스인 툴루즈-로트레크의 운명이 뒤섞인 모양새를 띨 것이다.

4

1925년에서 1930년 사이, 그러니까 오 년 동안('오 개년'이라는 끔찍한 말을 다시 쓰고 싶진 않으니), 그 시절에 가장 유명했던 두 러시아 시인, 예세닌과 마야콥스키가 삶을 끝냈다.

그들은 한 사람씩 차례로 쓰러졌다. 마치 낙원과도 같은 소련 대륙의 진앙 두 곳을 나눠서 판별이라도 하듯, 전자는 그 시절엔 상트페테르부르크라 불렀던 레닌그라드에서, 후자는 모스크바에서 세상을 떠났다. 노래하는 내일의 나라 중심부에서 일어난, 스스로 주장하던 모든 것과 완전히 모순되는 그런 자살에 수긍할 만한 설명을 내놓기란 쉬운 일이 아니었다. 해마다 사람들은 그들의 행위를 두고 그럴듯한 이유들을 내

---

* 알바니아 민족영웅 스칸데르베그의 죽음 이후 오스만의 통치를 피해 15세기 후반부터 이탈리아 남부에 정착한 알바니아인.

놓았다. 술, 예쁜 여자들, 출세욕. 그 어떤 것도, 심지어 그 모든 것을 합쳐도 그들의 행위를 설명해내지는 못했다.

깊이를 알 수 없는 우울증도 언급되었지만, 그 원인은 온갖 연구에도 밝혀지지 않았고, 다양한 정치적 감수성에 따라 우울증 자체도 여러 의미를 띠었다. 어떤 이들은 자기 시대에 대한 환멸을, 몰이해를 언급하면서 다른 무엇보다 사회주의가 거대한 밤의 왕국이라고 선언하기도 했지만, 그래도 설명은 여전히 불충분했다.

사람들은 어떤 특별한 종류의 밤이, 소비에트연방 최고의 국가도 이해할 도리가 없었던 시인들의 우울이 문제였으리라 짐작했다. "초특급 작가들을 타도하라!"고 한 레닌의 예지적 외침이 정확한 예언으로 드러났다. 볼셰비키 수장은 초특급 작가들이 공산주의사회에 골칫거리를 초래할 뿐 아니라 헤아릴 길 없는 수수께끼를 남기리라 확신했던 것이다.

범죄 내용을 떠나, 모두의 상상세계 속으로 레닌 뒤에 도착한 스탈린은 어쩌면 자기 스승보다 덜 완벽한 범죄자였을지도 모른다. 그는 "초특급 작가들을 타도하라!"라고 외치는 대신 여러 차례 그 변덕스러운 악동들을 구슬리려 애썼다.

'창작의 집'이라는 아이디어, 특히 공산주의 제국을 통틀어 유일한 '작가들의 도시' 페레델키노는 막심 고리키가 스탈린에게 건의한 제안의 결실이었다. 서양의 문학적 유랑과 삶에 대해 잘 아는 고리키가 1920년대에서 1930년대에 절정에 달했던 그 사회의 삶을 묘사해준 모양이다. 생제르맹데프레나 몽파르나스의 전설적인 카페들만이 아니라, 그 지도는 베를린의 카페 베스텐스*나 로마니셰스,** 빈과 취리히, 부다페스트의 카페들까지 곳곳으로 뻗어 있었다.

퇴폐적인 분위기와 불미스럽거나 기괴한 분위기가 나란히 존재하는 그 기이한 장소에서, 수많은 예술 기수들은 저녁마다 모여 자칫 위험해질지도 모를 과잉 에너지를 분출하도록 부추기는 몽환적이고 야릇한 공기에 휩싸여 지냈다.

소비에트러시아가 그런 장소를 몰아냈음에도 스탈린은 아마 어느 마을이나 '창작의 집'에 그토록 불안정한 인간적 질료를 끌어모을 생각에 매료되었던 모양이다. 어쩌면 다른 이유가 있었는지도 모른다. 감시하기가 더 좋다는 이유 말이다.

페레델키노는 문학의 신성한 후광이라 할 만한 것에 대한 소련식 반反모델이었다. 수천 독자는 그곳을 작가들의 별장이 모여 있는 곳으로 상상했다. 골목길로 분리되어 있고, 길을 따라 유명한 저자들이 아침 산책을 다니며 서로 인사를 나

---

* 1898년에 생겨 1915년 문을 닫을 때까지 작가들, 예술가들의 사랑방 역할을 했던 카페로 일명 '과대망상 카페(Größenwahn)'라고도 불렸다.
** 1916년 문을 열자마자 베스텐스 카페의 뒤를 이어 예술가들의 사랑을 받았다.

누는 그런 곳으로. "잘 주무셨습니까, 세르게이 이바노비치?" 혹은 "소설은 잘 진척되고 있나요, 보리스 레오니도비치?" "지나이다 니콜라예브나는 건강이 좀 나아졌나요?" 등등.

명예로운 얼굴들이 그렇게 모여 사는 그 마을에서는 무슨 일이라도 일어났어야 했다. 서양의 자유분방한 예술인 특유의 추문은 없었지만 몇몇 가벼운 연정은 일어났다. 작은 연애담, 비극 또는 반半비극이 여기저기서 일어났고, 몇 건의 자살 사건도 있었다.

사실, 페레델키노에서는 사람들이 예상하는 것보다 훨씬 사건이 적게 일어났다. 가차없는 낙천주의적 계시가 모든 안개를 거두어 유독한 기운에 자리를 남겨주지 않았다고나 할까. 모스크바 외곽, 자작나무에 둘러싸인 이 미소 띤 마을은 1950년 말에야 진짜 비극을, 파스테르나크에게 수여된 노벨상이라는 비극을 겪게 된다. 그 사건은 작가에게 기쁨이 아니라 고뇌를 초래했고, 금세 그의 죽음이 이어졌다.

공인公認이 사람을 죽일 수도 있다는 사실을 그때 온 세계가 알게 되었다. 그렇지만 페레델키노도 그와 유사한 장소도 폐쇄되지 않았다. 오히려 소비에트 본보기의 영향 아래, 다른 형제 나라들에도 남아 있던 옛 남작의 영지나 어느 백작에 속한 성이 '작가의 집'으로 개조되었다.

공산권에서 오직 한 나라만이 그 본보기를 따를 생각을 하지 않았다. 물론 알바니아에도 발라톤호수가 부럽지 않을 만한 호수들이 없지 않았고, 비할 데 없는 알프스와 주변 호숫가는 말할 것도 없었다. 하지만 이 나라는 독재 체제의 통제 아래, 그것도 모든 독재 가운데 가장 잔인할 뿐 아니라 가장 용렬한 독재 체제의 통제 아래 놓여 있었다.

이것이 다시 우리를 프레데리크 레슈피아와 그를 둘러싼 문제로 이끈다. 그 문제들은 무거웠고, 모두에게 대답을 요구했다. 왜 그는 그토록 비인간적인 방식으로 버려졌으며, 어떻게 그토록 끔찍한 고독 속에서 죽어가도록 방치되었을까? 책임은 오직 두 국가, 처음엔 공산주의였고 나중엔 '자본주의'로 변한 국가에만 있을까? 아니면 다른 곳, 더 깊고 광범위하고 궁극적으로는 거의 모든 인간에게 그 영향을 미치는 다른 영역에 책임을 물어야 할까?

5

시인들의 우울이 정치의 영역을 넘어서고, 부나 빈곤을 넘어서고, 일상을 넘어선 곳에 자리하고 있다는 건 두말할 필요도 없었다. 불행이 시인의 삶을 덮칠 때 그가 처한 상황이 아무리 절망적이라도 슬픔 가득한 머리를 피신시킬 지붕 한 귀퉁이 정도는 있어야 했다. 이 나라엔 카페도 야간 술집도 없고, 한 번도 생긴 적 없는 '작가의 집'도 없었다. 공산주의의 열성이 누군가를 물고 늘어질 때 거기엔 언제나 눈에 보이는 것 이상의 무언가가 감춰져 있었다. 장소보다 그 장소의 오랜 단골들이 잊혀야만 했다. 그들의 생김새, 그들의 편집증, 그들의 내밀한 이야기와 그들의 예쁜 아내들까지. 따라서 이건 유령들의 사건이었다. 유령들이 그들의 아름다움에 걸맞은 두려움을 불러일으킨 사건이었다. 그들이 원래의 모습 그대로 나타나는 일은 결코 없어야 했다.

새로운 분위기가 싹틀 수 없는 환경이 보편화된 상황에서 수도의 성숙한 여자들이나 젊은 여자들이 자유롭게 티라나의 카페들에 자리잡고 코냑을 시키기까지 한다는 건 독재자에게 나토군의 상륙 소식만큼이나 불안한 정보가 될 수 있었다.

이런 관점에서, 1945년부터 시작된 카페 수의 감소는 더 심오한 비극이 가시적으로 드러난 것이었다.

루아얄 거리의 벨라 베네치아는 가장 먼저 단죄받은 카페였다. 엘리트 지성의 아직 살아 있는 유일한 심장인 카페 쿠르살의 폐쇄가 뒤를 이었다. 그 일은 1945년, 사라 블로슈미 스캔들이 터져나온 것과 거의 동시에 일어났다. 티라나에서 가장 유명하고 자유분방한 여자가 영국 장교와 함께 이 나라를 떠난 사건이었다. 이 소식은 수많은 이의 입을 거쳤는데,

누군가는 이런 말을 했다. "이제 모든 희망은 죽었어."

그 직후 야간 술집들은 문을 닫았고, 대로에 자리한 카페 티라나도 재건축을 이유로 폐쇄되었다. 한편 '페터프 클럽'이라는 냉소적인 별명을 단 작가 클럽은 아등바등 마지막 시간을 살고 있었다. 몇 걸음 떨어진 곳에는 다이티호텔 카페가 아직 건재했는데, 옛 정치범들은 외국인이 있다는 이유로 접근조차 할 수 없었다.

들리는 말로는 프레드의 고향인 슈코더르에 그랜드 카페가 아직 버티고 있다고 했지만, 그는 좀처럼 믿을 수 없었다.

첫 수감생활을 끝내고 나오면서 프레드는 자기 존재가 가족에게 해가 될까 두려워 슈코더르를 피했고, 유일한 피신처였으나 이제는 출입이 금지된 수도 카페들의 문 앞을 자주 서성여야 했다. 여전히 황량한 브로두에이Broduej도 역시나 슬프게 둘러보았다. 그는 티라나가 이와 유사한 길을 가진 적이 없었으며, 사람들이 이곳에 '브로드웨이Broadway'라는 별명을 붙인 건 꿈에 대한 갈증에 맞춰 더해진 또하나의 환각에 지나지 않았다는 사실을 모르지 않았다. 그러나 '약간의 서양'에 대한 갈증이 디브라 거리의 이 구역을 브로드웨이로 바꾸지는 못했을지라도 진짜 **브로드웨이맨들**은 낳을 수 있었다.

하지만 그들도 점점 보기 드물어졌다. 어떤 부재보다 깊은 부재가 프레드 레슈피아를 더욱 꺾어놓았다. 문학 숭배의 붕괴였다. 예전처럼 문학에 눈뜬 젊은 남녀를 만나기가 점점 더 드물어졌다. 다른 정치범 S. 은젤라가 '2월 6일 동아리'(공산주의자 수장이 연설에서 그 모임의 창설을 촉구한 날을 딴 이름이다)라고 규정한 청년들의 광범위한 흐름에 속하는 새로운 '문인' 종족이, 아직 미약하게 남아 있는 낭만주의 숨결의 잔해를 대체하려 애쓰고 있었다.

6

공산주의 체제가 어쩌면 가장 악랄한 방식으로 문학을 끝장내려 한다는 사실을 깨달은 조지프 브로드스키의 두려움은 그 어느 곳보다 알바니아에서 잘 확인되었다. 이는 아주 단순한 만큼 무시무시한 사실에 토대를 둔 깨달음이었다. 폭력도 공포도 감옥도 소멸시키지 못한 진짜 문학을 작가들이 제 손으로 파괴할 수 있다는 사실, 조금 더 명확히 말하자면, 문학이 작가라는 특별한 종에 의해 파괴될 수 있다는 사실 말이다.

이 메타포에 실린 냉소적 시각은 소름 끼쳤다. 문학이라는 구조물을 파괴하기 위해 두 가지 방법이 작동되었다. 첫째는 직접 치는 방식으로, 대개 공산주의 체제 수립의 전제와 함께 나타났다. 두번째는 장기적인 파괴 활동인데, 이는 원재료를 쓰러뜨리는 것으로 시작되었다. 이 경우 그 원재료는 작가라는 벽돌이다. 원재료를 쓰러뜨리면 그들이 건립하는 구조물은 소리도 먼지도 내지 않고, 외부의 충격 없이도 스스로 붕괴할 것이다.

사회주의진영 한가운데 몇십 년 전부터 생겨나 급증한 자기파괴적인 새로운 작가 종족이 알바니아에도 나타날 터였다. 우리는 문학의 파괴가 그 위엄과 후광의 축소로 시작된다는 사실을 알았다. 황폐화의 첫 물결은 전쟁이 끝나자마자 항독 지하단체의 잡목숲에서 막 나온, 비밀경찰의 말단직원처럼 챙모자를 쓴 행동파 작가들과 함께 덮쳐왔다. 그들은 불행히도 역사의 나쁜 쪽에 섰던 에르네스트 콜리치 같은 작가들과 거리 두기를 꺼려하지 않았다. 마흔 살 정도밖에 되지 않았지만 늙은 달처럼 규정되어버린 라스구시 포라데치나 디미터르 파스코 같은 군주제 시절의 작가들과도 마찬가지였다. 이들은 '하늘의 왕'이나 '생탕드레 밤의 시인'이라는 별명대로, 혹은 카페 쿠르살의 일화들처럼, 혹은 알바니아 호수를 둘러싸고 날아올라 빈, 로마, 그라츠로 이어진 그들의 연애담처럼 한 사람씩 추락했다. 그후 다른 작가들의 차례가 닥쳤다. 코민테른의 세이풀라 말러쇼바나 에스파냐 전쟁의 페트로 마르코, 개중 가장 젊은 작가까지 헤아려본다면 현대 알바니아 페시미즘의 첫 작품으로 꼽히는 소설 『왜?』의 작가 스테리오 스파스도 있었는데, 그는 사회주의문학 활동에 참여하는 대신, 마흔 살이 되자마자 조기 은퇴를 강요당해 아무 해를 끼치지 못하는 조상의 역할에 갇혀버렸다.

민중이 저마다 상실을 겪는 가운데 여성들도 그들 몫의 상실을 겪었다. 때로는 눈에 띄게, 때로는 반쯤 흐릿하게, 대개는 거의 보이지 않게, 여성들의 비극은 언제나 예술의 비극과 이어져 있었다.

두번째 천 년의 마지막 해 몇 주 동안, 코소보의 여성들은 아마도 천 년에 걸쳐 있을 잔혹함의 온 무게를 가장 내밀한 육신 속에 품었다. 강간당하고, 아직 어린 입과 가슴들이 찢겼다.

폭격에 대한 보복이라는 공포가 팔십 일 동안 계속되었다면, 이보다 더 오래된 공포, 여성들도 봐주지 않았던 공포는 십팔만 일 동안이나 계속되었다. 두번째 천 년의 마지막 봄과 달리 오스만의 공포는 거의 제국 통치 기간 내내 작동했다. 그 공포의 핵심은 남성의 눈길에서 여성을 빼내는 것이었다.

남성의 눈길은 결코 여성을 바라보지 말아야 했다. 그런 식으로 이승에서 가장 위험한 유령인 사랑의 출현을 제거할 수 있으리라 믿었던 것이다.

오스만 공포 한가운데서 사랑과 여성에 맞서는 전쟁은 가장 길고, 아마도 유일한 전쟁이 될 것이었다. 이 전쟁에서 알바니아 국가는 패배한 것처럼 보일 때 이겼고, 승리하는 것처럼 보일 때는 패배하고 있었다. 이 전쟁은 유일한 투쟁이었다. 이 국가에 패배할 순 없으므로 이 국가를 굴종시키려는 의지를 잃지 않고 오늘날까지 존속되는 유일한 투쟁.

알바니아 여성이 사라져가는 것처럼 보이던 바로 그 순간, 그리고 그 항적 속으로 사랑의 후광도 사라지는 것처럼 보이던 순간에 알바니아 여성은 승리하고 있었다. 근동의 광신에 굴복한 엘리트와 달리 알바니아 민중은 무신앙으로 남는 보기 드문 현상이 일어났다.

그렇지만 문학은 어떤 상황에서도 그 분야에서 제 엘리트 지위를 유지하려고 분투했다. 오스만의 쇠퇴와 수도사 같은 청교도주의를 겪고 난 뒤, 독수리의 나라 작가들을 기다리는 건 공산주의의 시련이었고, 그것은 모든 시련 가운데 가장 놀라운 시련이었다. 이 시기 동안엔 못이 박인 손과 땀에 전 메리야스가 향수와 부드러움과 눈물을 대체하게 될 터였다.

비밀경찰처럼 챙모자를 쓴 작가들이 쇠락한 뒤로 두 가지 움직임이 청년들을 예술의 삶에 들어서게 할 것이었다. 한쪽은 단절 이후 사회주의진영의 대도시에서 돌아온 젊은 시인들과 예술가들이 주축이 된 떠들썩하고 조금은 거만해 보이는 움직임으로, '공항의 남학생들'이라는 별명이 붙었다. 다른 쪽은 조금 더 겸허하며 인내심을 갖고 제 시간이 오리라 확신하는 움직임이었다.

시간이 후자에게 유리하게 작용한 건 사실이다. 시간은 부다페스트나 모스크바에서 돌아온 사람들의 경박함과 속물주의, 옷차림과 외국어 지식, 그리고 무엇보다 실제건 가공이건 그들에 관해 떠돌던 연애담을 시기했다. 그러나 그들은 자신들의 약점을 알았다. 그들에게 부족한 건 한마디로 '향토'였다.

모든 공직자가 높이 평가하는 이 단어는 민중과의 관계나 땅에 발을 딛고 있는 예술에 대한 갈증을 불러일으켰다.

매 계절은 알바니아를 공항 무리와 반대 방향으로 이끌었다. 중국의 문화혁명과 당 총회는 영안실 같은 분위기 속에서 서로를 능가하며 매일 조금씩 더 제 광채를 퇴색시킬 뿐이었다. 반면에 향토 사람들은 나날이 더 원기 왕성해졌다. 그들은 예술 고유의 세련미 대신 그 대체품을 만들고 있었다. 이 새로운 매력 한가운데에서 라키 술병과 각 지역의 민요를 재발견할 수 있었는데, 그 노래들에서는 때로 "비밀경찰 동지"가 불쑥 튀어나와 "민중과 팔꿈치를 맞댄" 예술가의 역할을 떠안은 초상들의 화랑에 합류했다.

한 회고록에서 이야기된 가슴 아픈 일화―재능 있는 시인으로 추정되는 '향토' 작가를 묘사하는 책으로, 술친구들이 찾아와 같이 가자고 끈질기게 외치는데도 그는 창가에 서서 함께 가지 못하는 이유를 외친다. 하나뿐인 팬티가 아직 마르지 않았다는 것―언뜻 상스러워 보이는 이 일화는 작가들을 '단벌 팬티' 종족으로 만들려는, 레닌에서 마오쩌둥에 이르는 지도자들의 술책이 어떻게 완수되었는지 보여준다.

두 무리 사이의 냉기는 선포되지 않은 전쟁으로 발전했다. 향토 문인들은 정부의 지지를 받는다고 느끼면서도 알바니아 문학의 운명이 마침내 완전히 자신들의 수중에 들어왔다는 걸 확실히 일러줄 신호를 기다렸다.

대체라는 생각은, 정치에서는 추방되었으나 예술의 영역에서는 받아들일 만할 뿐 아니라 심지어 바람직해 보였다.

권력을 잡은 공산주의자들은 앞으로 자리를 내놓지 않을 테지만, 문인과 예술가와 철학자 들의 사정은 전혀 달랐다. 어떤 가치나 권위도 당과 당 지도자의 가치와 권위에 비교될 수 없을 것이었다. 그것은 일시적일 뿐 아니라 일시적이어야만 하고 쉽게 대체 가능한 나머지 모든 것과 달랐다.

'대체'라는 평범한 단어는 비극적인 연대기를 감추고 있었다. 딴죽 걸기, 밀고, 거짓 증언, 감옥의 전조, 때로는 총살 집행단으로 이루어진 연대기를.

초특급 작가들을 규탄하는 레닌의 그 유명한 호소문은 사실 예술 전반을 규탄하라는 촉구였다. 예술이 꺾이고 종속되려면 작가들이 종종 예술 왕국을, 그 법률과 보호를 버리고 떠나야만 했다. 의회 의원들처럼 작가들도 한시적으로 연신 임명되어야 했다.

알바니아에서 대체는 선조들의 동맹을 만나게 되었는데, 바로 유랑이다. 뿌리내림을 예찬하고, 유형과 추방을 가장 무거운 형벌로 여기는 알바니아인에게는 완전히 낯선 유랑이―그리고 그 결과가―오스만과 함께 등장했다. 이런 점에서 가치들의 대체는, 마치 세웠다가 접고 기억에 흔적조차 남기지 않는 유목민들의 텐트처럼, 불연속적이고 이전 가능한 관행으로서 공산주의의 여러 관행과 절묘하게 만났다.

감옥에서 나왔을 때 프레데리크 레슈피아는 당연히 이방인이 된 것처럼 자신이 시대를 벗어났다고 느꼈을 것이다. 향토 작가들의 반응 역시 당연히 차가웠을 것이다. 그는 공항 향수파 패거리가 몰락해가는 것도 보았을 것이다. 그들 대다수의 작품은 불신의 눈길을 받았고, 또다른 작품들은 그들이 유학했으며 개중 일부는 약혼녀를 남겨둔 채 떠나온 나라에 대한 향수의 혐의가 씌워졌다.

레슈피아의 추락은 1970년대 중반에 이미 훤히 내다보였고 1980년대 초에는 더 확실히 보였기에, 공산주의가 몰락한 이후에는 그만큼 의외의 일로 여겨졌다.

7

공산주의 몰락 직후, 프레드 레슈피아에게 일어났던 일—
그의 짧은 개화 이후에 일어난 일—과 관련해 이런 질문을
제기해볼 수 있을 것이다. 알바니아문학에 무슨 일이 일어나
고 있었나? 그리고 이런 질문도 빠뜨릴 수 없을 것이다. 알바
니아 자체에 무슨 일이 일어나고 있었나?

초조하게 기다려온 부활의 시간이 제 약속을 지키기엔 아
직 역부족이었다.

꺼져가는 문학의 후광은 광채를 되찾지 못했다. 무기력이
점차 얼굴들을, 영혼들을, 나머지 모든 것을 덮쳤다. 분명 젊
은 작가들이 있었고 게다가 몇몇은 대단히 재능이 넘쳤으
나, 눈에 보이지 않는 바람에 흩어지기라도 한 듯 기억에 머
물지 못했다.

정도의 차이는 있지만 이런 일은 거대했던 옛 공산주의
제국의 모든 나라에서 일어났다. 오래전 패배한 도시들의 땅

에 아무것도 돋아나지 못하도록 소금을 뿌리곤 했던 것처럼 몰락한 독재의 독은 문학과 예술의 심장까지 말려버릴 기세였다.

문학과 예술에 꼭 필요한 절정과 후광은 늦도록 나타나지 않았다. 책과 잡지에서도 그렇고, '문학적 삶'이라 불리던 것 속에서도 역시 그랬다. 티라나의 그 누구도, 기억을 가득 품은 유일한 바인 다이티호텔의 바로 커피 한 잔 마시러 달려가지 않았다. 설상가상으로 한때 반도 전체에서 가장 전설적인 장소로 구석구석마다 온갖 사건과 다시 돌아오지 못할 인물들의 기억을 잔뜩 품은 이 호텔은 파괴될 위험에 놓였다. 외무장관 집무실로 바뀔 거라느니, 마사지 센터로, 혹은 기성복 가게로 바뀔 거라는 소문이 매일같이 떠돌았다.

그러나 외부의 눈에는 감지되지 않는, 그 무엇보다 비통한 현실이 있었으니, 바로 무관심이었다. 작가들 사이에서 으뜸가는 장소로 꼽혔던 곳에 대한 무관심은 당연히 문학 자체에 대한 무관심으로 이어졌다.

사람들이 문학을 좋아하지 않자 문학도 사람들을 외면했다. 사람들을, 그리고 자기 자신마저 외면했다.

이것은 알바니아 안에서, 그리고 여러 다른 위기 때도 분명히 발생했던 설명할 길 없는 사건들 중 하나였다. 문학의 중심부에서 사랑이 고갈되자, 사랑의 의식들도 그 뒤를 이었다.

어느 러시아 퇴폐주의자가 이 문인들에 대해 쓴 위험한 문장, "여자도 개도 좋아하지 않는 사람들"이라는 문장이 여기저기서 들려오곤 했다.

미모나 기품 덕에 찬사받는 여성들은 언제나 사랑 의식의 일부를 이루었다. 고대 그리스의 고급 매춘부hetaira부터 루 안드레아스-살로메, 로르 헤이만 같은 현대의 여성 조언자들, 그리고 벨에포크 파리의 화류계 여성들, 레이디 방모르, 리안드 푸지와 그 밖의 여성들은 그들 시대에 장안의 화젯거리가 되었다. 니체, 프루스트 혹은 릴케의 이름은 이 여성들의 성이나 별명과 떼어놓을 수 없게 되었는데, 그들의 명성은 그들이 세상에 첫발을 내딛게 해준 작가나 음악가의 명성보다 더 오래 남았다.

공산주의 세계의 작가들은 무엇보다, 그것도 필요 이상으로 오랫동안 서양 동료들에 대한 묘한 콤플렉스로 고통받았다. 비교할 만한 장밋빛 연대기가 없다는 것이 콤플렉스였다.

그러면서 그들은 의식하지 못한 채 누려온 특혜, 어쩌면 서양 동료들의 부러움을 샀을지도 모를 특혜는 생각하지 못했다. 아마 지금도 그럴 것이다.

그 특혜란 억압의 미학이나 그것이 낳을 수 있을 취기가 아니라, 오히려 바로 동일한 영역에 위치한 여성적 복잡성과 관계된 것이다.

동베를린에서 일어난 사건을 그린 어느 독일 영화에서 이 무시무시한 광휘의 몇몇 파편을 볼 수 있다. 영화는 위기에 처한 한 작가와 어느 여성의 연애를 그린다. 여자는 팜파탈도 아니고 매춘부도 아니다. 단순히 말하면 요원, 더 정확하게는 남자를 감시하는 임무를 맡은 비밀경찰 첩보원이었다.

그러나 그런 현실에도 불구하고 이 이야기는 가슴이 시릴 정도로 아름다웠다. 불가능해 보이는 모양새였지만 그 사랑은 분명히 실재했기 때문이다! 그것도 양쪽 모두에게……

여자 첩보원은 성서 시대부터 있어왔지만, 이런 유형의 첩보원―공산주의의 특수한 산물―은 그 이중적 운명 때문이건 아니면 나머지 모든 것 때문이건, 그들이 출현하기 전까지 유사한 경우가 없었다. 대개 그런 첩보원이란 어떤 저명한 음악가나 작가와 내연관계를 맺는 낭만적인 젊은 여자들이었다. 그런 여자들은 즉각 비밀경찰의 눈에 띄어 쉽게 첩보원으로 채용되었다(거부했다간 음악 공부를 계속할 수 없을 거라는 식의 협박을 받거나, 반대로 연인을 해칠 목적이 아니고 오히려 그 반대이니 연인의 생각을 알도록 조금만 도와준다면 사랑하는 연인을 만나는 걸 결코 방해받을 일이 없을 거라는 약속을 듣게 된다). 이 마지막 약속에 안심한 여자는 결국 제안을 받아들이고, 이유도 알지 못한 채 일단 문턱을 넘어서고 나면 죄책감과 동시에 자기 신비의 무게가 점점 커지고(온 나

라가 그에 맞서는데 자신만이 그의 품에 안겼다는) 동시에 욕
망과 매혹도 커져서 꿈의 맛을 느끼게 되는 것이다.

그 맛은 오래도록 끈질기게 남아서, 빈-파리풍의 수다스러
움과는 반대로 이 막달라마리아들의 연대기는 전적으로 지하
에서 은밀히 전개되었다. 공산주의의 몰락도 그 작동방식에
영향을 미치지 못할 것이며, 오히려 최후의 수수께끼가 모습
을 드러낼 기회로 작용할 터였다. 어째서 남자가 진실을 알게
되었을 때조차, 예상되는 분노보다 수난당한 가련한 여자 첩
보원을 에워싼 변함없는 매력이 그의 기억 속에 다른 어떤 감
정보다 오래 남는 걸까?

그럼에도 불구하고, 공산주의의 모든 재앙 가운데 무관심
이 어쩌면 예술의 세계를 가장 매정하게 쓰러뜨릴지 모른다.
알바니아가 유럽에서 젊은 작가의 평균 나이가 마흔다섯 살
이 넘는 유일한 나라라는 씁쓸한 사실도 마찬가지일 테고!

젊은 작가가 없는 나라를 위한 메타포를 찾기란 어렵지 않
다. 꽃 없고 새소리 없는 계절, 혹은 그런 취향의 무언가. 마
흔다섯이라는 숫자는 알바니아 연대기에서, 혹은 그 너머에
서도 음울한 모양새를 띨 것이다. 공산주의 체제가 라스구시
포라데치를 함정에 빠뜨렸을 때 그의 나이가 바로 마흔다섯
이었는데, 그후 계절이 바뀔 때마다 체제는 그를 조금씩 더
무너뜨리다가 결국 삶에서 완전히 떼어놓았다.

운명은 프레데리크 레슈피아라고 봐주지 않았다. 그에겐 나이도 상관 없었다.

전쟁 말고는 내가 무엇을 희망할 수 있었을까
이 바보 같은 운명이 바짝 추격해오는데?
내가 대개 이기지 못한 건 사실이지만
패배야말로 나의 유일한 진짜 성과였다.

시인에게는 자신의 심연을 위로삼는 길밖에 남아 있지 않았다.

프레데리크 레슈피아는 추락하지 않을 수 없었다.

심지어 행운이 마지막 조롱인 양 그에게 미소 짓는 듯 보였을 때조차(고급 자동차와 보디가드 일화) 그는 이것이 못된 농담일 뿐이라는 걸 알았는지 추락을 향한 궤도를 이어갔다.

8

부나방들이 저들 시간의 주위를 맴돌듯이, 나의 상념은 있을 수 없는 입구라도 필사적으로 찾는 것처럼 청소년기와 청년기를 함께 보냈으나 오래전에 잃어버린 친구 엔절 제치 곁으로 나를 이끌었다.

'잃어버린'이라는 말이 여기서는 문자 그대로의 의미로 쓰였다. 그는 반세기도 더 전에, 공산주의 제국 한가운데서 흔적도 없이 사라졌다. 아무도 벗어나지 못한 그곳에서.

"나는 알바니아로 돌아가지 않을 거야. 그곳의 폭력성을 더는 견디지 못해." 오랜 이별 이후 1958년 9월, 그는 고리키 문학연구소에서 공부를 마쳤고 나는 막 모스크바에 입성해 다시 만났을 때 그가 처음 한 말이었다.

그는 내게 털어놓았다. 아무도 찾지 못하도록, 특히 알바니아 대사관에서 찾지 못하도록 두 개의 이름을 가졌다고. 그는 실종을 위해, 아니 탈주를 위해 모든 걸 미리 준비해두었다. 실제로, 다른 탈주와 반대로 그의 탈주는 이중적이며, 어떻게 보면 제곱의 모양새라고 할 수 있을 것이다. 그를 두 국가, 알바니아와 소련에서 동시에 빼내야 했기 때문이다. 두 국가가 그에 맞서 동맹을 맺고 밤낮으로 온갖 수단을 동원해 그를 추격할 터였다. 경찰, 정보, 그리고 여자와 개까지 모조리 동원해서. 그는 모든 것을 준비했다. 그가 옙투셴코에게서 사서 친구 말라야 브로니아의 집 지하실에 감춰둔 낡은 자동차부터 세상의 눈을 피해 몸을 숨긴 야쿠츠크 툰드라 속 작은 오두막까지.

이 모든 건 적절한 때를 기다리며 모스크바에서 함께 산책할 때 그가 내게 들려준 이야기였다. 그는 자신에게 얼마 남지 않은 시간 동안 삶을 최대한 다급하게 누리고 싶어했다. 당장은 그저 두 가명의 보호를 받으면서. 앙겔과 앙겔린, 두 이름을 말할 때 그는 한껏 관능적 쾌락을 담아 조음했다. 특히 여자들에게 자신을 소개할 때.

우리는 꼭꼭 숨었지
절대 찾지 못하도록.

이것은 1930년대의 우수어린 노래 가사다. 감미로운 시인이요 품격 있는 인간인 엔절 제치, 알바니아의 광기에 질겁했던 그는 영원히 사라졌다. 그의 가족과 얼마 남지 않은 친구들은 시간이 흐르면서 점차 줄어가는 희망 속에서 지금까지 그의 흔적을 찾으려 애쓰고 있다.

그리고 그의 친구인 나는 옛 약속이라도 지키려는 듯 그의 이름을 쓰면서 무의식적으로 그가 바란 대로 이름을 바꿔놓았다. 엔절*로.

이렇게 사라진 사람들을 어느 날 어디선가 보았다거나 그들이 다시 나타났다고 얘기하는 사람도 드물지 않다. 그런 식

---

* 알바니아어로 '천사'를 뜻한다.

으로 1980년대 코소보에서 개최된 알바니아 언어에 관한 포럼 자리에서 엔젤을 보았다는 사람이 있다는 소문이 돌았지만, 신기루처럼 모든 게 흐릿하기만 했다. 물론 그가 알바니아 가까이 왔다가 겁에 질린 밤새처럼 이내 달아났으리라는 추정도 불가능한 건 아니었다.

사랑이 후퇴하고 무관심에 자리를 내주던 나라에서는, 그리고 그런 시기에는, 아마 모두가 까닭도 모른 채 무언가를 상실하면서 고통받는다. 그들 가운데 유난히 다감한 영혼의 소유자들은 그 폭력을 견디지 못하고 영영 부러져버린다.

9

프레드 레슈피아에게 우호적인 시기가 있었을까? 이 질문은 그만이 아니라 모든 예술인과도 무관하지 않을 것이다.

시인들에 대한 배척은 시대가 악덕을 감추고 있다는 사실을 그 어떤 것보다 잘 말해주었다. 전복된 시간은 그의 것도 아니었고, 그의 뒤를 이은 사람의 것도 아니었다. 그렇다면 이 질문을 피해갈 수 없다. 시인들의 세번째 시간은 정말 존재했을까?

물론 그들을 위한 시간은 도래할 것이었다. 인간이 늘 지각할 수 있는 건 아니어도 그 시간은 언제나 존재했기 때문이다.

그 다른 시간이 단지 시인들의 것만은 아니었다. 그것은 모두의 문제였다. 그렇기에 우리가 시인을 맞이하려고 준비할 때마다 다시 나타나는 건 영혼, 예술 자체의 신성神性이었다.

프레드 레슈피아는 스스로 털어놓았듯이 "죽음을 가득 품고" 이 세계를 떠나면서 무너졌고, 보석과 전언을 후광처럼 두른 채 장엄한 애도의 종소리를 울리며 돌아왔다.

앞에서도 말했듯이, 한 시인이 복귀하려면 그 지위에 걸맞은 관심과 적절한 말이 필요하다. "죽음을 품고" 떠난 그가 "삶을 품고" 돌아왔다고 말하려면 그에게 수모를 안길 위험을 감당해야 할 것이다.

죽음에 관한 메타포들을 옹호하기란 힘들다. 그리하여 우리는 좀더 신중하게 죽음과 삶이라는 대립을 피하고, 그저 그가 죽음에 상처를 입히지 않고(시인들이 대개 피하는 일이다) 죽음을 뒤에 남겨둔 채 우리에게 돌아왔다고 말했다. 어쩌면 그에겐 죽음의 웅장함이 더는 필요 없었을 것이다. 이제는 자신의 웅장함으로 족했으리라.

티라나-파리, 2012년

그루 남작

역사가이자 중요한 재단의 설립자인 피에르 보르도-그루가 발칸에 관한, 특히 알바니아 국가에 관한 문제를 설명하러 로마로, 더 정확히 말해 바티칸으로 함께 여행을 떠나야 한다고 말했을 때, 문학 활동 재개와 관련한 일정이 빽빽이 잡혀 있었음에도 나로서는 당장 "좋다"고 대답할 여러 이유가 있었다.

기품 있는 여든네 살의 신사가 그간 한 번도 발을 들여놓은 적 없는 유럽의 한 지역에, 특히 유럽인 대부분이 대단히 부정적 생각을 품고 있는 작은 나라 알바니아에 쏟는 그런 열정을 보니 당연하게도 가슴이 뭉클했다. 알바니아에 대한 부정적 생각에 그는 마음 아파했고, 사람들의 생각을 뒤집어놓겠다는 생애 마지막 내기에 집요하게 매달렸다.

바티칸에서 가장 영향력 있는 두 추기경인 국무장관과 그 유명한 인류복음화성 장관을 반나절 만에 다 만나겠다는 그의 야심이 내게는 조금 과장으로 보였지만, 그에게 조금이라도 망설이는 모습을 보일 생각은 한순간도 들지 않았다. 그가 지극히 예의바르고 완벽하게 사교적이긴 했지만, 누구 한 사람도 어떤 주제에 대해서건 그루 씨에게, 혹은 혹자들이 부르듯 '남작'에게 맞서 논쟁을 벌이지 않았다. 물론 그는 널리 알려진 인물로 고위층에 인맥도 많았다. 그리고 물론 유복했다. 하지만 영향력도 재산도 그러한 현상을 설명하기엔 충분하지 않았다. 파리에는 중요한 인물들이 넘쳐난다. 요컨대 그런 범주에 속하는 누군가를 알게 되어도 두 배로, 때로는 세 배로 더 놀라운 다른 인물이 곧 옆자리에 나타나는 식이다. 나이에 대해서도 똑같은 말을 할 수 있을 것이다. 얼마 전까지만 해도 팔십대의 권위가 확고한 듯 보였으나, 최근 들어 기대수명이 높아지면서 구십대가 살롱을 휩쓸기 시작했다. 아마도 한동안은 그들이 영향력을 잃을 일은 없을 것이다. 죽은 사람들이 파티와 리셉션에 다시 나타날 일은 일어날 것 같지 않으니까……

알바니아와 알바니아인을 향한 그루의 열정이 깨어난 건 아주 늦은 시기, 그가 여든두 살 때였다. 그는 내일의 유럽에 대해 성찰하면서, 비바람 불 때 번쩍 비추는 번갯불 같은, 그날 뉴스의 불완전한 조명 아래 비친 발칸 지역의 분쟁을 따라가다가, 유럽과 발칸의 관계에 무언가 잘못된 게 있음을 깨닫고 기층의 오류를, 한마디로 바로잡아야 할 균열을 눈여겨보았다. 아니 더 정확히 말하자면 발견했다.

그가 보기에 그 오류는 무엇보다 알바니아 국가와 관계된 것이었다. 이 국가의 정체성, 문화, 언어, 종교, 요컨대 이 나라의 몫이어야 했을 역할이 비극적인 방식으로 무시되고 있었다. 그의 말대로라면 이 국가는 반드시 세계 무대에 다시 등장해 명예를 회복하고, 새로 태어나야만 했다. 그러지 않는다면 반도는 평화를 되찾을 수 없을 터였다. 훌륭한 역사가인 그는 발칸 사람들이 평화를 되찾지 못한다면 유럽 전체도 평화를 회복하지 못하리라는 사실을 잘 알았다.

누군가 그에게 이 불가사의한 알바니아 국가를 더 잘 이해하려면 이스마일 카다레라는 사람의 작품을 읽어보라고 조언했다. 그러자 피에르 보르도-그루는 결정적인 선택을 한다.

그는 먼저 자신이 발행하는 잡지에, 이어서 편지, 선언문, 포럼, 강연 등을 통해, 그리고 프랑스나 유럽의 발의에 빠지지 않고 참여해 발칸반도 역사에 관해 자신의 의견을 내놓기 시작했다. 그의 의견이라 함은, 그동안 쓰이고 생각되고 날조된 바와 달리, 사람들이 쏟아부은 수톤의 진흙이며 돌더미와 무관하게, 알바니아 국민이야말로 발칸의 여러 민족 가운데 스스로 주장하듯이 가장 유럽적인 민족이라는, 혹은 적어도 가장 유럽적인 민족들 가운데 하나라는 것, 따라서 유럽은 발칸 사람들의 해방을 위해 이 국가를 지지해야 한다는 것이다.

많은 이의 눈에 도발적이고 이단적이며 '정치적으로 올바르지 못한' 어조로 비치는 이 생각을 그는 가식 없이 공공연하게 드러냈다. 심지어 귀족에게는 더없이 조심스러운 자리인 사교적인 만찬장과 자기 집에서까지도.

그루의 집에서 열리는 만찬은 호화롭고, 초대손님도 엄선된 사람들이었다. 장관, 대학교수, 언론사 대표, 신분 높은 사촌, 몬테네그로의 왕자이자 권력을 좋아하지 않는 건축가 니콜라 페트로비치-네고시, 총리가 되려고 준비중인 불가리아의 시메온왕 등등. 이런 만찬에는 반드시 외국 대사도 두셋, 혹은 대여섯 명 정도 참석하는데, 그 가운데는 교황대사도 있어서 으레 식사에 축복을 내려준다.

만찬 때는 식사가 시작되고 이십여 분 뒤, 전채요리와 주요리 사이에 그 자리의 주인인 그루가 늘 짧은 연설을 한다. 그 연설은 매번 유럽과 관계된 것이고, 적어도 절반은 유럽이 알바니아 국가에 저지른 엄청난 죄악에 관한 것이다.

그루는 나이에 비해 목소리에 힘이 있다. 더욱 그런 인상을 풍기는 건, 초대손님 몇몇은 그가 하는 말에 죄책감을 느낄 수 있을 법한 상황인데도 그의 목소리에 주저함이라곤 실리지 않기 때문이다.

집주인의 그런 일탈을 마주한 초대손님들이 신경질적인 반응이나 찜찜한 기색을 보이지 않아 나는 놀랐다. 그런 만찬 자리에서 낯선 작은 나라에 대해 그렇게까지 말하는 건 관례가 아니기 때문이다. 그런데도 모두가 주의깊게 귀를 기울였다. 대학교수, 고관, 귀부인, 네덜란드 대사, 심지어 러시아 대사까지……

그루는 그 정도로 그치지 않았다. 불길을 돋우려는 듯 이런 말도 빼놓지 않았다. "내 친구 이스마일 카다레가 그의 작품들로 내가 이 중대한 문제에 관해 눈을 뜨게 해주었습니다."

사실 나는 그런 과도한 언급을 결코 부러워할 만한 일이라고 생각지 않는다. 초대손님들이 나를 돌아보며 이렇게 생각하는 느낌이 들기 때문이다. "황혼기에 접어든 우리 그루의 머릿속에 저런 난잡한 생각을 심어놓은 게 저 작자야?"

적어도 그루 부인은 이런 연설에 조금이라도 불안감을 느끼리라고 나는 믿었다. 그런데 한번은 그런 종류의 만찬을 마치고 떠나올 때 그루 부인이 친히 이런 말을 했다고 헬레나가 전해줘서 깜짝 놀랐다. "피에르에게 한마디해야겠어요. 오늘은 그이가 알바니아인들을 충분히 옹호하지 않았던 것 같아요!"

사실 그루는 내가 아는 사람 가운데 가장 고집 센 사람일 것이다. 어느 날, 그가 내게 전화를 걸어 불쾌한 일이 일어났다고 말했다. 아르메니아 출신의 드베지앙 장관이 보아하니 그루가 드러내는 친親알바니아 열정에 화가 나서, 아르메니아인들을 학살한 튀르키예 군대의 사령부에 알바니아 장군들도 포함되어 있었다고 말했다는 것이다.

"아, 기막힌 얘기군요!" 내가 말했다. "또 새로운 비방이네요! 그런 소리를 하다니⋯⋯"

그는 일이 그리 간단하지 않다고 설명했다. 파트리크 드베지앙 장관은 프랑스 내각에서 가장 지적이며 중요한 인물로 꼽힌다. 그러니 그의 머릿속에서 그런 역겨운 생각을 빼내는 게 시급하다는 것이다. 그러기 위해 그루는 자기 집에서 셋이 함께 점심식사를 하자고 제안했다.

우리 둘은 그 점심식사를 준비했다. 사실, 학살을 지휘한 장군 중 한 사람인 엔베르 파샤가 발칸 출신이라는 추정이 신문기사에 언급된 터였다. 그러나 그뿐이었다. 아마 엔베르 호자*와 이름이 비슷해서 그런 추정이 가능했을 것이다.

파트리크 드베지앙은 매우 영민한 사람이었다. 다른 사람들이 이해하는 데 몇 시간 걸릴 일을 단 몇 분 만에 파악했다. 학살의 시기인 1915년 알바니아가 제국에서 막 떨어져나오면서 배신자로 선언되었다는 점, 다시 말해 아르메니아인들처럼 집단학살의 후보군으로 선언되었다는 사실, 그리고 수많은 아르메니아인이 그 비극 직후 알바니아로 피신했으며 그들과 알바니아인의 관계가 아주 좋다는 사실까지만 말했는데도 그는 바로 이해했다.

그루는 마치 자기 일인 양 기뻐했다!

그루 씨는 이런 사람이다. 그래서 나로서는 그에게 기쁨이 되는 일을 거절하기가 어렵다. 그가 발칸 사람들에 관한 중요한 회의가 있다는 이유로 세네갈로, 혹은 이누이트족의 나라로 떠나자고 해도 나는 거절하지 못할 것이다!

따라서 우리는 오후 느지막이 로마로 떠나기로 했다. 그루의 비서가 전화를 걸어 몇 분 뒤 운전사가 나를 데리러 올 거

---

* 알바니아의 혁명가였으나 노동당 중앙위원회 서기장이 된 뒤로 극단적인 공안통치를 펼쳐 유럽에서 가장 혹독한 공산주의 독재자로 여겨진다.

라고 알렸다. 그루 부인도 전화를 걸어 예배당에서 우리를 위해 기도하겠다고 말했다. 많은 대가문의 경우가 그렇듯이 예배당은 그들 저택 안에 있었다.

신앙심이 깊은 칼릭스테 그루는 학살과 폭격이 자행되는 동안 코소보의 알바니아인들을 위해 기도했고, 동시에 프랑스 국민을 위해서도 기도했으며, 뉴욕 쌍둥이 빌딩의 희생자들을 위해서도, 그리고 물론 그들이 긴 삶을 살아오는 동안 가족에게 일어난 시련의 시기마다 기도했다.

우리가 로마에 도착했을 때는 저녁 무렵이었다. 호텔은 베네토 거리에 있었는데, 그루가 예약이며 그 나머지 일을 도맡았기에 나는 호텔 이름을 따로 적어두지 않았다. 다만 맞은편에 그 유명한 호텔 엑셀시오르가 있었다는 것만 기억했다.

저녁을 먹으러 가기 전에 우리는 산책을 했다. 나는 여러 차례 로마에 왔었고, 이방인들이 대개 그렇듯이 내 기억의 한 부분은 그 거리와 이어져 있었는데, 로마를 진부하고 피상적으로 좋아하는 사람으로 보이고 싶지 않다면 그런 얘기를 털어놓는 데 어느 정도 용기가 필요했다. 하지만 나는 아무 콤플렉스도 없고, 로마에 대해 그곳 주민들조차 알지 못하는 어떤 것들을 안다고 믿었기에 베네토 거리에 대한 끌림을 망설이지 않고 드러냈다.

그러니까, 나는 그루에게 로마와 나의 첫 만남을 들려주었다. 비 내리고 안개까지 끼어 추운 11월, 암울한 1967년의 일이었다. 시간은 자정. 나는 중국과 베트남에서 오 주 동안 체류하고 돌아오는 길이었다. 공항에서 신문기자단과 마주쳤는데, 그중엔 드리터로 아골리*도 있었다. 티라나행 직항이 없어서 우리는 로마에 내렸다. 중국에서 들었던 징소리와 기상천외한 소음에 얼빠지고 녹초가 된 꼴로 우리는 대사관의 자동차 두 대에 실려 내 기억이 맞다면 엘리오스라는 이름의 작은 호텔로 왔다. 밤에 나는 이유 모를 극도의 불안감에 사로잡혔다. 동트기 전인 다섯시 즈음에 내가 왜 복도로 나왔는지는 모르겠다. 눈앞에 흐릿하고 기괴한 형체가 보였다. 내 분신인 줄 알았다. 가까이 가서야 드리터로 아골리라는 걸 알았다. "잠이 안 와요." 그가 말했다. "나도, 최악이네요." 내가 대답했다. 그나 나나 둘 다 머리는 헝클어지고 눈은 퀭했다. 누가 먼저 거리로 내려가보자고 제안했는지는 모르겠다.

바깥에 나와보니 아직 캄캄했다. 저멀리 불 켜진 곳이 보였다. 가까이 다가가보니 작은 바였다. 안에 사람들이 있었다. 우리는 유리문을 조심스레 밀고 들어갔다.

본조르노, 시뇨리! 바텐더의 목소리가 어찌나 우렁찬지 잠이 완전히 달아나는 느낌이었다. 커피 냄새가 향긋했다. 한

---

* 알바니아 시인이자 기자.

테이블에서 손님이 커피를 홀짝이며 바텐더와 큰 소리로 한 담을 나누고 있었다. 또 한 사람은 카라비니에리*와 함께 카운터에서 뭔가를 마시는 중이었다. 카라비니에리는 털이 긴 큰 개를 옆에 데리고 있었다.

바텐더가 우리에게 뭐라고 말했는데 알아듣지 못했다. 그는 다시 말했고, 드리터로가 웅얼거리며 뭐라 대답했다. 그러자 모두의 시선이 놀란 듯 우리에게 쏠렸다.

"제기랄!" 드리터로가 외쳤다. "우리가 중국에서 오는 길이라고 말한다는 게 우리가 중국인이라고 말한 것 같네요!"

내가 우리의 작은 눈을 보면 그렇게 생각할 수도 있겠다고 응수할 겨를도 없이 이탈리아인들은 이미 웃음을 터뜨렸다.

우리도 웃었다.

"우리를 멍청이로 생각하나봐요!" 드리터로가 말했다.

나도 그렇게 생각했지만 딱히 심각한 일 같지는 않았다.

우리는 커피를 주문했다.

내 평생 커피를 그렇게 맛있게 음미한 적이 없었던 것 같다!

드리터로도 내 생각에 공감했다. 문화혁명의 칼라하리사막에서 한 달을 보낸 뒤 어느 새벽 로마의 작은 선술집에서 낯

---

* 이탈리아 헌병.

선 사람 둘과 목줄 묶인 개를 데리고 있는 **카라비니에리**와 함께 마시는 진짜 커피는 우리에게 문명화된 삶의 지고한 형태로 여겨졌다.

그때는 아직 솔직할 수 있어서 우리는 이 여행의 우스꽝스러운 상황 몇 가지를 서로 이야기하고 막 떠나온 나라의 혐오스러움과 결탁할 수 있는 알바니아 국가에 대한 비판도 풀어놓았다. 내가 여행하는 동안 이미 깨달았지만 그후로 이동하면서 더 확실히 알게 된 사실이었다. 외국에 갔다가 돌아오면서 알바니아에 가까워질수록 알바니아에 대한 반감이 느껴졌다! 반감은 물론 불안과 함께 왔다!

"어느 나라 말을 하는 겁니까?" 바텐더가 우리에게 물었다.

우리는 어찌어찌 우리가 알바니아 사람이고 중국에서 오는 길이라고 설명했다.

"아! 알바니아인!" 로마인들이 외쳤다. "오! 중국에서!"

우리는 이탈리아어를 충분히 알지 못했기에 그게 그렇게 놀랄 일이냐고 말하지 못했다.

그들은 더이상 웃지 않았고, 미심쩍은 눈으로 우리를 주시하는 것 같았다.

우리는 커피값을 계산하고 그곳을 나왔다. 날은 밝았지만 비는 여전히 내리고 있었다. 우리는 두 노숙자처럼, 비에 젖거나 말거나 신경쓰지 않고 말없이 걸었다.

아직 로마의 무엇도 보지 못했고 알바니아 위에 떠 있는 음산한 먼지구름과 어떤 평행선을 그려볼 기회도 갖지 못했지만, 외진 골목에서 만난 야간 술집 하나만으로도, 인간적으로 마신 커피 한 잔만으로도, 수백 년 동안 동틀 무렵까지 문을 연 카페들에서 늘 그랬듯, 우리 안에 자리한 견딜 수 없는 향수를 일깨우기에 충분했다.

베네토 거리를 따라 걸으며 우리가 저녁식사 후 자리잡게 될 카페를 포함한 고급 카페들 앞을 지나는 내내 피에르 보르도-그루는 내 말에 주의깊게 귀를 기울였지만, 나는 그가 내 얘기의 핵심을 파악하지 못한다는 생각이 들었다.

산책을 마친 뒤 우리는 저녁식사를 하려고 호텔 레스토랑에 자리를 잡았다.

점심을 먹지 않는 그루에게 저녁식사는 중요했다. 그는 메뉴판을, 특히 와인 리스트를 열심히 살폈다.

식사가 끝나갈 무렵, 그는 와인이 훌륭하다는 찬사를 통해 식사에 대한 실망을 드러냈다. 솔직히 나는 그 의견에 전혀 공감하지 못했지만 구태여 반대 의견을 제시할 마음은 없어서 아무 말도 하지 않았다. 내 침묵을 그는 동의로 생각했는지 사태를 아주 진지하게 여기며 그 식당에 오자고 제안한 데 대해 사과까지 했다. 내가 뒤늦게 그 레스토랑은 최고였다고, 정말이라고 반박해도 소용없었다! 너무 늦어버렸다!

저녁식사 후 다시 산책을 하는 동안, 그리고 무엇보다 다음 날의 일정을 점검하려고 들른 카페에서, 나는 그루가 결코 그 무엇도 잊는 법이 없는 사람이라는 걸 깨달았다. 그 저주받은 레스토랑이 모든 걸 망치지만 않았더라면 완벽한 저녁이었을 텐데! 그의 실망은 흐려지기는커녕 점차 분노로 변했다. 내일이면 모든 게 제대로 돌아갈 거라고 단호히 말하며 그는 다시 한번 내게 사과했다.

이튿날 구르는 대단히 기이한 행동을 했다. 아침식사가 끝나자마자 파리에 있는 비서에게 전화를 걸어 무언가를 부탁했는데, 처음에 나는 무슨 일인지 잘 이해하지 못했다. 그러다 나중에 그 내용을 알고는 사실을 믿기가 힘들었다. 그는 파리의 미식 아카데미와 통화하게 해달라고 간곡하게 부탁한 것이었다. 친구 이스마일 카다레와 자신이 전날 저녁식사에 매우 실망했기 때문에! 따라서 그런 끔찍한 일이 다시 발생하는 일이 없도록 아카데미에 좋은 레스토랑을 추천해달라고 부탁했다.

먼저 그의 비서와, 그후엔 아카데미와의 전화 통화와 팩스 교류가 한 시간 가까이 이어졌다. 아카데미는 그루 씨와 그의 친구 이스마일 카다레 씨에게 일어난 일을 안타까워하며 정오 전까지 팩스로 우리가 들러야 할 추천 레스토랑 정보를 보내주겠다고 약속했다.

마침내 그루는 진정되었다. 바티칸 국무장관인 타우란 추기경과의 첫 만남이 열한시였기에 시간은 충분했다.

열한시가 조금 안 되어 바티칸에 도착했다. 나는 그곳이 처음이었다. 우리는 검색대를 통과했고, 안뜰과 영화에서 자주 본 갤러리를 가로질러 마침내 추기경의 집무실에 이르렀다.

그루는 이제는 나도 상당히 잘 아는 주제 전반에 관해 매우 자유롭게 의견을 표명했다. 바티칸은 앞으로 발칸 사람들에게 점점 더 관심을 기울여야 할 것이다. 앞으로 유럽 역사의 한 자락이 그곳에서 펼쳐질 것이다. 그런데 발칸반도의 중심에 있으면서도 이 파노라마에서 불행히도 제 가치를 제대로 평가받지 못하는 국가가 있다. 바티칸은 어느 누구보다 역사적으로 알바니아 국가를 인정해왔으니, 그루 자신이 "발칸 요인의 재점검"이라 규정한 일에서 주도적 역할을 할 수 있을 것이다.

추기경은 주의깊게 귀를 기울였다. 나도 끼어들긴 했지만 그루보다 말을 잘하지는 못했다.

추기경의 집무실에서 무슨 소리가 울렸다. 추기경은 미소

지으며 자기 비서라고 말했다. 그러더니 그 신호를 통해 "비서가 도움을 주려는" 것이라고 설명했다. 추기경이 면담을 끝내고 싶을 때 그 벨을 이용할 수 있다는 얘기였다. "여러분이 보셨듯이 저는 벨에 응답하지 않았습니다." 그가 여전히 미소 띤 얼굴로 덧붙였다. "다시 말해 제가 여러분을 위해 저 신호를 무시하겠다는 뜻입니다."

그루는 그 틈을 타 내게 승리의 윙크를 보냈다. 나중에 그가 설명했듯이 추기경이 보인 그 공모의 신호는 그가 이 문제를 이해했음을 말해주는 확실한 표시였다. 그는 바티칸에서는 그것이 그렇게 흔한 일이 아니라고 말했다.

우리는 이 첫 만남에 흡족해하며 밖으로 나왔다. 다음 만남은 오후 다섯시로 예정되어 있었다. 인류복음화성의 푸파르 추기경은 저택에서 우리를 맞이할 예정이었는데, 그루의 말에 따르면 그것 또한 공모의 신호였고 그래서 그루는 아주 행복해했다. 그의 기분을 조금 어둡게 만든 건 레스토랑 건뿐이었다.

호텔에서 우리는 그루의 비서가 보낸 팩스 두 통과 미식 아카데미가 보낸 팩스 한 통을 받았다. 마지막 팩스에는 로마 최고의 레스토랑 세 곳의 주소와 특징이 적혀 있었다.

전날처럼 그루는 세심하게 메뉴판을 연구하더니 결국 그린 샐러드 하나만 주문했다! 그제야 나는 그가 점심을 먹지 않는다는 걸 기억해냈다. 그건 그가 세상 무슨 일이 있어도 지키는 습관이었다.

푸파르 추기경의 저택은 바티칸시국 밖에 있으면서도 바티칸에 속하는 건물단지에 있었다.

우리는 위층의 원형 테라스로 안내되었는데, 주요 추기경들이 거처하는 곳의 문들이 그 테라스 쪽으로 나 있었다. 내 시선은 여러 문 가운데 한 청동판으로 쏠렸다. 라칭거* 추기경 거처의 문이었다. 그는 프랑스에서 나와 동일한 아카데미 회원의 자격을 소유한 동료였다.

푸파르 추기경은 문학과 철학으로 빚어진 인물이었다. 그가 우리를 맞이한 살롱에는 책이 대부분의 공간을 차지하고 있었다. 한 수녀가 우리에게 커피를 내왔다. 대화는 자유로웠다. 추기경은 알바니아 가톨릭의 수난뿐 아니라 이 나라 역사 전반을 명확히 알고 있었다.

우리는 추기경과의 면담에 흡족해하며 나왔다. 호텔에 돌아와보니 그루의 비서와 미식 아카데미에서 보낸 다른 팩스들이 도착해 있었다. 양쪽 모두 레스토랑 문제에 엄청난 열의를 보였다. 그루는 그들이 기다리고 있을 답변을 보냈다.

마침내 우리는 거의 행복한 기분으로 저녁식사를 하러 갔

---

* 교황 베네딕토 16세의 이름.

고, 그루는 로마 여행이 아주 성공적이었다고 확신했다(물론 첫날 저녁의 첫 저녁식사, "이름조차 떠올리고 싶지 않은 레스토랑에서 한 그 식사……"는 빼고). 『돈키호테』의 첫 문장이 변조되어* 내 머릿속에서 어쩌면 내가 언젠가 이 여행에 대해 쓰게 될지도 모른다는 생각과 얽혔고, 그 생각은 그루가 그 글을 읽을 일은 결코 없으리라는 다른 생각으로 이어졌다.

연약하고 나이든, 언제나 우아하게 올드잉글랜드풍으로 차려입은 그루를 남몰래 관찰할 때면 하나의 수수께끼 앞에 선 느낌이 든다. 다른 경우라면 이 말이 과장스럽게 여겨졌을 테지만 그에 대한 표현일 땐 그렇지 않다. 브리티시 스타일로 파리 중심에 자리잡은 이 사교적인 팔십대의 노신사는 평판도 나쁜 이방의 나라, 걱정 외에는 무엇 하나 가져다주는 게 없는 나라를 사랑하게 되었다. 그는 그 사랑을 자기 일생의 마지막 열정으로 바꿔놓았고, 그 열정을 잡지며 포럼이며 기념비적인 만찬에서까지 사방팔방 선포한다.

그것이 내게는 하나의 수수께끼처럼 보이는 동시에 기적처럼 보였다. 이런 기질의 사람들이, 이렇게 위대한 귀족들이 이 세상에 아직 존재한다는 것이 기적 같고, 무엇보다 유럽의

---

*『돈키호테』의 첫 문장은 "이름은 기억하고 싶지 않은 라만차 지방의 어느 마을에"로 시작한다.

허세와 탐욕과 허위와 망각과 허영의 한가운데에 황혼기에
접어든 이 대공들이 아직 존재한다는 사실이 기적 같다.

파리, 2004년

알바니아문학의 새싹들

그들의 이름이 여기저기 신문과 잡지에 실리긴 하지만, 어쨌든 그런 일은 필요한 만큼에 한참 못 미칠 정도로 상당히 드물다. 엘비라 도네스, 오르넬라 보르프시, 아니 빌름스, 룰리에타 레샤니쿠, 베사 뮈프티우, 린디타 아라피, 레디아 두시, 요닐라 고돌레. 이 명단은 결코 완전하다 할 수 없다.

이 이름들은 대개 아름다운 소리를 내며 울린다. 해당 인물들도 아름답다. 그들의 책도 그만큼 아름다우며, 여러 언어―알바니아어, 독일어, 영어, 이탈리아어, 프랑스어―로 달린 제목도 아름답다.

유럽과 세계 곳곳에 뿔뿔이 흩어져 있는 이들 대다수가 알바니아어에 어려움을 겪는 건 당연한 일이다. 게다가 알바니아어에만 어려움을 겪는 것도 아니다. 그렇지만 이들은 그런 결함에도, 언론의 관심 부족에도, 누구에게서도 지지받지 못하는 현실에도 불평하지 않는다.

이들에게 조금이라도 관심을 기울이는 사람들이 가장 먼저 느끼는 감정은 이런 의문의 형태를 취한다. 저들은 문단의 복잡한 상황을 마주하고 어떻게 빠져나왔을까? 이 어린 새싹들이 어떻게 홀로 그 상황을 헤쳐나왔을까?

여기서 새싹이란 당연히 '알바니아 문단의 젊은 새싹'을 가리킨다.

그런데 어떤 언어보다 영어가 이 생각을 가장 충실하게 표현해주는 것 같다. 디 영 레이디스 the young ladies.

알바니아문학에 위대한 여성의 얼굴이 없다고 말한다면, 이는 근엄한 척하지만 결국 깊이 들여다보면 아무 의미도 없는 선고를 내리는 꼴이 될 것이다. 대개의 문학에 위대한 여성의 얼굴이 없는데다, 수 세기에 걸쳐 여성과 어려운 관계를 맺어온 나라들은 더더욱 그런 사치를 주장할 수 없으니 말이다.

위대한 여성의 부재는 애초부터 문학의 삶을 뒤흔들어놓았다. 고대로부터 버지니아 울프에 이르기까지, 1920년 위대한 남성 작가들의 제한된 동아리 속에 여성 시인 사포를 위한 자리가 마련되기까지 줄곧 기울여온 노력을 우리는 잘 안다. 알베르토 망겔은 최근 작품에서 다시 '호메로스 부인'이라는 문제에 관심을 기울였는데, 이는 문학의 세계적 연대기에서 가장 놀라운 사건 중 하나다.*

이 호칭은 이번에야말로 문제를 극단까지, 모든 것의 시작인 호메로스까지 밀어붙였음을 보여준다. 수 세기 동안 호메로스라는 이름은 귀족, 경, 대공 같은 칭호 없이 장엄하게 단독으로 언급되었다. 그런데 느닷없이, 아마도 존재했을 아내를 옆에 데리고 다시 나타난 것이다. 호메로스 부인. 이는 앞으로 그가 모든 것을 그녀와 공유해야 하리라는 사실을 의미했다. 부부가 함께 일궈낸 재산까지 거기에 포함될 텐데, 유명한 두 서사시 중 하나인 『일리아스』만이 그의 것이고, 나머지 하나인 『오디세이아』는 연구자들이 많은 연구 끝에 내린 결론(풍경과 전쟁에 대한 견해, 기다림 가운데 보이는 초조함 등에서 드러나는 여성의 이미지)에 힘입어 호메로스 부인에게 돌아갈 가능성이 크다.

예술에서 위대한 여성의 얼굴을 찾으려는 경향은 훨씬 조

* 알베르토 망겔의 『일리아스와 오디세이아』 중 '호메로스는 여성이 아닐까?'라는 제목의 장을 참조할 것.

화로운 세상을 향한 고결한 갈망에 속한다. 세계 문명의 뿌리를 여성의 몸에서, 임신과 출산에서, 요컨대 인간이 정착해 주거지와 앞으로 올 문명의 발상지를 세우기 위해 유랑의 역경을 포기하도록 결정지은 모든 것에서 찾고자 한다는 위안도 양심을 달래기에 충분하지 않을 것이다.

알바니아라는 상황 속에서 '젊은 새싹'의 집단적 초상에는 자유, 한계의 위반, 습관과 언어의 변화라는 개념에 종종 약혼자나 남편의 교체도 동반되는데, 그것은 한결 불안정한 상황, 부정적인 의미에서 휘발성 상황으로 해석될 수 있다.

이 여성들을 두고 절대 하지 말아야 할 일은 비유다.

라스구시 포라데치처럼 그들을 나비에 비유하는 상상의 경우 어쩌면 훨씬 더 멀리, 반딧불이까지 나아가야 옳을 것이다.

자연과학자들에 따르면 반딧불이는 봄과 여름 사이 아주 짧은 기간 동안 나타나며, 생태계의 비오염성과 조화를 드러내는 가장 신뢰할 만한 지표가 된다. 우리 주변에 공해가 심하면 반딧불이는 나타나지 않는다. 눈으로 아무리 찾아봐도 소용없다.

문학계에 독과 증오가 점차 부풀어오르는 시기에 우리의 젊고 여린 재능들을 되찾기를 희망하는 건 부질없는 일이다. 그들은 겁을 먹고 달아나며, 그런 일은 종종 일어났다.

표면에서 일어나는 일과 무관하게 인류의 토대를 생각하면 여성의 문제가 언제나 비극적인 의미를 띠리라는 걸 우리는 쉽게 이해할 수 있다. 그건 단지 표본의 문제가 아니었다. 이를테면 플라톤이 신성의 양분된 형태로 보았던 존재, 파리나 뉴욕에서 벌어지는 성적 자유를 위한 활발한 운동에 그 영향력을 발휘하는 남녀 양성 인물상과 같은 일부 사례의 문제가 아니다. 우리가 믿든 말든, 여성들의 이 잃어버린 낙원은 역사에 의해 입증되었고, 심지어 오늘날의 세계에서는 더없이 당연하게 공산주의 유토피아의 소멸과, 심지어 베를린장벽의 붕괴와 비교된다.

아니다. 이건 차라리 오래된 연극무대에서 펼쳐지는 가족 비극처럼 여러 민족에게서 여러 방식으로 재론되던 과정과 관계된 일이라 하는 편이 나을 것이다.

알바니아와 알바니아인의 경우, 짧은 메모의 형태로 압축해야 한다면 지난 육백 년의 주된 문제는 이렇게 표현될 수 있겠다. 알바니아-유럽. 분리와 복귀.

그것은 첫번째 천 년의 에스파냐인부터 오늘날 발트족에

이르기까지, 물론 발칸 사람들도 빠뜨리지 않고 이어가는 고전적인 행보였다. 그러나 알바니아의 경우 분리가 아니라 복귀와 관련해 특수성을 보인다.

복귀는 뒤늦게 이루어졌으며, 알바니아의 해명이 늘 명확했던 건 아니다. 이를테면 이런 말로는 충분하지 않았다. "15세기에 유럽 장벽이 무너졌을 때 우리는 태풍의 눈 속에 있었습니다!"

그런데 알바니아인은 실제로 그 장벽과 한몸이 되어 무너졌고, 장벽은 무너지면서 인간과 풍속과 사원 들까지 앗아갔다.

이제 그들은 유럽의 문턱에서, 서양의 다른 발칸 민족들 곁에서, 돌아온 모든 유령의 설명이 그렇듯 언제나 불완전한 설명을 내놓으며 두려움 섞인 기다림 속에서 지내고 있다.

이 글을 쓰는 지금, 신문과 텔레비전 채널마다 우크라이나에 관한 소식을 쏟아내고 있는데, 2014년 우크라이나 사람들은 예전에 에스파냐인들이 그랬고, 더 나중에는 발칸 사람들, 헝가리인들 혹은 발트해 사람들이 그랬던 것처럼 유럽에 들어가기를 기대했다. 그사이 대포가 울리고 피가 흐르고 러시아의 겨울이 다가왔지만, 우크라이나는 물러서지 않았다. 유럽에 대한 그들의 강박은 한계를 몰랐다. 유럽 대륙에 한 번도 속해보지 못한 나라가 그럴 정도였으니, 돌아온 유령은 어떠했을지 상상해보라.

"우리는 서양을 비극적으로 사랑했다"라고 1930년대에 어느 알바니아 시인이 썼다. 그러니까 유럽이 우리에게 문 열기를 망설이는 것이 우리 눈에는 참으로 비극적이었을 테고, 우리의 뿌리를 입증해 보여야 할 의무를 우리에게 떠안기는 끝없는 시험과 의심도 비극적이었을 것이다.

성城이며, 국기며, 검劍이며 모든 게 몰락해가는 상황에서 뿌리를 지키기란 쉽지 않았다. 그 모든 것으로도 부족한지, 여성들마저 우리를 남겨둔 채 베일 뒤로 몸을 숨겼다.

한편 여성들 쪽에서는 우리가 어떻게 자신들을 그렇게 무력한 상태로 버려두었는지 알고 싶었을 것이다. 그건 우리가 무엇보다 국기를, 검을 생각했기 때문이다. 그리고 우리가 돌아온 지금 그 공포가, 우리를 육백 년 뒤로 되돌려놓을 그 끔찍한 어둠이, 장막의 어둠이 우리와 함께 유럽으로 돌아오려고 시도한 건 어쩌면 우연이 아니지 않았을까?

우리가 그걸 데려온 게 아니라고 선언하는 것으론 부족했다. 정확히 말하자면 그 반대였기 때문이다. 여성 없는 세상이 의미하는 바를 이미 알고 있는 우리는 누구보다 그 쇠락을 막을 줄 알았어야 했다.

그들에게는 우리 이야기가 헛소리로 여겨졌을 테고, 때때로 우리 자신도 헛소리에 가깝다고 여겼다. 설명에 언제나 빈 틈이 있었기 때문이다. 게다가 우리의 관습, 카눈*이 있었다. 카눈은 여러 사람에게 공포를 안겼지만, 그런 특성 이전에 또 다른 특성을 감추고 있었는데, 바로 그 속을 헤아릴 길이 없 다는 점이었다. 더하여 여성에 대한 우리의 사랑도 있었다. 우리가 내면 깊이 감춰두었다고 생각하는 사랑으로, 너무 깊 이 감춰서 우리 자신도 찾아낼 수 없을 지경이었다! 그리고 유럽에 대한 사랑, 여성에 대한 사랑과 닮았으나 이중으로 비 극적인 사랑도 있었다. 누구도 우리의 진정성을 믿어주지 않 았기 때문이다……

시인들의 증언

'여성'을 뜻하는 말 그루아grua의 복수형인 그라gra는 알바니 아문학의 토대가 되는 작품으로 알려진 레커 마트런가의 「죽 은 자들의 예배」라는 시에서 두번째 행부터 등장한다.

그대들, 용서를 바라는 그대들 모두에게 호소합니다

---

* 알바니아 옛 관습법으로, 피는 피로써 갚는다는 내용을 담고 있다.

남자들이건 여자들이건, 오, 선량한 기독교인들이여.

시는 모두 여덟 행으로 이루어졌는데, 제목에서 추론할 수 있듯이 강론 도입부에서 남자들과 여자들은 잠재적 죄악 앞에 평등한 존재로 나란히 언급되고 있다(죄를 짓지 않은 인간이란 없으므로⋯⋯)

이 시는 오스만제국의 침략이 있고 한 세기가 지난 1592년에 나왔다.

그로부터 얼마 후, 성직자 시인 피에터르 부디가 '알바니아 여성들'에 관해 쓴 이 빛나는 시구 앞에서 우리는 놀라지 않을 수 없다.

평판으로나 풍모로나
모두 비단옷을 입고
나리들보다 고귀하게 자란
그 기품 있는 귀부인들은 어디에 있나?

여기서 얘기하는 건 평등이 아니다. 그러기만 했어도 이 반계몽주의의 시대뿐만 아니라 인류 역사의 모든 시대를 통틀어 대단히 앞서간 얘기가 되었을 텐데. 하지만 아니다, 여기서는 "나리들보다 고귀하게 자란" 여자들, 다시 말해 '월등히 더 지체 높은 여자들'을 의미하는 것이니, 오늘날에조차 상상하기 힘든 이야기로 들린다.

번갯불이 연이어 번쩍이듯이, 다른 시인 피에터르 보그다니의 펜에서 나온 또다른 진주가 여성의 우아함에 대한 소묘라는 소재에서 나온 모든 것 가운데 정점을 이룬다.

해를 입고, 달을 신은……

독수리의 나라는 이미 두번째 예속의 세기로 들어섰다. 여자들에게 베일을 씌우는 관습은 폭력, 협박, 유혹, 약속, 조종이라는 수단으로 이미 오래전부터 실행되어온 터였다. 구원의 희망은 희박해졌고, 시인들은 자꾸만 사라져갔다. 그러나 그들은 포기하지 않았다. 오스만 몽매주의와의 대립은 그들에게 삶과 죽음의 문제였다. 그들은 몽매주의가 기필코 감추려 드는 것을 기어코 드러내려고 분투했다.

오스만의 속박 아래 사느니 망명을 선택함으로써 잃어버린 조국을 향한 향수와 함께 남겨두고 떠난 여자들에 대한 기억을 반짝이는 별구름처럼 고스란히 간직할 수 있었던 이탈리아의 아르버레시인들은 차라리 훨씬 수월했다. 율 바리보바, 세렘베, 스키로이, 그리고 특히 예로님 데 라다는 젖가슴의 부드러운 우윳빛 관능과 풍성한 달콤함으로 글을 채웠다.

알바니아 땅에 사는 여성은 언뜻 절망할 운명에 처한 듯 보였지만, 사람들이 가장 기대하지 않았던 자리에서 승리를 구가했다. 19세기 알바니아 시인 가운데 가장 유명한 나임 프라셔리, 예언자와 구세주의 혼종 같은 그가 수천 편의 시를 자유에 대한 찬가로, 그리고 자유를 도래하게 할 검에 대한 찬가로 구성하고 나서, 예속된 조국을, 서양에서 온 빛을, 요컨대 장엄하면서 신성한 알바니아를 노래하고 나서, 어느 날 긴시 한 편을 사랑하는 여성에게 바친 것이 바로 그 증거다.

그 시는 그의 풍성한 창작물 가운데 독특한 작품, 사람들이 종종 '나임풍'이라 부르며 참고하는 작품이다.

기름 떨어진 호롱불처럼
녹아 가물거리고 싶어라
흙이 되고 먼지가 되고파라
그녀가 밟으면 몹시 기뻐
마음의 평화를 되찾으리라
그녀의 고운 발에 입맞추며.

이 시구를 발견한 사람은 누구라도 아연할 것이다. 최고의 시인, 사도, 우상, 국가의 검이자 번개인 그가 한 여자 앞에 고개를 조아리는 데 그치지 않고 그 앞에서 흙과 먼지만큼 작아질 태세인데다, 그걸로도 충분하지 않다는 듯 그녀의 발(요즘은 하이힐이라고 말할 것이다)에 밟힐 준비가 되어 있고, 여전히 충분치 않다는 듯 그렇게 짓밟히는 데 황홀경을 느끼며 그 발에(혹은 하이힐에) 입맞추겠다니 말이다.

「아름다움」은 프라셔리가 우연히 쓴 시가 아니다. 엄선한 독자들을 위한 내밀한 시집에 실린 시도 아니다. 오히려 『여름꽃』이라는 걸작품에 실린 단 한 편의 에로틱한 시로, 차후에 나온 그의 모든 출간물이나 교과용 시집에 빠짐없이 실린 작품이다. 바로 이 순간 우리는 이 불가사의를 좇아 이런 의문을 품어볼 수 있다. 알바니아 여성은 그 시절 오스만의 몽매주의에 짓눌렸을까?

조국과 관계된 일에 결코 경각심을 잃지 않았던 시인 나임 프라셔리는 이 질문에 부정적인 대답을 내놓았다. 알바니아 여성은 짓눌리기는커녕 그 가상의 대결에서 제 상대를 무릎 꿇릴 수 있었다는 것이다. 그 대립 게임에서 알바니아 여성이 남성보다, 공포보다, 시인 자신보다 우위에 있었다면 그건 여성이 제 한계를 뛰어넘고 자유의 상징적인 얼굴에 가까이 다가갔다는 의미였다.

여기서 우리는 나임 프라셔리가 그런 선언을 통해 우리보다 한참 멀리 나아갔고 우리와 동시대인들은 그를 따라가기 힘들 거라는 사실을 받아들이지 않을 수 없다. 그런데 가장 청교도적인 경향까지 포함한 알바니아 사상이 이 장엄한 시적 비상飛翔과 관련해 어떤 사소한 비난도 언급하지 않는다는 사실은 놀랍기만 하다.

프라셔리의 뒤를 이어, 한때 그의 후계자로 간주되었던 시인, 눈에는 눈 이에는 이의 방식으로 오스만제국에 대적할 것을 촉구하는 호소와 남성적인 어조가 특징인 시인 안돈 자코 차유피 또한 잃어버린 여성 때문에 흘린 눈물을 작품의 중심에 두기를 조금도 망설이지 않는다.

오 하늘이여, 너는 빛을 잃었구나
그리고 나의 빛에 넋을 잃었구나⋯⋯

마치 하늘이 자신의 경쟁자이기라도 한 양 시인은 이런 말을 던지고는 망설이지 않고 자기 여자를 여신의 자리에 올려 그녀가 사라진 이후 겪는 고통을 표출한다.

한 시인이 잃어버린 여인 때문에 온 국민 앞에서 비통하게 우는 것, 험악한 발칸 지역에서 이는 결코 흔한 일이 아니다. 그러나 백 년이 넘도록 수백만 알바니아 학생들이 그의 탄식을 외웠다. 그리고 프라셔리의 경우와 마찬가지로, 이 나라 중고등학교와 대학교 교육 프로그램에서 이 탄식이 차지한 엄청난 자리와 관련해 어떤 비판적인 지적도 제기된 적이 없었다.

세번째 시인 라스구시 포라데치는 놀라운 방식으로 '국민 시인'이라는 대단히 영광스러운 수식어를 획득했는데, 그 시의 관능성 덕이었다. 나임 프라셔리처럼 그도 한 여성 앞에서 항복을 고백할 뿐 아니라, 더 나아가 사랑싸움에서 결국 굴복하는 건 남자이지 결코 여자가 아니라고 넌지시 선언하기까지 한다.

그러니까 시인들은 이렇게 표현했었다. 지난 세기 알바니아문학에서 '그 여자들'이라고 불린 여성들, 다시 말해 '문제적' 여성들, 최초의 매춘부들이 나타나기 전까지는. 놀랍게도 나중에 '일반 여성gr_atë e përgjithshme_'이라는 대조적인 알바니아어 표현으로 빗대어 가리킨 그 여성들이 나타나기 전까지는.

이어지는 시대, 특히 공산주의 시대의 알바니아 사상은 이 새로운 관점을 해방의 의미로 해석하게 된다. 알바니아 여성을 지상의 소박한 피조물이 아니라 요정과 실프*에 근접시킬 정도로 신성화하는 관점과 근본적으로 상반되는 의미로.

이런 대조가 잘못된 것이라고 주장한다면 거짓이 될 것이다. 공산주의가 몰락한 이후 알바니아인들은 이 나라의 가장 큰 두 가지 불행인 공산주의와 오스만주의에 공통된 길잡이

---

* 바람의 정령.

가 유럽을 향한 적개심이었음을 깨달았고, 자신들이 어느 세계에 속하는지도 간파하기 시작했다. 그들은 비극과 감동이 뒤섞인 가운데 자신들이 천 년 된 대륙에 속한다고 표명했다. 역설적으로 보일지 몰라도, 제2의 성에 대해 그들이 보인 태도 역시 그런 표명 가운데 하나였다.

"그렇다면 알바니아인들이 여성을 대하는 태도에서 본보기가 된 게 사실인가?"라는 질문에 우리는 이런 질문으로 유럽에 응수해야 할 것이다. "유럽은 그 방면에서 본보기가 되었나?"

우리는 유럽이 그런 본보기가 되지 못했으며, 지금도 여전히 되지 못한다는 걸 안다. 발칸반도 서쪽 사람들도 그렇지 못하고, 알바니아는 더더욱 그렇지 못하다. 그렇지만 우리는 유럽이 마침내 여성들과 어느 정도 화합하기까지 삼천 년이라는 시간이 걸렸으니, 나머지 인류에게는 최소한 삼만 년은 필요하리라는 사실을 안다.

일반적인 증언

여성에 대한 태도를 유럽 정신의 신뢰할 만한 지표로 계속 고려한다면, 유럽 정신이라는 말이 아시아 정신과 반대로 고

결함이라는 암시적 의미를 품고 지각됨에 따라 알바니아인들의 고결한 소속에 관한 이런저런 가설들은 의혹과 불안 사이에서 흔들릴 것이다. 세상에 널리 퍼진 일반적인 의견에 따르면, 알바니아인들이 자신들의 적과 거의 다르지 않다는 드문 주장 중 하나는 이 '독수리의 아들들'이 여성을 대하는 태도에 다정함이 보이지 않는다는 점, 또한 그런 나쁜 평판에 난감해하기는커녕 오히려 은근한 자만심을 보인다는 점을 근거로 삼는다.

그와 상반된 주장은 훨씬 드물다. 그런 주장에 따르면 알바니아 사람들이 여성과 맺는 진짜 관계는 그들 한 사람 한 사람이 역사적 증언과 무관하게 제 마음속 비밀처럼 간직하고 있는, 눈에 보이지 않는 역사의 일부를 이루고 있다. 그 예시로 어느 민중시가 제시되는데, 그 시는 현실의 일정이나 일상의 긴장과 완전히 동떨어진, 우리가 알고 있는 것과 사뭇 다른 알바니아 여성의 이미지를 제시한다.

여성은 아름답고, 변덕스럽고, 위험하고, 치명적이며, 죽은 자들이 열렬히 욕망하는(오 한코, 제발 이제 묘지를 좀 떠나줄래, 당신 때문에 시체들이 튀어나오겠어!) 혹은 머리를 돌아버리게 할 자고새가, 암사슴이 된다(난 이 담장 위로 기어오르겠어. 죽음이 나를 노리고 있다 해도 어쩔 수 없어!). 여기 그 예시가 있다.

체르치즈 씨, 내가 당신을 위해 눈물을 흘려야 할까요?
죽음이 덮쳤을 때 당신은 전장이 아니라
여자들 틈에서 유혹하고 있지 않았던가요……

　새로운 유형의 이 살해에는 놀라운 구석이 전혀 없다. 불쾌
함도, 경멸도, 빈정거림도, 모욕도, 근엄함을 띤 다른 죽음들,
'인간으로 죽다'라는 표현에 어울리는 죽음들과의 비판적인
비교도 없다. 여기엔 종류는 다르되 여느 죽음과 마찬가지인
죽음이 있다. 여자들 틈에서 죽은 죽음. 다시 말해 여자들을
위한 죽음. 동일한 무게, 동일한 애도로 노래의 제단에 바쳐
질 만한 죽음이다.

　일상생활에서 참으로 자주 만나는 온갖 편견은 시 세계에
서는 아주 드물게 발견된다. 허영심, 배반의 충동, 방탕, 히스
테리, 불륜이 여성의 고유 속성이리라는 편견이다. 여성에게
주어진 배경으로는 여성이 치장하며 바라보는 거울, 소설을
읽기 위한 안락의자, 그리고 여성이 자리를 잡고 앉을 뿐 아
니라 불안도 두려움도 없이 자연스럽게 담배를 꺼내 무는 세
기 초의 자동차를 만날 수 있다. 거울을 보는 장면은 거의 여
성성의 정수라도 되는 양 감탄조로 그려진다. 소설 읽는 장면
은 중립적으로 묘사된다(첼로 X의 딸은 안락의자에 다리를 꼬고

앉아 이야기를 읽는다). 반면 세번째 장면인 자동차 속 묘사의 경우, 해당 여성이 매춘부인데도 알바니아 무명 시인은 그 시대 모든 신사가 갈망할 우아함을 그려 보인다.

그 빌어먹을 자동차 안에서 궐련을 태우는
그대를 보자마자 난 그만 오열해버렸어요.

실제 삶에서 벌어지는 일과 완전히 모순되는 이런 열린 정신을 알바니아 연구들은 아직 설명하지 못하고 있다. 이 불가사의의 기원은 아마도 우회적인 경로를 통해 오스만제국 지배의 초기 단계에서 찾을 수 있을 것이다. 오늘날 일부 사람들이 입힐지도 모를 순정적인 색채와는 달리, 이 예속의 시작은 세상의 종말처럼 지각되었던 게 분명하다. 그후 모든 것이 달라졌다. 법, 사무소, 법정, 금기, 영토 분할이 달라졌다. 모든 일에 허가가 필요했다. 십자가, 무기, 군복무, 여자⋯⋯ 이 마지막 요소만으로도 이제 삶은 '썩은' 것으로 지각되기에 충분하고도 남았다⋯⋯

여성에게 씌워진 베일은 이 종말의 시작과 어깨를 나란히 했다. 이보다 슬픈 황혼은 찾아보기가 어렵다. 이제 더는 해가 뜨지 않을 황혼이었다. 앞으로 여성들은 수컷들을, 졸렬하고 질투심 많은 어린 멍청이들을 낳는 일만 용인되니 어디에도 스스로 모습을 드러내지 말아야 할 것이다.

알바니아 여성과 관련된 역설적인 수수께끼, 예술에서 나타나는 신성화와 삶에서 드러나는 비방 사이의 분열은 바로 이 재앙의 결과일 것이다.

세월이 흘렀다. 훨씬 더 치명적인 법령들이 오스만의 수도에서 왔다. 알바니아에 요구되던 속죄는 다른 어디에서도 유사한 사례를 찾아볼 수 없었다. 십자가, 무기, 게오르게 카스트리오트*라는 이름, 알바니아어로 글쓰기 등이 모두 금지되었다. 오직 한 가지 금지만이 결코 작동하지 않을 터였다. 여성의 외모에 관한 것이었다.

"보고 싶을 거야……" 수백만의 사람이 수십 개의 언어로 매일 사용하는 이 표현은 알바니아어로는 이렇게 말한다. "난 너라는 병을 앓게 될 거야Do te më marrë malli për ty."

알바니아인에게 여성의 신성화는 어쩌면 이러한 예감으로, 이 결핍의 위협으로 설명될지 모르겠다. 네가 보고 싶을 거야. 그래서 난 서둘러 네 이미지를 복원한다. 머리카락, 눈길, 가슴, 나아가 가장 은밀한 부위, 너의 성기까지.

제운시와 일상의 속담에서는 이 마지막 부위에 대한 묘사를 만나는 일이 잦은 반면 에로틱한 시에서 그런 묘사는 드물

---

* 알바니아의 민족 영웅인 게오르게 카스트리오트 스칸데르베그.

거나 심지어 부재하다. 1937년 출간된 기념비적이고 장엄한 출판물 속에 포함된 어느 시 텍스트는 여성의 새하얀 몸과 배, 다리를 언급한 뒤 성기에 대해 이렇게 표현한다. "그 한가운데 자리한 하얀 비둘기."

우리는 알바니아어 '희다i bardhë'라는 단어에 내포된 더없이 고결한 암시적 의미를 안다. '흰 날(번영)' '흰 운명(행운)' '네가 하얗게(의기양양하게) 돌아올 수 있기를!' 등등. 따라서 이 단어의 사용법에 대해, 혹은 초현실주의자가 질투할 만한 대담성과 파격을 발휘해 여성 몸의 중심부에 이 단어를 우회적으로 사용했다는 데 대해 어떤 주석을 붙이는 건 괜한 일일 것이다.

관습의 수수께끼

알바니아 르네상스의 저자들은 베일 착용을 절대 언급하지 않는다. 여성의 용모, 옷, 장신구에 대한 세세한 묘사를 빠뜨리지 않는 수많은 민요시에서도 베일 쓴 여자만큼은 결코 만나지 못한다.

이것만으로도 '여성 없는të pagrua' 세상이 알바니아인에게 얼마나 상상하기 힘든 것인지 이해할 수 있을 것이다.

그렇지만 일상에서는 사정이 전혀 달랐다. 베일 쓴 여성들의 수는 점점 늘어나고 있었다. 알바니아 국민이 여성 이미지를 둘러싼 싸움에서 이겼는지 졌는지는 아마 설명하기 가장 어렵지 않은 문제일 것이다.

그러나 오늘날까지도 이에 대한 정확한 대답은 없다. 싸움에서 이미 패배하고 큰 모욕을 겪을 때 종종 그러듯 알바니아인들은 패배를 인정하기 싫은 것인지도 모른다. 판단 오류라는 또하나의 가능성도 있다. 알바니아인들이 패배를 승리로, 혹은 승리를 패배로 여긴 것은 처음도 아니고, 유일한 주제도 아니니까.

여성의 모순적인 지위는 마치 한 국민의 양심을 시험하기 위해 일부러 고안된 것처럼 보였다.

동화 속에서처럼 문득 거리에서, 시외버스 안에서, 피로연에서 웃옷 단추를 풀고 새하얀 젖가슴을 드러낸 채 아기에게 젖을 물리던 젊은 아기엄마를 우연히 보게 되었을 때마다 느끼던 마음의 일렁임이 내 유년기의 기억에서 떠오른다.

이런 예들과 앞서 여성의 신성화에 대한 예시로 언급한 것들은 감상적인 관점에서 세상을 바라보는 성향으로 해석할 수 있을 것이다. 우리는 알바니아의 복잡한 서사에 종종 동반되는 이런 성향을 거부하지 않고, 알바니아에서 여성 문제에 대한 분석에는 여전히 공백이 있다고 말해야 한다. 좋은 향기를 풍기는 생각의 전통에 따라 이 모든 몽매주의, 이 베일 연속극의 오류는 너무도 쉽게 오스만 점령의 탓으로 전가되어 왔다. 독립의 순간에도, 그후 조그 왕국에서도, 그리고 이어진 이탈리아와 독일의 짧은 체류 동안에도 그 동양 점령군의 영향이 여전히 여성의 비극에 대한 거의 공식적인 설명으로 남아 있었다.

공산주의 체제의 도래와 더불어 이 그림은 돌연한 변화를 겪었다. 오스만과의 인과관계를 배제하지 않은 채 또하나의 요인이 이 침울한 기록에서 중대한 자리를 차지했다. 바로 알바니아 관습이다. 기교 없는 스타일 때문에 쉽게 공격받고, 그 자체로 비극적이며, 놀랍고, 때로는 고결해 보이고, 때로는 잔인해 보이며, 작위적이고, 이국적이며, 음산한 그 유명한 카눈이 여성해방의 상징적인 적으로 변했다.

이날까지 알바니아의 사상은 우리 모두를, 레커 마트런가가 사용했을 법한 표현을 쓰자면 죄지은 자와 죄짓지 않은 자, 정치인과 예술가, 알바니아인과 외국인, 남자와 여자 모두를 사로잡은 이 일반화된 열기에 대한 설득력 있는 설명을 내놓지 못했다.

엄청나게 격정적인 증오와 마찬가지로 공산주의 체제가 관습에 대해 보인 극도의 분노는 이데올로기적 뿌리를 가지고 있을 가능성이 매우 높다. 관습법은 대개 그렇지 않은데

카눈은 근엄하고 무시무시하면서도 본질적으로 모든 점에서 반독재적이며, 따라서 반공산주의적이었다. 역설적으로 보일 수 있겠지만 이는 관습법의 정수와 형태에서 확인할 수 있다. 세부적인 사실로 들어갈 것 없이, 이 관습이 국가의 공포 정치를 받아들이지 않고 인정하지 않는다는 사실을 떠올리기만 해도 충분할 것이다. 이 관습, 그 축 없이는 어떤 전제 질서도 지탱될 수 없는, 이미 얘기했듯이 단도직입적인 특징을 지닌 관습법이 전제 질서를 또다른 공포, 여론이라는 공포로 대체했다. 그것의 행동지침, 그것의 으뜸 법칙은 누구든 명예(정상) 또는 불명예(비정상)를 자유롭게 선택할 수 있다는 것이다.

이런 공포는 견디기 쉽지 않았다! 그렇지만 그 공포는 공산주의 의례를 이루는 모든 것과 동떨어진 것이었다.

태곳적부터 관습법과 알바니아 여성은 비극적인 대면 속에 놓였다. 처음엔 관습법이 여성보다 우위에 있었다. 그러나 그건 거의 은밀하게 치러진 전투 끝에 얻은 간접적인 승리였다. 사실, 위압적인 관습법은 정면충돌을 피했다. 그런 싸움을 겁내기라도 하는 듯 보였다.

그사이 오스만의 점령이라는 엄청난 비극에 직면한 관습법은 어린아이의 뇌를 단 거인 꼴이었다. 예로부터 관습법은 통치, 법률, 국가, 국기 따위의 문제에 관심이 없었다. 따라서 일어나는 일을 관습법이 이해하지 못하는 건 당연했다. 점령이 가져온 모든 새로운 풍습들이 관습법엔 완전히 낯설었다. 이해할 만한 유일한 점이라면 아마도 점령군이 여자들에게 보이는 적개심이었을 것이다. 게다가 그 적개심은 불행히도 관습법 고유의 무관심과 공명했다. 사람들이 행동하고 옷 입는 방식에 관한 아주 사소한 세부 사항에까지 참견하는 이 천진한 거인이 지켜보는 가운데 기괴한 변화가 일어났다. 여자들의 얼굴에 튀르키예식 베일이 등장한 것이다.

'여자의 얼굴 앞에서 경악한 스핑크스'라 할 수 있을 법한 중세 관습법의 수수께끼는 꽤 긴 시간 동안 이어졌다.

두번째 왕국인 조그 왕국 초기, 1930년대에 왕의 법령이 마치 지진처럼 오스만 광신주의의 마지막 유물을 뒤흔들었다. 법적으로 베일 착용을 금지한 것이었다. 그 법령을 집행하는 일은 법령 자체보다 훨씬 난해했다. 이 미묘한 문제에 국가가 결과를 생각하지 않고 그렇게 다짜고짜 개입하는 경우는 어느 나라에서도 일어난 적이 없었고, 이후로도 없을 것이다. 법령을 집행하는 임무를 맡은 알바니아 경찰에게 강제로 길 한가운데서 여성들이 쓴 베일을 벗겨내도 좋다는 허락이 떨어졌다. 오스만 세계로부터 이제 겨우 분리된 나라에서는 도무지 상상하기 힘든 일이었다. 이 나라 사람들은 오히려 베일 착용을 거부하는 여자들을 처벌하는 광경을 보는 데 익숙했다. 그런데 이제는 베일을 쓰면 처벌하는 것이다.

이 조치에서 가장 놀라운 건 왕국이 내놓은 설명이었다. 이 법령이 여성에게 베일 착용을 허용하지 않는 천 년 된 관습법에 토대를 두고 있다는 것이었다.

이어 첫번째 법령보다 더 놀라운 법령이 나왔다. 남자의 무릎 꿇기를 금지하는 관습법의 조항에 토대를 둔 것으로, 기도하는 방식을 근본적으로 바꿔 이제는 무릎 꿇지 말고 서서 기도하라는 것이었다.

여성에 관한 법령은 광범위하게 적용되었으나 기도와 관련된 법령은 그렇지 못했다. 왕은 분명 도를 넘어섰다. 인류 역사상 이런 이단 행위를 생각해낸 건 처음이었으니, 이것이 알바니아에 호평이든 악평이든 세계적인 평판을 안겨줄 수 있을 터였다……

왕의 개입

관습법의 느닷없는 등장은 알바니아의 사유에 새로운 자극이 되었다. 이 사유의 수수께끼라 간주된 것, 무엇보다 여성의 불가사의에 대한 해독의 측면에서 말이다. 늙은 스핑크스가 때마침 선한 쪽에 자리하자 이런 의문이 자연스럽게 제기되었다. 스핑크스는 결코 여성의 적이 아니라 언제나 여성의 옹호자가 아니었을까? 우리가 편협한 시야 때문에 그걸 깨닫지 못했던 것 아닐까?

그 근거로 몇 가지 끈질긴 사실들이 원용되었다. 관습법이 우세한 지역에서 베일 착용을 금지하는 것, 혹은 관습법에 따르자면 담장 안에서 주도권을 쥐게 되는 귀부인들의 힘, 혹은 관습법이 어떤 방식으로도 제한하지 않는 여성들의 춤과 의상, 여성의 매력과 변덕과 관능성의 진정한 승리 같은 것들. 15세기 말경, 패배한 알바니아인들이 상상하기 힘든 고난을 겪고 이탈리아에 내려 처음 시도한 일은 잃어버린 알바니아에 대한 기억을 되살리는 것이었다. 과거에는 자랑스러웠으나 패배 이후로는 그렇지 못한 무기만으로 그 기억을 살찌울 수 있는 건 아니었다. 설화, 연대기, 카드, 표장이나 귀족 작위만으로도 채울 수 없었다. 잃어버린 알바니아의 그림은 이 모든 것보다 여성의 몇몇 춤으로, 우수로써 신성에 가까워진 여성의 춤으로 복구될 것이었다. 젊은 여자들과 성숙한 여인들보다 삼중의 상실, 즉 자유, 알바니아, 유럽의 상실을 손에 만질 듯 구체적으로 느끼게 해주는 건 없는 듯 보였다.

그렇다면 여성이 발칸 민족 안에서 상중인 민족을 표상했다고 볼 수 있을까?

이 질문에 대한 대답은 어쨌건 여성과 관습법의 관계로 우리를 이끈다.

우선 보기에, 계속 말해왔듯이, 관습법은 냉혹할 정도로 단정적이었다. 여성은 아예 배제되었다. 고려 대상이 아니었다. 안중에 두지 않았다. 말하자면 여성과 관습법은 서로를 배제하는 듯 보였다.

어떤 신비에 관한 의혹은 특히 그 유명한 법령 이후에도 끈질기게 남을 터였다. 어쨌든, 알바니아의 사유는 결코 경계를 넘어서지 못했다. 오늘날에도 이 경계는 접근이 불가능한 상태로 남아 있다. 이따금 오래전에 관습법과 여성 사이에 어떤 비밀 협정이 체결되었을 수도 있겠다 싶은 느낌이 든다. 누가 상대를 속였는지 알 수 없게 만드는 협정 말이다.

문제의 핵심으로 보이는 것에 집중해보면, 다시 말해 관습법의 여성 배제에 집중해보면 불가사의의 열쇠가 바로 거기에 있을지도 모른다는 생각이 든다. 이 경우 배제란 밖으로 내쫓는다는 의미다. 관습법의 가장 비극적인 부분이 사형의 규율을 다룬다면 관습법 밖으로의 축출은 이 수학에서, 이 죽음의 기하학에서 벗어나는 것을 의미한다.

어떤 무기로든 여성에게 해를 가하는 것을 금지하는 관습법의 잔인한 조항에서 그 근거를 찾아볼 수 있다. 어떤 여성도 이런 피의 채무에 연루될 수 없다. 우리는 여성에게 살해라는 수단을 사용해 영향력을 행사하지 못한다. 누구도 어떤 상황에서건 그 법을 어길 권리가 없다. 요컨대 이 죽음의 배경 속에서 여성은 죽기 마련인 존재가 아니다. 달리 말해 불멸의 존재다.

요정과 실프의 세계로부터 우리를 갈라놓는 건 단 한 걸음이다. 또한 가상의 협정과도 단 한 걸음 떨어져 있을 뿐이다. 비밀 협정의 핵심은 상대가 제공하는 것에 따라 한쪽이 다른 쪽에 허용하는 관습적 권리일 수밖에 없었다. 그렇게 관습법은 여성에게 비죽음을 허용했는데, 그건 나머지 모든 것에서 배제하기 위해서였다.

이 경우, 패자와 승자를 나누기가 어렵다.

축제중이자 상중인 왕

그 유명한 두 법령으로 돌아오자면, 왕은 베일에 관한 첫번째 법령에서는 괄목할 성공을 거둔 반면, 무릎 꿇는 기도에 관한 두번째 법령에서는 고약한 실패를 겪었다고 할 수 있다.

그 실패가 참으로 혹독해서, 해당 법령은 한 번도 적용되지 못했을 뿐 아니라 세월이 흐르면서 그에 대해 말하는 사람조차 없어 마치 한 번도 존재한 적 없었던 것처럼 망각 속에 떨어지고 말았다. 게다가 역사는 거기서 멈추지 않았다. 공산주의 체제하에 놓인 알바니아인들의 사소한 반종교적 경향까지 집요하게 찾아보았으나 이 법령은 한 번도 언급된 적이 없었다. 그 흔적은 모조리 지워졌다. 세상에서 유일하게 무릎을 꿇지 않고 감히 서서 기도를 올리는 이슬람교도의 보기 드문 이미지, 영원히 고문서 속에 틀어박혀버린 이미지를 보여주는 작은 흔적까지 모조리.

온갖 종류의 광적인 평판을 받아들여온 알바니아는, 자국민이 예언자 앞에서 무릎을 꿇지 않는 세계 최초의 나라가 되었다는 영광에 대해서는 이상하게도 불만을 드러냈다……

그런 영광은 원치 않는다고 천명하면서 알바니아는 자유와의 관계에서 문제가 있음을 스스로 드러냈다. 무릎 꿇는 자세는 오스만의 예속을 공산주의의 예속과 잇는 탯줄이라고 주장할 기세였다.

왕의 '장밋빛 법령'이라고 부를 수 있을 것으로 돌아가보자면, 왕좌를 향한 조그의 행보가 극도로 복잡했다는 점을 밝혀두어야겠다. 그가 대적해야 했던 많은 경쟁자 가운데 가장 위험한 인물은 알바니아 주교이자 문학 천재인 판 놀리였다. 모든 점에서 상반되는 주교와 왕은 한 가지 점에서는 일치했다. 바로 국가의 유럽화가 시급하다는 생각이었다. 이 주제에서 두 사람이 유일하게 갈라서는 점은 무엇으로 시작하여 그런 해방을 이룩할 것인가였다. 주교는 책과 지식, 상념으로 시작해야 한다고 생각했고, 반면에 왕은 다른 것에서, 여성들로부터, 더 정확히 말하자면 여성들과 그의 사적 이야기들의 문체에서 시작해야 한다고 믿었다.

시인-주교가 앎과 책의 영역에서 무적의 존재라는 건 잘 알려진 사실이었고, 왕은 이 천재의 대척점에 서 있었다. 정반대의 영역, 여자 문제에서 왕은 능수능란하기로 유명했고 그 방면에서 주교는 무능력했다.

왕의 결혼은 하늘에서 떨어진 기회처럼 보였다. 장차 왕비가 될 사람은 유럽의 심장과 기독교 신앙을 갖추고, 당연히 여론을 뒤흔들 만한 미모를 타고난 사람이어야 할 터였다.

이 나라의 통치자였을 때 이미 조그는 그의 개성과 어우러진 서양식 에로티시즘으로 물든 분위기를 장려한 바 있었다. 그가 어느 아가씨에게 혹은 어느 오스트리아 귀부인에게 눈독을 들일 때마다 국내외 언론이 그 연애담을 전했다. 훗날 왕위에 올랐을 때 그의 유혹 대상은 빈에서 파리로 옮겨갔다. 폴리 베르제르*의 아름다운 무용수 타니아 비시로바는 나중에 직접 회고록을 펴낸 덕에, 그리고 특히 프랑스 작가 로제 바양의 소설 『비시로바』 덕에 상당한 명성을 얻게 되는데, 무엇보다 조그 왕의 마음을 얻은 여자가 되었다.

---

* 1869년 파리에 생긴 음악홀이자 버라이어티쇼 극장.

로제 바양이라는 젊은 작가의 이름을 처음 들었을 때 오만한 군주는 내심 미소를 지었을 것이다. 조그는 문학 천재인 주교 판 놀리를 더 극적인 무대인 권력의 무대에서 막 이긴 참이었다. 그러니 사랑의 경쟁자를 대적하는 일은 그리 까다로워 보이지 않았을 것이다. 하지만 실제 사정은 전혀 달랐다.

이 무용수를 열렬히 사랑하는 여러 남자 중 한 사람인 로제 바양은 파리에서 종적을 감춘 그녀가 알바니아 왕의 여름 별장에 모습을 드러냈을 때 스물다섯 살이었다. 인물에 들어맞을 만한 수식어 둘만 쓰자면 비극적이고 자유분방한 이 작가는 그녀가 납치된 거라 확신하고서 자신의 둘시네아*를 찾아 알바니아로 반쯤은 비밀스러운 모험을 떠났다. 연재소설 형태로 〈파리-수아르〉에 실리면서 시작된 그의 모험은 프랑스와 알바니아의 외교적 마찰로 번지며 알바니아의 요구에 따라 중단되었다. 출간 금지를 당한 이 소설은 훗날 저자와 인물들이 모두 죽고 알바니아가 유럽에서 최고의 공산주의국가가 된 1986년에 파리에서 출간된다.

* 세르반테스의 소설 『돈키호테』에서 주인공 돈키호테가 방랑기사로 나서며 마음에 품는 상상 속 아름다운 공주.

에필로그

파슈코 바사의 시, 애가이면서 강령이요 탄식이며 절망의 숨결이자 전쟁의 외침인 「오 알바니아여, 가련한 알바니아여」에서 우리는 두 시구를 만날 수 있다. 강력한 조명 같은 명성 때문에 가까이에서 뜯어보지 못할 수도 있을 만큼 유명한 시구다.

> 젊은 여인들이여 모여라, 오, 여인들이여 모여라
> 잘 울 줄 아는 아름다운 눈을 가진 여인들이여!

이 글을 분석하려 시도하면서 처음 든 의문은 이것이었다. 시인은 땅에 쓰러진 알바니아의 충격적인 그림을 그리고 나서 이 나라 국민을, 이 나라 사람들을 호출하면서 똑같이 비극적인 어조로 왜 하필 젊은 여자들과 여인들을, 장차 구원자들을 낳아 기를 씩씩한 여자들이 아니라 그야말로 여자들을, 여자들–여자들을, "아름다운 눈"을 가진 여자들을 부르는 걸까?

그리고 여러 질문이 이어진다. 대체 저 아름다운 눈이란 어떤 걸까? 그 너머에 어떤 특질이 있을까? 어떤 깊이, 어떤 메시지, 어떤 예언을 저 여자들의 눈길은 담고 있을까? 시인의 대답은 또다시 놀라움을 자아낸다. "잘 울 줄 아는" 젊은 여자들과 여인들의 눈이라는 것이고, 그의 생각에는 그것으로 충분했다. "잘 울 줄 아는" 눈을 가진 젊은 여자들과 여인들은 모든 것을 이해하고, 설명하고, 더 깊이 아파하며, 게다가 "아름다운" 여자들이었다. 알바니아는 검을 쥐기 전에 이 눈물이, 이 여성적 버전이, 이 설명이, 그리고 이 표상이 필요했다.

여성적 표상이라는 개념이 이 시구에서만큼 강렬한 방식으로 제시된 적이 없었다. 확실히 그건 시간적 격차를 두고 멀리서, 오스만의 암흑에서, 누구도 여자들의 눈에서 이런 걸 기대하지 않았을 뿐 아니라 이런 눈길이 세계의 온갖 면면을 바라보는 일이 없도록, 특히 남자들의 눈길을 피하도록 숨겨져야 했던 시절에서 온 것처럼 보였다.

시-현실이라는 이분법은 다른 어느 곳보다 알바니아에 끈질기게 남았다. 충격적인 놀라운 일들도 끈질기게 계속되었다. 베일 금지 법령 이후 가장 놀라운 일은 '반법령'과 더불어 발생했다. 알바니아의 젊은 여자들과 여인들이 행한 더없이 위풍당당한 행위를 그런 말로 형용할 수 있다면 말이다. 이 여성들의 2차세계대전 참여에 관한 얘기다. 반도에서 숱한 갈등을 겪은 이후, 천 년이 넘는 세월 동안 수백 또는 수천 명의 여성이 해방을 위해 반파시스트 투쟁이라고 부를 만한 행동의 중심에 선 것은 처음 있는 일이었다.

그건 어떤 스캔들보다 떠들썩한 새로운 일이었다. 이 여성들의 수가 상당했는데, 개중 많은 이가 예전에 고등학교에 다녔고 심지어 로마나 빈에서 돌아온 대학생도 있었다. 이탈리아 장교들과 사병들은 전쟁의 관현악 속으로 들어온 이 새로운 요소에 틀림없이 환상을 품었을 테고, 이탈리아군을 대체하러 온 독일군은 지역 여자들에게 접근하는 것이 거의 금지된 것을 좋아해야 할지 원망해야 할지 알지 못했다. 그러는 동안 알바니아의 입지는 수수께끼 속 수수께끼로 남았다. 엄격주의와 명예 숭배가 특징인 이 투박한 국가가 제 나라 딸들에게서 나온 그런 도전을 받아들일 수 있었다는 게 어떻게 가능했을까? 여느 때 같으면 연애는커녕 단순히 집에서 몰래 외출하는 것만으로도 지진이 일어나고 죽음의 무기가 튀어나왔을 것이다. 그런데 수백 명의 여자 중 어느 한 사람 스캔들이나 살인을 야기하지 않은 것이 어떻게 가능했을까?

여자들은 아직 표현할 말을 찾지 못한 사랑의 밀회 장소로 가듯이 몰래 집을 떠났다. 여자들이 부재한 상황을 두고 사람들은 "잡목숲에 숨다"* 같은 표현을 떠올렸는데, 남성 세계에서 임시변통으로 빌려 입은 옷처럼 적절치 못하고 거친 표현이었다.

---

* '항독 지하 활동에 가담하다'라는 의미이기도 하다.

그 일에는 모든 것을 다르게, 그럼에도 받아들일 만하게 만드는 취기어린 채색이 있었다. 그들에 관해 들려오는 소식, 특히 슬픈 소식도 유례를 찾아보기 어려운 것들이었다. "그 여자는 함정에 걸렸대" 혹은 "그 여자는 포로가 되었대".

전통 시학에서는 이 세계를 떠난 '별스러운' 여성들에 관한 노래를 많이 찾아볼 수 있다. 의문을, 모호한 그림자를, 미묘한 오해를 낳는 여자들에 관한 노래 말이다. 커튼이 내려와 그들에 관해 판단하고 결론을 지을 순간이 도래한 것처럼 보였을 때 사람들은 이런 말을 썼다. "그 여자는 끝장났어!" 다시 말해 그녀가 예전에 어떤 사람이었건, 사람들이 그녀에 대해 무슨 말을 했건, 이 속세에서 그녀가 무엇을 했건, 그녀가 많은 사랑을 불러일으켰건 아니면 많은 고통을 낳았건, 심지어 그 둘 모두를 낳았건 중요치 않다는 뜻이었다. 이제 그녀는 더이상 존재하지 않았으므로!

아름다운 여자, 그 여자는 끝장났다! "아름다운 여자"라는 말을 아말리아, 제란티나 혹은 라미제 같은 서너 음절로 된 여자 이름으로 바꿔보라. 그러면 세상에서 가장 충격적인 두 폭의 그림을 얻게 될 것이다.

라미제는 끝장났다,
그녀의 무덤을 제비꽃이 뒤덮었다.

이 제비꽃들은 어디서 나왔을까? 죽은 여자의 무덤을 뒤덮은 보랏빛 꽃으로 끝나는 이 에필로그는? 이 꽃들은 왜 불쑥 솟아났으며, 어떤 메시지를 전하는 걸까? 인간의 언어가 표현하지 못할 메시지를 전하는 걸까?

이런 기호를 해독하기란 결코 쉽지 않다. 그리고 2차세계대전의 죽음들을 해독하기란 더더욱 불가능할 것이다.

그 죽음들은 절대성에서 전대미문의 새로운 유형이었다. 비밀 군사법정이 선고한 사형이었다. 소총부대가 한 여자를 처형한다. 천 년의 기억을 뒤져봐도 본 적 없는 죽음이었다. 여성이 관습에서 벗어나면 동시에 죽음에서도 벗어난다고 규정한 관습, 그 관습과 맺은 옛 협정은 파기되었다. 여성은 공적인 삶으로 들어서면서 **필연적으로** 공적인 죽음 속으로도 들어선 것이다.

무덤 위에 피어난 꽃을 그린 에필로그는 이제 없다. 그 누구의 질책도 없고, 용서를 구할 일도 없다.

알바니아는 점점 더 해독하기 힘들어졌다. 그때까지 처칠, 루스벨트, 스탈린을 내걸었던 시위 플래카드에서 앞의 둘은 사라지고, 세번째 인물만 남았다.

그때는 알바니아가 연합군 편에 선 최후의 날들이었다. 오늘날까지도 사람들이 승자의 편에 선 양 자랑스레 떠들어대는 얘기가 그 시절엔 한낱 신기루였을 뿐이다. 스탈린을 우상으로 선택하면서 알바니아는 '진짜' 승자들과의 이별을 천명했고, 그건 더도 덜도 아닌 유럽과 서양과의 이별을 뜻했다.

1947년, 알바니아 공산당 수장은 하지 차밀에게 바치는 찬가 같은 에세이, 오스만제국이 물러간 이후 도래한 오스만주의의 창시자라 할 만한 러시아 스텐카 라진*의 발칸식 버전 같은 에세이에서 알바니아의 진짜 존재이유로 반유럽주의를 주창했다. 이 두번째 유럽 상실은 알바니아 국가의 최종적 상실을 의미할 수 있었다. 첫번째 상실과의 차이점은, 오스만의 경우 모든 것의 상실―자유, 언어, 심지어 국가 이름까지― 을 눈으로 볼 수 있었다면, 공산주의의 경우엔 모든 것이 음험하게 이루어졌다는 점이다. 공산주의운동의 선두에 두 유고슬라비아인이 등장한 것 또한 음험했다. "공산주의자들에겐 조국이 없다"라는 마르크스의 문장만큼이나 음험했다. 그리고 더 나중엔, 반쯤 가려지고 반쯤 비밀스러운 똑같은 방식으로 공산당이 알바니아의 몸에 들러붙었다가 곧 가면을 벗고 혼자서 조국이자 민족이 될 터였다.

"공산주의자가 되지 않고도 알바니아를 사랑할 수 있다."

또 한 명의 아름다운 여성 무시네 코칼라리가 1946년의 잔

---

* 러시아와 우크라이나 민속설화에 자주 등장하는 민중 영웅.

인한 재판 때 한 말이다.

그에 대한 응답은 전례를 찾아볼 수 없을 정도로 냉소적이었다. 공산주의를 사랑해야만 알바니아를 사랑할 수 있다는 것. 요컨대 알바니아는 공산주의가 되든지 아니면 죽어야 했고, 다른 선택의 여지는 없었다.

이 땅의 사람들은 그토록 비극적인 불화를 본 적이 없었다. 때때로 참으로 절망적으로 보여서 체제가 무너지고 나도 거기서 해방될 수 없을 것만 같았다.

그후 사반세기가 지난 오늘날까지도 알바니아가 그 불화에서 벗어날 수 있을지 혹은 벗어나길 바라는지 명백히 일러주는 건 아무것도 없다.

설명하려는 갈망은 열띤 욕구로 변했다. 그리고 열이 심할 때 헛소리를 하듯이, 대개의 경우 그 담론은 착란에 가까웠다.

연이은 파도처럼 온갖 사람이, 불량배와 매춘부부터 대학생 청년, 오케스트라 단원까지 저마다 제 진실을 품고 보트며 선박을 탈취해 국경을 넘어갔다.

마치 사방에서 알바니아를 찾는 것 같았다. 그것이 실제 있는 곳만 빼고. 알바니아는 스스로를 비우고 있는 것처럼 보였고, 그에 관해 조만간 이런 슬픈 구절을 노래하게 될 것 같았다.

알바니아는 끝장났다……

어떤 제비꽃이 알바니아의 무덤에 자라나 그 나라의 진실을 증언해줄 수 있을까? 이 질문에는 대답을 내놓기가 어렵다.

새로운 이민의 물결 속에서 재능 있는 젊은 사람들이 점점 두드러졌다. 작가, 뮤지션, 바이올리니스트, 혹은 그저 매력 넘치는 젊은 여성 들. 누군가 천진하게 미소 지으며 말했다. 알바니아는 사기꾼과 매춘부를 수출하더니 이제는 무너진 명성을 되찾으려고 유럽을 향해 우아한 실프들을 보내고 있다고. 여성 가수 혹은 여성 시인을……

그러나 알바니아문학의 새싹들 얘기로 돌아가자. 엘비라 도네스, 아니 빌름스, 오르넬라 보르프시, 룰리에타 레샤나쿠와 그 밖의 다른 이들, 베사, 린디타, 레디아, 요닐라, 아닐다…… 파슈코 바사의 말에 따르면 모두 아름다운 눈의 소유자들이며, 참으로 "잘 울 줄 아는" 여자들이다.

그 가운데 엘비라 도네스는 1980년대 중반 공산주의의 절정기에 최초로 길을 낸 여성이다. 서양으로 떠난 그녀의 행보에는 당연히 정치적이자 감정적인 동기가 섞였다. 남편에게 버림받은데다 남은 가족이 인질로 붙들린 복잡한 상황까지 얽힌 것이다. 파스테르나크의 노벨상 소동이 일어나기 전에 『닥터 지바고』를 번역 출간한 일로 이미 전설적인 출판사가 되어 있던 이탈리아의 펠트리넬리에서 그녀의 책을 연달아 출간했다.

아니 빌름스가 알바니아를 떠난 것도 대략 비슷하지만 앞선 작가와는 다른 맥락에서였다. 사실, 그녀가 떠날 때 알바니아는 공산주의국가가 아니라 포스트공산주의국가였다. 그 차이는 그녀의 약혼자가 이 새로운 알바니아의 젊은 장관이었다는 사실로 더욱 도드라졌다. 새 알바니아의 의전은 티라나에서 장관의 배우자를 부르는 관례적인 호칭에 따라 스물한 살의 섬세한 여학생에게 별안간 '장관 부인'이라는 지위를 떠안겼다. 그러나 취기도, 매혹적인 분위기도 이 젊은 여성이 그곳의 모든 걸 버리고 독일로 떠나는 걸 가로막지는 못했다. 독일에 간 그녀는 독일 문단에서 가장 각별한 상인 아델베르트 폰 샤미소 상을 수상하면서 유명해졌다.

앞선 두 여성과 달리 오르넬라 보르프시는 티라나에 약혼자도 지인도 버릴 일이 없었다. 그녀에게 문제가 있었다면, 그건 그 시절 젊은 여성에게 일어날 수 있었던 문제로, 바로 자기 고향과의 갈등이었다. 그녀는 무언가를 버려야 한다는 관례를 따르기라도 하듯, 약혼자나 연인이 없었기에 알바니아 언어와 작별했다. 그렇게 그녀는 알바니아어를 떠나 이탈리아어로 건너갔다. 그 언어로 첫 성공을 거둔 뒤엔 프랑스어를 선택했다. 열여섯 편의 작품이 여러 다른 언어로 번역되면서 오늘날 그녀는 유럽에 가장 널리 알려진 알바니아 여성 작가가 되었다.

다른 작가들과 달리 룰리에타 레샤나쿠는 떠남도 복귀도 약혼자를 버리는 일도 경험하지 않았고, 배우자를 버리는 일은 더더욱 겪지 않았다. 다른 작가들처럼 그녀도 재능이 넘쳤다. 그리고 그녀 이전의 다른 여성들처럼 극적인 탈출을 시도하다가, 심지어 국경 철조망을 건너다가 머리끄덩이가 붙들려 질질 끌리는 장면들을 경험했다는 얘기가 있긴 하지만…… 이 모든 건 비밀경찰이 상상해낸 허구였다. 사실 오래전부터 국가안보국은 그녀의 체포 서류를 준비해두고 있었고, 이따금 슬쩍 말을 흘리기도 해서 그토록 기다리던 사건이 임박했다는 소문까지 나돌았다("들었어요? 시 쓰는 여자 룰리에타 레샤나쿠가 국경을 넘으려 했대요!" 혹은 "약혼자와 같이 국경을 건너려고 했대요……").

이 모든 열광은 그녀의 가족 일원인 알루시 레샤나쿠가 실제로 알바니아 국경을 넘었다는, 이 나라를 벗어나기 위해서가 아니라 돌아오기 위해, 어느 5월 1일 축하 행사 연단에 선 독재자를 살해할 목적으로 국경을 넘었다는 사실에서 비롯한 것이었다. 듣자 하니 그는 그 연단 앞에서 너무 일찍 발각된 모양이었다.

범죄자들이 종종 보이는 연극에 대한 변태적 갈증이 안보국을 부추겨, 조카를 상대로 그 삼촌에게는 하지 못했던 행동을 몽상한 모양이었다. 즉 국경에서 그녀를 체포해 바닥에 질질 끌고, 관례대로 고문하는 몽상을……그녀가 간접적인 방식으로, 즉 소문의 형태로 경험한 이 모든 수난도 이 젊은 여성의 온화한 성격을 전혀 해치지 못했다. 그녀를 인터뷰한 사람들과 번역자들, 특히 앵글로색슨 세계 사람들이 거의 하나같이 주장하는 바가 그랬다.

나의 오랜 친구 메트 뮈프티우의 딸인 베사 뮈프티우는, 대개의 반딧불이들이 그러듯이 프랑스어를 사용하면서도 종종 모국어로 돌아왔다. 그녀가 들어선 세계에서는 무언가가 꾸준히 변했는데, 베사 뮈프티우에게 변수란 자기 소설 중 하나와 관계된 것이었다. 그녀가 직접 시나리오로 개작한 그 소설은 그녀에게 영화배우가 되어 자기 자신의 영화에서 직접 연기할 기회를 안겼다.

이 여성들은 저마다 다른 여성들 틈에서 제각각 놀라운 면모를 지켜냈다. 나는 이들 중 몇몇과 알게 되어 기회가 생길 때마다 로마에서, 베를린에서, 티라나에서, 파리에서 커피를 마셨는데, 언어에 대한 주제는 간혹 늦어질 때는 있어도 반드시 대화에 끼어들었다. 나는 알바니아어로 글을 거의 쓰지 않거나 전혀 쓰지 않은 이 여성 작가들이 이 언어에 각별한 감수성을 유지하고 있다고 점점 더 확신하게 되었다. 그러면서도 이들은 겁먹기라도 한 듯 여전히 이 언어를 피해 도망치고 있었다. 요정들에게 참으로 어울리는 두려움이었다……

자신들에 대한 몰이해, 부주의, 무심함을 그들은 내면 깊이 느끼지 않을 수 없었다. 누군가가 그들을 그리워한다는 걸, 무엇보다 문자의 사원이 그들을 그리워한다는 걸 그들도 느끼는 것 같았다.

문자의 사원에는 이들이 필요했고, 이들도 그 사실을 알았다. 그렇지만 이를 인정한 뒤에도, 제비꽃에 관한 그들의 질책이 있고 난 뒤에도, 늦어진 약속에 관한 질문들로 이들을 압박하지는 말아야 할 것이다.

반딧불이들은 느긋이 여유를 부릴 줄 알았다……

파리-티라나, 2000~2014년

악몽

1
프롤로그

E. 베가라는 사람이 프리슈티나와 티라나 언론에 『아랍 세계 속 알바니아인』이라는 작품에 대한 서평을 썼다. 저자는 무하메드 무파쿠라는 이름의 페야 출신 알바니아인으로, 다마스쿠스에서 태어난 그는 1981년에 프리슈티나대학에서 박사학위를 취득했다.

출판물을 호의적으로 소개하려고 시도할 때 흔히 그러듯이 E. 베가는 코소보 독자건 알바니아 독자건 독자가 충분히 인식할 수 있도록 책의 장점을 부각하고 있다. 그 서평의 일부를 발췌해보면 이렇다.

저자는 처음부터 알바니아인과 아랍인의 관계에 풍성한

전통이 존재한다고 제시하는데, 이는 알바니아인의 기원이 아랍 국가들에 있다는 사실을 드러낸다…… 먼저 『투아리 투아프』라는 아랍 역사서에서 그런 정보를 접할 수 있다. 이 책에는 알바니아인이 아랍 출신이라는 것이 자세히 설명되어 있다. 훗날 이 정보들은 오스만의 원전들 속에 규합되었다.

오스만 원전들에는 여러 버전 가운데 발칸 지역에서 널리 알려진 인물인 에블리야 첼레비의 버전이 제시되어 있다.

그 주장에 따르면, 알바니아인은 메카에서 살았고, 선지자 마호메트와 인척관계인 쿠라이시 아랍족의 후손이라는 것이다. 그 시절 이 부족의 추장은 자발 울하마라는 인물이었다. 이 추장은 어쩌다가 아랍 고위층의 눈을 파열시켰다. 이 고위층은 하즈라트 오마르에게, 특히 칼리프 오마르 이븐 알카타브에게 항의했다. '눈에는 눈……'이라는 이슬람법의 이름으로 칼리프는 자발의 눈도 하나 파열해야 한다고 결정했다. 그러자 자발 추장은 겁에 질린 나머지 다음날 밤 자기 부족 삼천 명을 데리고 하르킬왕이 다스리는 안티오크로 달아났다.

야반도주한 이 삼천 명의 아랍인이 무파쿠가 주장하듯이 알바니아의 시조가 되었으리라고 짐작하기란 어렵지 않다……

진지함을 추구하는 모든 전개가 그렇듯이—특히 여기서 다루는 주제가 발칸반도에서 가장 민감한 문제, 즉 민족의 기원인 만큼—저자는 하나의 역사적 원전에만 의존하길 거부한다. 스스로 열린 정신의 소유자임을 자처하는 그는 요즘 사람들의 표현대로 독립적인 다른 선택적 원전들과 대면할 준비가 되어 있다. 그의 저작은 차후에 이루어진 검토들을 빠뜨리지 않고 인용한다. 진실이 참으로 거북한 신비화를 겪지 않도록. 특히 편협한 민족주의적 관점, 요즘엔 참으로 견디기 힘들어진 관점으로 왜곡되지 않도록!

이 책을 소개하면서 베가가 인용한, 알바니아인의 기원에 관한 차후의 상세한 내용은 다음과 같다.

그건 쿠라이시족이 아니라 가산족일 테고, 자발 울하마가 아니라 자블라 이븐 알아이함 추장일 것이다. 당시 칼리프 오마르 이븐 알카타브가 통치하던 메카를 순례하며 체류하는 동안 어느 보잘것없는 출신의 베두인인이 자블라 추장의 옷자락을 밟았다. 그 이유로 자블라 추장은 그의 따귀를 한 대 때렸다. 베두인인은 오마르 칼리프에게 한탄했고, 오마르 칼리프는 이슬람법에 따라 베두인인이 자블라 추장에게 똑같이 되갚아야 한다고 결정했다. 그러나 자존심이 상한 자블라 추장은 부하들을 데리고 야반도주해 메카를 떠나 비잔틴으로 가서 다시는 돌아오지 않았다.

2
진실을, 오직 진실만을

바로 이렇게 의견들이 맞부딪치면서 진실을, 오직 진실만을 드러낸다! 알바니아인의 기원은 쿠라이시족이 아니라 가산족에서 찾을 수 있을 것이다. 추종자들과 야반도주한 건 자발 울하마 추장이 아니라 자블라 이븐 알아이함이었다!

게다가 눈이 파열되어 그 대가로 다른 눈을 파열해야 했던 게 아니라, 옷을 밟혀서 상대의 옷을 밟는 것으로 보상받아야 했던 것이다.

이 모든 이야기에서 굳건하게 확립된 유일한 진실은, 오마르 이븐 알카타브를 겁내 야밤에 달아난 아랍인 수장의 일원이 다름 아니라 장차 알바니아인이 된다는 사실이다.

이로써 일리리아 기원, **일리리아 전쟁**, 그리고 로마와의 대결과는 작별이다! 게오르게 카스트리오트 스칸데르베그와 아르버리아의 다른 왕들, 아라니트 콤네니, 두카지니와 무자카 백자들과도 작별이고…… 중세 관습법과도 작별이다! 유럽과 베네치아 왕들 간의 동맹, 대적과 계약 결혼에서도 탈출이

다! 슈코더르와 크루여 공략과도, 라틴어 알파벳과도 작별이
다!

따라서 이 모든 건 십중팔구 의도된 착각이었을 것이다. 유
럽인이, 바티칸과 베네치아가 의도적으로 도발한 착각. 눈과
옷의 혼동도 이런 뒤죽박죽의 일부였다는 사실 역시 놀랄 일
이 아닐 것이다! 그러나 무파쿠 씨의 책 같은 저작물 덕에 이
안개는 결국 걷혔고, 유럽에 대한 우호적 끌림 대신 우리는
다시, 눈이 파열되었거나 옷을 밟힌 자발 또는 자블라를 갖게
되었다. 우리의 아랍 조상들에 대한 두려움에 떨거나 분노에
치를 떨며 줄행랑친 야반도주와 더불어.

유럽과 알바니아에서 오스만이 떠나고 백 년이 지난 오늘
날 이런 해명이 불쑥 등장했다!

3
꿈일까?

백 년 후. 저마다 생각한다. 어떻게 그런 일이 가능할까?
그러곤 대개는 안심하고 싶어한다. 그리 중요한 일이 아니라
고. 순전히 우연일 뿐 아무것도 아니라고.

알바니아와 오스만 사이에는 역사의 여러 세기 가운데 가

장 냉혹한 세기, 20세기가 놓여 있다. 고집 세고, 단테스럽고, 베토벤스러운 세기. 알바니아는 해마다 이 세기의 등뒤에서 허풍을 떨었다. 오스만과의 분리. 알바니아의 첫 공화정. 그후엔 그리스와 유사하게 발칸의 관습대로 첫 독일 왕이 등극했다. 그리고 다시 공화정, 그뒤 새로운 왕국이, 이번에는 알바니아 왕국이 이어진다. 또 그다음엔 이탈리아식 유럽. 이어 다시 수정된 독일 모델. 그리고 반反유럽이라는 공산주의 모델. 그후엔 대서양 모델인 초超유럽. 두 알바니아에 대한 에필로그. 둘 모두 나토의 보호 아래 놓였다. 그리고 갑자기……자발과 자블라가 어둠의 세기에서 솟아나온 것이다!

꿈일까? 아랍 깃발을 들고 모인 이 알바니아인들은? 사람들 말마따나, 지배당하던 알바니아인이 어느 날 아침 해방된 이슬람교도로 깨어난 걸까? 두 알바니아 사이에서 바람처럼 맴도는 믿기 힘든 소식처럼?

최근에 코소보 전쟁 육백이십 주년을 맞아 어느 코소보 의원은 게오르게 카스트리오트를 이슬람교도의 말살자로, 민족 반역자로 선언한다. 다른 수도 티라나에 대해서는 어느 오스만 장교가 건설했다고 선언한다. 코소보의 이슬람 사원에서 튀르키예 수상은 선언한다. "코소보는 튀르키예입니다!" 그리고 화룡점정으로, 시리아의 테러리스트 중심부에서 지하디스트 전사로 모집한 알바니아인들의 소식이 도착한다!

한쪽은 안심하고(심각하지 않아. 심각하게 생각할 필요가 없는 일시적 광기야!) 다른 쪽은 경계하는(어떻게 심각하지 않다는 거야. 세상이 끝나는데!) 두 진영이 이 소란을 줄곧 북돋운다. 양쪽 다 과장했을 가능성이 있다. 우리네 반도에서는 언제나 있을 법한 일이다. 그렇지만 근거 없는 소문이란 없다. '무슨 일이 일어나고 있는 거지?'라는 의문이 드는 것은 아주 당연하다.

4
알쏭달쏭한 표현

세르비아 국무총리 이비차 다치치가 우연히 내뱉은 두세 문장에 모든 기자의 관심이 쏠렸다. 그것은 발칸의 총리가 평생 하게 될 말 가운데 가장 놀랍고 어쩌면 가장 진지한 말이었다. 대략 이런 말이다. "몇 년 후면 우리의 손주들, 어린 세르비아인들이 알바니아조차 이미 서양이야 하고 말할 걸 생각하니 참으로 슬픕니다!"

나는 다시 읽는다. 발칸 지역의 총리가 한 말을 내가 이토록 주의깊게 살핀 적은 없었다. 얼핏 텍스트의 단순한 외관이 거기 함축된 비극을 감추고 있는 듯 여겨질 뿐, 내 눈엔 지나쳐 보이지 않는다. 나는 중립성을 지키려고, 특히 이런 경우에 흔히 갖게 되는 편견을 떨쳐버리려고 애쓴다. 심지어 오류에 대비하려고 발칸 언론에서 대단히 흔한, 혹시 있을지 모를 정보의 부정확성까지 고려한다. 있을지 모를 번역 오류도 마찬가지고.

두 번 읽고서 나는, 비록 신문기사 제목에는 알바니아인만 언급되지만, 텍스트 안에서 그 '슬픔'을 초래하거나 초래할 수 있는 것이 알바니아인 만큼이나 크로아티아인이기도 하다는 사실에 주목한다. 총리는 발칸 서쪽 나라들의 유럽 가입 문제를 밤낮으로 다루던 브뤼셀에서 막 돌아오던 길이었다. 세르비아는 그 후보국 가운데 자리했고, 물론 크로아티아는 그후 유럽연합에 합류했다. 알바니아인도 배제되지 않았는데, 그들 역시…… 가능성이 있었다…… 총리는 두 나라를 언급하면서 크로아티아인에 대해서는 약간의 질투심을, 특히 알바니아인에 대해서는 거의 미신적인 두려움을 감추지 않았다. 총리는 유럽을 수도 없이 가로지르느라 진저리가 났다. 더구나 그가 총리라는 직책으로 보내는 마지막 주이다보니, 사태를 설명하면서 다소 과장이 실리게 된 것 같다. 발칸 지도자의 연설에서 참으로 보기 드문 '슬픔'이라는 단어까지 사용한 것도 아마 그래서일 것이다.

사실, 단번에 내 관심을 끈 것도 바로 그 단어다. 문학에서 친근한 단어를 만난 느낌이었다. 그 단어는 길을 잃고 동떨어져 제 환경이 아닌 곳에 놓여 있었다. "나의 손주들이 그리고 당신의 손주들이 십 년 후에 알바니아도 서양이라고 말한다면 저는 대단히 슬플 겁니다."

내게는 '가족'과도 같은 슬프다라는 형용사 때문에 나는 내가 속한 '족벌' 고유의, 다시 말해 내가 속한 문학 영역 고유의 해석을 통해 자연스레 달리 읽도록 촉구받는 느낌이 든다.

그러니까 여기서 문제는 세르비아의 주요 지도자 중 한 사람인 이비차 다치치라는 사람의 슬픔이다. 그의 말에 따르면 그 슬픔은 십 년 뒤, 다시 말해 2024년 즈음에 발생할 것이다. 그의 손주들이 다른 세르비아 청년들 틈에서 무시무시한 유령이라도 만난 듯 이 발견을 접하고 이런 말을 할 때 말이다. "알바니아도 서양에 속해!"

이 말은 어떤 어조로 말해질까? 놀라움? 빈정거림? 공포? 세르비아 지도자는 더 명확히는 밝히지 않았다. 암시된 첫번째 사실은 '서양'이라는 말이 여기서는 '유럽'의 의미로 쓰였다는 것이다.

더 깊이 분석해보면 몇몇 해석으로 이 문장을 보완할 수 있을 것이다. 이를테면, "2024년에 알바니아는 이미 서양이 되었을 것이다"라는 문장은 "우리 세르비아처럼"이라는 말을 곁들여 읽을 수 있다.

보통 세르비아인의 귀에는 보충된 이 말이 조금 불쾌하거나 당황스럽게 들릴지도 모른다. 그러나 단지 그뿐이다.

만약 알바니아가 세르비아보다 먼저 받아들여졌더라면 상황은 달랐을 것이다. 유럽을 향한 세르비아의 분노를 상상하기란 어렵지 않다. "아니, 또 시작이야. 유럽이 또 알바니아의 응석을 받아주고 있어! 알바니아 때문에 우리에게 끔찍한 폭탄 세례를 쏟아붓고도 부족했던 거야?" 그 상황이 계제에 맞지도 않고 부적절하며, 이해할 수 없고 생각할 수 없는 것처럼 보일 것이다…… 그래서 "이럴 수가……"와 "도무지……" 같은 말을 잔뜩 쏟아낼지도 모른다.

다만, 그런 주장을 하는 게 불가능할 뿐이다. 그런 일은 일어나지 않았기 때문이다. 유럽 전체는 아니더라도, 발칸반도의 모든 나라는 세르비아가 "알바니아보다 육 개월 전에 받아들여졌다"는 소문을 믿었다. (바로 그런 이유로―세르비아에 상처를 주지 않으려고―2013년 12월에는 알바니아에 기회가 아예 주어지지 않았다는 소문까지 떠돌았다.)

그런데도 세르비아가 기분 나쁘다고 느낄 이유를 찾아낼 수 있었다는 사실 또한 전혀 놀랍지 않았다. 유럽이 알바니아에 득이 되는 행동을 할 때마다 이런 비난의 외침이 일어나는 건 의례적인 일이 되었다. "그런 걸 처음 듣는 사람처럼 왜 그렇게 성난 표정이야? 알바니아가 우리보다 먼저 나토에 가입하지 않았어? 게다가 우리가 모욕당하고 짓이겨지고 갈갈이 찢기는 동안 알바니아는 그 끔찍한 전쟁에서 멀쩡히 빠져나갔잖아!"

다치치의 말로 돌아가보자.

알바니아도 유럽이다.

유럽이 될 것이다!

우리처럼, 유럽이.

어쩌면 우리보다 더.

2024년 아이들의 합창을 지배할 감정은 놀라움일까 아니면 슬픔일까?

아이들의 합창과 다치치의 잠재의식 사이에 있는 모든 것을 고려하기란 쉽지 않다.

그건 한순간의 감정이 아니다. 적어도 십 년 전부터 지속되어온 현상이다. 예전에 어떤 오류가 범해지지 않았을까 하는 의혹이 수많은 사람의 의식을 계속 짓누르고 있다는 증거이기도 하다. 현상과 오류가 하나가 되었다. 그것이 믿기 힘든 무언가를 낳았다. 발칸의 한 이웃이 나타나더니 유럽인이 된 것이다. 아니 더 정확히 말하자면 자기 자신을 초월한 것이다.

그 등장을 지켜본 증인들이 기뻐할 수 없는 건 당연하다.

알바니아조차 서양이라니⋯⋯

그래도 실낱같은 희망은 남아 있다. 호의의 부재보다는 논리의 부족으로 인한 판단력 결핍과 이어진 희망이다. 발칸의 한 국가를 비롯해 모든 국가는 미친 이웃보다는 정상적인 이웃을 선호하리라 추정된다. 따라서 미친 줄 알았던 이웃이 갑자기 제정신을 찾았다는 소식은 조금이나마 마음놓이고, 선의를 좀 보태자면 심지어 기뻐할 이유로 여겨질 수 있다.

반대 방향의─적개심, 분노, 두려움 등의─극단적인 해석은 설득력을 얻지 못할 것이다.

알바니아도 유럽이다.

(대체 우리가 뭘 잘못해서 이런 불행을 겪는 거지! 등등.)

양쪽 모두를 만족시킬 해석, 조롱과 불신과 질투가 지배적인 해석도 물론 가능하다.

알바니아도 서양일까?

아! 무슨 어처구니없는 소리야!

알바니아가 서양이라고?

그리고 이야기는 다시 원점으로 돌아간다.

발칸의 어느 지도자가 한 연설이 정말 그렇게 알쏭달쏭했을까? 아니면 내 직업이 이런 접근을 부추긴 걸까?

그럴 공산이 크다. 모든 것이 '슬픔'이라는 단어에서 시작했으니 말이다!

5
슬픈 총리

총리가 슬퍼하는 건 발칸 지역에서 보기 드문 현상이다. 어쨌든 총리가 슬픔에 무감각한 것보다는 낫다.

이 우호적인 관점 덕분에, 나는 알바니아 작가로서 세르비아 지도자의 말을 전적으로 공정한 방식으로 분석할 가능성에 대한 마지막 남은 일말의 의혹으로부터 해방된다.

이 분석은 공연한 짓거리가 아니다. 총리의 말은 2014년 초봄에 나온 것인데, 당시 발칸 서쪽 나라 대부분이, 특히 알바니아, 세르비아, 코소보 세 나라가 열성적으로 EU와 협상에 나섰다. 간단히 말하자면 EU 가입은 '유럽으로 인정받는' 일이다.

그리고 다치치는 슬프다⋯⋯

'다치치는 왜 슬플까?'라는 의문은 얼핏 단순해 보일 수 있지만, 점점 더 그렇지 않다는 게 밝혀진다. 먼저, 다가올 사건을 다루고 있으니 의문을 제기하는 데 적합한 형태는 이러할 것이다. 2024년에 다치치는 무엇 때문에 슬퍼질까? 정확성을 보완하기 위해, 2024년에 대한 이야기를 하고 있지만 예측은 2014년에 발화되었다는 사실을 빠뜨리지 말아야 할 것이다. 따라서 우리는 십 년의 기간 동안 세르비아에 대한 한 가지 오류가 범해지리라는 점을 가정할 수 있다. 이 점을 고려하면 그 오류를 만회하려는 의지도 믿을 수 있을 것이다.

사실, 이 두 가능성 중 어느 것도 적절하지 않다.

알바니아도 서양이야.

이 말을 세르비아 아이들이 내뱉는 걸, 그리고 이 말을 들은 총리가 슬퍼하는 걸 상상해야 한다.

각 진영이 어떤 감정을 드러내는지에 대해 여기서 명료한 답변을 내놓기는 어렵다. 이런 경우 우리는 언제나 아이들 편으로 기울어진다.

이비차 다치치는 인용된 말의 직접적인 발화자가 아니며, 그저 그 말을 듣는 것만으로도 슬퍼한다.

그런데 그 슬픔은 너무 모호하다. 아직 누구도 그 말을 내뱉지 않았기 때문이다. 그의 말에 따르면 그 말은 십 년 뒤에 그의 손주들과 세르비아 청년들이 하게 될 것이다. (선생님, 할아버지, 이비차 아버지, 지도 좀 보세요. **알바니아조차 서양이에요!**……)

아이들은 그 사실을 확인하고 나쁜 의미로 놀란 걸까? 그 사실에 실망한 걸까? 그래서 비판하는 걸까? (선생님, 할아버지, 이비차 아버지, 알바니아가 지구상에서 사라질 거라고 약속하셨잖아요?) 아니면 반대로, 그 사실을 확인하고 마음이 편안해진 걸까? 다시 말해 이야기가 마침내 마무리되어서,

무시무시한 이웃이 고약한 유령 행세를 드디어 그만두고 스스로 예의바른 이웃이 되어서 기쁜 걸까?

다치치의 슬픔에 대한 설명은 그가 상상한 아이들의 인식에 대한 설명으로부터 도출된다. 그는 기뻐하는 아이들의 조숙한 모습에 슬퍼하는 걸까? (이제 우리는 우리 아이들을 좌지우지할 수 없구나. 모든 게 너무 빨라서 도무지 따라가기가 힘들어!) 아니면 반대로 아이들의 슬픔 때문에 슬퍼하는 걸까? 달리 말해, 아이들의 몰이해 때문에, 너무 오래 묵어 떨궈버리기 힘든 민족주의적 세뇌를 확인하고 슬퍼하는 걸까?

마지막 관점을 택한다면, 다치치가 그의 상상 속 아이들에 비해 너무도 자유로운 영혼으로 보이는 순간이 올 것이다. 그가 유럽을 가로지르는 끝없는 왕래를 참고 견딘 건 공연한 일이 아니다. 그토록 유혹하기 어려운 대륙을 대표하는 여성이 오래전부터 남작 직위를 지녀온 것도 아마 우연이 아닐 것이다.*

그러나 우리는 이 이야기에 여전히 무언가가 빠져 있다고 느낀다. 서론을 떠올려보건대, 특히 유럽이 알바니아에 베푼 감언이설에 대한 날카로운 쳇소리를 떠올려보건대, 사람들이

---

* 영국의 캐서린 애슈턴은 1999년부터 애슈턴 업홀랜드 남작부인이 된 인물로, 유럽연합의 외교안보정책 고위대표였다. (원주)

알바니아를 말할 때 두 알바니아를 암시한다는 걸 생각하면 그들의 비극은 더 악화될 우려가 있다는 사실을 밝혀야만 한다. 두 알바니아 중 더 잘 알려진 하나만이 아니라, 둘 다, 옛 알바니아와 새 알바니아 둘 다 감언이설을 들은 것이다. 다시 말해 "알바니아조차 서양이 되었다!"고 할 게 아니라 앞으로는 이렇게 말해야 할 것이다. "알바니아들조차 서양이 되었다!" 요컨대 세르비아는 고립되어 유럽 밖에 있는데, 알바니아는 이중으로 유럽이 된 것이다.

탄식과 절망의 시간이었을 것이다. 많은 이가 선언했다. "과거는 과거고, 꿈은 끝났다! 오 주님이시여, 우리가 궁지에서 벗어나도록 도와주소서!" 그들의 면전에서 투덜거리는 이들도 있었다. "눈이 멀었군! 희망은 마르지 않았어! 오히려 그 어느 때보다 많아! 다만 당신들한테 그걸 볼 눈이 없는 거야!"

6
절망의 눈

깊은 어둠 속에서 진실들이 별안간 명료하게 나타나는 순간이 있다는 생각은 오래전부터 통용되어왔다. 다른 어느 곳보다 발칸에서 그렇다. 이곳은 세상의 한 지역이자, 고대극장으로 충분하지 않다는 듯 삶 자체가 세 개의 차원을 품고 일종의 '삼중 삶'을 보여주는 지역으로 이해될 수 있다. 하늘에 한 차원인 올림포스가 있고. 땅속에 또 한 차원인 지옥이 있다. 두 세계 사이의 또다른 차원, 세번째 차원이 땅 위에 있다. 셋 중 어느 것이 나머지 둘보다 우세한지 알기란 어렵다.

심연 깊이 내려가는 건 견디기 힘든 일일 것이다. 현기증에서 벗어나는 방법은 아마도 깊이를 스스로 정하는 것이리라. 위험한 광산에서 하듯이 말이다. 백 년(미터), 많아야 백오십 정도가 발칸의 역사를 재는 데 허용되는 깊이일 것이다.

오늘날의 발칸 사람들이 사는 '삼중 삶'의 차원들을 이해하기에는 충분히 긴 시간 도막이다. 오래전 책과 연구실에 처박아둔 것으로 보이던 차원들이 갑자기 일상 속에 다시 나타났다. 저런, 올림포스잖아. 오늘날엔 브뤼셀 또는 스트라스부르라 불리는 신들의 동네가 발칸 지역 왕들의 지평선에 더없이 명료하게 그려지고, 그들은 작은 기회라도 생기면 옛날처럼 분쟁을 해결하거나 밀알이 되려고 그곳을 찾는다. 그러는 동안 땅에서 사람들은 뉴스를 보려고 초조하게 조간신문을 기다린다.

반대 방향인 지하 지옥에서 들려오는 소식이라고 위급하지 않은 건 아니었다. 공산주의의 비밀 서류를 여는 문제가 특히 그랬다.

　대개의 소식들은 아연실색할 내용이었다. 뉴스가 사람들에게 맞추는 것인지 아니면 사람들이 뉴스에 맞추는 것인지 알기란 어렵다.

　이 반도의 여섯 민족 가운데 세 주요 민족―그리스인, 알바니아인, 세르비아인―은 여전히 가장 까다로운 사람들이었다.

　대륙 어느 곳에서도 이토록 옹색한 공간이 이토록 큰 몰이해를 함축한 경우를 만날 수 없었다. 이런 맥락에서 알바니아와 세르비아의 불화는 신기록이라 할 만했다. 무엇에도 의견 일치를 보지 못하는 두 이웃의 또다른 예를 찾아보기는 힘들 것이다. 또 아니다. 늘 아니다. 절대 아니다! 땅, 바다, 몸, 영혼, 사원, 언어, 무덤에 대해서도 그들은 합의하지 못했다. 말하지 못할 다른 많은 주제에 대해서도 마찬가지였다.

　올림포스의 사절 역시 두 종류로 공식 사절과 비밀 사절이 있었는데, 이들도 그 불가사의의 뿌리를 간파하려고 시도했지만 헛수고였다. 이따금 눈에 심연의 바닥이 드러나는 듯 보였다가도 이내 다시 끄나풀을 놓치곤 했다. 양쪽 진영 어느 쪽에서도 한 치 양보 없는 코소보가 모든 일의 원인이라 믿고 싶은 마음도 들었다. 세르비아인에게 그곳은 그들의 예루살렘이고 요람이요, 흔히 말하듯 그들의 영혼이자 정수이며, 몸과 마음, 그리고 패배한 전쟁에 대한 애가이기도 했다.

알바니아의 이유는 이보다 덜 요란했고, 훨씬 덜 낭만적으로 보였다. 코소보는 알바니아다, 끝! 우리는 언제나 거기서 살았다. 우리의 삶이 거기에 있다. 우리의 죽음도.

설명하기 힘든 증오가 종종 질투를 감추고 있다는 걸 우리는 잘 안다. 그런데 알바니아인의 무엇을 부러워할 수 있었을까? 로마만큼이나 오래된 두 도시, 슈코더르와 두러스였을까? 오래전에는 스코드라와 두라키움이라고 불렀던 두 도시. 세르비아에도 그에 못지않은 도시가 있지 않나? 게다가 이름까지 스카다르와 드라크로 바꾸지 않았던가? 그러나 세르비아에 없는 게 있었으니 바로 바다였다. 알바니아인은 세상에서 가장 아름다운 바다를 넉넉히 가지고도 무심했다. 게다가 라틴 알파벳을 가졌고, 베네치아와 몇 차례 계약 결혼을 하기도 했으며, 나폴리나 로마 왕국과 몇 번 가벼운 연정을 나누기도 했다.

한편 알바니아인은 이웃들의 국가에 대한 숭배를 부러워했다. 발칸 사람 전체가 그렇듯이 이웃들은 개인적 영광도 쌓았지만, 나라의 영광에 무엇보다 마음을 썼다. 반면 알바니아인은 개인적 영광 위에 아무것도 두지 않았다. 그래서 그들의 국가가 더 약했다. 엉망진창까지는 아니더라도.

그러다 새로운 종류의 쟁점이 나타나 두 적대 민족을 성가시게 하기 시작했다. 세르비아인은 한때 제국의 고위직을 차지한 적 있다는 이유로 알바니아인을 질투했고, 반면 알바니아인은 제국 밑에서 높은 책무를 행사하지 않은 세르비아인을 부러워했다.

그러나 두 나라 중 어느 쪽도 이 모든 걸 조금도 털어놓지 않았다. 그들은 계속 코소보를 두고 다투었는데, 희망은 전보다 줄고 소동은 더 커졌다. 코소보 없이 우리는 세르비아가 아니다. 코소보가 알바니아다. 끝! 알바니아라고? 하하하! 1940년에 그걸 당신들한테 선물한 게 히틀러라는 걸 잊었나! 그러는 당신들한테 1945년에 그걸 준 게 스탈린 아니냐고?

세르비아가 가만히 숨쉬도록 내버려두지 않는 저 민족이 대체 어디서 왔을까 하는 의문이 곳곳에서 튀어나왔다. 대개는 한숨이 뒤따랐다. 아! 저 성가신 이웃이⋯⋯

이비차는 이 슬픔에 대한 유년기의 기억을 고스란히 간직했다. 그 슬픔은 아버지의 슬픔과도 같았고, 아버지가 들려준 이야기에 따르면 할아버지의 슬픔과도 같았는데, 그들은 모두 똑같은 한숨을 내쉬었다. 아, 저 성가신 이웃이 존재하지 않을 수만 있다면! 그 자리에 다른 어떤 민족이 와도 달게 받아들일 텐데. 중국인, 아프가니스탄인, 튀르키예인, 덴마크인…… 알바니아인만 아니라면!

이 모든 슬픔처럼, 역사는 시간의 밤으로 거슬러올라가는 듯 보였다. 어쩌면 모든 게 이십 년 전, 사십 년 전, 백사십 년 전에 예견되었는지도 모른다. 정치인들, 대학교수들은 전혀 잠들지 못했다. 그들은 이웃을 위축시키고 해체하고 이동시켜 이 땅에서 사라지게 할 방법을 고심하고 계획까지 세웠지만, 언제나 그렇듯이 세르비아는 기회를 놓치고 말았다.

알바니아인이 행동을 개시한 것이다. 1981년 3월 말이었다. 프리슈티나대학생들이 경찰과 맞섰다. 아주 무시무시했다. 공산 체제가 끔찍이도 싫어하는 일이 일어난 것이다. 봉기였다. 헝가리인과 폴란드인에 이어 알바니아인이 세번째로 봉기한 민족이었다.

다른 곳과 마찬가지로 티라나에서도 봉기라는 말은 공포를 불러일으켰다. 여느 곳처럼 의문이 제기되었다. 그리고 침묵이 이어졌다. 그리고 다시 의문이 제기되었다. 그렇게 짓밟히는 것을 봉기 아닌 다른 말로 규정할 수 있을까?

베오그라드는 사방으로 비밀 사절을 파견했다. "알바니아인은 대체 뭘 원하는 겁니까?" 이 의문에 섣부른 대답이 나왔다. "그들이 바라는 건 이슬람입니다! 자유는 이미 얻었으니 이슬람 사원을 바라는 겁니다. 이슬람 국가를 원하는 겁니다."

유럽은 너무 늦기 전에 이 문제를 걱정해야 할 것이다!

곧 지하디스트들이 코소보에 들이닥칠 것이다. 기호와 휘장과 무기로 무장하고. 유럽은 깨어나는 편이 좋을 것이다. 그래서 기독교의 요새—세르비아—가 유럽의 성벽을 지키도록 허락하는 게 좋을 것이다. 늘 그랬듯이. 그 옛날, 육백년 전, 1389년 6월 28일에 그랬듯이……

7
코소보 전투에서 혼자가 된 술탄

그 유명한 전투의 영웅이 무대에 들어선다. 마치 운명의 손길이 때맞춰 내보내기라도 한 듯이!

경계경보가 다시 발칸 지역에 울려퍼졌다. 그러나 여섯 세기 전과 달리 지금은 소리가 흐릿했다.

그 옛날에 두 군대는 열 시간 내리 죽음의 전투에 가담했었다. 한쪽은 발칸 왕의 진영이었고, 다른 쪽은 오스만제국의 진영이었다.

발칸 민족들—세르비아, 크로아티아, 알바니아—은 패배했다. 유럽은 제 문턱에서 벌어지는 일을 불안하게 지켜보며 소스라쳤다. 두 군대의 수장들, 튀르키예 술탄 무라드와 세르비아 왕 라자르는 죽었다. 전자는 모호한 상황에서 전투 직후 사망했고, 후자는 전자의 죽음 때문에 희생되었다.

육백 주년 전날 사람들은 이 모든 걸 떠올린다. 관례대로 시, 아카데미 연설, 바이올린으로 연주하는 애가, 탄성과 불안의 외침이 쏟아져 마치 오스만이 다시 유럽의 문턱에 와 있는 것만 같다.

세르비아 국가 수장은 옛날에 재난이 일어난 바로 그 장소에서 광기어린 연설로 사람들의 심금을 울린다. 세르비아는 육백 년 전 패배한 바로 이 자리에서 다시 일어서야 합니다! 역사는 거꾸로 방향을 바꿀 것입니다. 마침내 설욕의 시간이 왔습니다.

이 위협의 수신인은 누구일까? 오스만은 이미 오래전부터 존재하지 않는다. 비잔틴 왕들도 마찬가지다. 세르비아는 현재 튀르키예와 아주 좋은 관계를 유지하고 있다. 더구나 그 사실을 환기하려는 듯, 어느 저명한 튀르키예 작가는 축하연에서 속마음을 털어놓기도 했다.

국가 수장의 연설이 진행되는 동안 그 모든 분노와 벼락같은 격노가 옛날의 오스만이 아닌 다른 쪽을 겨냥하고 있다는 사실이 점점 명백해졌다. 오늘의 알바니아인이다.

깜짝 놀랄 일이었다. 우선, 알바니아인들은 발칸 동맹에 속했다. 알바니아 왕들 가운데 한 사람인(지금은 아닐지라도) 무자카 백작은 오스만을 무찌르면서 목숨까지 잃었다. 그리고 전장 이탈에 대해 말하자면, 세르비아 군사 일부를 거느리고 튀르키예군에 합류한 건 마르코 므르냐브체비치*였다.

그런데 이 연설을 듣고 마비라도 된 양 청중 가운데 누구도 질문을 던지지 않는다. 오스만과 알바니아는 거의 공개적인 동맹국으로 간주되었다. 오스만인은 유령이 되었지만 알바니아인은 아직 확실히 실존한다는 점만 달랐다.

그러나 이제는 인내심이 고갈된 것처럼 보였다. 서로에 대한 복수의 시간이 온 것이다⋯⋯

알바니아인은 분명히 살아 있었지만 놀랍게도 모든 기대에 어긋나게 아무런 반응도 보이지 않았다.

"저 어이없는 반응은 뭐지?" 특히 "왜 침묵하지?" 하고 속닥이는 소리가 여기저기서 들렸지만 아주 낮은 소리였다. 조심하는 건가? 아니면 뭐지?

그건 의심의 여지 없이 조심스러운 태도였지만, 다른 무엇도 있었다.

몇 년 전부터 은밀히 이어져오는 이야기가 있다. 세르비아 사제들과 알바니아 이맘들, 아랍 국가들에서 막 돌아온 대학생들과 인도주의자들의 중얼거림이 뒤섞여 밤낮으로, 사적으

---

* 세르비아제국의 왕족이자 군인으로 사후에 민담과 시에 자주 미화되어 등장하는 민족 영웅.

로, 카페에서, 공산주의가 몰락한 지금이야말로 알바니아인과 오스만인 관계의 역사를 재검토해볼 때가 되었다는 생각을 퍼뜨려온 것이다. 달리 말해 완전히 다른 접근을 해볼 수 있지 않을까? 카스트리오트 스칸데르베그의 마법과 작별해볼 수 있지 않을까? 따지고 보면 슬라브족 세르비아가 변함없는 주적主敵으로 남아 있으니, 이 슬라브족에 맞서 다른 누구와도, 이를테면 가장 먼저 튀르키예와 결탁할 수도 있지 않겠나?

이런 급변을 대하고 많은 이가 당혹해했다. 또다른 이들은 세르비아가 그런 헛소리를 듣고도 화내지 않을 뿐 아니라, 심지어 그런 헛소리를 부추긴 것으로 추정된다는 사실을 알고서 경계하는 얼굴로 고개를 저었다.

소문은 잦아들지 않았다. 한 민족의 삶과 관련해 결코 완전히 설명하지 못할 어떤 불가사의한 마력에 의해 돋워진 게 아니라면 소문은 아마도 저절로 지쳐 고갈되고 말았을 것이다. 그 마력은 육백 년 전, 기억에 길이 남을 6월 28일에 일어난 코소보 전투에서 유래한 것일지도 모른다. 그것은 전례 없는 공포였다. 붕괴였다. 술탄도 살해당했다. 발칸 민족의 수장도 마찬가지였다. 전자는 영예롭게, 후자는 포로가 되어 수치스럽게 죽었다.

수 세기 동안 기억은 끊임없이 그곳에서, 그 전장에서 되살아났다. 육안으로 보이는 것들 뒤에 다른 그림이 감춰져 있었다. 하나가 아니라 여러 수수께끼가 맞물려 있었다. 먼저, 술탄의 죽음 자체가 수수께끼였다. 그는 전투가 끝나자마자 전쟁의 규범에 따라 전장에서 죽임을 당했다. 반면에 그의 아들 야쿠브는 어떤 상황에서 죽게 된 걸까? 왕실의 텐트 안에서, 재상들의 조언에 따라, 아버지의 죽음 직후 죽었는데!······

거기엔 이해할 수 없는 일련의 불가사의가 있었다. 발칸의 기독교인이 모두 이 전쟁에 패배한 건 아니었다. 일부는 이기고도 눈이 멀어 그 승리를 보지 못했을 뿐이다.

한 해 한 해 세월이 흘러도 소문은 삭풍처럼 끈질기게 버텼다. 소문에 따르면 동맹 중 몇몇 나라는, 이를테면 알바니아는 잃은 것이 전혀 없었을 뿐 아니라 유럽이라는 마녀를, **다르 알하브***라 불렸던 그 저주받은 대륙을 떨쳐버림으로써 구원을 찾았다.

그들의 새 사제들, 수가 점점 늘어가는 이맘들은 그 대륙을 그렇게 불렀다. 알바니아인들이 자멸하는 와중에도 승승장구한다고 믿게 하기란 쉽지 않았다. 막 일어난 일은 실패라는 외관 아래 숨겨진 승리였다. 불가능이 가능으로 바뀌는 맛에 그들은 점점 더 도취되었다. 영원한 적수인 세르비아인조차

---

* '전쟁의 집'이라는 뜻.

그들을 축하하는 듯 보였다. "우리는 패배했고, 당신들은 승리했다!"

세르비아 아카데미 회원들과 튀르키예 역사가들과 한목소리를 내는 옛날 애가들의 메시지가 그러했다. 육백 주년 기념일에 세르비아 국가 수장도 그렇게 표현했다. 그는 알바니아인을 향해 공개적으로 이렇게 말하는 것처럼 보였다. 우리를 증오하시오! 당신들에겐 우리를 죽도록 증오할 마땅한 권리가 있소. 우리는 **다르 알하브**의 기독교인들이고, 당신들은 다른 공간인 **다르 알이슬람**에 속하오. 그러니 우리를 향한 당신네 아시아식 증오를 외치시오. 십자가와 유럽을 향해!

저들이 그들의 옛 영웅, 두 개의 이름을 가진 카스트리오트 스칸데르베그 때문에 난감하다고 느낀다면 그 영웅에게 영원히 작별인사를 날리면 될 일이다!

사람들은 세르비아 지도자가 곧 술탄을 언급하리라 기대했다. 알바니아와 세르비아가 그의 죽음을 두고 논쟁을 벌인 지오래다. 술탄은 육백 년 전부터 낯선 땅에 고아처럼 묻혀 있다. 미약한 불꽃의 등불이 기다려온 듯 그의 비석을 비추고 있다. 술탄은 당신들 때문에 죽었다……

코소보는 열기에 휩싸였다. 세르비아도 마찬가지였다. 발칸에 전쟁의 시간이 닥치면 그에 대항할 힘을 찾기가 어렵다.

그러나 유럽은 희망을 간직하고 있다. 인내심을 갖고 양쪽 얘기에 귀를 기울이며, 좋은 말을 해주기도 하고 위협도 한다. 다시 귀를 기울인다. 알바니아인은 공포를 감내하면서 한탄한다. 자유롭기를 요구한다. 세르비아인은 응수한다. 저들에겐 자유가 있다고. 저들이 원하는 건 이슬람이라고.

세르비아인의 말에 따르면 역사는 말더듬이다. 다시 한번 초승달이 십자가에 맞서 일어선다. 언제나 그랬듯이 사람들은 아랍 지하디스트가 올까 겁낸다. 유럽은 냉정을 되찾아야 한다. 이런 일이 코소보에서 일어나는 건 우연이 아니다. 모든 것이 거기서 시작되었으니, 막이 내려야 할 곳도 그곳이다.

실제로 알바니아인이 몰려든다. 개인으로 혹은 무리 지어. 낭만적인 이름들을 달고서. '아틀란티크' 전투부대 아르버의 아들들이. 뉴욕에서, 스웨덴에서, 세계 곳곳에서.

지하디스트들은 천천히 오는 중이다. 그러나 정보는 확실하다. 그들은 곧 올 것이다. 무기와 깃발을 들고 **알라후 아크바르!***를 외치며.

---

* '알라는 위대하시다'라는 뜻.

아랍 지하디스트들이 코소보에 발을 들여놓자마자 코소보해방군UÇK에 격퇴되었다는 소식이 도화선에 불붙듯이 번졌다.

보아하니, 대륙이 망설임을 끝내고 이 반도에 다른 조치들을 취하기에는 이 소식만으로 충분했던 모양이다.

믿기 힘든 일이 그해 초봄에 일어났다. 최후통첩 이후 세르비아는 처벌받았는데, 이번에는 제대로 처벌받았다. 잔인하게. 폭격기를 통해. 하늘로부터. 기독교 유럽은 세르비아인이 기독교 세계의 보루로 자처한 것을 벌했다. 십자가가 십자가를 벌한 것이다. 이것이 첫번째 뜻밖의 일이다.

두번째는 세르비아인에게 더욱 견디기 힘든 것인데, 이 모든 일이 알바니아인 때문에 일어났다는 사실이다.

한 민족의 영혼이 이 일로 망가졌다.

오스만의 억압, 그후엔 공산주의의 억압으로 이어진, 바흐의 칸타타와 비슷한 암울하고 슬픈 합주의 색조를 띤 여섯 세기를 겪은 끝에, 알바니아인은 마침내 뿌리 대륙에 다가간다.

그러자 모든 것이 심연으로 떨어지듯 빠르게 추락한다. 세르비아의 패배. 그 나라의 새 라자르, 밀로셰비치는 헤이그의 감옥에 갇혔다. 코소보는 세르비아에서 떨어져나온다.

세르비아는 총 이천 시간이 넘는 기간 동안 폭격당했다. 폭격 첫 순간부터 "안 돼!"와 "있을 수 없는 일이야!"라는 소리가 수천만 번 쏟아져나왔다.

20세기 말 유럽 한가운데서 어떻게 이런 폭격을 목도할 수 있단 말인가? 몇 분 뒤, 유사한 의미를 내포한 또다른 "안 돼"들이 이어졌다. 저 비행기들이 유럽의 비행기일 리가 없어! 저 폭탄들은 더더욱 그럴 리 없어! 세르비아를 벌하려는 건 더더욱 아냐! 그게 아니면, 저들이 하늘을 착각했을 거야!

발칸 사람들은 올림포스를 소유한다는 게 늘 유쾌한 일은 아니라는 사실을 깨달았다.

8
에필로그를 향해

모든 것이 에필로그를 향해 걸음을 재촉한다.

세르비아는 슬픔과 우울에 빠진다.

코소보에서는 자유의 환희가 인다. 비극에 이어지는 환희답게 복잡미묘하다. 실종자들은 실종자들로 남는다. 집의 담장들은 서서히 다시 자라난다.

아홉 달 뒤엔 강간의 결과로 태어난 아이들이 살해당할 것이다. 강간당한 여자들은 짐승들과 지하에서 살도록 내쫓기는 수모를 당하고, 반면에 불빛과 축배가 넘쳐나는 위층에서는 모두를 위한 파티가 벌어진다―여자들만 빼고, 반드시 여자들은 빼고!

태풍 전의 고요. 사람들은 알바니아의 다음 보복을 겁낸다. 프리슈티나에서 〈햄릿〉 상연을 금지할 것을 요구한다. 세르비아인의 말에 따르면 이것이 보복의 신호탄으로 쓰일 것이었다.

보복은 늦어진다.

그러다 갑자기 하룻밤 사이 세르비아 교회 서른 개가 불타면서 보복이 시작된다.

세르비아는 예언한다. 보라, 저들이 자유를 어떻게 활용하는지! 알바니아는 응수한다. 교회를 불태운 건 우리가 아니다!

그러자 유럽이 다시 떨기 시작한다. 유럽 역사상 그렇게 많은 교회가 불로 파괴된 적이 없다.

후회가 여기저기서 코를 내민다. 코소보와 너무 빨리 손잡은 게 아닐까? 아무리 도우려고 해봤자 알바니아인은 언제나 이 대륙의 이방인으로 남을 거야.

지쳐서 이렇게 외치는 사람들도 있다. 그런 망상일랑 집어치워! 그런 게 통할 리 없어!

이렇게 응수하는 사람들도 있다. 처음엔 통하지 않았지. 그래도 다시 시도하면 또 모르잖아……

확실히, 알바니아인들은 말살할 수도, 강제수용할 수도 없다. 그러나 그와 유사한 건 가능할 것이다. 변신. 오십보백보 아닌가. 튀르키예화라는 말이 입술 끝에서 맴돈다. 마지막 희망을 놓아버리는 사람들의 중얼거림처럼.

태곳적 패러다임이 안갯속에서 때로는 '튀르키예화'나 '아랍화'라는 벌거벗은 형태로, 때로는 동양적, 아시아적, 심지어 이슬람적 경향을 가리키는 완곡어법의 형태로 다시 떠오를 때마다, 그것은 두 가지 방식으로 받아들여졌다. 다시금 돌아온 재앙으로. 아니면 아이들이나 겁내는 허수아비로. 호들갑 떠는 사람이건 미심쩍어하는 사람이건, 양쪽 모두 옳을 수 있다는 직관을 지닌 사람은 드물었다.

1912년 오스만제국과 알바니아의 분리는 보기보다 훨씬 중대한 사건이었다. 그것은 유럽이 천 년 넘게 절단의 세월을 보내고(이베리아, 아펜니노, 발칸이라는 세 반도의 부분적 상실) 다시 완전체로 복구되었음을 알리는 사건이었다. 그런데 1차세계대전이라는 태풍에 휩쓸리면서 이 소식은 안갯속으로 사라졌다. 방탕한 딸을 향한 냉대도 또하나의 이유가 되었다. 발칸 이웃들에게 알바니아는 무엇보다 **오류**였다. 엄밀히 말하면 사고로 간주될 수도 있었다. 특수한 경우로. 전체의 조화를 흩뜨리는 현상으로. 요컨대, **다른** 나라로.

독립 후 이백 년이 채 안 되어, 마치 그 비정상성을 입증이라도 하듯 티라나 근처 샤라 출신의 광적인 이맘, 하지 차밀이 주도한 저항이 발발했다. 그의 지지자들인 '둠바비스트'('우리는 바바―아버지, 즉 술탄―를 원한다'라는 의미의 **둠바벤**에서 나온 표현이다)들은 유럽의 작은 나라에서 아시아 대륙으로 돌아가자고 공개적으로 주장했다.

마치 다시 악몽이 시작되었는데 어떻게든 빨리 벗어나려고 발버둥치지만 그러지 못하는 꼴이었다. 이런 일은 알바니아가 거칠 모든 국가에서 정기적으로 반복되었다. 1913년의 공화국. 1914년의 비트 독일 대공의 왕국. 1920년의 두번째 공화국. 1930년의 조그 왕국. 1940, 1950, 1960, 1970, 1980년대의 공산주의 체제. 마지막으로 공산주의 몰락 이후 시대!

20세기 전체가 오스만주의와 공산주의 사이의 은밀한 동맹으로 지배되었을 것이다. 그 토대가 된 것은 결핍이었다. 오스만주의자들에게는 국가는 없고 종교만 있었고, 공산주의자들에게는 조국은 없고 이데올로기만 있었다.

공산주의가 무너진 뒤에도 이 그림은 거의 아무것도 달라지지 않았다. 두 동맹은 여전했다. 오스만주의자들과 공산주의자들, 오직 한 가지 달라진 점이라면, 전에는 둘 중 한쪽인 오스만주의만 죽었는데 이제는 죽음이 둘 모두를 덮쳤다는 것이다. 그렇다고 설명 불가능한 사건들이 일어나지 않은 건 아니다. 알바니아는 유럽에 대한 애착과 초조한 마음을 보이면서 은밀히 이슬람연맹에 가입한다. 그걸로도 충분하지 않았는지, 세월이 흘러도 2014년의 이 모순을 설명하려고 누구도 시도하지 않았는데, 알바니아의 전직 외무장관은 '알바니아의 유럽 입성'을 이슬람연맹의 역할에 더 큰 무게를 부여해줄 추가적인 기회로 간주했다. 마치 이슬람연맹과 그 활발한 작동이 알바니아의 주된 관심거리이기라도 한 것처럼.

불행히도, 헛소리를 해대는 이 전직 장관에게 누구도 소리 높여 알바니아가 그런 임무를 떠안을 이유가 없다고 설명하지 않았다. 누구도 이 나라가 이슬람 국가들 사이에서 유럽을 대표하거나 유럽에서 이슬람 국가를 대표할 의지도 위임장도 갖고 있지 않다고 설명하지 않았다.

알바니아를 위한 부조리극과 있을 수 없는 역할—세계에서 유일하게 법령으로 종교를 금지하는 국가라는 역할, 또는 지구상에서 유일하게 마르크스-레닌주의를 옹호하는 역할 같은—의 시대는 분명히 지나갔다.

그 있을 수 없는 역할들, 그 고독의 순간들이 이어지면서 어떤 생각을 낳았다. 알바니아가 인류의 전위 대륙에 자리하고 있지만, 그 대륙에 완전히 속하는 걸 가로막는 무언가를 감추고 있다는 생각이었다. 그 무언가는 때로는 청산할 빚이나 죄의 형태를 취하고, 때로는 유전적 기형의 형태를, 때로는 제약의 형태를 취한다. 물론 알바니아는 유럽 국가지만 어떤 결점이, '다만' 혹은 '하지만'이 붙어다녔다. 그러니까 알바니아는 제 본질 속에 하나의 오점을 감추고 있는 존재로 낙인이 찍혔다. 나쁘게 다른. 잘못된 나라로.

이런 혼돈 속에서, 아마추어 역사가로 전직한 어느 프랑스 여성 지질학자는 국제 포럼과 알바니아에 넘쳐나는 변절자 무리를 이용해, 무엇보다 벡타시* 같은 종파들의 분류를 통해 여러 국가의 역사에서 알바니아 연대기를 빼내어 이슬람 세계 쪽으로 슬그머니 이주시키려고 시도했다. 그러고 나면 알바니아를 '국민 대다수가 이슬람교도인 국가'로 규정함으로써 한 걸음 더 나아가기가 쉬웠는데, 이는 현재 유럽 어디에서도 사용되지 않는 규정이었다.

알바니아인의 특수성을 부각하는 데 들인 전통적인 열의가 마침내 제 공식 의상을 찾아냈다. 유럽에 받아들여질 가능성이 구체화될수록 종소리는 더 크게 울렸다. 알바니아도 유럽에 속한다. 물론 발칸 서쪽의 모든 나라처럼. 그렇지만 다른

---

* 민족주의적, 자유주의적 성향의 이슬람 종파.

나라들과 전혀 같지 않았다. 알바니아에는 '다만'이라는 조건이 붙었다. 마치 동정심에서, 달리 대안이 없어서, 임시 자격으로 받아들이는 것처럼.

임시 자격이라는 표현이 어느 정도 안도감을 불러일으키는 듯 보였다. 유럽에서 알바니아는 집안의 딸이 아니라 멀리서 온 이방의 며느리였다. 아버지의(바바의, 아니 둠 바바의) 고향에서 온 며느리이므로, 덧붙인 모든 조각이 그렇듯이 얼마든지 되돌려보낼 수도 있을 것이다.

아시아로의 복귀는 우리가 '다만이 붙은 알바니아' 혹은 '조건부 알바니아'라고 부를 수 있는 것의 본질을 이룬다.

9
자발과 자블라를 향한 새로운 회귀
죽은 술탄의 납치

'조건부 알바니아'라는 이야기의 본질을 이해하려면 또다시 과거로의 회귀를 피할 길이 없다.

칠백 년 전인 1314년으로 돌아가보자. 먼 두 민족, 같은 체구의 알바니아와 오스만튀르크가 서로에 대해 전혀 알지 못하며, 안갯속의 두 야생동물처럼(야코프 팔메라이어의 묘사를 빌리자면) 어느 날 복수의 갈증과 쓰라린 회한을 잔뜩 품고 둘 중 하나가 쓰러질 때까지 죽도록 싸우게 되리라는 걸 아직 알지 못하던 때다.

그후 차례차례, 1389년에는 코소보 전투가 있었고, 1444년에는 크루여에서 싸웠으며, 1453년에는 콘스탄티노플에서 싸웠고, 1468년에는 스칸데르베그가 죽었고. 1479년 슈코더르가 함락되었다. 1480년에는 오스만이 이탈리아를 침범했고, 그 직후 정복자 술탄이 죽었다. 오스만의 철수. 알바니아의 종말. 비非알바니아의 시작.

그후 1501, 1601, 1701, 1801, 1901년이 이어진다. 그리고 1912년에 다시 알바니아가 된다. 1913년에 알바니아는 유럽으로 복귀를 시도하는 독일 왕의 지배 아래 놓인다. 다른 반쪽인 반反알바니아는 그런 요구에 응하지 않는다. 1920년은 공화정 알바니아. 1939년은 이탈리아-알바니아. 1943년은 독일 알바니아. 1944년은 공산주의 알바니아가 이어진다.

특별한 여러 지표 가운데 1981년 3월 31일을 소환해보자. 대외적인 알바니아. 프리슈티나. 거리에 등장한 탱크들.

반쯤 빈 대학 교정에서 친구들이 군대 탱크에 난자당하는 동안 페야의 한 대학생은 조용한 방에서 박사논문을 쓰고 있다. 「알바니아인의 아랍 기원」.

그가 장차 무하메드 무파쿠가 된다. 가장 힘든 시기에 세르비아 쪽에 서게 될 인물이다. 탱크보다 더 세르비아 쪽에.

삼십 년도 더 전에 쓰인 무파쿠의 박사논문은 알바니아의 튀르키예화 계획이, 달리 말해 '조건부 알바니아'라고 표현할 수 있을 계획이 결코 일시적 영감이 아니었음을 확인해준다. 군주제 유고슬라비아는 1938년 추브릴로비치의 이론을 통해 공산주의 유고슬라비아에 그 계획을 물려주었고, 공산주의 유고슬라비아는 공산주의가 몰락한 뒤 공산 체제 이후의 세르비아에 다시 물려주었다.

믿기 힘들어 보이겠지만 눈이 뽑히거나 옷을 밟힌 자발과 자블라의 기이한 이야기가 다시 등장했다.

어느 아침, 프리슈티나의 대사원은 튀르키예 술탄의 이름을 달고 깨어났다. 처음에 사람들이 생각한 것처럼 1389년 코소보 전투에서 사망한 무라드 1세의 이름이 아니라, 그의 계승자 중 한 사람인 메흐메트 파티히, 일명 스칸데르베그라고 불리는 카스트리오트에게 패배한 술탄의 이름이었다.

카스트리오트가 유럽 여기저기에 동상의 형태로 나타난 건 수 세기 전의 일이었다. 그런 식으로 그는 로마, 브뤼셀, 스칸디나비아 도시들까지 갔다. 더 훗날, 오스만이 알바니아 땅을 떠났을 때 그는 이 땅으로 돌아와 자신의 자리를 주장했다. 여전히 동상의 모습으로.

그렇게 그는 알바니아의 수도 티라나에, 그후엔 두번째 수도인 프리슈티나에 나타났다. 그럴 때마다 사람들은 잊지 못할 그달, 1444년 11월에 그가 알바니아에 처음 도착하면서 했다는 유명한 말을 떠올렸다. "제가 여러분에게 자유를 가져온 게 아닙니다. 여러분 틈에서 제가 자유를 찾은 겁니다!"

그러나 이 동상 이후로 어느 술탄이 와서 동상이 아니라 이슬람 사원의 형태로 세워지는 일은 아직 한 번도 없었다. 두 인물이 같은 광장에 자리잡을 수 있었을까? 자유 제공자와 자유 강탈자가 함께?

물론 그렇지 않았다. 그랬더라면 모든 게 '초현실주의적'으로 변했을 테고, 메시지들은 반대로 뒤집혔을 것이다. 카스트리오트가 자유에 관해 성스러운 말을 던지고 난 이후에, 내가 예속을 가져온 게 아니라 예속은 이미 창궐하고 있었노라고 선언하는 술탄의 말이 음산하게 울렸을 테니까.

2014년

맥베스

1

내가 『맥베스』로 너무 멀리 나아갔다는 건 얼굴 한가운데 코가 있는 것만큼이나 명명백백했다. 그리고 내가 거기서 빠져나오는 게 얼마나 어려웠는지 모르는 사람은 아무도 없었다. 그 주제에 접근이라도 할라치면 동료들이 대번에 외치는 소리가 들렸다. 그걸 또 『맥베스』에 갖다붙이려고? 내가 빌미를 제공한 그 말은 친구들의 말이 되기 전 내가 나 자신에게 하던 말이었다.

처음에 나는 우리의 결별이 자연스럽게 닥치리라 생각했다. 유년기에 생겨난 많은 것이 그렇듯이. 여전히 불확실했던 건 그 일이 일어날 순간이었다.

솔직히 말해 결별의 순간은 늦어지고 있었지만 나는 조금도 불안하지 않았다. 내가 그 결별을 바라는지 바라지 않는지도 그다지 알고 싶지 않았다.

그러나 사건은 우리가 가장 예기치 못할 때 종종 발생해서, 결별은 프랑스어 수업이 갑자기 러시아어 수업으로 대체된 고등학교 2학년 때 일어난 듯 보였다.

나는 『맥베스』를 알바니아어가 아닌 다른 언어로 읽을 생각에 오랫동안 설렜다. 그토록 무시무시한 아름다움이 서로 다른 수십 개의 언어 속에 구현되었다는 사실이, 그런 고갈되지 않는 매혹을 인류가 공유하고 있다는 사실이 기적처럼 보였다. 나는 그 작품을 영어로 읽고 싶었지만, 제국주의의 언어를 이 나라에서 가르칠 리 없었다. 그래서 러시아어로 만족해야 했다.

얼마 후, 나는 내가 배운 몇 안 되는 어휘로 러시아에서 온 선생님에게 러시아어판 『맥베스』를 구해줄 수 있는지 물었다.

선생님은 놀란 표정을 짓더니 곧 티라나에 가는 다음주 토요일에 소비에트 클럽 도서관에서 분명히 구할 수 있을 거라고 약속했다.

우리 모두는 선생님의 약혼자가 수도에 살고 있다는 걸 알아서 월요일만 되면 호기심을 품고 그녀를 탐색했는데, 상상력을 동원해 육체적 쾌락의 흔적을 간파하려고 그녀의 눈길과 걸음걸이까지 살피곤 했다.

선생님이 약속한 다음주 월요일, 나는 아무런 기미도 간파할 수 없었다. 눈에 보이지 않는 에로틱한 장신구로 젊은 여성을 치장하는 일이야 누구라도 할 수 있지만, 그녀가 러시아어판 『맥베스』를 가지고 왔는지 가지고 오지 않았는지는 누구도 알아맞힐 수 없기 때문이다.

수업시간에 내가 거의 모든 희망을 잃었을 때쯤, 선생님이 내 자리로 다가오더니 매혹적인 향기를 발산하는 목덜미를 가까이 대며 책을 잊지 않았다고 속삭였다.

집에 가서 두 버전의 여러 예문을 비교할 수 있을 때까지 기다리기가 어찌나 힘들던지.

나는 들떠서 조바심을 치며 이 책에서 저 책으로 건너다녔다. 유령의 등장에서 맥베스 앞에 나타난 피 묻은 단검으로, 그리고 살해로, 그후의 문 두드리는 소리로.

О, если, стук в мог пробудить Дункан.
(오, 저 문 두드리는 소리가 덩컨왕을 깨울 수 있으면 좋으련만.)

나는 '스투크стук'가 문 두드리는 소리를 가리킨다고 생각했다.

알바니아어로는 완전히 달랐다.

두드려 깨워라! 할 수만 있다면!

놀라운 희열이 엄습해 도무지 가만있을 수가 없었다. 『맥베스』가 번역된 언어는 백여 종이 넘었는데, 각 언어가 이 무한한 헐떡임을 각각의 방식으로 옮겨놓은 것이다.

하지만 열정이 이는 것과 동시에 내 안의 무언가가 힘을 잃어갔다. 러시아어로 된 다른 구절들을 찾았는데, 그 구절들은 나를 홀리는 게 아니라 점점 더 허기를 안겼다.

그게 러시아어 때문이라고는 생각되지 않았다. 우리 모두는 이 언어를 좋아했다. 선생님이 우리 눈에 점점 더 매력적으로, 특히나 티라나에서 돌아오는 월요일에는 더더욱 매력적으로 보였기 때문이다.

원인은 다른 데 있다고 느꼈다. 그러다 키릴문자를 떠올렸다. 그것이 전율을 가로막는 게 분명했다.

생각할수록 그 공포가 라틴 표기법이 아닌 다른 표기법으로는 온전히 표현될 수 없다는 확신이 들었다. 다행히 알바니아어는 라틴 알파벳이었다. 게다가 키릴문자로 된 텍스트는 옹색해 보였다. 모든 글자가 대문자로 쓰인 것처럼 보였다.

키릴문자로는 충분하지 않다는 듯 곧 또다른 점이 내 실망을 키웠다. 바로 새 책이었다. 화학 교재도 아니고, 프롤레타리아 도덕 개론서도 아니고, 우리가 기분전환의 모든 희망을 둔 책, 바로 소설이었다.

그 소설의 명성은 우리가 제목을 채 알기도 전에 널리 퍼졌다. 공산주의문학을 통틀어 최고의 걸작이자 최고의 보석, 그 왕관이 곧 커리큘럼에 들어가게 된 것이다! 휴식시간 동안 그 소설에 관한 정보가 금세 퍼졌고, 제목까지 언급되었다. 그 책 펼쳐봤어? 아니 아직, 너는? 우리도 아냐.

누구도 차마 대놓고 말하진 못했지만, 그 제목이 우리에겐 조금 실망스러웠다. 그걸 믿지 못하는 아이들이 많았다. 다른 아이들은 수식을 덧붙였다. '피투성이 어머니' 혹은 막심 고리키의 '어머니의 유령' 이런 식이었다. 그 제목에 익숙해져야 한다고 깨달을 때까지 그랬다. 소설의 제목은 '어머니'였다…… 러시아어로는 훨씬 메말라 보였다. 마티Мать.

그러나 책 자체에 비해 제목이 큰 즐거움을 주리라고 생각한 사람은 아무도 없었다. 그 책엔 만찬 후의 살인도, 심지어 오후 한나절의 살인도 흔적조차 없었다. 게다가 그것으로 충분치 않다는 듯이 주인공은 여성이지만 『탄식의 다리』*의 미녀 임페리아, 트로이의 헬레네, 혹은 레이디 맥베스와 공통점

---

* 미셸 제바코의 소설.

이라곤 전혀 없었다. 그 책의 주인공은 그저 평범한 아주머니로, 뒤로 갈수록 점점 더 착해지기만 했고, 그 선량함이 가증스러움을 세심하게 가리는 가면일 뿐임을 발견하리라 기대할즈음 그녀의 헌신은 더욱 커져서 이렇게 외치고 싶을 정도였다. 그만!

과도한 선량함의 단점은 고리키의 『어머니』 독서와만 관계된 게 아니었다. 나는 교실마다 걸려 있는 스탈린 초상화도유사한 감정을 불러일으킨다고 믿었다. 어떤 위협도 없이 그저 호의적인, 말하자면 따분한 감정을 말이다. 우리의 스칸데르버그도 일정량의 선량함을 과시하지만 그의 헬멧 위에는적어도 영양의 뿔 두 개가 돋아나 보는 이를 싸늘하게 얼어붙게 만들지 않는가. 스탈린은 전혀 그렇지 않았다.

스탈린의 사망 소식에 울음을 터뜨리는 것 자체에 나는 이미 경계심이 들었다. 스탈린과는 뭔가 수상쩍었다. 몇십 년동안 축제와 회의 때 기쁜 마음으로 그에게 환호했던 사람들, 공장 노동자들, 장교들, 협동조합 사람들, 여성 인권단체 사람들, 요컨대 모든 습관적인 열광자들이 울었다. 그리고 그들과 함께 고등학생들, 수감자들, 고아들, 배구팀들, 소수자들, 양재사들, 에스토니아인들, 몽골인들, 심지어 정치국 사람들까지 울었다……

특히 정치국 사람들은 공포를 불러일으키지 못한다는 점에서 실망스러웠다. 제자리에 일렬로 정렬한 그들을 보면 이런 생각이 들었다. 저 사람들은 이따금 만찬도 열까?…… 다시 말해 손님을 맞기도 하나?

차라리 털어놓는 편이 나을 텐데, 나는 생각했다…… 왜 토해내지 못할까?…… 저 사람들은 적어도 이따금 생각이라도 했을까…… **다른 인물이 한 일을**…… 그렇다. 맥베스 말이다…… 그러니까, 식사 후에 손님을…… 죽이는 걸?

그런 시커먼 생각은 어디서 나온 거야? 언젠가 같은 반 여학생 하나가 내게 물었다. 소련식 실험에 맞게 처음으로 우리를 남녀 섞어서 앉혔을 때였는데, 나는 그녀에게 깊은 인상을 주려고 맥베스의 만찬에 대해 말했다.

그녀는 고개를 저으며 나의 음산한 생각에 대해 같은 질문을 반복했다.

너는 그런 생각 안 해봤어? 내가 물었다. 그녀는 고개를 저었고, 우리의 차이를 두드러지게 하려는지 "아니"에다 "절대"까지 덧붙였다. 그것이 내겐 모욕처럼 느껴졌다.

하마터면 이렇게 말할 뻔했다. 난 네가 어떤 몽상을 좋아하는지 알지. 그렇지만 금세 부끄러워져서 어떤 여자에게도 『맥베스』 얘기는 하지 말아야겠다고 다짐했다.

2

지로카스트라를 떠나면서 나는 다른 끔찍한 이야기와 함께 맥베스 이야기도 뒤에 남겨두었다고 생각했다.

"그곳에 나는 아버지를 남겨두었고, 어머니를 남겨두었네"라는 아르버레시 노래 가사처럼 나는 그곳에 맥베스를 남겨두었다고 말할 수도 있었을 것이다.

티라나에서는 수업에서 만난 한 여자가, 금발(내 생각엔 이거야말로 청소년기의 나쁜 버릇들을 단번에 지워버리기에 좋은 미덕이다)에 유난히 다정했던 여자가 나를 전혀 새로운 사람으로 느끼게 해주었다. 적어도 그렇게 생각했다. 이따금 맥베스가 드러내놓고 나타나지 않을 뿐 멀리 있지 않다고 짐작하긴 했지만.

얼마 동안은 맥베스에 대해, 그리고 맥베스 부인에 대해서는 더더욱 말하지 않겠다는 약속을 지키기가 그리 어렵지 않았다. 다시 모스크바에서 학생 신분이 되었을 때는 특히 그랬다. 그곳은 어두운 스코틀랜드 영주와 완전히 작별하기에 더없이 완벽한 장소로 보였다.

다른 어느 곳보다 금발 여자들 수가 많아 마음을 달래준다는 점만 도움이 된 건 아니었다. 중세풍 크렘린궁의 중심부에서 뿜어져나오는 다른 무엇도 있었다. 크렘린궁은 고리키문학연구소에서 걸어서 이십 분 거리에 있었는데, 꼭 이런저런 이야기들의 배경으로 쓰이도록 일부러 가게에 세운 것처럼 보였다. 붉은 별과 그 유명한 사회주의리얼리즘의 시계가 무시무시한 유령은 물론 불길한 홍조의 존재를 영원히 상상할 수 없는 것으로 만들지만 않았다면 말이다.

가는 곳마다 굳은 미소가 자리잡고 있었다. 그럴 수만 있었다면 모두 질겁했을 그런 호의였다…… 고리키의 어머니 같은 일종의 유령이지만, 셰익스피어의 유령과는 다른 종류의, 훨씬 음산한, 긍정적인 유령이었다.

때때로 그 모든 것이 내 상상의 결실은 아닐까 하는 생각이 들었다. 날이 갈수록 우리는 위험을 무릅쓰고 그때까지 비밀로 간직해온 범죄들을 조금씩 더 과감하게 언급하기 시작했다. 하지만 그런 얘기를 하는 방식도 기묘해서 음산함이 곁들여지지 않으면 잘되지 않았다. 꼭 12월의 어느 자정에 뻐꾸기구멍이라는 곳에서 총살이 이루어진 뒤, 총살집행부대 지휘관이 총살당한 자들에게 이제 그들의 세상이 될, 죽음과 제국주의 진창으로 이루어진 새로운 세상에서 멋지게 성공하길 빌었다는 얘기를 듣는 것 같았다.

듣자 하니 스탈린이 마지막 라트비아인까지 말살하고자 했다고, 어느 날 예로님 스툴판즈가 내게 털어놓았다. 예로님은 가장 친한 친구여서 나는 그가 무슨 말을 해도 절대 거슬리지 않을 거라는 확신이 있었다. 하지만 그는 자기 말의 무언가가 내 마음에 들지 않았다는 걸 느끼고는 이내 이렇게 덧붙였다. 내 말에 놀라 말문이 막힌 거야? 스탈린이 너희 알바니아인들에겐 안 그랬을 거라 생각해? 천 리 떨어진 하늘에 감사해야 할 거야. 그러지 않았으면 무슨 일이 닥치는지 미처 깨달을 시간도 없었을 테니까!

내 인상이 찌푸려진 건 그것이 아니라 전혀 다른 것 때문이라고 그에게 말했다. 이런 표현을 써도 될지 모르겠지만 내가 멕베스광이라는 것, 그래서 공포가 그리 공포스럽지 않은 방식으로 표현되는 걸 보면 언제나 아연해진다고 설명하기가 어려웠다…… 이 모든 끔찍한 일들은 참으로 우스운 방식으로 얘기되었다…… 까마귀 그림자나 불길한 잠이 없는 살인…… 유령이 나타나지 않는 살인들……

그는 내 말을 따라오기 힘들어하는 것 같았다. 나는 계속 설명하려 애쓰면서, 내가 청소년기에 스탈린을 어떻게 생각했는지 말해주었다. 모두가 그를 속인다는 느낌이 들어 그를 동정하게 되었다고.

그는 내가 완벽한 바보였다고 응수했고, 우리는 한참 웃다가 그가 결국 라트비아인처럼 알바니아인도 모두 바보였다고 인정했다. 그는 우리가 아마 지금도 바보일 거라고, 내가 말한 그 호의가 이제는 레닌에게로 향해 레닌을 동정하게 될 것이라고 덧붙였다. 레닌 아저씨가 막 골로 간 자보다 어쩌면 더 딱했으리라는 사실을 깨닫게 될 날까지.

우리는 셰익스피어를 짓누르는 까마귀의 울음소리와 공포의 무게에 관해 다시 얘기하기 시작했고, 그가 나로서는 알지 못했던 일을 들려주었을 때 나는 그가 나를 이해했다는 걸 알았다. 스탈린이 쇼스타코비치의 오페라 〈므젠스크의 맥베스 부인〉 공연 도중 화가 나서 나가버린 일에 대한 얘기였다.

아! 나는 탄성을 내질렀고, 이어서 둘이 한목소리로 외쳤다. 그러니까 스탈린은 그때 깊이 잠들지 않았고, 아마도 마녀들이 외치는 예언을 들었을 거야.

안녕, 스탈린,
앞으로 레닌이 될 테니!

3

우리는 너무 많이 생각하지 않는 척했으나, 우리를 사로잡고 있던 주된 문제는 문학이 나아가야 마땅할 방향이었다. 삶인지 아니면 비-삶인지.

선거캠프에서 그러듯 두 진영은 호소를 남발했다. 삶을 배

우세요, 민중 속으로 뛰어드세요! 혹은 반대로, 어디든 가되 민중 속으로만 가지 마세요. 거기서 배울 건 아무것도 없으니! 혹은 퇴폐적인 자들의 말을 듣지 마세요. 모든 건 삶 속에 있으니 민중과 손을 잡으세요! 아, 차라리 죽음과 손을 잡으시지! 아아, 정말 바보 같은 소릴 하는군! 닥쳐!

카프카의 풍경과 올림포스에서 내려온 그리스문학에 관한 수업 때 들은 모든 것, 돈키호테의 광기, 초현실주의와 파스테르나크에 관한 노벨상 심사위원들의 음모까지, 그 모든 것이 우리를 너무도 큰 혼란에 빠뜨려 어느 날 마케비치우스가 취해서 이렇게 외쳤다. "한 유령이 고리키의 이름을 단 연구소를 떠도는데, 바로 고리키 유령이지!" 그것이 은밀한 의미를 담은 외침인지 아니면 단순히 주정뱅이의 외침에 불과했는지 누구도 이해하지 못했다.

우리는 장난 같은 말투로 시작된 이야기 너머에 비극적인 무언가가 숨겨져 있다고 느꼈다. 문학과 삶이 단짝의 인상을 풍긴다고 생각하게 되었다. 그 단짝에게는 언제고 광적인 사랑에서 똑같이 격앙된 쌍방향의 증오로 건너가는 일이 닥치기 마련이다. 여기저기서 둘의 이혼을 얘기했다.

내가 모스크바를 떠나 돌아왔을 때 티라나에서 그 갈등은 절정에 달해 있었다. 예술과 삶의 관계는 조국과의 관계에 필적할 만한 것이 되었고, 역으로 그 단절은 배반을 의미했다.

너, 지난번에 거기서 쓴 소설에 대해 얘기했잖아. 나의 친구 드라고 실리치가 다시 만난 첫날 내게 말했다.

나는 그걸 끝내서 가져왔다고 말했다.

그의 얼굴은 밝아지는 게 아니라 오히려 어두워졌다.

그는 외국에서 돌아오는 사람들에 대해 각별한 감시가 행해지고 있다고 설명했다. 나는 누구에게도 속내를 털어놓지 말아야 했다. 특히 그 소설에 대해서는, 그가 읽기 전까지 얘기하지 말아야 했다.

내 소설은 문제될 게 없어, 내가 말했다. 초현실주의의 흔적도 없고, 셰익스피어의 경향도 담고 있지 않아.

그래도……

사십팔 시간 뒤, 친구가 다시 돌아왔는데 얼굴이 한층 더 어두웠다. 나는 가슴속에서 뭔가 찢기는 느낌이 들었다. 우리 둘 다 펑펑 눈물을 쏟게 되었더라도 놀라지 않았을 것이다. 그 소설 멋지더라, 그가 말했다. 하지만 너 그거 숨겨야겠어. 절대 얘기하지 마. 심지어……

나는 그가 소설을 불태우라고 말할 줄 알았다. 내 눈길이 몹시 성나 보였는지 그가 내 생각을 읽은 듯 이렇게 말했다. 그걸 불태우라는 게 아니라, 숨기고 깊이 묻어두라는 거야…… 알아듣겠어? 네가 그걸 썼다는 사실을 잊을 정도로 단단히 묻어두라고……

우리는 서로를 이해하지 못하리라는 걸 깨달았고, 다음날 다시 대화를 시작했다. 평소 드라고는 상냥하고 미소 띤 얼굴이었다. 하지만 화가 났을 때 그렇게 더 멋져지는 사람을 나는 본 적이 없었다. 다음 만남에서 우리는 다시 소설 얘기를 하다가 금세 울적해졌다. 그는 내 소설에서 본 해악을 설명하려 애썼고, 나는 여전히 그걸 가늠하지 못했다. 그는 모스크바에서 내가 성숙해지기는커녕 완전히 통제력을 잃은 것 같다고 대놓고 얘기할 태세였다. 단편소설에서 이렇게 많은 매춘부와 글 위작자를 본 적이 있어? 심지어 이 모든 걸 첩보원과 성병에 관한 대화와 뒤섞다니! 게다가 주인공이 아무리 너와 다른 삶을, 삶 없는 삶을 산다 해도 너라는 걸 쉽게 알아볼 수 있어……

나는 다시 말을 끊고 다른 대화를 하는 게 좋겠다고, '그들'의 말이 옳다고, 나는 삶에서 끄집어낸 이런 주제들을 쓰기엔 적합하지 않은 모양이라고 말했다……

따라서 우리는 다시 한번, 어쩌면 영원히 대화를 중단했다. 모스크바의 기억 가운데 긴장을 일으키지 않는 주제가 뒤를 이었다. 대개 여자들 얘기로 끝나는 주제였다. 나는 그에게 얼마 전 알게 된 헬레나에 대해 말했고, 나도 모르게 속내를 털어놓으면서 왜 그녀에 대해 뭔가를 쓰지 않는지 물어주기를 기대하는 내 모습에 살짝 당황했다. 사실 나는 이미 그 생각을 해보았다. 그녀가 열여덟 살이라는 사실을 떠올렸고, 그 나이가 문학에서 가장 시시한 사랑 이야기들에 등장하는 여주인공의 숙명적 나이라고 생각했다……

내가 그런 생각을 말했고, 우리는 함께 웃었다. 그는 문학에서 열여덟 살의 여자들을 활용하는 데 반대한다면 여자의 나이를 앞당길 수는 없으니 다른 해결책이 있다고 응수했다. 여자가 열아홉 살이 될 때까지 기다리면 알바니아문학이 새 걸작으로 풍요로워지는 걸 보게 될 거라고.

농담처럼 말하면서도 내게 각별한 신뢰를 보이는 그가 꼭 먼 사촌 같은 느낌이 들었다. 그 신뢰가 강렬하게 느껴져서 앞으로 나올 나의 단편(마음속으로 '놀라운 그녀'라는 우스운 제목을 붙여둔)을 그에게 보여주고 싶어 벌써 안달이 났는데, 나보다는 그가 흡족해하길 더 겨냥한 마음이었다.

몇 주 뒤, 슈코더르로 출장을 다녀온 그에게 나는 사십 쪽가량의 원고를 건넸다.

아! 다 썼어? 기다리지 않고…… (아마 그는 이런 말을 하고 싶었을 것이다. 금발 여자가 열여덟 살을 넘길 때까지 기다리지 않고.)

나는 아무 대답 없이, 굶주린 사자처럼 원고를 넘기는 그를 바라보고만 있었다. 아, 그가 탄성을 내질렀다. 그러더니, 와!…… 그러더니, 흠…… 그러다 다시 아아…… 그는 음미라도 하듯 쉬지 않고 제목을 웅얼거렸다…… "죽은 군대의 장군." 오호……

우리는 둘 다 무척 행복했다. 오래전, 내가 아직 아무것도 쓰지 않았던 열두 살 시절 나의 사촌과 함께 있을 때 그랬던 것처럼, 나는 내가 둘도 없는 작가라는 사실을 그가 나만큼이나 확신한다고 느꼈다. 나보다 더는 아닐지라도.

우리의 행복은 그렇게 며칠 동안 이어졌다. 그것은 우리 대화의 유일한 주제가 되었다. 서로 찬사를 주고받았다. 나는 텍스트를 썼고, 그는 내가 쓸 수 있다는 걸 알았다. 때때로 우리는 스툴판즈를 생각했다. 삶에 동조하거나 반대하는 토론도 생각했다. "죽은 자들과 손잡고"라는 표현은 처음엔 그의 것이었다. 내가 그 감탄스러운 라트비아인을 얼마나 알고 싶었는데, 드라고는 감격스레 거듭 말했다. 나는 점점 더 두 사람이 닮았다는, 심지어 육체적으로도 닮았다는 생각을 하게 되었다.

어느 날 그는 불면으로 눈이 부은 채 나타났다. 들어봐, 그가 말했다. 밤새 네 생각을 하느라 한숨도 못 잤어. 한 가지 떠오른 게 있는데, 네가 반대하지 않으면 좋겠어. 약속할 거지? 약속해, 내가 말했다. 그는 내게 세 번이나 거듭 물었고, 나는 생각해보지도 않고 그가 바라는 대로 하겠다고 약속했다.

그는 얼굴이 더욱 어두워지더니 내게 말했다. 내가 경이로운 일을 실현했다고 생각한 바로 그 순간 사실은 죄를 범한 거라고. 내가 드물게 풍성한 주제를 평범한 단편에 희생했다고. 하지만 다행히 아직은 그 끔찍한 낭비를 만회할 수 있다고…… 그는 진중한 목소리로, 마치 파괴에 대해 말하기라도 하듯이 만회에 대해 말하기 시작했다. 처음에 나는 그의 말을 따라갈 수가 없었다. 단편을 포기하고 장편을 쓰라는 게 그의 제안이었다. 나는 그가 금발 여자에 대한 단편을 얘기하는 줄 알았다. 그러나 그는 동시에 다른 단편, 유해를 수습하는 장군에 관한 단편을 언급했다. 대체 어떤 단편을 말하는 거냐고 물으려다가 그가 두 단편 모두를 가리키고 있다는 걸 깨달았다. 금발 여자는 기다릴 수 있잖아! 그는 거의 화를 내다시피 말했다. 그러나 다른 단편, 유해에 관한 단편은 조금도 연민을 느끼지 말고 가차 없이 파기해야 한다고 했다.

결국 호되게 야단맞아야 할 것, 장편으로 바꿔야 할 것은 유해에 관한 단편이었다.

금발 여자는 기다릴 수 있지, 나는 까닭 없이 극적인 목소리로 반복했다. 그의 생각이 대번에 마음에 들어, 나는 그의 예상과 달리 바로 작업에 착수하겠다고 선언했다.

두 주 뒤, 내가 완전히 일에 빠져 있을 때 그는 중국으로 떠났다. 길게, 두세 달 정도 체류할 예정이었다. 나는 그 정도면 그가 없는 동안 작업을 마무리 짓는 데 충분하리라 추정했고, 그가 돌아올 때 금발 여자와 함께 한 손에는 꽃다발을, 다른 손에는 탈고한 소설 원고를 들고 공항에서 기다릴 작정이었다.

드라고는 그 여행에서 결코 돌아오지 않았다.

소설이 탈고되어 출간되기까지, 모든 단계가 그 없이 실현되었다. '금발 여자에 대한 단편'도 그 없이. 그리고 나머지도 전부. 영원히……

헬레나는 열아홉 살이 되었다. 그리고 스무 살이 되었다…… 금발 여자가 더는 못 기다릴걸, 아마 드라고는 이렇게 말했을 것이다.

이 소설 이후로 나는 모두가 내게서 뭔가 예외적인 걸 기대한다는 느낌이 들었다. 모두가 내게 이렇게 말할 것만 같았다. 오호! 이제 틀림없이 더 강력한 걸 내놓겠지!

어느 날 나는 티라나에서 함께 공부한 몇 안 되는 학우 중한 명인 딜라베르 르 딜라베르를 만났는데, 우리는 그를 D. D. 또는 더블 D.라고 불렀다. 그는 문학평론가가 될 생각이라고 했다. 우리는 커피를 마시러 다이티 카페로 갔고, 내가새 책을 시작할 참이라고 털어놓았을 때 그가 바로 그 말을했다. 이제 모두가 엄청난 무언가를 기대하고 있다고.

나는 얼마 전부터 한 여자에 대한 사랑 이야기를 쓰고 싶었다고 대답했다…… 금발 여자? 그가 내 말을 자르고 물었다. 언젠가 카페 플로라에서 네가 그 여자랑 같이 있는 걸 봤어…… 우라지게 멋진 여자던데……그는 천박한 말을 쓰지않으려 애썼지만 그런 말이 튀어나오고 말았다. 내가 진지한관계라고 말하자 그는 사과했다. 그러니 뭔가를 쓸 생각이긴하지만 모두가 기대하는 그런 이야기는 아니야. 솔직히 말하자면 그런 기대가 거슬려. 요컨대, 말하자면, 내 의도는 뭔가독창적인 걸 쓰려는 거야. 여자 이름이 헬레네여서 트로이의헬레네를 생각하지 않을 수 없으니…… 그가 내 말을 잘랐다. 당연하지, 성스럽도록 멋진 여자니까…… 흠. 나는 그의말을 잘랐다. 단순히 이름의 유사성에 대한 이야기가 아니라전혀 다른 이야기야. 그 여자에게서 뿜어져나오는 불안과 관런한 문제라고. 알아듣겠어? 수천 년을 관통해 네가 있는 곳까지 따라온 불안 말이야. 네 말 못 따라가겠어, 그가 말했다. 잠시 후, 뭔가를 떠올린 듯 그가 말을 이었다. 그런데 말이야, 너 스캔들을 일으키려는 건 아니지? 무슨 스캔들? 내가 응수했다. 그러니까 납치 말이야, 납치라는 작은 범죄, 그리고 이제 처벌을 기다리는 거고. 아냐, 내가 대답했다. 이 불안은 그런 것과는 전혀 상관없어!

우리는 커피를 두 잔 더 주문했고, 나는 일종의 납치가 있었던 건 맞다고, 다시 말해 여자가 다른 남자와 약혼했는데 말하자면 내가 여자를 채온 거라고 설명했다. 하지만…… 아, 이제야 설명이 되네! 그가 말했다. 샘물처럼 투명하잖아. 네가 다른 남자의 약혼녀를 납치했고, 이제 그 남자가 와서 여자를 도로 데려갈까봐 겁내는 거구나…… 그게 아냐! 나는 거의 소리지를 뻔했다. 절대로 그런 게 아니야. 그 얘기는 끝난 지 일 년도 넘었어. 문제의 불안은 보편적 차원의 것이야. 헬레네 때문에 괴물이 목마의 모습을 하고 나타났을 때 트로이 전체가 불안에 사로잡혔잖아. 내 이야기 속에서는 옛 도시 트로이와 우리의 현재 도시 티라나가 하나야. 사람들의 불안도 마찬가지고.

그러면 여자는? 그가 내 말을 잘랐다. 한순간 우리는 성난 미치광이들처럼 서로를 노려보았다. 헬레네 얘기를 물은 거야, 그가 말했다…… 그런데 말이야, 그러기 전에 부탁인데, 생각을 좀 명확히 정리해줘. 그러지 않으면 내 머리가 돌아버릴 것 같으니까. 네 이야기는 누구에 대한 거야? 카페 플로라의 그 여학생이야, 아니면 트로이의 헬레네야?

둘 다라고! 내가 말했다. 자신 없는 목소리로, 나는 문학에서는 모든 게 그렇게 명확히 잘리지 않는다고 주장했다.

아, 이해했어, 그가 말했다. 그러더니 빈정거림을 섞어 말을 이었다. 그의 말로는 내 이야기 속에서 나는 납치범이자 동시에 피랍자였다…… 더 정확히 말하자면 내가 나 자신에게서 나를 납치하려고 시도했다는 것이다!

나와 더블 D.는 서로 무엇 하나 이해하지 못한 채 헤어졌다. 두 달 뒤, 내가 그에게 전화를 걸어 어느 잡지에 「괴물」이 실리고 사십팔 시간 만에 출판이 금지되었다고 알리자 그는 "내가 예고했잖아?"라고 응수하는 대신 침울한 목소리로 나를 만나고 싶다고 말했다.

다시 만났을 때 그는 나를 위로하기는커녕 내 일이 잘못되고 있다고 내뱉었다. 내가 생각한 것보다 훨씬 나쁘다고. 나는 불안한 마음으로 그의 얼굴을 뚫어지게 쳐다보았다. 더 나빠질 게 뭐 있지? 글쎄, 더 나쁜 일은 언제나 있어. 나는 그에게 응수했다. 이봐, 더블 D., 나를 겁주려고 온 거라면 이런 대화는 그만두는 게 좋겠어.

내가 너를 겁주려 한다고? 그는 거의 비명을 지르듯 외쳤다. 배은망덕한 놈이나 그런 소리를 하지. 네 처지를 생각하느라 새벽 다섯시에 깼는데, 오만하게도 내가 자기를 겁주려 한다고 비난하다니! 이봐, 너 좋을 대로 해. 하지만 네가 궁지에 몰렸다는 건 알고 있으라고. 삶에 대한 글을 쓰라고 명령하는 경고가 앞으로 열 배 이상 쏟아질 거야. 게다가 그 정도는 아주 사소한 불행이 될 거라고.

그의 말은 느려졌고 같은 말이 계속 반복되었는데, 다만 이제는 차분하게 말한다는 것만 달랐다. 그가 말하는 걸 들으며 나는 한 가지 사실을 깨달았다. 평온한 방식으로 똑같은 말을 듣는 편이 고함과 논쟁을 듣는 것보다 훨씬 불안하다는 사실이었다. 따라서 나는 아주 조심해야만 했다. 난관에서 빠져나오고 싶다면 이번이 마지막이 되리라는 걸 의식해야만 했다. 내가 그에게 이야기했던 책들의 주제를 함께 검토해보는 것도 불필요한 일은 아닐 것이다. 이를테면 튀르키예 파샤의 자살 같은 주제 말이다. 언뜻 보면 이 주제는 꽤 괜찮아. 적들이 우리의 격정을 마주하고 스스로 패주하잖아. 다만 시사성과 잘 결부되지 않을 뿐이지. 게다가 유해를 수습하는 장군의 이야기는 이미 길게 쓴 바 있잖아. 장군이 이번에는 이슬람교도, 오스만 사람이라는 점만 빼면 결국 비슷한 얘기가 아니냐는 말이 금세 나올 거야. 달리 말하자면 그게 그거라는 거지. 그래, 이건 가치 없는 주제야. 지로카스트라에 관한 다른 주제도 딱히 더 나을 게 없어. 도시 재정비─'광인로'의 복원부터 전철 노선 계획까지─에 관한 이 주제는 명백한 조롱거리밖에 안 되잖아. '모스크바에 관한 메모'는 그나마 약간 시사성을 띠지만, 두 나라 간의 큰 불화를 고려해서 러시아 수도의 이름을 언급하는 것은 물론이고, 여기저기 묘사하는 건 더더욱 피하는 편이 신중할 거야. 그리고 무덤에서 다시 일어나 말을 타고 모스크바 시내를 질주하는 콘스탄틴은 누구야? 유령들이 득실거리는 맥베스풍의 다른 주제들은 말할 것도 없고. 이 말에 나는 소리를 지를 참이었다. 그만해! 바로 그 순간, 그가 찾던 것을 마침내 찾아낸 듯한 표정으로 이렇게 말했다. 잠깐! 그의 눈에 적절해 보이는 주제가 생각난 것이다. 건축 현장에서 벌어지는 결혼식. 멋진 노래와 춤이 곁들여지고, 다만 끝날 즈음에 유조차 운전사가 질투심에 눈이 멀어 신부에게 더러운 물을 뿌리는 게 문제인데, 이 장면은 잘라내면 그만이다…… 지금은 「괴물」이 잊히기를 기다리며 내 체면을 살리는 게 중요했다.

이 대화는 내 기억 속에 오래도록 각인되어 남을 것이었다. 결혼식에 관한 이야기는 이미 책으로 출간되어 크게 화제가 되었다. 더블 D. 혼자서만 기사를 세 편이나 썼다. 그는 다이티 카페에서 초조하게 나를 기다렸지만, 나를 보자마자 내가 기뻐하지 않는다는 걸 알아차렸다. 그는 즉각 말했다. 알아. 자기 이야기를 노동자 계층의 영광을 노래하는 찬가로 규정한 그런 종류의 찬사에 기분좋아할 작가는 별로 없다는 걸 그는 의식하고 있었다. 하지만 나는 이를 감내해야 했다. 중요한 건, 내가 현재의 삶에 관심을 기울이지 않는다고 비난하는 사람들을 입다물게 했다는 것이었다. 그리고 좀더 자세히 들여다보면 그의 기사도 무조건적인 찬양은 아니었다. 긍정적인 사람들의 절반은 멀쩡하지 않고, 일부는 광인이나 마찬가지이며, 내가 이야기 속에 그럭저럭 잘 끼워넣은 반쯤 매춘부(그는 이걸 나의 한결같은 기벽이라 말했다)인 두 인물은 말할 것도 없었으니.

언제나처럼 더블 D.는 진지해 보였다. 그가 보기에 나는 약속을 이행한 셈이었다. 적어도 이삼 년 동안은 평화를 누릴 터였다. '그들'은 아마 내가 노동자 계층에 의무를 다했으니 이어서 협동조합의 농민들을 예찬하리라고 기대할 것이었다. 그건 그들의 문제다. 나는 내 작업으로 돌아갈 것이다. 튀르키예 파샤의 자살이나 '광인로'의 재정비로. 그러나 가장 자주 떠오르는 건 모스크바의 기억이었다. 나는 몇 페이지를 쓰다가 이유도 없이 옆으로 밀어두곤 했다. 그 글엔 불가능한 무언가가 어떤 꿈속의 강박관념처럼 담겨 있었다. 이따금 그 이유를 알 것도 같았다. 돌아갈 수 없다는 점 때문이었다. 그러다 또 어떤 순간들에는 내가 전혀 알지 못하는 다른 이유 때문인 것 같았다. 내가 떠난 뒤 실제로 일어난 어떤 일 말이다. 스툴판즈와 함께 만나던 여자 이야기를 쓰면서 유부남이라 변명의 여지가 없는 그를 내가 경솔하게도 진짜 이름으로 언급한 일 때문에 나는 한밤중에 잠이 벌떡 깨곤 했다. 이 신경과민이 그를 다시 만날 수 없다는 사실에서 비롯했다고 말하는 건 내게 충분한 이유가 되지 않아 보였다. 그 치명적인 무람없는 태도 때문에 다른 일도 벌어졌다. 나중에 알게 된 사실인데, 스툴판즈는 자살함으로써 우리 세계를 정말 떠나기로 결심했다.

4

1막. 1장. 공터. 세 명의 마녀가 난입한다…… "오 맥베스, 기뻐하라, 앞으로 왕이 되실 분."

나는 그 일요일 아침을 언제나 떠올릴 것이다. 펜대를 붙든 작은 손가락마다 잉크를 묻힌 채 나는 썼다. 아니, 더 정확히 말하자면 훗날 작가가 될 사람의 첫 원고로 간주될 수 있을 이 페이지들을 베껴 썼다.

십이 년 뒤 모스크바의 창작 심리학 세미나에서 학생들이 한 사람씩 최초의 문학 경험에 대해 얘기해야 했을 때 나는 이 일화로 모두에게 웃음을 선사했다. 학생들의 국적이 모두 달라서 이 최초의 경험은 큰 호기심을 불러일으켰다. 세미나는 각 학생이 다른 사람들의 질문에 대답하며 자신의 '첫 창작'의 상황에 관해, 눈에 띄는 동기와 특히 숨은 동기들에 관해 설명을 내놓는 방식으로 이루어졌다. 잠재적 번민, 꿈, 두려움, 그리고 해당 학생이 살아온 나라의 온갖 역사적 분규까지, 그 동기를 모두가 이해할 수 있도록.

내게 첫번째 질문을 던진 사람은 교수였다. 내가 글로 쓴 것이 내게서 나온 게 아니라 다른 사람의 창작, 이 경우엔 그 유명한 영국 작가의 작품이라는 데서 어떤 거북함을 느끼지는 않았나?

내 대답은 이랬다. 조금도 그렇지 않았습니다! 또다시 웃음의 물결이 일었다. 하지만 사실이었다. 텍스트를 베껴 적는 동안 나를 괴롭혔던 유일한 점은 '마녀'처럼 비일상적인 몇몇 단어였는데, 그 단어는 주의를 기울였는데도 어느새 '미녀'로 바뀌어 있었다.

그 시절에 셰익스피어의 텍스트를 직접 베껴 쓰고 나면 마치 내 것이 된 느낌이 들었을 뿐 아니라 그의 영광 중 적어도 상당한 몫은 합법적으로 내게 돌아와야 마땅하다고 생각하게 되었다고 말하자 동료 학생들이 내게 던지는 질문의 어조는 경쾌한 농담조로 변했다.

나만 제외하고 한동안 대화는 농담조로 흘렀는데, 더 나쁠 것도 없다는 생각이 들었다. 내가 진지하다는 걸 저들이 알면 모두 나를 미치광이로 여길 것이기 때문이었다.

내 생각을 간파하기라도 한 듯 교수는 마케비치우스가 쓴 "행복한 허영심"이라는 표현은 유년기에 적용될 땐 결점이 아니라고 선언했다. 꼬마 여자아이들은 공주가 될 거라고 참으로 쉽게 믿는다며 화내는 사람이 없는 것처럼.

고백하건대 저는 왕자가 되길 꿈꾸었어요, 어느 러시아인이 말했다. 평소 세미나 때 거의 나서서 말하지 않던 학생이었다. 조지아 학생 둘 중 한 명은 알바니아인 K의 경우는 그래도 상당히 독특하다며 한술 더 떴다. 그가 스스로 말하듯이, "맥베스식으로" 왕관을 쓰고 싶어했기 때문이라는 것이다…… 다시 사방에서 웃음이 터져나왔다. 일부 학생들이 던진 가시 돋친 말 가운데 이런 소리도 들렸다. 대체 누구한테서 왕관을 훔치고 싶었던 거야? 트바르돕스키? 아니면 숄로호프? 신께서 우리를 지켜주셔서 숄로호프가 제게 왕관을 주었더라도 저는 안 받았을 겁니다. 체면 차리는 게 아닙니다! 스파시보 수다르!*

십이 년 뒤……

제1막. 알바니아. 공터. 천둥소리, 번개. 세 마녀. 르피가로, 르몽드, 로이터가 나타난다…… "기뻐하라, X여, 앞으로 왕이 될 터이니!"

짐작하겠지만, X는 나였다. 그러니 왕도 나다. 이하동문.

모든 게 흐릿했다. 꿈속처럼 울렸다. 때는 1970년. 4월 초. 부활절이었다. 사건은 멀리서 일어났다. 파리에서 무슨 일이 일어났다. 아니, 무슨 일이 아니라, 모든 일이.

아름다우면서 무시무시한 일이었다. 그곳에서 내 책이 출간된 것이다. 그것만이 아니었다. 단 며칠 사이 나는 그곳에서 유명인이 되어 있었다. 마녀들은 한데 뒤섞여 축하했다. 기뻐하라!

---

* '고맙습니다'라는 뜻의 러시아어.

났어.

당신 뭐라고 했어?

부엉이 소리가 들렸는데.

전화벨소리야, 헬레나가 말했다.

더블 D.의 목소리로는 아무것도 짐작할 수 없었다. 그는 커피를 마시러 오라고 나를 불렀다.

목소리와 마찬가지로 그의 눈길도 해독이 불가능했다.

도무지 영문을 모르겠어, 자리에 앉기도 전에 내가 말했다.

그래? 내가 상상한 대로군.

한 사람이 불가사의라는 말을 내뱉자, 이내 다른 사람도 내뱉었다.

너 정말 아무것도 몰라? 그가 다시 물었다. 아무데서도 널 소환하지 않았어?

나는 '아니'라고 고개를 저었다.

그는 사흘 전 출판사에서 다급히 파악해본 진상에 대해 말했다. 사장이 중앙위원회에 소환되었고, 그가 돌아오자마자 당 서기장이 불려갔다. 그사이 부서기장은 이 일엔 아무 불가사의도 없으며, 간첩 행위는 더더욱 없다는 사실을 환기하며 자기 이마를 쳤다. 그 소설은 우리 출판사에서 프랑스어로 출간했기 때문이다. 달리 말해, 알바니아에서. 사회주의리얼리즘에 해당하는 다른 작품들과 한데 묶여서.

그럼에도 티라나는 발칵 뒤집혔다. 내게 털어놓았듯이 더블 D.는 이해해보려고 무진장 애를 썼다. 나로 말하자면, 기뻐할 만한 이유가 있었다. 심지어 아주 당연한 일이었다. 잠에서 깨고 보니 갑자기 세계적으로 인정받는 작가가 되어 있고, 게다가 아무도 우리를 좋아하지 않는 서양에서 그런 일이 일어났으니 말이다. 이 일에 제일 먼저 아연실색한 사람이 그였다. 친구이자 형제로서, 그는 내게 아주 조심하라고 조언했다. 지구에서 가장 공산주의적인 이 나라의 한 작가가 별안간 부르주아 세계의 귀염둥이가 되었잖나. 그걸 의식하고는 있지? 앞으로 모두가 자네를 도자기 강아지 보듯 바라볼 거야.

알아, 안다고, 내가 응수했다. 내가 그것도 모를 만큼 천진하진 않아. 그의 눈길에는 애정이, 한 번도 본 적 없는 각별한 애정이 어려 있었다. 그는 그런 식으로 말해 미안하다고 했다. 절대로 내 기쁨을 망치고 싶었던 게 아니라고. 일어난 일은 기적에 가깝다고. 한 번도 본 적 없고, 상상할 수도 없는 일이어서 그걸 묘사할 말이 없다고…… 그렇지만.

나는 그를 전적으로 이해한다는 뜻으로 고개를 끄덕였다. 게다가 내가 상황의 복잡성을 얼마나 똑바로 인식하고 있는지 보여주려고 세 마녀의 대사를 읊어줄 준비까지 되어 있었다. "고운 건 더럽고, 더러운 건 곱다." 그가 이렇게 말할까봐 겁나지만 않았더라면 정말로 말했을 것이다. 이걸 또 『맥베스』에 갖다붙이는 거야?

자넨 이제…… 보통 작가가 아니야, 잠시 후 그가 말했다. 대화는 한동안 그런 쪽으로 흘러갔다. 어찌 보면 난 동시에 두 세계에 있었다…… 거기와 여기…… 그게 가능한 일일까? 그는 말로 표현하진 않았지만, 딱히 가능하다고 생각하진 않는 것 같았다. 이 무거운 대화를 피하려고 우리는 농담을 시도했다. I. K. 동지는 오늘 아침 어느 세계에서 깨어나셨는지? 이 세계에서 깨어난 거라면 동지가 이젠 협동조합에 관한 소설에 전념하리라고 희망해도 되겠소? 그게 아니라 아직 다른 세계에 있다면 그 난장판을 계속 이어가시고!

어느 때보다 조용한 한 주가 흘러갔다. 뉴스가 눈사태처럼 쏟아지리라 기대하지는 않았지만 침묵도 견디기 힘들었다. 더블 D.와 나는 같은 말을 되풀이했다. 몸은 여기, 정신은 저기, 두 영역을 하나로 합치는 건 불가능하다. 그러니 언제고 내게 분명히 제기될 문제는 이것이다. 내가 어느 기슭에 서 있느냐는 것, 이쪽인가 아니면 저쪽인가?

커피를 세 잔째 마시고 있는데 더블 D.가 소식을 가지고 왔다. 이 사건은 제 흐름대로 흘러가고 있는데, 그게 좋은 일인지 나쁜 일인지는 가늠하기가 힘들다는 것이다. 책은 유럽 여러 나라에서 동시에 출간될 참이었다. 그가 내게 죄책감을 느끼는지 물었을 때 나는 무슨 대답을 해야 할지 알 수 없었다.

그는 자신이 종종 농담의 대상이 되었고, 그 때문에 더블 D.라는 별명을 갖게 되었다는 사실을 내게 상기했다. 그런데 이제 내가 그와 유사한 일을 겪게 된 것이다. 우리는 내 별명을 찾으려고 애썼다. 메달의 양면…… 심지어 달의 양면을 환기해줄 어떤 별명…… 찾은 것 같아! 그가 외쳤다. 비조널 Bizonal!* 요컨대 두 영역에 속하는 자. 비조널 I. K. 씨……

조금 후련해진 우리는 억지로나마 웃었다. 그는 민요시까지 읊었다.

우리는 낯선 것들을 보았다/ 죽은 것과 산 것이/ 한데 포개져가네……

"왜 이 시를 떠올린 거야?" 내가 묻자 그는 사건이 일어나기도 전에 내가 계획에 대해 말하면서 읊조렸던 시라고 대답했다.

우리가 원하건 원하지 않건 대화는 매번 침울함에 빠지고 말았다. 비조널로서 나의 한쪽 측면이 점점 더 집요하게 반대쪽의 다른 무언가를 요구하는 건 당연했다.

얼핏 양쪽의 협력은 불가능해 보였다. 그새 작가가 미처 깨

---

* 두 가지 음색을 지녔다는 뜻.

닫지도 못한 채 오비디우스의 변신처럼 무시무시한 변신을 겪었다면 모를까. 다시 말해, 눈에 보이지 않는 날개와 다른 발톱, 다른 폐, 당연히 다른 뇌를 달고 부활했다면 모를까.

이따금 마치 마비 상태에서 벗어나듯 내게는 이 모든 것이 눈에 보이는 것보다 훨씬 단순하고 납득할 만하게 느껴졌다. 요컨대, 일어난 일의 원인은 나 자신이 아니었을까? 다른 세계로 건너간 그 책을, 바로 내가 겨우 스물여섯 살에 쓰지 않았던가?

나는 내 생각을 더블 D.에게 들려주었고, 우리는 한동안 서로를 응시했다. 짧은 순간, 마치 이 차갑고 놀라운 생각이 실체로 구현되어 그 무게에 짓눌리기라도 하듯 그의 눈꺼풀에 주름이 졌다. 이 이야기에는 분명히 어떤 불가사의가 있었지만 그 불가사의는…… 그것은…… 내가 이 모든 걸…… 알지 못한 채…… 했다는 사실에서 기인했다…… 그런데 이제 모든 게 밝혀졌다. 이제 나도 알고 모두가 알았으니, 앞으로 더는 계속할 수 없을 것이다.

나는 잠자코 그의 말을 들었다. 매번 내 정신은 담을 쌓고 스스로를 고립시키는 것 같았다. 요컨대 그의 말에 따르면 나는 토지개혁이나 회의 같은, 이곳 내 주변에서 일어나는 일에 신경쓰기보다는 일종의 몽유병 같은 상태에 빠져 있었다. 죽은 군대의 유해, 트로이의 목마라는 유령, 부르주아지의 예찬

이후로 완전히 끝난 모든 것에 사로잡혀 있었다……

그가 그렇게 아연실색한 건 한 번도 본 적이 없었다. 그가 이런 케케묵은 표현으로 결론을 내리는 걸 듣고도 놀라지 않을 정도였다. "신의 가호가 있길!"

모든 게 어쩌면 그리 비극적이지 않을지도 모른다는 걸 그에게 다시 보여주고 싶었다. 따지고 보면 상황이 미묘하긴 해도 끌리는 면이 없지 않았다. 심지어 그 이상이었다. 매혹적이었다. 그도 이제 내가 다른 사람이 된 거라고 선언하지 않았던가? 두 개의 삶을 가졌다고, 그 자신이 비조널이라는 말로 나를 규정하지 않았던가? 틀린 말은 아니었고 나도 그게 썩 마음에 들었다. 그걸 그에게 감출 이유도 없었다. 다른 사람들도 이 불가사의를 언급했다. 낯선 이들의 눈길에서도 그게 느껴졌다. 사람들이 대개 품는 의심과는 별개로, 다정함이 밴 다른 빛나는 눈길도 있었다. 일부 여성들이 보이는 그런 눈길에 나는 무심하지 않았고, 그도 마찬가지였다.

내가 머릿속에 있는 생각의 절반도 채 말하기 전에 그가 내 말을 자르며 자기 관심은 전혀 다른 데 있다고 힘주어 말했다. 앞으로 내가 어떻게 글을 쓸 거냐는 것이었다. 그것은 이 사건의 핵심이기도 했다. 온갖 상투적인 말, 사람들과 팔꿈치를 맞대고 살아가는 현재의 삶, 찬란한 미래 등등이 내 위로 쏟아질 것이다. 그 어느 때보다 강력하게. 내가 곤경에 빠지기를 모두가 기다릴 것이다. 앞으로 어떻게 할지 생각해봤어? 혹시……

그가 말하는 동안 나는 짧은 순간 얼굴을 얻어맞은 그의 모습을 상상했다. 말해, I. K.가 너한테 다 털어놓았지. 서양에서 인정받은 뒤로 그 작자가 알바니아는 안중에 없다고 하던가! 그리고 앞으로는 부르주아들의 비위를 맞출 생각만 할 거라고 했겠지!

굳이 내가 말로 표현하지는 않았지만, 길마 얹은 당나귀라면 모를까 모두가 알았을 일이었으니, 그런 결말을 피할 길이 없었다. 게다가 파리에서 내 책이 출간되기 전에 이미 나는 작업장에서 거행되는 노동자의 결혼식에 대한 소설 같은 건 이제 쓰지 않을 거라고, 이 체제 안에서는 더는 아무것도 쓰지 않을 거라고 맹세한 참이었다. 사람들이 귀에 못이 박이도록 말하는 그 빌어먹을 '삶' 속에서조차 만져지지 않고 변덕스럽게 남을, 뭐라 이름조차 붙일 수 없는 다른 삶이 있다는 확신이 들었다. 우리는 그걸 '두번째 삶'이라고 이름 붙일까 생각했는데, 왠지 그 표현은 불륜을 암시하는 것 같았다. '삶을 바꾸다'라는 표현으로 변화를 부각한 또다른 시도는 죽음이 수거해갔다. (죽음은 모든 분야에서 그러듯이 언어에서도 좋은 건 다 차지하고 싶어했다.)

나는 누구에게도 입도 뻥긋하지 않고 미묘한 상황에 놓일 때면 종종 도움을 청하는 가상의 법정 앞에서 판사에게 해명했다.

피고인, 문제 작품의 주제를 구성하는 생각이 어디에서 유래했는지 조금 더 명료하게 밝혀주겠습니까……? 대답은 이랬다. 물론입니다, 그렇지만 먼저 어떤 경우에도 명료한 유래라는 건 없다는 점을 아셔야 합니다. 진짜 유래에 대해 말해보자면 그건 모호할 수밖에 없습니다. 좋습니다. 우선은 인정합니다. 피고 자신이 생각하는 대로 묘사해보세요. 모호하게. 흠, 얘기해보겠습니다…… 사람들이 제가 사회주의 현실에 대해 글을 쓰지 않는다고 항상 비판하기 때문에…… 저는 무언가를 써서 이 문제를 확실히 해결하고 싶었습니다…… 사회주의보다 더 사회주의적인, 더 정확히 말하자면 초사회주의적인 문제로 말이지요. 그래요?…… 흔히들 말하듯이 황소의 뿔을 잡고 싶었던 거지요. 공산주의의 핵심으로, 아직 누구도 감히 들어가본 적 없는 곳으로, 말하자면 진앙 한가운데로 들어가는 겁니다. 아, 그래요?…… 우리가 가진 정보에 따르면 그다지 유쾌하지 못한 무언가가 문제인 것 같던데요. 뭐랄까…… 고독……? 아, 전혀 아닙니다. 그보다는 제목이 문제입니다. 저는 셰익스피어의 『리처드 3세』 도입부에서 영감을 얻었습니다. 불만의 겨울The winter of our discontent이라는 표현에서 영감을 얻어 '거대한 고독의 겨울'이라는 제목이 되었지요. 그렇지만 제목은 그리 중요하지 않습니다. 종종 제목은 작품보다 먼저 탄생하지요. 이번 경우도 그렇고요. 아, 그래요? 그러면 뭐가 문제지요? 아까 핵심을, 중심을 말하셨지요…… 바로 그겁니다. 그 문제와 관련해서 제가 비밀문서를 들여다볼 필요가 있어서요…… 뭐라고요?

그 문서에 관한 이후의 대화는 대개 당의 기록보관소 여성 소장과 나누는 것으로 상상했다. 그 소장은 다름 아니라 대지도자의 아내였다. 여러 버전의 상상은 전부 이 대목, "뭐라고요?"로 시작되었다. 뭐라고요? 설명은 불편할 수밖에 없었다. 핵심, 중심, 여든한 명에 이르는 공산주의 국가 원수들의 크렘린 회동. 그곳에서 이야기되는 말들, 비극적인 만찬. 알바니아 지도자 혼자 나머지 모두와 맞섰다. 그는 만찬 후에 암살될지도 몰랐다…… 이 모든 세부 사실이 비밀문서에 담겨 있는 것으로 추정되었다…… 그렇다 하더라도, 덜떨어진 학생 같은 글쟁이가 그렇게 끔찍한 사건을 언급할 배짱이 어디서 났지? 자기가 무슨 셰익스피어라고……

기록보관소 소장과의 두번째 만남을 상상하는 건 훨씬 쉬웠다. 처음 보면 참으로 끔찍하게 여겨질 만한 주제였다. 공산주의는 분열되고, 우리가 연단 위에서 낙천적으로 웃고 있는 모습으로만 보던 지도자들이 여기서는 전혀 다른 모습으로 보였다. 그들 여든 명은 한 사람을, 여든한번째 인물을 처단하려고 비행기로, 기차로, 배로 이동해왔다. 그들은 그 한 사람을 배은망덕한 자로, 반역자로 규정할 태세다. 그리고 만찬 후에는…… 누가 알겠나…… (만찬 후에 뭐? 누가 말했지? 누구라니? 내가 들은 건 부엉이 소리인데.) "만찬 후에 뭐요?" 그녀가 물었다. 아니, 이렇게 무시무시한 주제는 다루지 말았어야죠. 게다가 전반적으로 비극적인 그림이에요. 우리가 진앙이라고 규정한 것도 불길한 시각으로 그려졌고요. 물론 그렇습니다만 다르게는 할 수가 없었지요. 가장 안 좋은 시기의 공산주의를 그린 것이라. 분열되고, 말하자면 병들어서…… 이 단어는 적절하지 않군요. 일시적으로 어려움에 처했다고 하는 편이 낫겠어요. 아니면 왜곡되었거나. 알바니아도 바로 그래서 공산주의에서 분리되었고 말이죠. 공산주의에 작별인사를 했죠…… 이 말이 부적절해 보이나요? 이해합니다. 알바니아는 가짜 공산주의로부터 분리되었을 뿐이에요. 문서가 확실히 그 사실을 확인해줄 겁니다. 이런 이유에서 이 일화는 사회주의진영 전체 문학에서 금기로 남은 겁니다…… 그러니까 오직 알바니아만이, 다시 말해 저 혼자만…… 아니, 더 정확히 말하자면 우리가…… 알바니아를 대신해…… 알바니아를…… 그리고 지도자의 아내를 대신해……그 문서를 열어볼 권리를 가졌던 겁니다. 그러면 무슨 일이 일어나든 지도자의 허락 없이는 아무것도 출간되지 못할 테니까요. 한 쪼가리라도.

기록보관소 소장과의 만남, 문서 열람 허락, 기록보관소에 들어가기 위한 약속 등 이 모든 뜻밖의 일 가운데 가장 중요한 건 문서 자체일 것이다.

헬레나는 불안감을 품고 카페 플로라에서 나를 기다렸다.

(해버렸어. 당신 방금 뭐라고 했어?)

정말 멋졌어!

뭐? 무슨 얘기야?

문서 말이야!

그게 가능해?

응. 내가 생각한 것보다 훨씬 더.

(얘기해봐.)

모두 거기 있더라고. (줄줄이 누워 있었지.) 울브리히트, 토레즈, 통거스, 은고 티스. 가면 없이 무시무시한 모습으로. 검은 스카프를 두른 돌로레스 이바루리. 머리카락을 휘날리는 다른 사람들. 고함치는 사람들. 고함치지 않는 사람들. 말 없는 사람들. 옛날 사람들. 만찬에 가는 사람들. 유령을 보지만 그에 대해 아직 말하지 않은 사람들. 유령에 대해서도 만찬에 대해서도. 오, 얼마나 멋지던지!⋯⋯

넉 달 뒤 더블 D.가 황급히 나를 보자고 했다. 내가 예상했던 일이 실제로 일어난 것이다. 외국의 모든 라디오에서 그 얘기를 하고 있었다. 9월 13일, 대지도자 마오쩌둥이 자기 집에 황태자를 초대했다…… 살해하기 위해…… 만찬 후에. 나를 그런 눈으로 보지 마. 아냐, 오해는 없었어. '하지만'도 없었고…… 시나리오에서 바뀐 건 하나뿐이야. 중국 버전에서 죽임을 당하는 건 덩컨이 아니라 맥베스였어. 덩컨이 죽이지. 보아하니 중국인들에게는 그게 그저 단도 교환일 뿐이었어. 하지만 핵심은 그대로였지. 만찬이 있었고, 살인이 있었으니까.

한참 훗날, 공산주의가 몰락하고 난 뒤, 대체 기억이 통용화폐가 되어 모두가 체제의 죽음에 관한 예감을 오래전부터 느껴왔다고 즐겨 생각할 때, 나는 1971년 9월 13일 저녁을 떠올리면서 여러 차례 자문했다. 혹시라도 이 사건이 내가 그 시절에 쓴 소설에 맥베스풍의 색조를 입히는 데 어떤 역할을 한 건지, 아니면 처음부터 존재한 그 만찬을 나는 그저 기다렸을 뿐인지 말이다.

나는 더블 D.에게 말했다. 9월의 그날, 내가 꼭 알고 있었던 것만 같아. 중국 지도자가 육 개월만 늦췄더라면 하는 아쉬움을 자칫 표현할 뻔했다니까.

더블 D.는 생각이 달랐다. 그의 생각으로는 내가 그 일에 대해 아무것도 모르는 편이 훨씬 나았다.

우리는 잠시 이 소식이 검열과 관련해 불러일으킬지 모를 골치 아픈 상황을 상상했다. 서로 상반된 의견을 주고받는 동안 그가 거듭 말하는 일이 이미 일어났을지도 모른다는 두려움이 문득 머리를 스쳤다. 소설의 다섯 장 가운데 나는 이미 두 장을 써두었고, 바로 두번째 장이 크렘린의 만찬을 그린 것이었다. 게다가 이 장의 제목은 그 만찬의 음산한 성격을 드러냈다.

"성에 초대받은 손님들." 그가 큰 소리로 거듭 말했다. 흠, 모든 건 어떻게 듣느냐에 달렸어. 어쨌든 그는 이것이 문제를 일으키리라고는 생각하지 않았다. 적어도 다른 사건이 없다면……

집으로 돌아온 나는 황급히 원고를 뒤적이기 시작했다. 도입부부터 전화 대신 울어대는 부엉이가 나왔다. 그리고 이 장의 마지막 즈음에서 맥베스의 이름이 명확히 언급되었는데, 알바니아 지도자가 만찬을 위해 찾아간 성의 영주이자 주인의 이름이었다. 게다가 결국 유령도 등장했다. 크렘린 만찬에서가 아니라, 티라나로 돌아와 열린 공식 만찬에서였다.

갑자기 범행을 저지르다가 현행범으로 체포된 사람처럼 눈

먼 분노가 엄습해오는 걸 느꼈다. 또 뭔데? 하고 거의 소리를 지를 뻔했다. 나는 무엇도 회피하거나 감추려 한 적이 없었다. 이 페이지들은 9월 13일 이전에 쓴 것들인데, 그들이 나를 못 믿겠다면 저들 좋을 대로 분석해보라지. 필적 감정을 잘하잖나!

분노는 가라앉기는커녕 점점 더 커지기만 했다. 또 뭔데! 나는 거듭 외쳤다. 이 글들이 중국 만찬 이후에 쓰였다 한들 뭐가 잘못이지? 크렘린궁을 떠돌던 암살 의혹은 이미 한참 전부터 퍼져 있었다. 우리의 지도자는 갑자기 자리를 박차고 일어나(폐막 만찬 도중에) 비행기 대신 기차를 타는 편이 좋겠다며 떠나지 않았나……? 문제는 분명 크렘린에, 러시아의 겨울에 있었다……

만약 그 일이 크렘린과, 러시아의 눈과 관계된 일이라면 총 맞은 흔적이 그득한 유령이 크렘린에 나타나지 않았겠냐고, 다시 강조하지만, 그가 티라나로 돌아와 개최한 공식 의례에 나타날 리가 없지 않냐고 내게 환기하는 내면의 목소리만 아니었더라면 나는 냉정을 되찾았을 것이다. 게다가 유령은 아무나가 아니라 체제의 이인자, 대지도자 바로 아래 인물이었다. 사회주의리얼리즘 체제하에 공산주의 정부의 공식 만찬을 그린 묘사에서, 총살당한 지도자의 유령이 나타나 진수성찬이 차려진 식탁의 자기 자리를 찾아가는 광경을 한 번이라도 본 적이 있었던가?

어쨌든 세번째 질문은 이것이었다. **또 뭔데?** 이 질문이 이상하게도 내가 바랐던 평온을 가져다주었다. 어쨌든 내가 쓴 텍스트는 필요한 것이었다. 나는 그것을 실험실에 넘겨 모든 걸 현미경으로 샅샅이 살펴보게 할 것이고, 이 음산한 아름다움을 포기하지 않을 생각이었다.

지구상의 공산주의 지도자 여든한 명이 어느 성에 모였다. 덩컨들과 맥베스들이 뒤섞였다. 그동안 한 번도 만난 적 없었던 것처럼. 일어난 일의 본질은 앞으로 일어날 일과 분리될 수 없었다. 살인자로 온 사람들은 결국 희생자가 될 것이고, 그 반대도 일어날 것이다. 때때로 그들은 내 앞에 나타났다.

여든한 명의 맥베스처럼
그들은 머리를 치거나 잃는다

또다른 순간에는,

여든한 명의 덩컨처럼
그들은 죽임당하지 않고 죽인다.

9월 13일의 만찬과 함께 모든 걸 뒤흔들어놓은 건 중국 지도자였다! 나는 머릿속이 뒤죽박죽되어 잠을 잃었다. 살인이었나 아니면 자살이었나? 누가 누구를 죽였나? 몇 세기 전부터 알려진 버전에 부합하게 맥베스에게 초대받은 덩컨이었을까? 아니면 반대로 대지도자가 살해할 목적으로 계승자를 초대한 걸까?

> 너는 울창한 테펠레너협곡을 가로질러
> 덩컨으로 떠났다가 맥베스로 도착했지.

찾을수록 나는 매료되었다. 중국 지도자는 여러 역할과 동시에 범죄 장면의 차원들도 바꿔놓았다. 연대기 작가 홀린셰드의 말에 따르면 그는 일 마일을 천 마일로 늘려 몽골 경계까지 뻗어나갔다. 그러나 다른 변화에 비하면 그건 아직 아무것도 아니었다. 재로 피를 대체한 것에 비하면.

> 그걸 내가 했다는 걸 사람들은 안 믿을 거요
> 그러니 그 검은 재는 그만 휘저으시오.

이 모든 생각을 나는 이부작의 2부에서 펼쳤다. 이 생각들은 하나의 장章을 차지할 자격이 있었고, 그 장에서 두 가지 만찬이 공개적으로 비교되었다. 중세의 스코틀랜드식 만찬과

20세기 9월 13일의 중국식 만찬.

때는 1981년 초가을이었다. 천 쪽이 넘는 이부작이 마침내 완결되었다. 나는 두번째 권을 출판사에 넘긴 뒤 대답을 기다렸다. 첫번째 책은 서양에서 이미 출간되어 가는 곳마다 동일한 반응을 얻고 있었다. 가는 곳마다 거의 빠짐없이 '셰익스피어 분위기'가 강조되었다. 『맥베스』가 일으켰으리라 추측되는 나의 두려움은 이제 지나간 듯 보였다. 내게는 다행한 일이었을 것이다.

1981년 12월 17일, 알바니아의 수도가 끔찍한 소식에 충격을 받고 깨어났다. 총리가 침실에서 살해된 채 발견된 것이다. 저녁이 되기도 전에 외국 라디오들이 사방으로 소식을 전했다. '미스터리'라는 단어가 가장 자주 등장했다. 살인일까 자살일까? 밤에 아니면 낮에? 만찬 후에? 회의가 잘못된 것일까? 자정이 지나서였을까?

그 생각을 하지 않으려고 무진장 애썼으나 중앙위원회의 심문을 피할 수는 없을 것 같았다.

당신 원고를 읽어보았소. I. K. 당신은 거기서 유사한 두 만찬을 묘사하고 있더군. 우리 질문은 최근에 발생한 또다른 죽음에 관한 거요. 당신도 모르지 않겠지. 분명히 외국 라디오 방송에서 들었을 테니…… 당신이라면 들었고말고…… 우리는 이 당혹스러운 유사성에 대해 알고 싶소…… 다시 말해,

이 닮은 점을 어떻게 설명하겠소…… 아니 이 우연을……
아니면 뭐라 해야 할까……? 당신 좋을 대로 부르시오!

내 대답은 준비되어 있었다. 의혹의 그림자도 없다. 그럴
수밖에 없다. 필적 감정사를, 현미경을, 장파며 단파 해독 전
문가를, 통역가를, 암호문 판독 전문가를, 속기 타자수를 모
두 불러모아 중국 공산당 지도자의 만찬을 묘사한 내 글이 티
라나의 사건보다 적어도 이백 일 전에 쓰였다는 걸 밝히면 될
일이다.

내 머릿속에서 떠나지 않던 두 가지 시나리오 중 훨씬 온화
한 쪽은 자살이었다. 반면에 다른 시나리오는…… 얼굴을 붉
히지 않고는 누구에게도 털어놓지 못할 뿐 아니라 감히 상상
조차 하기 힘든 것이었다.

5

이것이 다른 시나리오다. 이번에는 중앙위원회가 아니라
비밀경찰 사무실에서. 수갑을 찬 채.

피고인, 우리는 모든 걸 알고 있다. 몇 년 동안 당신은 단순
한 작가인 양 행세해왔지. 이제 당신의 가면은 벗겨졌다.

그들이 내 머리카락으로, 내 두개골로 파고들어, 그리고 마

침내 내 뇌에 도달하기까지는 얼마간 시간이 필요했다. 내 가면은 마침내 떨어졌다! 이제 그들은 모든 걸 알았다. 서양 부르주아사회의 찬사와 달리, 나는 문학의 대가도 아니고, 무엇보다 예술이라는 신성한 세계의 신봉자 어쩌고 하는 헛소리와는 완전히 거리가 먼 사람이었다. 내가 『맥베스』에 대한 강박증을 가장하고 『맥베스』를 함부로 거론하고 범죄와 잔학 행위들을 묘사하며 세상 사람들을 성가시게 굴어온 시간을 정당화하려 노력했지만 먹히지 않았고, 이제 막이 내렸다. 나는 다른 사람이 된 것이다.

그런데 악몽보다 훨씬 무시무시한 건 진짜 심문조서였다. 작가 K의 초상은, 알바니아 정부 문서에 따르면, 그 흉악함이 상상을 초월했다. 1982년 9월 24일자 조서.* 2011년에 우연히 발견된 이 조서는 같은 해 H. 카다레의 책 『얼마 남지 않은 시간』에 실렸다. 이 책에는 희생자인 전직 장관 람비 지치슈티도 나오고, I. K.는 작가이자 『맥베스』 숭배자가 아니라 알바니아 역사에서 가장 흉악한 음모에 가담한 인물로 등장한다.

---

* 406쪽을 볼 것. (원주)

이 글을 쓰는 오늘 이 순간에도, 전직 예심판사는 아직 살아 있다. 젊은 여성 신문기자가 그를 인터뷰하러 갔는데, 그는 일어난 모든 일을 재확인해주면서도 희생자에게 가한 고문만은 부인했다. 그의 말에 따르면 고문은 다른 사람이 실행했다는 것이다.

어쨌든 어떤 연구자나 폭로자도 이 문서가 작가와 국가의 관계가 결코 목가적이지 않았다는 증거라는 사실에 관심을 기울이지 않았다. 이 문서가 순전한 조작이었다는 알리바이는 아무짝에도 소용이 없었다. 구렁텅이로 인도하는 문서 대개가 거짓이라는 건 이미 잘 알려진 사실이기 때문이다. 그러나 자주 반복되었듯이 문서는 가짜일수록 더 죽음을 낳는 법이다.

단테의 『지옥』이 그렇듯 『맥베스』 또한 독재 체제로서는 감내하기 힘든 작품이었다. 그래서 이 두 작품은—이것이건 저것이건 혹은 둘 다건—문학 토론회의 무대에 부재했다. 소문의 물결이 휩쓸고 지나간 뒤 셰익스피어가 우리 동맹국인 공산주의 중국에 정말 금지되었을 때 이 소식은 기다렸다는 듯이 퍼져나갔다.

공산주의 몰락의 첫 신호를 보면서 나는 『맥베스』와 나 사이를 갈라놓는 것은 불가능하다는 생각이 내 의식에 이미 자리잡았음을 느꼈다. 그리고 예전에도 그랬던 것처럼, 내가 이 작품과 떨어지고 싶은 건지 그렇지 않은지를 알기가 점점 더 힘들었다. 그렇기에 적절한 순간과 장소를 발견하기는 더더욱 힘들었다.

어느 화창한 날, 에든버러에서 마침내 조건이 채워진 것처럼 보였다. 나는 상을 받기 위해 그 유명한 글래미스성 근처에 와 있었는데, 감사 연설에서 이 수상 기회가 내게는 다음 날 아침 내가 제2의 고향으로 여기는 곳, 지구상에서 나의 두 번째 거주지로 간주하는 곳을 방문하기 위한 핑계이기도 하다는 사실을 덧붙였다. 맥베스의 성 말이다.

방문은 이루어졌고, 이별은 없었다.

나는 반세기가 넘도록 실행하고자 애써온 일을 다시 시도했다. 어쩌면 마지막으로, 파리의 내 단골 카페에서.

아듀, 나의 영주이자 왕이요, 살인자이자 살해당한 자, 맥베스여!

대답 없는 질문을 수도 없이 던졌다. 어떤 특별한 권리가 내게 당신과 이런 관계를 맺도록 운명 지은 걸까? 나는 내가 그 권리를 누릴 자격이 있다고 여겼다. 발칸의 외딴 구석에서, 글을 잘 쓸 줄도 모르면서 당신에게 홀려, 사람들이 얘기 해주는 대로 손가락에 잉크를 잔뜩 묻힌 채 당신의 이야기를 옮겨 적으려고 시도한 꼬마의 권리를.

6

맥베스와 알바니아의 맥베스주의에 할애된 수많은 이야기 가운데 거의 한 세기 전에 판 놀리가 쓴 글은 지금까지도 여전히 타당해 보이는데, 그에 따르면 다른 어떤 작품도 그렇게 협소한 공간에 그렇게 엄청난 불행을 담아내지 못했다.

언제건 내가 그 모든 불행의 진앙을 찾아가보려고 시도하는 건 당연한 일이었다. 그러나 쉬운 일은 아니었다. 세월이 흐르면서 진앙이 이동했기 때문이다.

파리의 단골 카페에서, 나는 다이아몬드의 심장이 자리한 곳을 명확히 밝혀야 할 시간이 오리라 생각했다. 이번에는 그것이 2장 2막에, 각각 열한 개의 음절로 된 아흔 개의 시구 가운데 있는 듯 보였다.

맥베스가 살인을 저지를 목적으로 나서서 살인을 실행하고, 아내와 대화를 나누기까지의 시간은 아마 사십오 분을 넘기지 않았을 것이다. 무대 위에서 이 시간은 예술 고유의 확장성에 따라 거의 두 배가 되었다.

'공포의 핵심'이라 할 만한 장면은 레이디 맥베스가 행동으로 옮길 준비가 끝났다고 알리는 신호, 벨소리로 시작된다. 이 소리는 맥베스의 귀에 조종弔鐘처럼 울린다. 바로 그런 이유로, 두 사람이 살아서 마주한 마지막 순간에 그는 왕에게 이렇게 말한다.

듣지 마라 덩컨이여, 그것은 그대를
천국이나 지옥으로 부르는 조종이니.

맥베스는 살인을 저지르기 위해 나간다. 레이디 맥베스가 무대로 들어선다. 스무 행의 시구가 우리에게 그녀의 불안한 기다림을 알려준다.

맥베스가 돌아온다. 열 행의 시구가 그와 아내의 거의 정신착란 같은 그 유명한 대화를 구성한다. 손에 들린 피 묻은 단도 두 개로 그는 막 왕을 살해했다. 오늘날 그 유명한 성의 방문객은 범죄의 지도를 살펴보며 몇 세기 전에 일어났을 법한 일을 쉽게 상상할 수 있다. 유일하게 교정해야 할 점은 계단과 관계된 것이다. 돌아온 맥베스는 계단을 내려온다. 그곳을 방문해보고서 나는 반대로 그가 계단을 올라가야만 했다는 걸 깨달았다. 이유는 간단하다. 살인이 아래층에서 범해졌기 때문이다. 왕의 침실은 벽이 두꺼워 훨씬 안전한 아래층에 마련되어 있었다.

하지만 내려가는 행위가 올라가는 행위보다 훨씬 비극적이어서 천재 작가의 엄청난 직관이 세부 사실을 무시하고 이야기의 핵심과 더 어울리는 하강을 선택했을 것이다. 비극의 또 다른 효모인 추락부터 넋 나간 살인자의 휘청거리는 걸음까지, 계단을 황급히 내려가는 편이 훨씬 쉽게 와닿았을 것이다. 특히나 무대 위에서는.

계단에서 벌어지는 광기어린 장면 뒤에 이어지는 남편과 아내의 대화는 짐짓 평온해 보이지만 사실은 두 사람을 한층 더 갈라놓는다. 둘은 하나의 사건이 아니라 별개의 두 사건을 얘기하는 것 같다. 별안간 맥베스 부인은 남편이 범죄에 사용한 무기 둘을 손에 들고 있는 걸 본다. 그녀는 남편을 질책하며 그 무기들을 살해 장소에 도로 갖다놓으라고 엄하게 명령하지만, 그는 거부한다.

맥베스 부인이 그 일을 직접 실행에 옮기기 위해 퇴장할 때까지, 그 모든 것이 대략 마흔 행의 시구에 담긴다. 이제 맥베스는 무대에 홀로 남아 있고, 이때 그 유명한 소리(노크 소리)가 끼어든다.

우리가 이 장면을 비극의 핵심으로 간주한다면, 문 두드리는 소리를 담은 이 시구는 그 핵심 가운데 핵심이 될 것이다.

이 중요한 장면은 벨소리로 시작해 문 두드리는 소리로 끝
난다.

이에 관해 길게 해설을 달 수도 있을 것이다. 때때로 내게
는 『맥베스』의 모든 비극이 이 하나의 시구 속에 농축된 것처
럼 보인다.

Wake Dunkan with thy knocking! I would thou
couldst!

이 글을 알바니아어로 번역하기 위해 판 놀리가 기울인 노
력이 거의 손에 잡힐 듯하다.

Trokit e zgjo! Sikur ta bëje dot!
(두드려 깨워라! 할 수만 있다면!)

열한 개로 음절 수는 맞추었지만 그래도 뭔가 빠진 듯하다.
그렇다, 왕의 이름이다! 어쩌면 다른 것도 빠졌는지 모른다.
문자 그대로 옮겨보면 이럴 것이다. "저 노크 소리가 덩컨을
깨우길! 그것이 내가 바라는 바다!"

알바니아어로 이렇게 옮기면 다소 부자연스럽게 들린다.
"내가 바라는 바"라는 대단히 뻔한 말이 평범한 누군가의 입

에서 나오면 무미건조하겠으나 살인자의 입에서 나오면 전혀 다른 무게를 갖게 되리라고 합리화해봐도 그렇다. 막 사람을 죽인 뒤 "죽어라, 그리고 다시는 깨어나지 마라!" 하고 혼잣말을 해놓고, 이삼 분 뒤에 "덩컨을 깨워라!" 하고 외치다니. 이걸 고려하더라도 이 텍스트는 뭔가 미진하다. 어쩌면 이렇게 말하는 편이 훨씬 명료했을 것이다. 덩컨을 깨워라…… 나는 막지 않을 테니! 그러나 이것도 썩 마음에 들진 않는다……

이 결핍이 아마도 놀리를 부추겨 "할 수만 있다면"이라는 말로 후반부에 무게와 극적 효과를 더하게 한 모양이다. 하지만 그렇게 하니 전반부가 죽는다. 어쩌면 이러는 편이 나았을지도 모르겠다. "이 소리가 덩컨을 깨우길! 그럴 수만 있다면!"

생각할수록 이 시구가 전체의 핵심을 이룬다는 게 명백해지니, 우리는 이 심오한 깊이 앞에서 그저 이렇게 외칠 수밖에 없다.

숭고한 심연이여, 빛을 비추라!…… 그럴 수 있으리니!

이 유명한 시구를 여러 다른 버전으로 소유하고 싶은 욕망이 그 옛날 고등학교 때처럼 자연스럽게 나를 엄습한다. 온 지구를 향해 호소하고, 모든 민족, 모든 시대, 모든 언어의 도움을 받아……

Klopf Dunkan aus dem Schlaf! O köntest du's!
(덩컨을 깨워라! 아, 그럴 수 있다면!)

독일어 번역이 모든 점에서 원텍스트에 가장 근접할지도 모른다.

스무 개도 넘는 프랑스어 번역본들에는 번역의 어려움이 눈에 띄게 남아 있다.

두드려, 덩컨을 깨워라! 아, 할 수만 있다면!

다른 언어의 경우와 마찬가지로 이 프랑스어 번역에서도 맥베스는 원텍스트에서 가정하듯이 문을 두드리는 사람에게 말하는 게 아니라 노크 소리를 향해 말하는 것으로 보인다. 결국 거의 같은 얘기지만. 시구의 후반부에 힘이 부족해 보인다.

다른 프랑스어 번역본에서는 이 유명한 대사를 세밀히 설명해 감정을 실으려는 과장된 의지가 오히려 역효과를 낸다.

자꾸 두드려 덩컨을 깨워라! 부디 하늘이 도와 그럴 수 있기를!

독일어와 러시아어, 이 두 언어로 『맥베스』를 번역한 위대한 두 작가 실러와 파스테르나크는 우리를 사로잡는 시구에서 출발해 두 행을 구성할 생각을 했다. 실러는 'Schlaf(자다)' 대신에 'Todesschlaf(죽음의 잠)'이라는 단어를 사용했다. 사실 원텍스트에는 죽음이라는 말도, 죽음의 잠이라는 말도 없다. **죽음의 잠**은 오히려 『햄릿』의 그 유명한 독백에 들어 있는데, 실러는 자신의 번역에 그걸 차용하고 싶은 유혹을 이기지 못한 모양이다.

알바니아어 번역으로 돌아가자면—두드려 깨워라! 할 수만 있다면—번역가는 아마 이 유명한 스코틀랜드인과 작별하는 순간이야말로 자신의 오랜 꿈을 실현할 적절한 때라고 판단했을 것이다. 셰익스피어를 수선하는 일 말이다…… 이 이야기는 육십 년 넘게 이어져왔다. 그러니 자, 손에 펜을 들고…… 할 수만 있다면!

이날보다는 오래전 어린아이의 어설픈 손이 텍스트에 훨씬 쉽게 미끄러져들었을 텐데! 그렇지만 뒤늦게나마 텍스트의 무언가를 바로잡을 수 있었다. 적어도 알바니아어 번역에서는 원텍스트를 건드리지 않고도 그것이 가능했다.

Trokit e zgjo! Sikur ta bëje dot!

(두드려 깨워라! 할 수만 있다면!)

앞에서 언급했듯이 여기엔 덩컨의 이름이 빠져 있다. 놀리는 열한 음절을 지키는 걸 고려하지 않을 수 없었고, 따라서 독자가 아주 자연스럽게 짐작하리라 희망하며 차라리 희생자의 이름을 희생시키기로 한 것이다. 알바니아어로 덩컨은 첫 모음에 강세가 있고 두 음절로 된 영어와 다르게 끝을 강조한 단어라 시에서 세 음절로 계산되기에 시구의 리듬을 완전히 바꿔놓는다.

원텍스트의 "저 노크 소리로 덩컨을 깨워라"는 맥베스가 노크 소리를 낸 자에게 하는 말로 짐작된다. 시구의 전반부를 두 단어로 압축하면서("두드려 깨워라!") 놀리는 살인자의 바람을 강조했다. Sikur ta bëje dot(할 수만 있다면)! 살인자의 갑작스러운 뉘우침이 바로 이 후반부에 실려 있다고 믿고서.

프랑스어(러시아어도 마찬가지다) 번역자도 동일한 방식으로 느꼈는지, 그 뉘우침을 강조하고자 "아"를 덧붙였다. "아, 할 수만 있다면!" 불행히도 프랑스어 번역은 이 "아"로 얻은 것을 "I would thou couldst!"보다 명백히 약한 "si tu le pouvais"로 이내 잃고 만다.

알바니아어 버전을 공정하게 다시 검토해보면, 알바니아어를 희생하고 영어를 선호할 때(알바니아어를 무시하는 건 아니다) 생겨나는 질문은 이것이다. **우리의** 놀리는 셰익스피어가 표현하길 바랐던 것 이상으로 맥베스의 뉘우침을 강조하지 않았나? (**우리의** 셰익스피어. 알바니아인들의 셰익스피어. 이중의 우리!)

비판을 감내하는 데 길이 든 우리의 사제[*]는 쉽게 이 비판을 받아들일 수 있었을 테지만, 사실 그는 영국의 거장을 손상시키는 일은 결코 하지 않았다. 맥베스는 뉘우쳤을 뿐 아니라 피를 흘리고 난 뒤 넋이 완전히 나가서 손을 떨고 헛소리를 할 정도로 겁에 질렸다.

그러니 놀리가 시구 후반부에 대해서는 얼굴을 붉힐 일이 없지만 전반부에 대해서는 그렇지 않다. 요컨대, 살해당한 왕의 이름은 없애지 말았어야 했다……

따라서 육십 년 넘도록 꿈꿔온 수선을 한 행에 이렇게 담았다.

Trokitje, zgjo Dunkanin! Veç, në mundsh!

---

[*] 판 놀리는 위대한 시인이자 사제이기도 했다. (원주)

(두드려라, 덩컨을 깨워라! 할 수 있기를!)

아니면 이게 더 나을지도 모르겠다.

Trokitje, zgjoje mbretin! Ah, në mundsh!
(두드려라, 왕을 깨워라! 아, 할 수 있기를!)

알바니아 언어의 가장 행복한 도구 중 하나인 기원형 동사
는 이 위대한 시구를 위해 고안된 것이 아닐까 싶을 정도다.

이제 셰익스피어의『맥베스』와 알바니아의 번역가 판 놀리
사이의 야릇한 관계를 언급할 순간이다. 번역가가 되기 훨씬
전, 그리고 알바니아에서 사제가 되기 전 그는 아테네 극장에
서 프롬프터로 일했다. 연구자들의 말에 따르면 긴 작업 시간
동안 그의 뇌는 이미 무의식중에 그 작품을 알바니아어로 번
역하는 방식으로 작동했을지 모른다. 하지만 그걸로 충분하지
않았는지, 알바니아 비극 연대기에 참으로 깊이 빠져들어 어
느 날 그는 장차 조그 왕이 될 사람과 마주하고도 그를 죽이는
데 성공하지 못하고 권좌를 잃은 상태로 내버려두는 바람에
이 왕은 궐석판결을 통해 사형선고를 받았다…… 어쨌든 나

중에 판 놀리가 번역가가 되어 셰익스피어 극작품을 출간할 때 곧바로 『맥베스』부터 서둘러 번역하기 시작하지 않았다면 그와 『맥베스』 사이의 닮은 점은 아마 분명하게 드러나지 않았을지 모른다. 그 시절에도 이미 그랬지만, 특히 공산주의 몰락 이후 온갖 가설이 나돌았다. 그는 시인이었을까, 사제였을까, 음모꾼이었을까? 그가 동시에 그 모든 것이었으리라는 가정이 사실 우세했다. 어떤 이는 그가 왕을 붙잡아 죽이고자 한 것이 죽음의 열정에 대한 증거라기보다는 왕의 살해를 번역하면서 완벽한 기량을 발휘하기 위한 궁극적 시도였다고 상상하기까지 했다. 그러니 책이 출간되었을 때 나온 이런 말은 농담도 추문도 아니었다. "맥베스가 번역한 『맥베스』" 혹은 "『맥베스』 스스로 번역한 『맥베스』".

7

작별의 종이 마침내 울렸다. 나의 검은 영주, 유괴범이자 인질이요, 살인자이자 살해당한 인물.

수천의 사람이 그와 저마다의 방식으로 관계를 맺고 있다. 개인들, 민족들, 연출자들. 그에게 매료된 사람들은 그 비극이 발생한 곳을 방문해 엄청난 돈을 지불하고 그 유명한 성의 만찬장을 빌린 뒤 유령의 등장에 관해 떠들썩하게 농담을 해 댄다. 또다른 사람들은 훨씬 놀라운 수단을 사용하기도 하는데, 그중 영원한 작별이라는 생각 없이 이곳을 떠나려 하는 이는 하나도 없다.

『맥베스』를 인간의 정신이 창조한 더없이 위대한 작품이라고 생각하는 사람들이 많다. 이 작품은 결코 한 시대의 작품이 아니고, 한 민족의 작품은 더더욱 아니다.

마키아벨리 백 년 후, 이 작품은 그의 『군주론』에 하나의 대답으로 제시되었다. 단테 삼백 년 후, 이 작품은 모두에게 진짜 지옥은 지하가 아니라 지상에 있음을 환기했다. 아트레우스 이천 년 후, 이 작품은 이들 일가가 경험했던 죽음의 연회와 동일한 전율을 불러일으켰다. 공산주의가 출현하기 삼백 년 전, 이 작품은 공산주의의 절대적 공포를 예고했다. 매번 이 작품은 작품의 탄생을 본 시대를 뛰어넘어 다음 시대를, 우리가 도래할지 알지 못하는 다른 시대를 보여주었다.

어떤 시절에는 지구 전체가 이 작품의 무게 아래 휘어지는 것처럼 생각될 수도 있었을 것이다. 이 작품과 각별한 관계를 맺고 있다고 주장하는 민족들의 긴 행렬은 안갯속에 사라졌다. 작은 나라 알바니아도 그럴 권리가 있다고 생각했는데, 유럽 전체에서 알바니아가 20세기 이 나라를 폭정으로 다스린 독재자의 아내(이 글을 쓸 때 아직 살아 있는)가 '맥베스

부인'이라는 별명을 물려받은 유일한 국가였기 때문이다. 1970년 이 작품을 금지한 유일한 국가인 중국과의 관계로 말하자면, 위대한 작품과 엄청난 민족 간의 관계가 그렇듯 우연일 수가 없었다.

用你打门的声音把邓肯惊醒了吧!
(저 소리로 덩컨을 깨워라!)

그 관계는 이런 말로 짧게 요약할 수 있을 것이다. 지구상에서 가장 위대한 민족의 수장은 제 나라 국민이 역사상 가장 위대한 문학작품에 접근하지 못하도록 금지한 뒤 그 정수인 유명한 만찬을 독차지해 9월의 어느 밤에 이용했다.

말리이로비트, 2013년 7월

모자이크

잃어버린 한나절

나는 기분좋은 느낌으로 잠에서 깬다. 특별한 이유가 없는 만큼 더 유쾌하다. 그저 모든 게 모여 제대로 돌아가는 아침 가운데 하나가 내 앞에 있다는 느낌이 든다.

나는 죄악에 저항하는 사람처럼 컴퓨터 곁을 지난다. 그렇지만 결국 유혹이 저항을 이기고 만다. 딱 이삼 분만, 나는 생각한다. 티라나의 주요 일간지 두세 곳의 제목만 죽 훑어볼 시간이면 돼. 잘못이라고 느끼지만 먼저 두 손이, 이어 두 눈이 어느새 내 말을 듣지 않는다. 스크린이 켜지고, 아마도 그리 심각하지 않은 신경의 달뜸을 느끼며 나는 스스로 이겨내리라 믿고 선 채 기다린다. 첫 신문의 첫 면이 이미 보인다. 이내 관심이 시들해져서 두번째 페이지로 넘어간다. 마찬가지다. 세번째 페이지에서 내 눈이 어느 기사의 제목에 매달린다. "알도 B.에게 사 세기 이십이 년의 징역형." 나는 웃으려고 애쓰고, 제대로 웃는 데 성공한다. 비현실적일 수밖에 없을 두려움의 감정으로부터 나를 보호하려는 듯이.

엘리베이터 안 거울이 내 얼굴에 아직 남아 있는 웃음의 흔적을 비춘다. 꼭두새벽부터 이런 소식이라니! 이내 나는 덧붙인다. 알바니아 소식! 왜 그렇게 놀란 얼굴을 하는 거지? 나는 내게 묻는다.

그리고 잊으려고 애쓴다. 하지만 내 안에서 그것은 물수제비처럼 튄다. 사 세기 이십이 년의 징역형이라니, 아무리 악독한 알바니아 불한당에게도 이런 판결은 내려진 적이 없다. 꼴좋네! 내친김에 혼잣말을 해본다. 그렇지만 네거리를 지나면서, 이번엔 제대로 잊었다는 생각이 든다.

길에서 뭔가 유쾌한 일이 끼어들 여지가 아직 있었다. 내 앞에서 바삐 걸어가던 두 여자 중 한 명이 옆 사람에게 최근에 은행에서 도둑질을 당한 느낌이 들었다고 말하지만 않았더라도.

카페에 도착해보니 내가 좋아하는 자리를 아무도 차지하지 않았다. 열흘에 한 번 정도는 누가 이미 차지하고 있다. 나는 거의 기쁨을 느끼면서 자리에 앉아 좀더 은밀한 다른 작은 기쁨을 기다린다. 종업원이 단골을 알아보고 내가 주문을 하지 않아도 커피를 가져다주는 기쁨. 세 번에 한 번쯤은 종업원이 묻기도 한다. "뭘 드릴까요?" 그건 그가 이제 막 새로 온 친구라 나를 알지 못한다는 뜻이다.

주문하지 않았는데 커피가 나오고, 이제 나의 아침 기분은 완벽하다고 말할 수 있다. 그렇지 않기란 불가능하다. 삼천 킬로미터 떨어진 곳의 알바니아 불한당에게 내려진 수 세기짜리 기괴한 판결이 어찌 내 개인의 일정에 영향을 미칠 수 있겠는가?

그런데 추가적인 증거라도 얻고 싶은 건지 나는 옆 테이블에 앉은 두 사람의 쾌활한 대화 쪽으로 귀를 쫑긋 세운다. 그들은 개 이야기를 한다. 두 사람이 오랜 친구라는 걸 알겠다. 각자가 상대의 개 이름을 아는 걸 보니.

더없이 평온하게 나는 노트를 펼친다. 작업 과정에서 가장 기분좋은 순간이다. 아직 글을 시작하지는 않았고, 곧 쓰게 될 내용의 초안만 잡아둔 순간. 따라서 한 텍스트의 초안은 몇 년 동안, 심지어 몇 세기 동안 그 상태로 남을 수도 있다…… (이를테면 사 세기 이십이 년 동안. 흠!) 텍스트는 아직 문자

이전의 상태, 따라서 완전히 자유로운 상태로 고성소古聖所에
유령처럼 남아 있다. 하지만 어떤 불안감도 일으키지 않는다.
그것은 말들 사이에 자리한—아무런 의미도 갖추지 않은 말
들이 있다—어떤 전문가도 결코 해독하지 못할 나만의 언어
다. 여기저기 보이는 몇몇 기하학적 형상이나 데생도 나머지
와 마찬가지로 누구에게도 아무 의미를 갖지 않는 것들이다.

나는 카페의 웅성거림에 익숙하다. 보호받는 느낌이 든다.
이곳에서는 "뒤푸르 씨가 오 세기 사십이 년 징역형을 선고받
았대"라는 말을 듣게 되더라도 내 관심이 쏠리지 않을 가능성
이 높다.

아, 나는 뒤푸르 씨가 도를 넘었다고 생각해. 어떤 경우
에도 그러지 말았어야지……

옆자리에서 들려온 말은 진부하기 짝이 없다. 뒤푸르 씨가
자기 아내나 수위를 목 졸라 죽였다고 말했더라도 진부하긴
마찬가지였을 것이다.

네 말에 동의해. 어쨌든 자기 개들을 그런 용도로 쓰는
짓까지는 하지 말았어야지.

보아하니 뒤푸르 씨는 아내에 대한 분노에 개들을 이용하며 도를 넘는 행동을 한 모양이었다. 그에게는 육 세기의 징역도 지나치지 않을 것이다. 알바니아 법정의 새로운 관례들을 따르면.

나는 노트를 펼쳐 작업을 이어가지만 무언가 마음에 걸린다. 이 불안의 이유를 찾을 수가 없다. 그렇지만 옆 테이블 때문이 아니라는 건 거의 확실하다. 잠시 후에는 정반대의 느낌이 든다. 바로 옆 테이블에서 불안이 온다는 느낌이다. 신문 기사 제목처럼 짧게 응축된 형태로라도 뒤푸르 씨의 아내와 개들에게 일어난 일을 이해해보려고 애쓰는 편이 낫겠다는 생각이 들기 시작한다. 그런 식으로 달걀 위를 걷는 듯 불안에 떠는 대신 평온을 되찾을 수 있을지도 모른다.

나는 생각한다. 몇 분만 희생하면 이 일은 해결될 것이다. 그래서 그렇게 해본다. 귀를 곤두세운다. 그런데 나를 비웃기라도 하듯 옆자리 사람들이 말을 멈춘다. 두 사람은 생각에 잠긴 표정으로 나를 쳐다본다. 둘 중 한 사람은 한숨까지 내쉬는 것 같다.

말하라고! 나는 속으로 말한다. 제아무리 고집 센 사람도 결국엔 입을 열기 마련이라고 믿고서 조금만 기다리면 될 것이다. 스피리히!*

마침내 두 사람은 속닥거리며 조용히 다시 대화를 이어간다. 다른 주제로 넘어갈지도 모른다는 두려움이 엄습해온다. 그들이 이미 다른 곳으로 미끄러져갔다는 느낌이 드는 순간, 개 주제로 돌아가는 소리가 들린다. 아, 돌아왔군. 어떤 회피도 불가능하다는 걸 이해한 거야! 확실히 그렇다. 개 이야기 뒤에 이내 뒤푸르 씨 아내 이야기가 나온다. 내 귀를 믿기가 어렵다! "그날 밤 추위를 탄 건" 그의 아내였다는 것이다. 그 순간 그들은 전기가 끊겨 작동이 멈춘 난방기에 대해 말하기 시작한다. 모든 것이 무정한 논리에 따라 진행된다. 흠. 무정하다니, 말이야 쉽지. 그래도 여전히 뭔가가 잘 들어맞지 않는다. 아무리 그래도 추위를 탄다고 아내를 목 졸라 죽이지는 않잖나!

잠깐 나는 이 부조리한 이야기를 포기할까 생각한다. 하지만 이내 생각을 바꾼다. 그렇게 해봤자 손해를 보는 건 옆자리의 노망난 두 사람이 아니라 나일 테니까. 따라서 나는 계속 듣기로 마음먹는다. 적어도 이 사건의 핵심을, 아니 뭐랄까, 영화의 플롯을, 또는 신문의 일면을 이해하기 위해.

꼭 일부러 그러는 것처럼 두 사람은 주제의 핵심만 피해 다닌다. 에둘러 말하고, 비껴가고, 함정에 빠진 척하다가 느닷없이 빠져나온다. 난방기는 그해 겨울에 수리되었다. 그러니

* '말하라'라는 뜻의 독일어.

362

까 그날 밤 여자는 숙명적인 충동에 휩싸여…… 드디어, 빨리도 말하네! 나는 거의 소리를 지를 뻔한다. '숙명적'이라는 말이 마침내 내뱉어진 것이다. 이보시오, 용기를 내어 얼른 뱉어요! 그런데 다른 사람이 다시 냉정을 되찾는다. 뒤푸르 씨는 개 종족 보호를 위한 협회의 회원일 뿐 아니라 그 지역 모임에 참석하기까지 했대…… 그 말이 왜 여기서 나와, 멍청하기는! 거기에 무슨 숙명적일 게 있다고? 기생충 같은 은퇴자 같으니, 이 세상에 조개처럼 딱 붙어서 가련한 프랑스 납세자들의 뼛골까지 빨아먹으려는 작자 같으니. 뒤푸르 씨는 아무 의심도 받지 않을 뻔했어…… 그래서…… 잠깐만, 기다려! 나는 혼잣말을 한다. 반성하는 마음도 없지 않다…… 범행 장소에 가장 먼저 도착한 건 기자였는데……

마침내, 플래시가 터진 듯 모든 것이 명료해졌다. 뒤푸르 씨가 어느 추운 겨울밤에 개들의 도움을 받아 자기 아내를 죽일 거라고 예고하는 징후는 전혀 없었기에 기자의 놀라움은 컸다.

그러자 나는 긴장이 풀어지고, 뭔가 애썼다가 홀가분해진 사람처럼 약간 느긋해지는 사치까지 맛본다. 그러면서 그 조각들을 가지고 전체 이야기를 재구성하기 위해 다시금 귀를 쫑긋 세운다.

만족은 오래가지 못한다. 그들의 대화는 정말이지 얽힌 실타래 같아서, 집중하려고 무진장 애썼음에도 끈을 놓쳐 결국 나는 아무것도 이해할 수 없게 된다. 이 사건을 해독하는 일은 갑자기 강박증으로 변해, 나는 원래 쓰려고 계획한 텍스트의 초안은 젖혀두고 이제 이 사건을 재구성하는 새로운 초안을 그리고 있다. 최근에 생긴 습관대로 '핵심어'만 메모한다. 추운 밤. 꺼진 난방기(프로이트식 성욕과 연관된 상징기호). 개. 여자. 범죄. 이른아침에 도착한 신문기자.

나는 주의깊게 귀를 쫑긋 세운 채 구성안 곳곳에 기호들을 채운다. 감탄부호들. 줄지어 단 물음표 네 개! 번개처럼 꺾인 화살표들. 이유는 모르겠지만 '공포'라는 단어를 키릴문자로 쓴다. 우자스ужас. 그러다보니 분해서 울고 싶은 마음이 든다.

이야기는 다음과 같다. 별장에서 뒤푸르 씨와 아내는 어느 추운 밤에 개들을 이용해……

한순간 나는 마비된 듯 굳는다. 다른 경우에 쓰였더라면 평범해 보였을 이 문장이 문득 불가사의를 품고 무거워 보인다. "개들을 이용"했다니…… 말이 쉽지, 그 개들을 어떻게 이용했다는 거지? 그리고 왜?

왜? 나는 속으로 거듭 묻는다. 별안간 이 의문이 예기치 않은 방향으로 향한다. 왜 내가 이런 걸 이해하려고 애쓰고 있지? 따지고 보면 이곳에 처음 온 저 두 손님에 비하면 카페 단골인 나는 권리를 앞세워(이런 권리가 어딘가에 명문화되어 있긴 한가?) 옆자리 두 손님을 심문해볼 수도 있지 않나. 나는 더는 망설이지 않고 용감하게 몸을 돌린다. 그러나 나의 충동은 꺾여버린다. 내가 글을 끄적이느라 몰두해 있는 동안 옆자리 사람들이 일어나 가버렸기 때문이다.

나는 홀로 남았고, 원하든 원하지 않든 혼자서 설명을 맞대면해야 한다. 이 마지막 생각이 다른 생각과 뒤섞이면서—망했군!—같은 질문이 거듭된다. 왜? 저 사람들의 헛소리에 대한 설명을 왜 내가 찾아야 하지? 지옥에나 가라지. 뒤푸르 씨와 그의 아내와 그들의 개, 그들 개의 새끼들까지.

개 종족 보호를 위한 협회가 언급되었던 게 번개처럼 내 머리를 스친다. '개처럼 짖다'나 '개와 암캐의 새끼' 같은 표현의 경우엔 이를 경멸적이라고 여기는 사람들이 있겠지만, 어쨌든 "개들을 이용"한다는 말은 조금 다르다. 그 의미가 부정적이라기보다는 긍정적이기 때문이다. 집을 지키는 개. 눈썰매를 끄는 개. 사냥꾼을 돕고 맹인을 안내하고 늑대에 맞서 양떼를 보호하는 개. 이 모든 이점에 대해 이러쿵저러쿵할 사람은 없을 것이다. 최근에 생겨난 늑대보호협회조차(양떼라는 미묘한 문제까지 포함해) 개들에 맞서 발톱을 세울 이유를 찾지 못할 것이다.

조금 진정되자 나는 메모로 뒤덮인 노트를 다시 펼친다. 개와는 관련이 없는 매일매일의 기록이다. 이유는 모르겠지만

한 가지 생각이 스친다. 경찰견이 맹인안내견만큼 무고하다고 주장할 수는 없을 거라는 생각이다. 특히 철조망으로 둘러싸인 수용소의 경우라면. 내 생각은 다시 뒤푸르 부부의 기묘한 이야기로 돌아간다. 이 사건에서 개들이 공연히 언급되었다고 보긴 어렵다. 그 겨울밤에 뒤푸르 씨 집에서 무슨 일이 벌어진 건 분명하다. 새벽에 경찰과 텔레비전 기자들이 몰려든 걸 보면.

이제 그만! 나는 머릿속에서 다시 이 혼돈을 쫓아내려 애쓴다. 혼돈 중에서도 가장 난감한 건 늘 그렇듯이 동물보호협회와, 브리지트 바르도가 여성의 모피 착용에 반대하는 운동에 뒤이어 최근 바다표범에 관해 내놓은 선언과 관련된 부분이다. 그 선언에는 우아한 여성들의 양심을 향한 호소가, 모피 없이는 아름답게 꾸미거나 따뜻할 수 없다는 듯 학살된 동물의 가죽을 걸치고 자신을 과시하지 말라고 촉구하는 호소가 어김없이 곁들여진다……

여기서 실타래가 얽힌다…… 여자들을 위한 모피, 여자들이 아름답도록. 그리고 물론 따뜻하도록. 난방기는 그날 밤 작동하지 않았다…… 그런데 뒤푸르 부인은 추웠다. 그러니 개들은 난방기 대용으로 이용되었다…… 체온을 높이기 위해……

집안을 어슬렁거리는 개들. 숨을 헐떡이며, 점점 더 빨리 달리는 개들. 달려, 멈추지 마!

따라서 이 모든 것에서 문제는 온도였다! 나는 "유레카!"를 외치고 싶었다. 풋내기들이 너도나도 이 탄성을 남발하지만 않았더라도 그랬을 것이다. 그러니까 이 사건에서 문제는 난방이었다! 달리 말해, 개의 체온 말이다. 개의 몸이 뜨겁다는 건 잘 알려진 사실이다. 그런데 달리기를 하면 배출되는 열기가 더 많아진다. 마찬가지로, 무더울 때는 그 반대로 할 수 있을 것이다. 열기를 식히려는데 선풍기가 없다면 그러니까……그걸 이용할 수 있을 것이다…… 오, 아냐!…… 사방에 기어다니는 뱀을 떠올리자 견디기 힘들어져 이번에도 거의 소리를 지를 뻔했다. "그만!"

나는 내가 제조한 욕설 칵테일을 내게 쏟아붓고 싶은 욕구를 가까스로 억눌렀다. 아주 예외적인 경우에만 쓰는 칵테일이니까. 마침내 어느 정도 죄책감에서 해방된 나는 다시 노트를 펼치고, 그림의 지위를 주장하는 내 낙서와 메모를 마주한다.

다행히, 다시 작업에 몰두한다.

부드러운 목소리가 들리더니 한 여성의 존재가 내 오른쪽 어깨 위로 느껴진다. K 씨, 방해했다면 용서해주세요. 저는 작가의 손을 찍는 사진작가입니다. 선생님의 손을 좀 찍어도 될까요? 글 쓰시는 쪽 손을요.

그녀의 눈길은 이미 내 손을 힐끔거리고 있다. 내 안에서 울부짖음이 올라오는 게 느껴진다. 이봐요, 잠깐만요! 진정해요, 마녀 같은 양반! 작가 손을 찍는 사진작가라니! 그런 말은 처음 들어보는군요!

그녀는 미소를 지으며 말한다. 작가의 손을 찍는 사진작가가 맞습니다. 더 정확히 말하자면 두 손 중에 한쪽만 찍지요. 보통 오른쪽입니다.

아! 보통…… 한쪽만!

선생님의 경우, 그녀가 말을 잇는다. 물론 글을 쓸 때(죽일 때) 사용하는 손이지요!

나는 고갯짓을 했고, 그 의미가 무엇인지는 나조차 설명하지 못하겠는데, 여자는 그걸 동의로 받아들인다.

내가 피하려고 손을 뺄 때, 물리치는 건 아니더라도 적어도 늦추려고 손을 빼던 어느 순간, 머릿속에서 내가 글을 쓸 때 사용하는 손이 다른 손이라고, 다시 말해 왼손이라고 말해 어쩌면 이 여자를 속일 수도 있겠다는 생각이 떠올랐는데, 하늘에서 내린 벌처럼 난폭하게 카메라의 플래시가 번쩍했다. 그새 내 손은 굳어버려 더는 아무것도 돌이킬 수 없게 되었다.

벌떡 일어나 카메라를 빼앗고, 이런 식으로 백주에 파리의 카페에서 다른 사람의 손을 잘라 옴짝달싹하지 못하게 할 권리가 어디 있냐고 외치기에는 너무 늦어버렸다……

그새 여자는 연옥이라도 떠나듯 홀가분하게 이미 유리문을 넘어섰다. 아마 더는 전처럼 쓰이지 못할 내 손과 함께 나를 카페 한가운데에 남겨둔 채.

이 카페에 다시는 발을 들여놓지 않을 거야! 올겨울에 이 말을 한 게 벌써 두번째다. 그러고도 다시 이곳을 찾으리라는 걸 나는 너무도 잘 알고 있다. 적어도 서너 해 겨울 동안은, 그러고도 한두 세기는 더, 불한당들에게 부과된 긴 형벌처럼 사 세기 이십이 년까지는 아니더라도.

얼마간 시간이 흐르자 손이 마비되었던 사건은 결국 의식의 외곽으로 밀려나면서 내게 경험보다는 비현실에 속하게 되었다. 세계작가회의에서 '오팔opale ─작가의 초상' 에이전시 소속 사진작가 해나 애슐린이 내게 이렇게 물어온 날까지는. "저 기억하세요?" 그녀는 천진한 웃음을 띤 채 예전에 파리의 어느 카페에서 내 오른손을 사진에 담은 적이 있다고 말했다.

파리, 2012년

공산당 정치국의 나날

지난여름, 말리이로비트*에 있을 때 비밀 기록보관소에서 나온 조서 몇 장이 내 손에 들어왔다. 이런 일은 요즘 알바니아에서 그리 드문 일이 아니다. 어느 카페에서 누군가와 마주쳤는데, 상대의 미소나 눈길에서 뭔가 달라진 걸 감지하고 그 원인이 무엇일지 생각해볼 새도 없이 이런 말이 들려오는 것이다. "나한테 그거 있는데! 한번 볼랍니까?"

미계니 사건 이후로 그거라는 은밀한 단어가 매춘부를 암시하는 고전적인 의미 외에 그리 반짝이지 않는 다른 의미들,

---

* '죄수의 산' 또는 '인간의 신'으로 번역될 수 있다. 고대에는 인간이 죄수의 의미로 쓰였다. (원주)

그러니까 마약이나 달러화, 고급 담배, 시가, 나중엔 타이핑된 비밀서류까지 가리키게 된 지 거의 한 세기가 되었다.

내가 무심한 반응을 보이자 상대가 선수 치며 덧붙인다. "공산당 정치국에서 나온 겁니다." "이래 봬도"라는 말은 굳이 내뱉지 않아도 그 눈길의 밀도로 표현되었다. 그러니까 그것은 "이래 봬도" 공산당 정치국과 관계된 문서였다. 글로 된 자취, 조서 원본이라고 그는 설명했다. 원문 그대로이며 중대한 문제에 관한 것이라고.

이래 봬도, 라고 그는 마침내 내뱉었다. 이래 봬도. 게다가 중요한 문제에 관한 것이죠.

"이를테면?" 내 질문에 그는 잽싸게 대답했다. 독일의 '기회'! 전부 해서 서른여덟 줄입니다.

독일의 '기회'라니, 그 유명한 제안 말입니까? 서른여덟 줄이라고요?

네, 그겁니다, 그가 대답한다. 완전한 결정판이죠.

이번에는 내가 "이래 봬도"라고 큰 소리로 내뱉는다. 내가 원하든 원하지 않든, 그 말을 무시하긴 어렵다. 무의미하건 무의미하지 않건 그 생각은 존재한다. 더불어 진실도 존재한다.

상대는 서류철을 내게 건네면서 그 제안은 열번째와 열한번째 페이지에 있다고 설명한다. 부제만 보고도 알아볼 수 있다. '네번째 문제―서독과의 협상에 관하여'.

솔밭을 가로질러 집으로 돌아오는 길에 한 가지 생각이 나를 사로잡는다. 공산주의의 몰락 이후 가장 논쟁거리였던 한 가지 의문에 대한 진실을 마침내 읽게 되리라는 생각이다.

이 생각은 생겨날 때와 마찬가지로 굳어지기 전에 흐릿해져버린다. 사실, 앞으로 살날도 점차 줄어드는 마당에 이 나라에서 가장 무의미한 존재인 공산당 정치국 사람들에 관심을 기울이게 되리라고는 나조차 결코 믿지 못했을 것이다!

마지막 "이래 봬도"를, 나는 평소 일하던 내 자리, 테라스 한구석에 확실히 자리잡고 나서 내뱉는다. 서류는 내 손안에 있다. 나는 열번째 페이지를 찾는다. 그리고 별행 '네번째 문제'를 찾는다…… 꼭 연극 대본 같다.

공산당 정치국. 모일.
줄지어 등장한다……

모든 작가가 그럴 테지만 나에겐 이미 수백 날을 이야기할 기회가 있었다. 따지고 보면 문학은 끝없는 저녁과 밤, 시작되는 저녁 모임과 황혼, 자정과 특히 한낮을 모아둔 것에 지나지 않는다. 어떤 사건이나 마음 상태에 대한 언급이 거의 언제나 하루의 묘사로 시작되는 건 아마 우연이 아닐 것이다. 겨울날. 주일. 잃어버린 날. 러시아 차르의 하루. 독일군이 우리를 점령한 날. 분리독립의 날. 올빼미의 날. 그날.

그렇게 그날은 닥쳤을 것이다.

문서에 날짜는 적혀 있지 않지만 쉽게 확인해볼 수 있다. 1986년일 가능성이 크다. 나는 이 조서가 진본이라는 데 의심의 여지가 없다고 믿는다.

4부 서독과의 협상에 관한 문제

라미즈 알리아 동지: 소포는 거기서 일을 마쳤어. 내일 돌아올 거네.

포토 차미 동지: 무슨 성과가 있었습니까?

라미즈 알리아 동지: 독일군이 관대한 모습을 보였어. 일정한 금액을 내놓겠다며 국제기구를 통해 전달되기만 하면 된다는군. 소포는 우선 생각해보겠다고 대답했고. 이게 독일이 가장 마지막으로 내놓은 제안이네. **첫째**, 외교관계를 회복할 것, **둘째**, 독일연방은 알바니아를 위해 일정한 금액을 내놓을 것, **셋째**, 그 경로를 찾고 국제기구들을 통해 문제를 해결하는 방식을 찾는 건 전문가들이 맡을 것. 이것이 어제 점심시간에 채택된 제안들이었네. 어제 오후에 협상이 재개되었고, 아직 전체 답변을 듣지는 못했어. 그러나 소포와 전화 통화는 짧게 했는데, 전문가들이 해당 금액을

국제기구나 다른 경로를 통해 전달할 가능성을 검토한다는 결론에 이른 것 같아. 여기서 차이점은 그들이 '다른 경로' 라는 표현을 덧붙였다는 점이지. 11월 말에 다시 회담을 갖기로 합의했는데, 보아하니 그때 확실히 뭔가를 결론지을 수 있을 것 같네.

포토 차미 동지: 그렇습니다. 저들이 이 일에 집착하는 걸 보니……

렌카 추코 동지: 저들에게 무슨 걱정거리가 있는 게 분명합니다……

시몬 스테파니 동지: 상당한 진척이라고 할 수 있겠네요.

라미즈 알리아 동지: 그 **경로**에 대해서는 좀더 면밀히 들여다보아야 한다고 생각하네. 우리는 국제기구에 도움을 청하는 데 관심이 없으니까. 국제기구는 홍보에 집착해서 말이야. 그런 기구들의 연간 보고에 언급되는 건 우리의 관심사가 아냐.

포토 차미 동지: 독일군이 일정한 금액을 내놓는 걸 받아들인다면 이 문제는 해결책을 찾게 되리라고 생각합니다. 어쨌든 우리는 알바니아와 독일연방의 교류를 확대하는 목표를 가진 공동 상공회의소를 창설하는 데 동의할 수 있지요. 편리한 방법이죠. 다른 형태나 수단을 찾을 수도 있을 거고요. 독일 국가가 한 기업에 실행의 책임을 맡기고, 그

기업을 통해 합의를 이행할 수도 있겠네요. 다시 말해 구매와 판매를 통해서 말이지요.

시몬 스테파니 동지: 그 사람들은 분명히 액수도 생각해두었겠군요.

반젤 체라바: 나라면 십억 달러를 제시하겠어요.

포토 차미 동지: 그 사람들이 오억 달러만 지불해도 나쁘지 않을 겁니다.

지금껏 한 번도 해본 적 없는 어떤 일에 몰두하기에 앞서—알바니아 노동당 정치국의 하루를 부검하는 일—그 맥락이 되는, 잘 알려진 상황을 간략하게 환기하고 싶다.

때는 알바니아 독재자의 사망 직후다. 알바니아 전체가 기대에 부풀어 있었다. 프란츠 요제프 슈트라우스*의 방문은 이미 이루어졌다. 독일의 제안이 갑자기 지평선에 모습을 드러냈다. 견고했다. 논리적이었다. 공산주의의 몰락이 임박하게 느껴졌다. 독일연방은 제 나름의 걱정거리들을 가지고 있다. 두 독일이 재결합할 때다. 사회주의진영에 갇혀 있던 나라들이 해방되기 시작한 참이다. 독일인들에게 비극의 1막은 잘

---

* 당시 그는 바이에른주 총리였다. (원주)

려나갔던 그들의 동쪽 진영과 관계된 것이다. 그 반쪽을 귀환시키기 전에, 어쩌면 '독일의 이기주의'를 감출 목적으로, 다른 나라를 위한 구호, 이 경우엔 알바니아를 위한 구호를 총연습의 구실로 이용하는 건지도 모른다. 알바니아는 공산주의국가지만 고립된 나라다. 이 나라는 오래전 공산주의진영과 바르샤바조약기구를 떠났다. 요컨대, 모든 점에서 안성맞춤인 선택이다. 독일은 실행에 옮긴다. 슈트라우스는 고향 바이에른에 뿌리를 내린 아들로, 독일에 봉사하기 위해 알바니아에 매달린다. 한편 알바니아도 이 바바리아 사람이 필요하다. 그가 알바니아를 필요로 하는 것 이상으로. 알바니아는 과다출혈로 거의 핏기를 잃은 상태다. 만장일치로 '독일의 기회'라고 이름 붙인 이 구호는 모든 점에서 하늘의 선물인 셈이다.

모든 것이 신의 섭리에 의해 계획된 것처럼 보인다. 알바니아는 서양이 견인할 첫번째 나라가 될 것이다. 소생시킬 목적으로. 제 호흡을 되찾도록. 모든 것이 이 나라에 우호적이다. 단 한 곳, 이 나라의 정치국만 빼고.

정치국의 일상에서 단 하루만 떠올려봐도 이를 충분히 확인할 수 있을 것이다. 레오나르도 시아시아*라면 '올빼미의 날'이라 제목을 붙일 법한 그런 날이다―올빼미들에게는 굴욕적이겠지만 말이다. 이날은 올빼미의 날보다, 혹은 까마귀나 도깨비의 날보다 불길했다.

　부검으로, 조서 도입부로 돌아가보자.

　라미즈 알리아가 처음 한 말("소포는 거기서 일을 마쳤어. 내일 돌아올 거네")과 그다음("소포는 우선 생각해보겠다고 대답했고") 사이에는 몇 행의 문장이 있다. 그 문단 한가운데 한 가지 소식이 있는데, 중대한 사실이다. 독일이 돈(그 유명한, 운명적인 구호금)을 내놓기로 했다는 사실이다. 그 하사에는 한 가지 조건이 붙어 있다. 국제기구를 통해 전달되어야 한다는 것이다.

　이 문단을 통해 우리는 과정(알바니아의 소생 과정)이 시작될 참임을 알게 된다. 이 글 전체가 소포라는 특정한 사람가 함께 진행된다. '소포란 누구일까'라는 질문은 따라서 피할 길이 없다. R. 알리아는 소포의 성^姓을 언급하지 않는다. 게다가 그의 이름조차 **소포클리**(이것이 완전한 이름일 텐데)

　＊ 이탈리아 소설가. 시칠리아 마피아를 주제로 『올빼미의 날』 『시칠리아의 숙부들』 등을 썼다.

가 아니라 **소포**라고만 언급된다. 이것은 사소한 세부 사실처럼 보이지만 그렇지 않다. 이는 이 이름이 아주 친숙하며, 정치국에서는 친숙한 것 이상임을 가리킨다.

그러니 질문을 다시 반복해보자. 독일과의 관계에서 주도권을 쥐고 있는 것으로 보이는 이 소포는 누구일까? 결정을 내리고, '이 문제를 검토해보겠다'고 말하며, 알리아와 짧은 전화 통화를 하면서 그곳, 본에서 누구에게도 보고하지 않고 자신이 좋다고 생각하는 대로 말하는 그는 누구일까?

이 사람은 무엇을 대변할까? 그의 권한은 무엇일까? 알바니아라는 이름을 가진 이 나라에는 통치 기구들이 갖춰져 있는 걸까? 외무장관은, 총리는, 대통령은, 국가는, 의전은 있는 걸까?

이 조서를 조금 더 밝혀볼 희망을 품고 그 이후의 내용으로, 정치국장 라미즈 알리아의 이어지는 말로 넘어가보자.

"소포는 우선 생각해보겠다고 (독일인들에게) 대답했고"라는 말 직후에 우두머리인 라미즈 알리아는 전혀 부끄러운 줄 모르고 듣도 보도 못한 야만스러운 방식으로, 새로운 건 아무것도, 절대적으로 아무것도 더하지 않은 채 동일한 이야기를 반복한다. 마치 이것이 염소나 양 떼와 관계된 일이기라도 한 듯이.

그는 독일인들이 외교관계의 회복을 최우선으로, 둘째로는 해당 **금액**의 전달을, 세번째로는 국제기구를 통한 **그것**의 전달 방식에 대한 검토를 제안했다고 말한다. "이것이 어제 점심시간에 채택된 제안들이었네. 어제 오후에 협상이 재개되었고, 아직 전체 답변을 듣지는 못했어. 그러나 소포와 전화 통화는 짧게 했는데……"

똑같은 말을 다시 늘어놓는 똑같은 뻔뻔함이 반복된다. 또다시 국제기구를 언급하고, 라미즈 알리아는 '다른 경로'를 새로운 사실인 양 제시하며 덧붙인다.

그의 말은 순전히 사기다. 독일을 상대로 벌인 알바니아의 공개적 사기. 발칸의 정치적 야바위를 보여주는 믿기 힘든 기만 행위. 말장난, 뭔가 감추기 위해 사용하는 교활한 계략. 실제로 독일을 상대로 한 것 말고도, 알바니아에 피해를 안기는 최악의 범죄가 행해졌다. 알바니아는—역사상 드물게도—생존을 위해 고군분투하고 있다. 알바니아는, 흔히들 말하듯이, 시간이 멈춰버렸다. 시장은 황량하다. 아기를 먹일 우유조차 구할 수가 없다. 그런데 '정치국'이라는 이름을 단 무리는 이런 회의에 몰두하고 있다. 차라리 암염소 무리가 훨씬 더 인간애를 보였을 게 분명하다.

조서의 문구를 좀더 파고들어보자. 대번에 눈에 들어오는 건 걸림돌, '그러나'다. 알바니아 쪽은 뭐랄까…… 사유를 찾고 있다. 그 원조를 받지 않기 위한 '그러나'를. 이 경우 '그러나'는 '소포'라는 이름을 달고 있다. 그 사람이 그곳으로 간 건 오직 저 '그러나'를 집어넣기 위해서라는 건 바보라도 알아차릴 수 있을 것이다. 게다가 그는 뜻을 이루었다. 독일이 제시한 그 금액은 끝내 알바니아에 제공되지 않았으니까! 왜일까?

이 암울한 날의 이야기를 이어가보자. '주님의 날'이라는 표현에 맞세워 우리는 이날을 '악마의 날'이라 이름 붙일 수 있을 것이다.

확인할 수 있듯이, 정치국 요원이자 조직의 철학자인 포토 차미는, "11월 말에 다시 회담을 갖기로 합의했는데, 보아하니 그때 확실히 뭔가를 결론지을 수 있을 것 같네"라고 한 알리아의 말에 응수하면서 이날 그가 하게 될 네 차례의 발언 중 하나를 내뱉는다.

포토 차미 동지: 그렇습니다. 저들이 이 일에 집착하는 걸 보니……

힘 빠진 이 표현은 성난 것처럼 들린다. 그렇지만 이 비인간적인 상황에서 인간미를 찾으려고 애쓰다보면 결국 발견하게 된다. 그렇다. 저들이 이 일에 집착하고 있다. 그러니까 요청하는 건 독일 쪽이다.

철학자의 뒤를 이어 보배 같은 인물이 나선다. 정치국의 여성 요원 렌카 추코다.

렌카 추코 동지: 저들에게 무슨 걱정거리가 있는 게 분명합니다……

이 여성이 독일의 제안에 갖다붙이는 기괴한 의미 앞에서 포복절도할 건 없다. (독일은 '걱정거리'가 있어서 그걸 알바니아를 이용해 해결하려고 시도하지만 우리는 안 속는다, 헤헤, 이러면 상대는 죽겠지!…… 등등.)

잠시 후 또 알리아가 비논리와 협잡이라는 면에서 신기록을 세우며 의사를 표명한다. 그는 국제기구를 통한 구호금 전달에 반대한다. 세상에 알려지게 될 것이기 때문이다!

철학자 포토 차미가 이날의 두번째 문장을 말하는데, 이번에는 정말이지 아무 무게 없는 말이다

포토 차미 동지: 좀 말이 날 겁니다. 그 경로는……*

그러자 라미즈 알리아가 발언권을 다시 잡고는 이 무의미한 날 가장 무의미하고 진부한 말을 한다. 끝날 무렵, 누군가 문제의 핵심을 기억해낸다. 독일이 제안한 액수.

들릴락 말락 한 목소리로 누군가 '십억 달러'라는 숫자를 말한다.

정치국 철학자가 세번째 문장을 끄집어낸다.

포토 차미 동지: 반만 해도 나쁘지 않겠네요.*

그 시절 이 금액의 절반은 오늘날의 수십억과 맞먹을 것이다. 심지어 전체 금액이면……

철학자의 이 문장으로 독일의 '기회' 일화는 끝난다. 알바니아 역사상 한 사건이 이만큼 한숨을 많이 낳은 경우는 드물다. 그리고 각각의 한숨마다 숨죽인 외침이 동반되었다. 왜?

알바니아가 파국으로 치달을 때 내밀어준 손은 왜 움츠러들게 되었을까? 그 걸림돌은, 그 '그러나'는 무엇이었고, 저 소포란 자는 누구였나? 그 생각, 그 명령, 그 치명적인 명령은 어디서 떨어진 걸까? 그것이 과거에 그랬듯 알바니아 공산주

---

* 저자는 앞의 인용문과 다르게 쓰고 있다.

의자들과 다시 관계를 갱신한 동일한 권력에서 나왔다는 소문이 돌았다. 모스크바 말이다. 보아하니 그들과 모스크바는 결코 관계가 끊기지 않았던 모양이다. 그 권력은 언제나 오직 한 가지를 요구했다. 계약을 맺고 싶다면 악마와 맺어라. 그러나 유럽과는 안 된다! **니콧다!*** 그렇게 까마귀는 말했다. 그리고 하지 차밀이. 그리고 스탈린 동지가. 그리고 엔베르 호자가. 무덤 속에서 셋 모두가. 그리고 번갈아가며 다른 모든 사람이. 부다페스트에서. 티라나에서, 2014년에는 우크라이나에서.

말리이로비트, 2014년

---

* '결코, 절대로'라는 뜻의 러시아어.

한밤의 눈물

(가상의 시리즈 '알바니아문학을 위한 노래와 탄식'에서)

1

1986년이었다. 봄이었고, 자정 무렵 전화가 울렸다.

그때까지 한 번도 전화기 반대편에서 누군가 우는 상황을 경험해보지 못한 나는 처음엔 통신 장애라고 생각했다. 그러나 금세 누군가 진짜 울고 있다는 걸 깨달았고, 누가 우는지도 알아차렸다. 그는 출판사 직원인 나임 프라셔리였는데, 당시 나의 단편과 르포르타주 모음집 편집을 맡고 있었다. 나는 그 모음집에 실린 짧은 문제작 하나가 눈에 띄지 않고 넘어가기만을 바라고 있었다.

출판사 담당자의 울음은 결코 좋은 징조가 아니었고, 따라서 두려움을 동반한 기도처럼 내 머릿속에 가장 먼저 떠오른 생각은 이것이었다. 제발 나의 짧은 이야기와 상관없는 일이

길!

불행히도 바로 그것과 관계된 일이었다. 단편으로 가장한 나의 이야기와.

누가 냄새를 맡은 거죠? 어디서? 어떻게? 부서장? 국장? 중앙위원회 출판국? 울음 때문에 더뎠지만 대답을 하나씩 들을 수 있었다. 부서장도, 국장도, 중앙위원회 출판국도 아니었다. 요컨대 아직 그 이야기는 내쫓기지 않았다. 다만 한 가지 위협이 짓누르고 있었다.

"무슨 위협입니까?" 내가 조바심을 내며 물었다. "누구의 위협이죠?"

전화선 반대편에서 울음소리가 더 커졌다. '위협'과 유사한 말이 들렸는데, 흐느낌 속에서 그 말을 끄집어내기까지는 시간이 좀 걸렸다.

"아! 알겠어요! 추락, 밀고." 내가 확신에 찬 목소리로 말했다. "그런데 대체 누가?"

그 말에 다시 울음소리가 커졌다. 마침내, 자신의 부주의와 어리석음에 대한 긴 자책의 한숨을 내쉬더니 그는 밀고자의 이름을 발음했다.

"아니, 그자가 왜 이 일에?" 나는 힘 빠진 목소리로 말했다. "어째서 그 사람이?"

나는 그를 알았다. 작가연맹에서 일하는 사람이었다. 누구

의 눈에도 띄지 않고 말없이 계단을 오르내리던 과묵한 청년
이었다.

"당신 친구, 맞죠?"

"맞아요. 그래서 무지한 제 잘못이라는 겁니다. 제가 그냥
재미삼아 읽어보라고 그 친구에게 원고를 건넸어요."

"그랬더니 밀고할 거라고 위협하던가요?"

"그렇습니다. 『암울한 해』의 출판에 반대하는 편지를 써서
중앙위원회에 보내겠다며 나를 위협했어요. 이 텍스트가 당
에 적대적이고, 이것과 저것에도 적대적이며, 한마디로 하지
차밀의 운동에 대한 최고 지도자의 생각에 맞서는 글이라고
고발하겠다는 거예요."

나는 너무 혼란스러워서 이유가 무엇일지 생각해볼 수가
없었다.

울음이 마침내 잦아들고 있었다.

"전혀 그럴 것 같지 않던 친구예요. 오히려 아주 신뢰 가는
사람으로 보였어요!"

나는 전화가 도청되고 있다는 사실을 떠올렸고, 하마터면
내뱉을 뻔한 '자유주의'라는 말을 가까스로 삼켰다.

전화선 반대편에서 상대는 연신 용서를 구했다.

2

모든 불확실성의 시기에 그렇듯이 그 한 주는 적어도 두 배는 길게 느껴졌다.

온갖 종류의 의심이 들었다. 우선 가장 자주 떠오른 의심은 울음을 터뜨린 당사자에 관한 것이었다. 그와 알고 지낸 지가 몇 년째인데, 그는 이따금 집으로 찾아와서 내 딸들과도 친구가 되었고, 책과 음반을 구할 수 있는 처지라 종종 그것들을 가져왔다. 그의 고모 한 명이 특권층 명부에 등재된 고관의 부인이었던 것이다.

나는 그가 밀고의 장본인일지도 모른다는 생각을 머릿속에서 몰아냈다. 그는 자기 경력을 위해 그런 술책을 쓸 필요가 전혀 없기 때문이다.

의심은 협박을 했다는 그 사람에게 쏟아질 수밖에 없었다. 온갖 신호가 앞다투어 의심을 키웠다. '혁명적 경각심'을 드높이자는 슬로건이 강력히 표명된 당의 4차 총회 직후 그는 갑자기 작가연맹 일원으로 임명되었다. 울보 편집자와 달리 그의 집안은 당국의 특권층 명부에 올라 있지 않았고, 오히려 삐딱한 눈길로 주시되고 있었다. 그 때문에 학업을 이어가는 데 어려움이 있었고…… 그 밖에 비슷한 종류의 다른 동기도 있었다.

일이 그렇게 된 것이지 다른 건 없다고 믿기 시작하던 찰나, 다른 유력한 의견이 내 눈에 띄었다. 작가들을 고발하는 사람들이 대개 그렇듯 교묘한 밀고자가 그렇게 쉽게 가면을 벗고 그렇게 하찮게 자신을 드러낸다는 게 믿기 힘들다는 생각이었다.

온갖 각도에서 아무리 살펴보아도 이 이야기에는 뭔가 석연찮은 구석이 있었다.

3

내가 선택한 해결책은 지극히 단순했다. 누군가에게는 대단히 무모해 보이고 다른 누군가에게는 천재적으로 보일지 모르지만, 내게는 그저 어쩔 수 없이 쓰게 된 방식이었다. 바로 못매질이었다.

나는 '어깨'의 주소를 몇 개 가지고 있었다. 떠들썩했던 사고 이후로 지니고 다니던 주소인데, 다행히 그때까지는 쓸 일이 없었다.

아무에게도 아무 말 하지 않고 나는 프로팜 제약공장 인근의 주소 하나를 골랐다. 도살장 주변의 짐승 같은 자들과 달리, 약과 크림과 붕대 등에 둘러싸여 지내는 이자들이라면 아무래도 때릴 때 최소한의 배려를 하리라는 생각이었다.

의뢰는 단순했다. "유명한 작가 I. K.를 비방할 경우" 턱뼈가 골절될지 모른다는 위협을 그자에게 경고하는 것이었다.

모든 것이 제대로 실행될 거라는 약속을 받고 난 뒤 나는 완전히 평온해졌다. 그리고 모든 흔적을 지우기 위해 닥터 X(그 '어깨'에게 나 혼자서 이런 이름을 붙였다)에게 "이후의 진행 상황에 대해 알리려고 전화할 필요 없다"고 말했다. 그러고도 나는 다음날 바로 작가연맹을 찾아가 잠재적 제물의 얼굴에 혹시 남아 있을 여파를 확인했다.

시간이 갈수록 점점 더 모든 게 잘 끝나리라고 확신하게 되었다. 그러나 며칠 뒤, 나는 벌써 조금 실망감을 느끼고 있었다. 인간의 얼굴이 보여줄 수 있는 두 가지 상태, 혈종을 드러내는 상태와 아무런 타격도 입지 않는 상태 가운데 물론 나는 후자를 선호했다. 그러나 이 행복한 해결책이 나를 압박하기 시작했다. 상대의 얼굴에는 타격의 기미가 조금도 보이지 않았다. 오히려 지나칠 정도로 매끄러웠고, 마치 온천욕을 막 마치고 돌아온 사람처럼 거의 기적 같은 반짝임을 발산했다. 그 사람을 보면 모두가 탄성을 내질렀다. 안색이 참 좋으시네요!

내가 신중함을 내려놓고 소식을 물으려 '어깨'를 호출하려던 차에 뜻밖의 일이 생겼다. '제물'이 안경을 바꾼 것이다.

다른 사람들이 정말 잘 어울린다며 새 안경에 대해 칭찬을 늘어놓는 동안 나는 상처 자국을 찾으려고 공연히 애썼다. 따귀를 얻어맞거나 누가 안경을 벗기려고 시도할 때 생기는 상처 말이다. 그런 종류의 흔적이 전혀 없다고 확신하게 되자 나는 바로 울보 편집자에게 전화를 걸어 무심한 척 내 책이 어떻게 되고 있는지 물었다. 그는 한결같은 어조로, 며칠 전에 막달라마리아처럼 울었던 게 딴 사람인 양 아무 일도 없다고 말했다.

책에 관해 다시 묻자 그는 일부러 그러는지 모든 일이 차질 없이 진행되고 있다고 한층 더 무사태평하게 대답했는데, 다른 때 같았으면 나도 그 말에 기뻐했을 것이다.

나는 거의 성난 말투로 '그자'의 생사에 관해 아느냐고 물었다.

그자라뇨, 누구 말인가요? 울보가 물었다.

어느 저녁 해안가에서 들었던 사랑 노래가 슬그머니 끼어들었다.

달콤한 그대여, 그대가 흘린 눈물을 잊었나요?

맙소사…… 그 **사람**요! 나는 신경질을 감추지 못하고 말했다. 나를 협박한 사람 말이에요……

아 네! 상대는 살짝 뒤늦게 대답했다. 네, 네! 그가 거듭 반복했다. 그 사람은 제 머릿속에서 빠져나간 지 좀 되어서요……저런…… 아뇨, 아뇨, 그 친구는 그후로 전혀 보지 못했어요.

이번에는 내가 "아, 그래요?"라고 대꾸할 차례였다.

저 세레나데의 뒷부분은 기억나지 않았다. 다만 감미로운 눈길과 배반당한 맹세에 대한 내용이라는 것만 알 뿐.

나는 얼떨떨한 기분으로 전화를 끊었다. 처음에는 모든 게 더없이 간단한 일인데 내 상상이 일을 복잡하게 만들었다고 생각했다. '어깨'는 폭력을 썼건 안 썼건 할일을 한 모양이었다. 그것이 그의 일이었으니까. 협박했던 자는 질겁해서 생각을 바꾸었겠지. 내 책은 곧 인쇄가 시작될 참이었고, 이 사실이야말로 중요한 일이었다.

그러나 나의 평온은 길지 않았다. 불행히도 내가 다시 기억해낸 그 오래된 노래의 뒷부분 역시 평온한 내용이 아니었다.

배신자여, 너의 눈물은 어디에 있나?

이제 이 이야기 전체가 수상쩍어 보이기 시작했다. '어깨'에게 전화를 걸어 즉각 "멍청이"라는 말을 퍼부어야겠다는 생각은 더없이 논리적인 것 같았다. 그것이 모든 수수께끼를 설명해줄 열쇠가 분명했다. 다른 곳에서 설명을 찾으려는 건

구제불능의 경솔한 작자나 할 짓이었다. 전화가 연결되길 기다리며 그런 생각을 하고 있는데, 교환수가 그 번호는 일시적으로 통화 불능 상태라고 알렸고, 나는 불길한 점괘라도 들은 양 굳어버렸다.

4

마비 상태에서 벗어나자 나의 의심은 이제 아무 제약도 없이, 누구에게도 예외를 두지 않은 채 사방팔방으로 뻗어나갔다. 낮게 깔린 구름처럼 의심은 협박의 주인에게서 '어깨'에게로 향했다가 출발한 지점, 즉 울음을 터뜨렸던 이 위에서 멈추었다. 셋 중 하나가 나를 배반했을 가능성을 고려해보다가 이내 생각했다. 왜 그중 한 사람이 그랬으리라고 생각하는 거지? 둘이거나 아니면 셋 모두일 수도 있지 않을까?

겉보기엔 단순하지만 깊이 들여다보면 더없이 복잡한 이 이야기에 일관성이 부족하다는 점을 나는 간파했다.

'어깨'가 배신자일까? 그가 사라진 사실이 내 의심을 부추긴 건 지극히 당연했지만, 역시나 자연스럽게 이런 의문도 떠올랐다. 왜지? 그는 평범한 '어깨'가 아니었다. 더구나 그가 이 일을 해주겠다고 나선 게 아니라 내가 그에게 부탁한 것이었다. 그의 포기는 설명하기 어렵지 않다. 위험한 일에 연루되는 게 두려웠거나 작가들의 언쟁에 끼어들지 말라고 누군가 혹은 어느 부서에서 조언했는지도 모른다.

협박자의 경우엔 내가 의심할수록 점점 더 내 의심이 터무니없어 보였다. 우선 나는 그가 했다는 협박의 실체를 확실히 알지 못했다. 내가 아는 건 모두 울보에게서 들은 얘기였다. 둘째로, 처음에는 그의 협박이 비열한 행동으로 보였는데, 더 가까이 들여다보니 그렇게 확신할 수가 없었다. 요컨대, 조금만 선의를 가지고 살피면 거기서 더 큰 불행을 피하려는 시도를 확실히 볼 수 있었다. 어쨌건 그가 이야기한 상대는 친구이지 국가가 아니지 않나.

그에 대한 의심은 '어깨'에 대한 의심과 마찬가지로 점차 흐릿해졌고 심지어 완전히 사라졌는데, 울보에 대해서는 전혀 그렇지 않았다. 나는 그가 협박성 경고를 받은 적이 없으며, 전부 다 그가 꾸며낸 일이라고 점점 더 믿게 되었다. 한순간 겁에 질려 그는 책이 비난받을지 모른다고 판단했고, 그런 의심에 대한 수치심을 스스로 감당할 수 없어서 타자의 협박을 지어냈는지 모른다. 그런 거라면 그리 큰 문제가 아니었다. 하지만 그가 겁에 질려 이미 스스로 밀고하고서 알리바이를 찾은 거라면 최악의 상황일 것이다. 끈질기던 그의 울음이 최대 증거였다. 사실 이 마지막 시나리오가, 그리고 특히 이

후에 진행된 일들이 얌전한 에필로그를 선택하도록 나를 부추겼다. 곰곰이 생각해보면 일어나야 할 일이 일어났던 셈이고 모든 게 극복되었으니, 이제 나와 관계된 것이라기보다는 그와 관계된 수수께끼를 해명하려고 매달릴 아무런 이유가 없었다.

나는 그 생각을 점점 덜 하게 되었고, 누가 나를 배반했는지, 셋 중 한 사람인지 아니면 세 사람 모두인지 알고자 하는 문제는 한밤중에 호기심을 갖고 영화를 한 편 보는 것보다도 내게 번민을 안기지 못했다.

오 년 뒤, 공산주의의 몰락 직후 갑자기 그 옛날 한밤중에 울음을 터뜨렸던 자가 언론에서 공개적으로 나를, 그의 옛친구이자 울음의 증인인 나를 공격했다.

놀라움이 가라앉자 다소 늦은 감이 없진 않지만 마침내 수수께끼의 자초지종을 알게 될 수 있겠다는 생각이 들었다. 다른 가증스러운 일들에 비하면 이제는 정말 무의미해 보이는 수수께끼였지만 말이다. 이런 희망을 품다보니 당시 날 협박한 줄 알았던 자도 떠올랐다. 나는 본능적으로 그를 울보의 적수라고 상상했는데, 놀랍게도 두 사람은 서로 맞서기는커녕 공통된 생각으로 결집한 모임에 속한다는 걸 알게 되었다. 그 모임엔 과거에 단죄받았었고 최근 들어서는 스스로 튀르키예인이라고 표명한 작가도 한 명 있었고, 네번째 사람, 튀르키예인보다 작가로서 훨씬 보잘것없는 인물로 시기심이 많아서 그를 비방하는 자들이 돌이킬 길 없이 치욕에 빠뜨릴 작정으로 여자 이름인 릴리아나를 별명으로 붙인 인물도 있었다.

이 무리 주변을 맴돌던 두 단역으로 말하자면, 성이 라비로 Laviro인 한 사람에겐 어떤 별명도 필요 없었는데, 험담꾼들이 라비라Lavirja*로 바꾸어 부르곤 했기 때문이다. 한편 다른 한 사람은 거의 눈이 먼 건축가로, 자기 장애를 남용한다는 의심을 사는 이였다.

이 무리는 열띤 활동을 과시했다. 공산주의의 몰락 이후 첫 몇 해 동안 특히 열심이었다. 때때로 울음을 터뜨린 자가 선두에 나섰고, 협박자가 나서기도 했으며, 그들이 더는 못 버티겠다 싶을 땐 즉각 튀르키예인이나 릴리아나 혹은 눈 나쁜 작자가 나섰다. 그것은 절대 멈추지 않을 기괴한 춤이었다.

파리, 2002년

* '매춘부'라는 뜻.

기념비를 세우다

　무엇으로도 입증할 길 없지만, 그것을 푸시킨의 마지막 시로 간주하는 데 거의 만장일치의 합의가 이루어졌다. 그 시는 시인의 죽음을 위해 일부러 쓰인 것처럼 보여서 그의 죽음에 시가 기여했으리라 여겨질 정도였다. (이런 텍스트를 낳은 살인, 혹은 살인을 낳은 텍스트.)

　죽음과 시, 둘 중 어느 쪽이 나머지를 유발했을까? 시인이 어느 쪽도 선택하지 못하는 딜레마의 함정에 빠진 것 같은 느낌이 든다. 결국 혼자만 아는 망설임 끝에, 그는 이쪽 또는 저쪽을 희생할 마음을 갖지 못하고 양쪽을 받아들였다.

　푸시킨이 그 숙명적인 결투를 피할 가능성이 있었을까? 물론이다. 그가 도전만 하지 않았더라면 결투는 결코 일어나지 않았을 것이다. 그랬더라면 그가 이미 살아온 만큼의 세월이 그의 앞에 남게 되었을 것이다.

하지만 그새 그는 마지막 시를 쓰기 시작했고, 그것이 미완성으로 남겨진다는 사실을 거의 애석해했다.

카람진의 증언에 따르면 푸시킨이 그 시를 쓴 건 1836년 8월 말 즈음이었다. 다시 말해 숙명적인 결투가 있기 거의 다섯 달 전이었다. 어쩌면 그는 정말로 의식하진 못한 채 이미 죽음과 예술이 음산한 약속을 주고받은 영역에 들어섰는지 모른다.

그에게는 이런 말로 자신을 위로하는 일밖에 남지 않았다. "Нет всех я не умру(나는 완전히 죽지 않는다)." 논 옴니스 모리아르, 그는 호라티우스의 송가 30편에서 빌려온 이 문구를 시의 비문으로 썼다. "나는 청동보다 오래갈 기념비를 세웠노라."*

분명 가장 큰 위로는 기념비 자체였다.

"나는 청동보다 오래갈 기념비를 세웠노라."

그의 기념비는 자랑스럽게 서 있을 것이고, 결코 버림받지 않을 것이며, 더 중요하게는 알렉산드르의 기념비를 뛰어넘을 것이었다.

---

* 원문은 'Exegi monumentum aere perennius'.

알렉산드르는 러시아의 차르였고, 그의 기념비는 몇 년 앞서 상트페테르부르크에 세워졌다. 시인 자신도 모르게 이 기념비가 그의 강박관념이 되었는지도 모른다.

시인과 차르는 서로를 알았다. 푸시킨은 차르의 무도회에 아내 나탈리야를 동반해 자주 드나들었다. 차르가 그녀와 함께 춤을 추었다는 말도 있다. 게다가 그 자리에는 보란듯이 그녀에게 수작을 걸던 건달 같은 프랑스인*도 있었다.

차르. 시인. 불멸. 여기서 모든 것이 시작된 것 같다. 특히 소련의 프로파간다를 위해 그 음모가 기막히게 작동해 차르가 직접 시인의 암살을 기획했다는 의심이 퍼졌다.

이상하게도 그 음모는 결투 직후에, 다른 의미를 품고 다른 방향에서 시작되었다. 푸시킨은 부상을 입어 죽어가는데, 그 집의 다른 방에서는 원고를 찾는 가택수색이 이루어졌다. 그것이 나탈리야의 아연한 눈길에 포착된다. 원고는 주콥스키가 포함된 검열단에 넘겨졌다. 보아하니, 그들은 **기념비** 원고를 찾고 있는 듯했다. 주콥스키가 첫 행의 마지막 구절에서 "알렉산드르의 기념비"라는 말을 지우고 그 위에 "나폴레옹의 기념비"라는 말을 쓴 것이 과연 잘한 일이었는가 아니었는가는 오늘날까지 논쟁거리가 되고 있다. 그 수정이 이 유명한

---

* 푸시킨의 결투 상대였던 프랑스 근위대 장교 조르주 당테스를 가리킨다.

시를 살렸으며, 그러지 않았더라면 이 시는 흔적도 없이 사라졌을 거라고 사람들은 여전히 믿고 있다.

그런데 나폴레옹의 자리에 '알렉산드르'라는 이름을 복원하고 나서도 논쟁은 계속되었다. 이 알렉산드르는 대체 누구인가? 정말 러시아 차르일까, 아니면 로마 시대의 알렉산드로스일까? 아니면 또다른 알렉산드르일까?

푸시킨 시대의 러시아에서 시인이 차르에 스스로를 견주는 건 허용되지 않았으며, 차르를 능가하는 건 더더욱 허용되지 않았다. 소비에트러시아에서는 반대로 시인을 차르에 비교하는 걸 오히려 시인에 대한 모욕으로 여겼다. 오늘날 러시아에서는 어떤지 잘 모르겠다.

2014년

알바니아의 붕괴

"장관님, 아주 단순하고 천진한 질문을 하나 드리고 싶습니다. 알바니아 인구가 얼마나 됩니까?"

죄수의 산이라고 불리는 동네 레스토랑에서 점심식사를 하며 내가 알바니아 내무장관에게 던진 질문이다.

나는 장관이 인상을 찌푸리리라 생각했는데 그는 잘 자제했다. 털어놓기 부끄럽지만 나도 겨우 두 달 전에야 정확한 인구수를 알게 되었어요. 오백만이더군요!

이 대화는 삼 년 전에 이루어졌다. 나는 알바니아가 겪고 있는 더없이 비극적인 오해 가운데 하나가 마침내 종식되었다고 생각했다. 인구수에 관한 오해 말이다.

이는 헛된 희망으로 드러났다. 알바니아가 마침내 오백만

영혼의 나라가 된 지 두세 달 뒤, 불행이 질주하듯 다시 돌아왔다. 인구는 오백만이 아니라 삼백만이었다! 예전처럼. 삼 년, 십삼 년, 삼십 년 전처럼!

우리는 1860년에 야코프 팔메라이어가 한 말을, 아니 그가 대경실색해서 한 말을 떠올리곤 했다. 제국이 막 시작된 1300년대 오스만튀르크의 인구가 백만으로, 대략 알바니아 인구와 맞먹었다는 얘기였다. 1860년에 팔메라이어는 이어 말했다. 하지만 오늘날 알바니아는 여전히 백만에 머물고 있는데, 튀르키예는 천육백만에 달했습니다!

알바니아인들은 뭐라 형용하기 힘든 무심한 태도로 그 수치를 지켜본다. 온갖 변호인이 나서서 알바니아 인구의 정체停滯를, 다시 말해 알바니아의 붕괴를 변호했다. 수 세기 동안 백만이라고? 사실 조금 놀라운 일이긴 하지만, 그렇다고 설명할 수 없는 건 아니다! 전문가들은 물론 통치자들과 장관들, 총리들, 대통령들 눈엔 세련되지 못한 정신의 특징인 냉담함이 어려 있었다.

하여간 기이한 욕망이다.

백만이라는 숫자는 수 세기 동안 알바니아를 떠나지 않았다. (한 예를 들자면 이 기간에 영국은 삼사백만에서 대략 사오천만으로 인구가 늘었다.) 알바니아는 숙명적인 함정에라도 빠진 것처럼 옴짝달싹하지 않았다. 1920년대에도 백만의 영혼을 고수했다. 1950년과 1960년대에도 여전히 백만이었다! 모두가 그 점을 강조했다. 엔베르 호자부터 스탈린, 그리고 추브릴로비치까지. 왜일까? 아무 설명도 없었다.

그러던 어느 날, 조작이라도 불사할 찰나에 놀라운 비약이 일어났다. 백만이었던 알바니아 인구가 삼백만에 도달한 것이다! 왜 이 숫자가 그토록 오랫동안 감춰져 있었는지 묻는 질문에는 아무 설명이 없었다. 그 반동의 이유는 무엇이었을까? 이 거짓말 뒤에는 누가 숨어 있었을까? 어떤 수정주의적 견해일까? 외국의 비밀정보 조직일까? 아니면 어떤 음모일까?

여전히 아무 설명도 없다. 삼백만이라는 숫자는 삼사십 년 동안 알바니아에서 존속했다. 모든 논리를 무시하고. 고위공무원들, 학자들과 장관들의 아연한 눈길 아래. 공산주의 치하에서, 그리고 포스트공산주의 치하에서도. 우리 동네에 있는 죄수의 산에서 그 점심식사를 할 때까지. 이 년 전, 알바니아 인구로 선언된 숫자가 유권자 수인 이백팔십만과 동일하다는 파렴치한 스캔들이 일었을 때까지……! 그래도 아무도 놀라지 않았다!

알바니아는 모두의 눈앞에서 계속 붕괴하고 있다.

말리이로비트, 2008년

10월 초

그 일은 10월과 동시에 시작되는 것으로 알려져 있지만, 대개는 그렇지 않다. 조금 더 일찍, 9월 마지막 주에 벌써 시작되며, 첫번째 목요일이 어떤 날이 될지는 그리 중요하지 않다.

오랜 세월 동안 나는 이 소란이 잦아들기를 바랐다. 매복하고 기다리던 사람들은 지치고, 스캔들을 건질 희망은 잦아들며, 반대자들도 사라지기를.

헛된 희망이다. 태풍 전의 고요 같다. 금세 어디선가 번개가 번쩍일 것이다…… 결국 사람들은 한 가지 구실을, 잘라낸 신문기사를, 반쯤 생기다 만 논쟁거리를 찾아낼 테고, 매년 그러듯 모든 소동이 다시 시작될 것이다…… 이번 노벨상은……

모든 발표가 그렇듯이, 예측이 빈약한 원천에 토대를 두고 있다는 걸 모르는 사람은 없다. 로비 단체들은 수상자가 여성이길, 소수민족이나 대단히 중요한 민족의 일원이길, 한 번도 상을 받아본 적 없는 언어의 사용자이거나 모욕당한 국가의 일원이길 바라며 공을 들인다……

인터넷이 도래한 이후 잡음은 더 증폭되었다. 알바니아에서는 특히나.

우리는 노벨상을 원한다! 꼭 받기를 바란다. 우리는 그럴 자격이 있다. 아니, 우린 개의치 않는다. 저런…… 개의치 않는다니? 우린 그 생각만 하는데! 우리에게 그 상을 수여하고 감사인사까지 건네야지! 그 상을 마땅히 내려야 할 곳에 내려야 할 텐데…… 2 곱하기 2가 4인 것처럼 마땅히 우리에게 줄 거야! 개구리가 몸을 부풀린다고 황소가 되겠어?…… 게다가 그 작가는, 모든 게 그 사람 잘못이야! 왜 그 사람은 나서서 말하지 않는 거지? 난 그 상을 바라지 않소! 잠깐, 이 경박한 인간아, 아무도 그에게 주려 하지 않는데 어떻게 그가 "난 그걸 원치 않소"라고 말해? 그래도 말해야지. "그렇게 주고 싶다면 그냥 당신들이나 가지쇼! 노벨상 없는 삶도 있단 말이오!" 흠, 그렇게 말하는 사람도 있지. 하지만 그렇다고 그 사람들이 그 생각을 안 하는 건 아니야. 물론 여전히 그 생각을 하겠지! 그래도 "노벨상 안 주면 차라리 죽겠다!" 같은 소리를 반복하는 우리도 좀 그래. 그리고 모든 건 다시 원점으로 돌아간다. 똑같이 열정적인 충동, 똑같은 "그럴 줄 알았어!" "우리는 그보다 더한 대접을 받아 마땅해" 등등…… 여기저기 뜻밖의 곳에서 진주가 반짝인다. 수상자를 상상하고, 상을 수상한 뒤 돌아와 카스트리오테의 그 유명한 말을 패러디해 이렇게 말하는 걸 상상한다. 제가 노벨상을 가져온 게 아닙니다. 그것은 이미 당신들 안에 있었습니다……

심문조서[*]

이것이 조서 전문이다.

기소 심문조서

1982년 9월 24일, 티라나

하단 서명자 페리트 술라는 내무부 심문 담당자로 용의자 람비 지치슈티에 대한 추가 심문을 실행함.

질문: 피고, 반역자 메흐메트 셰후가 피고의 체제 전복 활동

---

[*] 알바니아 공산주의의 몰락(1991년) 이후, 아직 대중에 공개되지 않았지만 제한적으로 정말 믿기 힘든 일부 비밀문서가 언론에 실리곤 했다. 이 문서가 바로 그런 경우다. (원주)

을 지원하고자 모집했던 다른 개인들이 누구인지 계속 설명하시오.

답변: 메흐메트 셰후는 우리 단체의 수장으로, 제가 앞서 증언한 다른 분야들 외에 예술과 문학 영역에서 당의 노선을 침해하는 범죄를 저지를 계획이었습니다. 저는 피치레테 셰후와 여러 차례 불온한 면담을 가지면서 그가 이런 일과 관련해 특히 이스마일 카다레를 교육했으며 그에게 임무를 맡겼다는 사실을 알게 되었습니다. 그에 관해 피치레테 셰후가 한 말을 있는 그대로 정확히 진술하겠습니다.

어느 날 피치레테 셰후의 집에서 그녀의 아들 바슈킴 셰후가 시나리오를 쓴 알바니아 영화 〈지옥 43〉에 대해 얘기하던 중 피치레테가 내게 이스마일 카다레도 오랫동안 체제 전복 활동에 가담했다고 털어놓았습니다. 그녀가 말하길, 그를 끌어들인 건 토디 루보냐였는데, 이스마일이 긴밀한 우정을 맺고 있던 사람이었습니다. 당이 토디 루보냐와 파딜 파치라미의 적대적 활동을 파악했을 때 메흐메트 셰후는 이스마일 카다레를 그들의 희생자로 내세우며 옹호했습니다. 피치레테 셰후의 말로는, 바로 그 순간을 이용해 이스마일 카다레를 우리 활동에 끌어들였답니다. 그후 피치레테는 이스마일 카다레가 문학과 예술의 영역에서, 모호한 단편소설들과 장편소설들을 통해 한편으로는 당의 노선을 보호하고 적용하는 척하면서, 다른 한편으로는 공개적으로 그 노선을 방해함으로써 어떻게 당의 노선을 해치는 임무를 수행했는지 제게 얘기해주었습니다.

게다가 이스마일 카다레는 젊은 작가들, 예술가들과 최대한 긴밀하게 협력하며 점차 그들 사이에서 많은 사람을 모아 때가 되면 활용할 반동분자 패거리를 형성하는 임무를 맡았습니다. 피치레테 셰후가 말하길, 이스마일 카다레와의 관계를 돈독히 하기 위해 아들 바슈킴 셰후에게 카다레와 긴밀한 우정관계를 맺어 그가 자연스럽게 그들의 집을 자주 방문하게 하도록 교육했다고 합니다. 한번은 피치레테 셰후가 메흐메트 셰후와 이스마일 카다레의 대화를 개인적으로 지켜본 적도 있었습니다. 그때 메흐메트는 이스마일에게 당의 방침에 공개적으로 반대를 표명하지 않도록 주의하며 작업하라는 지침을 주었다고 합니다. 자칫하면 진짜 위험에 처할지 모른다고 했습니다. 사회주의리얼리즘은 곧 시대에 뒤진 사상이 될 것이고, 작가들과 예술가들이 두려움 없이 공개적으로 자기표현을 할 날이 도래할 것이라고 메흐메트는 선언했습니다. "그날엔 우리 나라에 문학과 예술이 번성할 것이고, 우리 국경을 뛰어넘어 높이 평가받을 것이다." 메흐메트 셰후는 이어서 이런 말도 했습니다. 알바니아의 정치체계가 변하게 될 때 이런 일은 현실이 될 것이다.

이것이 제가 기억하는 이스마일 카다레의 체제 전복 활동 중 몇 가지 양상입니다. 방금 설명했듯이 모두 피치레테 셰후가 제게 들려준 얘기입니다.

이 조서는 제가 직접 작성했으며 제 서명으로 여기에 담긴 진술이 진실함을 확인합니다.[*]

용의자   예심판사
람비 지치슈티   페리트 술라
(서명)   (서명)

---

[*] 페리트 술라는 아직 살아 있으며 한 번도 단죄받은 적이 없다. 람비 지치슈티는 공산 체제 동안 보건장관을 지냈다. 그는 체제 전복 음모로 기소되어 고문당했고, 이 조서에 따라 총살당했다. (원주)

에스파냐와 관계된 무엇

    내 메모 속에서 어느 아르헨티나 작가에 관한 무언가를 발견했다. 그는 「아킬레우스의 분노」라는 에세이에 관한 글을, 혹은 반박 글을 쓴 작가인데, 문제의 에세이는 카츠 출판사에서 같은 제목으로 출간된 에세이집에 실린 글이다.

    보아하니 나는 습관대로 급하게 그 메모를 썼고, 작가 또는 연구자의 이름—에세키엘 마르티네스—말고는 다른 어떤 정보도 담아두지 않았다. 지금은 그 작가도 기억나지 않고, 더구나 「아킬레우스의 분노」라는 그의 에세이는 더더욱 기억나지 않으며, 심지어 내가 썼다고 하는 같은 제목의 에세이조차 기억나지 않는다.

    그런 에세이를 내가 썼다고 확신할 수는 없지만, 나랑 상관

없는 일이라고 장담할 수도 없다. 하지만 코니차*의 선언에서 출발해 'mëri(분노, 원한)'라는 말의 잘못된 번역에 대해 이미 여러 번 논평한 적이 있다는 건 기억난다. 『일리아스』의 이야기가—다시 말해 세계문학의 정상이—바로 이 단어로 시작된다. (아킬레우스의 분노는 사실 원한의 표현, 다시 말해 장기간 지속된 분노 또는 알바니아어에 따르면 강박증mënie, 또는 오늘날 우리가 말하는 우울증의 표현이었다.)

반면에 마르티네스는 그 문제에 대해 언급하지 않는다. 내가 알지 못하는 에스파냐어로 된 그의 텍스트에서 이해할 수 있는 건, 내가 내 에세이에서 인용했다는 만 사천오백이라는 수 앞에서 그가 당혹감을 느낀 것 같다는 점이다. 내 말에 따르면(더 정확히 말해 내 글을 읽고 전하는 그의 말에 따르면) 이 숫자가 인류 역사가 경험한 전투의 수로 제시되었다고 한다.

아르헨티나인은 I. K.가 이 수치를 어디서 찾아냈는지 묻고, 직접 계산한 것이라면 그 계산의 근거는 무엇인지 궁금해한다.

솔직히 고백하건대 나는 놀랐다. 아르헨티나 작가가 여기서 수만 리 떨어진 곳에서 그런 글을 썼다는 사실 때문이 아

---

* 20세기 초 알바니아 작가, 역사가, 외교관. (프랑스어판 옮긴이주)

니라 나 자신 때문에. 이미 말했듯이 그 기이한 숫자가 내게 완전히 낯선 것이라고 장담할 수가 없다. 어느 날 내가 그 문제를 정말 생각해보았던 건 어렴풋이 기억난다. 하지만 그 저주스러운 숫자를 어딘가에서(역시나 그의 말에 따르면) 말했거나 썼던 기억은 눈곱만큼도 없다.

마르티네스가 제기하는 모든 의문을 오늘날 나도 제기하며, 심지어 그보다 한술 더 떠서 자문해본다. 인간의 기억으로 그동안 일어났던 전투의 수를 계산할 수 있을까? 역사가들은 어째서 이런 질문을 다루지 않을까? 더구나 번개처럼 짧은 전쟁, 긴 전쟁, 비밀 전쟁, 공중전 등 모든 종류의 전쟁을 다루는 전문가들은? 그리고 또 전략가, 지도 제작자, 대포 제조공, 메달 세공사, 메달 연구자, 묘비 조각가들은?……

내 에스파냐어 실력이 농간을 부리는 게 아니라면, 그가 쓴 글의 제목 'La atracción por los datos inutiles'은 호기심을 자극한 건 물론이고, 그 의미 그대로 '무용한 정보가 발휘하는 매력'을 한껏 부각한다.

텍스트로 다시 돌아가서, 나는 아마 바르셀로나에서 있었던 어느 강연에서 내가 그 만 사천오백 번의 전쟁이라는 숫자를 말했을 거라는 사실을 알게 된다.

'아 그랬나!' 나는 생각한다.

바르셀로나여, 네 눈이 보지 못한 게 무엇일까!*

그 강연회의 통역을 맡았던 바슈킴 셰후가 나중에 책으로 출간된 강연 텍스트에 대해 뭐라고 말했던 것이 떠오른다.

그에게 전화를 걸어보지만 통화가 되지 않는다. 이 일의 실상을 더 알고 싶다는 욕구가 사그라드는 게 느껴진다. 그 말은 지어낸 것이기보다 실제로 내가 했을 가능성이 크다.

노트를 덮으려는 순간, 내 눈길이 'vergüenza'라는 단어에 쏠린다. 그 말이 '수치'를 의미한다는 건 떠오르는데, 아르헨티나인이 나를 향해 그 단어를 썼다는 걸 도무지 믿을 수가 없다. 그렇지만 그 말이 분명히 '수치'를 뜻한다는 걸 확인하기는 어렵지 않다. 나는 에스파냐어로 된 문장을 여러 번 읽고 구글을 활용해 프랑스어로 번역해보고는 어느 정도 전체 문맥의 의미를 파악해낸다. 그 모든 살육―그날까지 총 만 사천오백 건에 이르는―을 통틀어도 단 하나의 전쟁인 트로이전쟁만큼 대단한 문학을 낳지 못했으니 그야말로 수치가 아닐 수 없다는 의미였다.

바르셀로나여, 네 귀가 듣지 못한 게 무엇일까?

---

* 알바니아 민요의 한 구절을 살짝 바꾼 문장. (프랑스어판 옮긴이주)

그건 대체 어디에서 찾은 건지는 모르겠지만 어느 날 내가 어느 강연에서 언급한 만 사천오백 건의 전쟁이 낳은 집단적 수치를 얘기하는 것이었다.

노트를 정리하면서 이제 내게 남은 일은 이런 반철학적인 고찰로 결론을 내리는 것이다. 부정확한('무책임한'이라는 단어를 쓰지 않으려고 고른 말이다) 무언가를 발설하는 문제라면, 그런 일이 내게 일어나는 건 대개 에스파냐에서다……

아마 그 이유를 사람들은 짐작할 수 있을 것이다…… 그렇지 않습니까, 돈키호테?

파리, 2014년 8월 8일

중세 노래의 여성형 이본異本

얼마 전부터 나는 어떤 부추김을 느낀다. 책무의 형태를, 심지어 가짜 양심의 형태를 띤 부추김이다. 방해의 형태라고는 하지 않겠다(가장 시급한 책무를 다하기 전까지는 다른 글을 쓰지 못하게 만드는 그 이상한 방해).

세상의 모든 민족이 자기네 딸과 아내에 대해 떠벌릴까? 〈카바 다리〉*라는 노래를 만든 알바니아 민족만이 이 채무의 짐을 지고 있는 걸까?

그 노래의 이본이 여기 있다. 침묵과 슬픔 속에서 남자들은

---

* 알바니아의 유명한 중세 민요시로, 매우 긴 기간 동안 군복무를 해야 하는 군인들에게 바쳐진 것이다. 이 책 말미에 실린 시를 참조할 것. (원주)

거의 겪지 않은 일들을 감내해야 하는 오늘의 알바니아 여자들을 위한 노래다.

친구들아, 나는 이렇게 갇혀
이탈리아 거리를 방황해.
나는 이제 못 돌아가니 웨스턴유니언이
내 달러를 너희들에게 전해주길 바랄게.

어머니가 물으면
그래, 말해줘, 내가 신랑감을 찾았다고.
아버지가 알고 싶어하면
내가 무덤과 결혼했다고 알려줘.

나의 고등학교 친구
3학년 B반 블레디,
그가 물으면 전해줘
키스 한번 못하고 떠나온 걸 후회한다고.

그리고 초대손님(혹은 까마귀)이 혼인(장례) 행렬에 합류하면서 노래가 이어지는데, 인간의 상상으로는 견디기 힘든 내용이다.

내 결혼식에 누가 왔냐고

누가 물으면

벨기에인인지 이탈리아인지

경찰들이…… 호위했다고 말해줘.

파리, 2014년

카바 다리

친구들아, 나는
카바 다리 건너편에 있으니
내 어머니에게 안부 전하고
검은 소를 팔라고 전해줘.

어머니가 내 소식을 묻거든
내가 결혼했다 전하고,
누구와 결혼했는지 알고 싶어하거든
심장에 박힌 세 개의 총알과 결혼했다 말해줘.

결혼식 손님들이
누구였는지 묻거든
까마귀들과 독수리들이
함께했다고 말해줘.

이스마일 카다레의 작품에 대한 평가를 보면 모순된 표현이 많다. '고전적이면서 포스트모던하다'거나, '가벼우면서 묵직하고' '우스꽝스러운 비극' 같다고도 한다. 카다레가 비교되는 작가들을 모아봐도 도저히 함께 묶을 수 없을 만큼 다채롭다. 『위대한 겨울』은 알바니아의 『전쟁과 평화』라는 평가를 받고, 『달빛』은 밀란 쿤데라의 『농담』과 비교되며, 『잘못된 만찬』을 두고 어느 신문은 가브리엘 마르케스를 연상시키는 작품이라 한다. 또 어떤 이들은 『죽은 군대의 장군』이나 『H 파일』에서 고골이 느껴진다고 평가하며, 『콘서트』를 도스토옙스키의 『카라마조프가의 형제들』과 비교하기도 하고, 『꿈의 궁전』을 읽으면서 카프카와 헉슬리를 떠올리거나, 전체주의에 대한 풍자라는 주제 면에서 조지 오웰과 연결 짓기도 한다. 게다가 카다레는 보르헤스와 카프카의 재능을 한몸에 지녔다는 극찬을 받기까지 한다. 톨스토이, 고골, 마르케스, 도스토옙스키, 카프카, 조지 오웰, 헉슬리, 쿤데라, 보르헤스, 이 모든 작가를 아우르는 세계란 대체 어떤 세계일까? 저마다 별개의 고유한 작품세계를 구축하고 있는 이 모든 거장들과 비교된다는 건 역설적으로 이 모든 작가와 다르다는 의미이고, 그만큼 카다레의 작품세계가 다면적이고 다층적이어서 명확히 규정하기가 어렵다는 뜻이 아니겠나?

이스마일 카다레는 1963년 27세 때 첫 소설 『죽은 군대의 장군』을 출간한 뒤로 지금까지 소설, 극작품, 에세이, 시를 포함해 오십여 편의 작품을 펴냈다. 그는 세계적으로 가장 많이 읽히는 알바니아 작가이고, 2005년에는 세계 3대 문학상 중 하나인 영국의 맨부커 인터내셔널 상을, 2009년에는 스페인 최고 권위의 문학상인 아스투리아스 왕자상을, 2019년에는 우리나라의 박경리 문학상을, 2020년에는 미국의 노이슈타트 국제문학상을 수상했으며, 노벨문학상에도 거의 매년 후보로 거론되고 있는, 가장 중요한 현대 작가 중 한 사람이다.

작가가 여덟 살이었을 때 시작된 알바니아의 독재 체제가 사십육 년이나 이어졌으니 그는 '자유를 알기 전에 문학을 먼저 알았고', 그에게 문학은 그저 하나의 탈출구가 아니라 그의 삶 자체였다. 아주 어려서부터 고전 비극과 신화에 매료되어 호메로스, 셰익스피어, 세르반테스, 아이스킬로스, 고골 같은 거장들의 책을 줄곧 탐독해온 작가의 독서 이력은 그의 고유한 소설세계를 구축하는 토대가 되었다. 거기에 알바니아의 역사, 전설, 민담, 그리고 독특한 관습법이 서사의 배경을 이루거나 중심 주제가 되어 카다레라는 세계에 유일무이한 색을 입힌다.

카다레의 소설이 고전적인 듯 현대적이고, 신화적이면서 사실적으로 느껴지는 건 작가가 알바니아의 역사와 관계된 현대의 비극적인 사건을 다루면서 고대 신화나 비극을 즐겨 원용하기 때문일 것이다. 이를테면, 『누가 후계자를 죽였는가』에서 작가는 독재자 엔베르 호자 후계자의 불가사의한 죽음이라는 역사적 사건을 이야기하기 위해 비극 『맥베스』를 끌어들이는가 하면, 『아가멤논의 딸』에서는 아가멤논과 이피게네이아 신화를 원용한다. 알바니아의 관습법에 따른 복수극을 그린 『부서진 사월』의 주인공 그조르그는 복수에 내몰린 햄릿에 비유된다. 그리고 『사고』라는 작품에서는 오르페우스 신화가 차용된다. 이렇게 원용되는 비극의 시간과 현대의 시간이 뒤섞이면서 카다레의 소설 속 시간은 흐려지고 모호해진다. 그렇게, 작가는 현대의 현실과 고대의 신화를 통해 비극의 본질을 통찰하고 온 시대를 관통하는 원리를 찾는 듯하다. 특정한 한 시대의 사건을 이야기하면서 모든 시대를 아우르는 서사를 만들어내려는 듯 보인다.

카다레의 서사에서 도드라지는 또다른 점은 비장하기만 한 비극적 서사가 아니라 기괴하거나 유머러스하기도 하다는 점이다. 수 세기에 걸쳐 여러 국가의 지배를 경험하고 오래도록 전제정치의 폭압 아래 놓였던 알바니아의 비극적인 상황을 그릴 때도 작가는 종종 웃음을 섞는다. 이를테면,『돌의 연대기』는 지로카스트라를 무대로 수시로 나라의 주인이 바뀌고 끊임없이 폭격이 쏟아지는 전쟁 상황을 그린 자전적 소설인데, 전쟁의 참혹한 현실은 상상력 풍부한 어린아이의 시선을 거치면서 희극성을 띠게 된다. 호메로스의 수수께끼를 풀려고 알바니아의 무훈시를 수집하러 작은 마을을 찾은 두 외국인 민속학자와, 그들을 감시하라는 명령을 받은 마을 군수와 첩보원 사이에 벌어지는 우여곡절을 그린 작품인『H 파일』도 진지하면서 웃음을 자아낸다. 비극성에 희극성이 더해지면 그로테스크해진다. 비극에 유머를 실어 '유머러스한 비극' '해학적인 비극'이라는 독특한 형태를 창출해내는 것이 카다레 특유의 소설 비법 같다. 말하자면 카다레의 작품은『맥베스』처럼 무겁고 비장하면서 동시에『돈키호테』처럼 가볍고 유머러스하고 몽상적인 특징을 보이는 것이다. 돈키호테스러운 맥베스랄까, 극과 극이 태연하게 조우하는 그런 세계가 카다레의 세계라 하겠다. 『돌의 연대기』에서 작가는 자신의 고향이자 작품의 배경인 지로카스트라를 '어떤 비교도 불가능한, 무엇과도 닮지 않은' 곳이라고 쓰는데, 카다레라는 세계가 바로 그렇지 않을까 싶다.

지금까지 우리나라에 출간된 카다레의 작품 열세 편은 모두 장편이거나 단편 소설이었다. 이 책은 국내에는 처음으로 소개되는 에세이다. 십여 편의 글이 실린 이 책에서 독자는 소설이라는 틀을 벗어나 조금 더 자유롭고 편안하게 속내를 털어놓는 작가를 만날 수 있다. 작가는 1970년에 『죽은 군대의 장군』이 프랑스에서 출간되면서 처음 파리에 도착하던 날의 이야기부터 풀어놓는다. 그 시절의 알바니아는 '이 세상의 어떤 초대장도 도달할 수 없는 지하세계'였고, 파리는 '초대장 백 개에 도장을 이백 번 찍어도 올 수 없는' 곳이었는데, 그는 '존재하지도 않는 초대장' 덕에 파리에 오게 된 것이다. 『잘못된 만찬』에 등장하는 민담 속 초대장 이야기*를 떠올리

---

* 만찬에 올 손님에게 초대장을 전하라는 심부름을 받고 가던 아이가 묘지 곁을 지나가다가 무서워서 초대장을 집어던지고 달아났는데, 그 초대장이 어느 무덤 위에 내려앉았고, 만찬일에 그 무덤의 주인인 죽은 자가 초대장을 갖고 찾아온다는 이야기다.

게 하는 이 초대장은 끝내 풀리지 않는 수수께끼로 남았다. 그후 더는 제 나라에서 책을 낼 수 없는 처지가 된 카다레는 1990년에 프랑스로 망명하여 뤽상부르공원 근처에 정착했고, 카페 로스탕은 그가 매일 아침 자리잡고 앉아 수백 쪽의 글을 써낸 집필 장소가 되었다.

카다레는 사적인 이야기를 잘 털어놓지 않는 작가로 알려져 있는데, 일상을 이야기하는 이 글을 읽다보면 그가 무척 친근하게 다가온다. 프랑스학술원이 제공하는 주거지 혜택을 부탁하러 가면서 특별한 선물로 권총을 가져가 대화 상대를 대경실색하게 했던 일화, 카페에서 온종일 죽치는 '먹물들'과 그들을 쫓아내려는 카페 주인들의 은밀한 전쟁 이야기, 산책길에 종종 마주치는 파트릭 모디아노와의 소심한 만남 이야기, 카페에서 옆자리 여자들이 나누는 알쏭달쏭한 얘기에 신경이 쓰여 글을 쓰지 못했던 일화에서는 작가의 장난기가 돋보인다. 작가가 고등학교 때 첫 원고료를 받고 친구들과 처음 카페에 갔다가 정치적 소동으로까지 번진 일, 대학 시절에 경험한 소설(로망)과 로맨스의 묘한 관계, 불운한 알바니아 시인에 대한 기억, 알바니아 여성 예술가들의 운명에 대한 성찰 등등, 종횡무진 이어지는 그의 글을 따라가다보면 어느새 작가 이스마일 카다레가 어떤 인물이며, 어떤 삶을 살아왔고, 어떤 생각을 하는지 더 깊이 알게 된 느낌이 든다. 화창한 봄

날 아침에 창밖으로 뤽상부르공원이 보이는 카페 로스탕에 앉아 작가가 직접 들려주는 이야기를 듣고 난 기분이랄까. 그의 소설을 읽을 때와는 색다른 즐거움이다.

2024년 4월
백선희

옮긴이 **백선희**

덕성여자대학교 불어불문학과를 졸업하고 프랑스 그르노블 제3대학에서 문학 석
사와 박사 과정을 마쳤다. 『떠나지 못하는 여자』『잘못된 만찬』『이반과 이바나의
경이롭고 슬픈 운명』『노르망디의 연』『마법사들』『내 삶의 의미』『레이디 L』『흰
개』『하늘의 뿌리』『목마른 여자들』『자크와 그의 주인』『웃음과 망각의 책』『울지
않기』『랭보의 마지막 날』『프루스트의 독서』『책의 맛』『알베르 카뮈와 르네 샤르
의 편지』『파졸리니의 길』『파스칼 키냐르의 수사학』『수치심은 혁명적 감정이다』
『노숙 인생』 등을 우리말로 옮겼다.

문학동네 세계문학

카페 로스탕에서 아침을

초판 인쇄 2024년 5월 30일 | 초판 발행 2024년 6월 14일

지은이 이스마일 카다레 | 옮긴이 백선희
책임편집 윤정민 | 편집 김혜정 홍상희
디자인 김이정 최미영 | 저작권 박지영 형소진 최은진 서연주 오서영
마케팅 정민호 서지화 한민아 이민경 안남영 왕지경 정경주 김수인 김혜원 김하연
    김예진
브랜딩 함유지 함근아 고보미 박민재 김희숙 박다솔 조다현 정승민 배진성
제작 강신은 김동욱 이순호 | 제작처 영신사

펴낸곳 (주)문학동네 | 펴낸이 김소영
출판등록 1993년 10월 22일 제2003-000045호
주소 10881 경기도 파주시 회동길 210
전자우편 editor@munhak.com | 대표전화 031)955-8888 | 팩스 031)955-8855
문의전화 031)955-1927(마케팅) 031)955-2634(편집)
문학동네카페 http://cafe.naver.com/mhdn
인스타그램 @munhakdongne | 트위터 @munhakdongne
북클럽문학동네 http://bookclubmunhak.com

ISBN 979-11-416-0082-2 03860

www.munhak.com